BUZZ

© Kate Stewart, 2022
© Buzz Editora, 2024

Publicado originalmente em 2022 pela Pan, um selo da Pan Macmillan, uma divisão da Macmillan Publishers International Limited.

Título original: *Flock*

Publisher ANDERSON CAVALCANTE
Coordenadora editorial DIANA SZYLIT
Editor-assistente NESTOR TURANO JR.
Analista editorial ÉRIKA TAMASHIRO
Preparação LIGIA ALVES
Revisão MARINA MONTREZOL E ANGÉLICA ANDRADE
Projeto gráfico ESTÚDIO GRIFO
Design de capa MOESHA PARIRENYATWA
Imagem de capa ALENA GERASIMOVA/SHUTTERSTOCK

Nesta edição, respeitou-se o novo
Acordo Ortográfico da Língua Portuguesa.

Dados Internacionais de Catalogação na Publicação (CIP)
(Câmara Brasileira do Livro, SP, Brasil)

Stewart, Kate
O mistério dos corvos / Kate Stewart;
Tradução Juliana Dias de Lima
São Paulo, Buzz Editora, 2024
344 pp.

Título original: Flock
ISBN 978-65-5393-227-2

1. Ficção norte-americana I. Título.

23-172420	CDD 813

Índice para catálogo sistemático:
1. Ficção de fantasia: Literatura brasileira B869.93
Aline Graziele Benitez, Bibliotecária, CRB-1/3129

Todos os direitos reservados à:
Buzz Editora Ltda.
Av. Paulista, 726, Mezanino
CEP 01310-100, São Paulo, SP
[55 11] 4171 2317
www.buzzeditora.com.br

O MISTÉRIO DOS CORVOS

KATE STEWART

TRADUÇÃO **JULIANA DIAS DE LIMA**

Este é para o meu irmão, Tommy, que não tem medo de dizer as coisas como elas são, independente da companhia. Obrigada por me ensinar que tudo bem ter dúvidas, contanto que a gente não estacione nelas. Todo o meu amor e respeito a você, irmãozinho.

"Existe uma lenda sobre um pássaro que canta uma única vez na vida, com mais suavidade do que qualquer outra criatura na terra. A partir do momento em que deixa o ninho, ele começa a procurar por um espinheiro-branco e não descansa até encontrá-lo. Então, cantando em meio aos galhos selvagens, ele empala a si mesmo no espinho mais longo e afiado. E, morrendo, eleva-se em sua própria agonia e emite um canto mais belo que o da cotovia e o do rouxinol. Uma canção superlativa, cujo preço é a existência. Mas o mundo inteiro fica em silêncio para ouvi-lo, e Deus sorri no céu. Pois a excelência só se conquista à custa de um grande sofrimento... Pelo menos é o que diz a lenda."

Colleen McCullough, *Pássaros feridos*

PRÓLOGO **PRESENTE**

Eu cresci com uma doença.

Vou esclarecer. Cresci acreditando que as verdadeiras histórias de amor exigem um mártir ou algum sacrifício grandioso para valer a pena.

Meus livros, músicas e filmes favoritos, que me tocaram de alguma maneira, me mantiveram de luto por muito tempo após a última página, as últimas notas, os créditos finais.

É daí que vem minha crença. Eu me *forcei* a acreditar nisso e desenvolvi um dos corações românticos mais masoquistas que se pode imaginar, o que resultou em minha doença.

Na época em que vivi essa história, que considero meu próprio conto de fadas perverso, eu era jovem e ingênua. Cedi à tentação e alimentei a besta pulsante, cuja sede só crescia a cada golpe e a cada ferida.

A diferença entre a ficção e a realidade é que é impossível reviver sua própria história de amor, porque, quando você percebe que a está vivendo, ela já acabou. Pelo menos foi o que aconteceu comigo.

Anos depois, estou convencida de que forcei minha história a existir por causa da minha doença.

E *todos* foram punidos.

É por isso que estou aqui, para alimentar, lamentar e, talvez, curar minha enfermidade. Foi aqui que tudo começou, e é aqui que deve terminar.

Este lugar que me assombra, e que moldou quem eu sou, é uma cidade fantasma. Semanas antes de eu completar dezenove anos, minha mãe me enviou para morar com meu pai, um homem com quem eu havia passado apenas alguns verões quando era mais nova. Depois que cheguei, eu rapidamente aprendi que a postura dele perante as obrigações de pai não havia mudado, e ele ainda impunha as mesmas regras de quando eu era pequena — raramente ser vista e nunca ser ouvida. Era esperado que eu respeitasse uma rotina rigorosa e fosse bem na escola enquanto seguia suas regras para a vida.

Nos meses seguintes, como uma prisioneira em seu império, eu naturalmente fiz o contrário, destruindo a mim mesma e manchando ainda mais o nome dele.

Naquela época, eu não tinha arrependimento nenhum quando se tratava do meu pai. Até que fui forçada a lidar com as consequências.

Agora, com vinte e seis anos, ainda estou lidando com elas.

Está claro para mim que nunca vou superar ou me esquecer do tempo em que vivi em Triple Falls. Depois de anos lutando contra isso, cheguei a essa conclusão. Sou uma pessoa diferente agora, mas já era antes de ir embora. Quando tudo aconteceu, estava determinada a nunca mais voltar. Mas a verdade irritante é que nunca vou conseguir seguir em frente. É para isso que estou de volta. Para fazer as pazes com meu destino.

Não posso mais ignorar o desejo ganancioso que pulsa no meu peito ou o incômodo incessante no meu subconsciente. Por mais que eu queira, nunca vou ser uma mulher capaz de me desapegar do passado, deixá-lo no lugar ao qual ele pertence.

Navegando pelas vias sinuosas, abaixo o vidro, dando as boas-vindas ao frio. Preciso que ele me anestesie. No momento em que peguei a estrada, minha mente começou a espiralar com as lembranças que tentei desesperadamente suprimir durante as horas em que estive acordada desde que parti.

São os sonhos que se recusam a me libertar, que mantêm a guerra furiosa em minha mente, a perda dilacerando meu coração, me forçando a reviver a partes mais difíceis de novo e de novo em um ciclo agonizante.

Durante anos eu tentei me convencer de que existe vida após o amor.

E talvez exista para os outros, mas a vida não tem sido muito legal comigo.

Estou cansada de fingir que não deixei grande parte de quem eu sou em meio a essas colinas e vales, em meio ao mar de árvores que guarda meus segredos.

Mesmo com o vento gelado açoitando meu rosto, ainda sinto o calor do sol na pele. Ainda identifico a silhueta dele bloqueando a luz, a segurança entorpecente da primeira vez que ele me tocou e o rastro de arrepios que aquele toque deixou em mim.

Ainda sinto cada um deles, meus garotos do verão.

Todos nós somos culpados pelo que aconteceu — e estamos cumprindo nossas penas. Fomos negligentes e irresponsáveis ao pensar que nossa juventude nos tornava indestrutíveis, nos eximia de nossos pecados, e isso nos custou caro.

A neve flutua em direção ao para-brisa em uma queda preguiçosa, polvilhando de branco as árvores e o asfalto à medida que saio da rodovia. O chiado dos pneus contra o cascalho faz meu coração bater forte na garganta, e minhas mãos começam a tremer. Eu examino os pinheiros que cercam a estrada enquanto tento me convencer de que encarar meu passado de cabeça erguida é o primeiro passo para enfrentar o que me atormenta há anos. Só me resta habitar a prisão que eu mesma construí. A realidade que estou determinada a enfrentar é a mais definitiva e incapacitante de todas.

A maioria das pessoas considera uma benção conhecer um amor arrebatador, mas eu considero uma maldição. Uma maldição que nunca vou conseguir quebrar. Nunca mais vou conhecer o amor como conheci neste lugar tantos anos atrás. E nem quero. Ainda estou doente por causa dele.

Para mim, não há dúvidas de que foi amor.

Que outra atração poderia ser tão forte? Que outro sentimento poderia viciar a ponto de me levar à insanidade? A fazer as coisas que eu fiz e ser obrigada a viver com as lembranças dentro dessa história de fantasmas?

Mesmo quando senti o perigo, eu sucumbi.

Não prestei atenção a um aviso sequer. Entrei no cativeiro de livre e espontânea vontade. Deixei o amor me dominar e me arruinar. Desafiei o destino, de olhos bem abertos, até que ele revidou.

Nunca houve espaço para fuga.

Parada no primeiro sinal vermelho no limite da cidade, pressiono a cabeça contra o volante e inspiro devagar, odiando o fato de ainda me sentir impotente em relação às emoções que esta viagem despertou em mim, mesmo depois de tanto tempo.

Soltando o ar, olho para a mala que joguei no banco de trás do carro após minha decisão, poucas horas atrás. Passo o polegar pelo anel de noivado em meu dedo enquanto outra pontada de culpa me atravessa. Toda a esperança do futuro que passei anos construindo se perdeu no minuto em que terminei meu relacionamento. Ele não aceitou o anel de volta, e ainda não tive coragem de tirá-lo. O anel pesa em meu dedo como uma mentira. Mais uma vítima do tempo que passei em Triple Falls, uma entre muitas.

Eu estava noiva de um homem que foi capaz de manter seus votos, um homem digno de compromisso, de amor incondicional — um homem leal, de coração fiel e espírito acolhedor. E nunca fui justa com ele. Nunca poderia amá-lo da maneira que uma esposa deve amar um marido.

Ele era um refúgio, e aceitar seu pedido de casamento era um sinônimo de estabilidade. Quando coloquei um fim no noivado, bastou um olhar para perceber que o havia destruído com a verdade de que pertenço a outra pessoa. Que tudo o que resta do meu coração, corpo e alma pertence a um homem que não quer nada comigo.

Foi a agonia no rosto do meu noivo que me fez chegar ao limite. Ele havia me entregado seu amor e dedicação, e eu os joguei fora. Fiz com ele o mesmo que foi feito comigo. Desobedecer a meu coração, meu mestre e meu monstro, me custou Collin.

Minutos depois de nos libertar, fiz as malas e saí em busca de mais sofrimento. Dirigi noite adentro sabendo que o tempo era insignificante. Ninguém está esperando por mim.

Mais de seis anos se passaram, e estou de volta à estaca zero, de volta à vida da qual fugi, com os sentimentos fora de controle enquanto tento me convencer de que deixar Collin não foi um erro, mas um mal necessário para livrá-lo das mentiras que contei. Eu o enganei com promessas que nunca poderia cumprir e me recusava a continuar mentindo — amar e respeitar na saúde e na doença —, porque não havia revelado a ele quão doente estou.

Nunca contei a ele que me permiti ser usada e às vezes humilhada até o limite da perversão... e que havia adorado cada segundo. Nunca contei ao meu noivo que deixei meu coração sangrar até que ele não tivesse escolha a não ser bater em um ritmo singular, compatível com a batida de um único outro. Ao fazer isso, sabotei minhas chances de identificar e aceitar o tipo de amor que cura em vez de ferir. O único amor que já conheci e desejei é do tipo que me mantém doente, doente de saudade, de tesão, de carência, de angústia. Do tipo deturpado, que deixa cicatrizes e mágoas.

Se eu não puder me curar enquanto estiver aqui, vou continuar doente. Essa será minha maldição.

Pode ser que não exista um final feliz para mim, pois abri mão das minhas chances quando abracei meu lado sombrio. Aceitei isso no ano em que me libertei da minha timidez, reagindo à rejeição e à dor e abandonando meu próprio senso moral.

São coisas que você não diz em voz alta. É o tipo de confissão à qual as mulheres que impõem respeito nunca devem dar voz. Em hipótese alguma.

Mas está na hora de confessar, a mim mesma mais do que a qualquer outra pessoa, que eu comprometi minha chance de viver um relacionamento normal e saudável por causa da maneira como fui criada, e por causa dos homens que me criaram.

A esta altura, só quero fazer as pazes com quem eu sou, não importa qual seja meu fim.

A parte mais difícil de tudo isso não é o noivo que magoei. É saber que nunca vou ter o único homem a quem meu coração já foi fiel.

Uma onda de ansiedade me consome à medida que mais lembranças vêm à tona. Ainda sinto o perfume dele, consigo senti-lo pulsando dentro de mim, lembro do gosto salgado de quando ele gozava, vejo a expressão satisfeita em seus olhos semicerrados. Sinto a agitação inconfundível dos olhares que trocamos, ouço o som estrondoso de sua risada, noto perfeitamente o seu toque.

Quanto mais me aproximo, mais as lembranças me dominam. Minha determinação em enfrentar o que me assombra começa a se desfazer aos poucos. Porque tenho uma ideia de como será o fim, e não posso mais fugir dele.

Pode não haver cura nem superação, mas está na hora de resolver os assuntos pendentes.

Que comece a caça aos fantasmas.

1

PASSADO

Estaciono em frente aos portões de ferro imensos, digito o código que Roman me deu e encaro de boca aberta a extensa propriedade que se revela quando atravesso para o lado de dentro. A grama verdinha e brilhante, preenchida por árvores, que cerca a casa descomunal no fundo se estende por quilômetros. Quanto mais me aproximo, mais me sinto deslocada. À esquerda da mansão fica uma garagem da qual desvio, optando por estacionar na entrada circular perto da varanda.

Saio do carro e alongo as pernas. A viagem não foi longa, mas meus músculos foram pesando à medida que eu me aproximava. Embora a casa seja impressionante, me lembra uma prisão, e é como se hoje fosse o primeiro dia da minha pena.

Abro o porta-malas, pego uma parte da bagagem e subo os degraus, examinando o terraço perfeitamente limpo. Nada neste lugar parece convidativo, e, com exceção da terra na qual está plantado, tudo nele fede a dinheiro.

Fecho a porta atrás de mim e corro os olhos pelo hall de entrada, onde há uma mesa solitária com um vaso sem flores que com certeza vale mais que meu carro. Há uma grande escadaria à minha direita e uma sala de jantar luxuosa à esquerda. Decido pular o tour pela casa e carrego minhas malas até o segundo andar, enquanto equilibro o celular entre o ouvido e o ombro. Christy atende no segundo toque.

— Amiga, cheguei.

— Que palhaçada! — ela responde no instante em que entro no quarto e olho em volta. O ambiente é composto de uma cama de dossel completamente branca que meu pai com certeza encomendou, um aparador, uma cômoda e uma penteadeira igualmente sem cor. É majestoso de um jeito elegante e não se parece em nada comigo, o que não me surpreende. Meu pai não me conhece.

— É só até o próximo outono.

— Isso é daqui a um ano, Cecelia, *um ano*. A gente acabou de se formar. É o nosso último verão antes de começar a faculdade, e a sua mãe decide tirar um tempo *para ela*?

Essa é só uma parte da verdade, mas deixei que Christy acreditasse pelo bem da minha mãe, porque ainda não sei como explicar a situação. A triste realidade é que minha mãe teve um colapso de proporções épicas que a fez perder o emprego e contar moedas para pagar as contas. O namorado ofereceu a casa para ela ficar um tempo lá — desde que fosse *ela*, não a filha bastarda. Minha mãe e eu sempre fomos unidas, mas nem eu a reconheço mais. Apesar de todos os meus esforços para ser uma boa filha, ela se fechou completamente há alguns meses, se afogando em *white russians* dia e noite por semanas, até que um dia parou de se levantar da cama. Ela quase me abandonou em sua busca pela bebedeira diária. Embora eu tivesse tentado e cobrado desesperadamente respostas que ela não dava, não sabia como ajudá-la, então não a culpei por considerar as condições propostas pelo meu pai para que eu morasse com ele.

Vê-la desmoronar daquele jeito era assustador. No estado em que ela estava, eu não queria que lhe faltasse nada, principalmente depois de tantos anos sendo mãe solo. Em um momento de desespero, pedi ao meu pai que estendesse a duração da pensão para que eu pudesse dar uma força a ela, por mais que o dinheiro mandado representasse uma gota em um balde d'água para ele — o valor de um de seus ternos sob medida. Ele negou e assinou seu último cheque pouco antes de eu me formar, o pagamento final pelos serviços prestados, como se minha mãe tivesse sido sua funcionária.

Nem em meus sonhos mais loucos consigo imaginar como eles podem ter formado um casal em algum momento, ou como chegaram ao ponto de me conceber, porque são duas pessoas que simplesmente não deveriam ter tido uma filha juntos. Eles são completos opostos. Minha mãe é — ou era até pouco tempo atrás — um espírito livre com muitos vícios. Meu pai é um reacionário de língua afiada e autodisciplina combativa. Pelo que me lembro, a agenda dele funciona como um relógio que raramente muda. Ele acorda, treina, come meia toranja, sai para trabalhar e fica lá até o sol se pôr. Quando eu era mais nova, seu único prazer eram os copos de gim que bebia depois de um dia de trabalho puxado. E não sei mais nada sobre sua vida pessoal. O resto posso procurar na internet. Ele é dono de uma das empresas listadas na *Fortune 500* que antes comercializava produtos químicos, mas agora fabrica eletrônicos. O arranha-céu corporativo fica a pouco mais de uma hora de distância, em Charlotte; a fábrica principal, aqui em Triple Falls. Tenho certeza de que ele a construiu nesta cidade porque foi onde cresceu, porque gosta de esfregar o sucesso na cara dos ex-colegas, alguns dos quais trabalham para ele agora.

Vou ser mais um de seus empregados a partir de amanhã. Não fui rica nos anos que passei com minha mãe em nossa casa alugada decadente. Quando fizer vinte anos, devo herdar uma grande quantidade de ações da empresa, junto com uma quantia em dinheiro, e sei que a cronologia é proposital, porque ele nunca quis que minha mãe chegasse perto de sua fortuna. Seu rancor era claro nesse sentido. Além do fato de ter dado a ela o mínimo possível ao longo de todos esses anos, manter minha mãe na base de sua pirâmide social mostra claramente que ele não nutre nenhum sentimento por ela.

Por um breve período, vivi os dois lados da pobreza por causa dos estilos de vida opostos deles, e, para provocar meu pai, vou pegar as ações e o dinheiro e ir contra cada uma de suas vontades. No que depender de mim, minha mãe nunca mais vai trabalhar. Qualquer sucesso que eu tiver, estou determinada a conquistar sozinha, mas o medo de falhar aliado à possibilidade de que apostar em mim mesma poderia custar caro para *ela* foi o que me trouxe até aqui. No entanto, para realizar meu plano, tenho que entrar no jogo dele, e isso inclui ser *agradecida e respeitosa o suficiente para aprender sobre o negócio, mesmo começando de baixo.*

A parte mais difícil vai ser controlar minha boca e calar meu ressentimento, que está inflamado, já que ele poderia ter nos poupado de um ano constrangedor juntos se simplesmente tivesse a porra de um coração diante da mulher que fez o trabalho dela e o dele, atuando como minhas duas figuras parentais.

Não é que eu odeie o meu pai, mas não entendo e nunca vou entender sua crueldade implacável. Não pretendo passar o próximo ano tentando desvendá-lo. Qualquer comunicação de sua parte sempre pareceu obrigatória e apressada. Ele sempre foi um provedor financeiro, não um pai. Respeito sua ética de trabalho e seu sucesso, mas não entendo o motivo de sua falta de empatia nem de sua personalidade fria.

— Vou dar um pulo em casa sempre que puder — digo a Christy, sem saber se posso fazer disso uma promessa devido à minha agenda.

— Eu te visito também.

Abro uma gaveta na parte superior da minha cômoda e jogo uma pilha de meias e calcinhas lá dentro.

— Deixa eu ver o que o Soberano pensa sobre você ocupar um quarto de hóspedes antes de encher o tanque do carro, tá bom?

— Eu reservo um hotel com o cartão da minha mãe. Foda-se o seu pai.

Eu rio, e soa estranho no quarto enorme.

— Você não está simpatizando muito com os meus pais hoje.

— Eu amo a sua mãe, mas não entendo. Talvez eu precise ir fazer uma visita para ela.

— Ela foi morar com o Timothy.

— É sério? Quando?

— Ontem. Dê um tempinho para ela se instalar.

— Tudo bem... — Ela faz uma pausa. — Por que estou descobrindo isso agora? Eu sabia que as coisas estavam azedando, mas o que está acontecendo de verdade?

— Sinceramente, não sei. — Suspiro, cedendo ao ressentimento que começa a se manifestar em mim. Não costumo esconder nada de Christy. — Ela está com uns problemas. O Timothy é um cara decente, confio nele para cuidar dela.

— Ele só não deixou você ir morar lá.

— Sendo bem justa, eu sou adulta, e ele não tem espaço para eu ficar.

— Ainda quero entender por que ela te deixou morar com o seu pai *agora*.

— Eu te falei, tenho que trabalhar na fábrica por um ano para garantir a estabilidade dela. Não quero me preocupar com ela enquanto estiver na faculdade.

— Não é responsabilidade sua.

— Eu sei.

— Você não é a mãe dela.

— Nós duas sabemos que eu sou. E a gente pode retomar os nossos planos assim que eu voltar.

Fiquei surpresa quando meu pai permitiu que eu frequentasse a faculdade comunitária de Triple Falls por alguns semestres, em vez de me obrigar a tirar um ano sabático e começar atrasada em outra universidade mais adequada. É o dinheiro dele, já que ele é a única fonte de renda da minha poupança para o ensino superior, então essa vitoriazinha nas negociações deixou claro que ele me queria aqui o suficiente para fazer um acordo — o que é um desvio de sua personalidade controladora.

Olho ao redor do quarto.

— Não fico com ele desde que tinha onze anos.

— Por que não?

— Alguma coisa sempre atrapalhava. Ele dizia que eram as viagens para o exterior e a expansão da empresa que o impediam de cuidar de mim. O fato é que eu cresci, ganhei seios e uma personalidade insolente, e ele não aguentou. Acho que não tem nada que assuste mais o Roman do que ser um pai de verdade.

— É estranho quando você chama o seu pai pelo primeiro nome.

— Na frente dele nunca. Quando estou aqui, é senhor.

— Você nunca fala sobre ele.

— Porque eu não o conheço.

— Quando você começa a trabalhar?

— Meu turno é das três às onze, mas tenho integração amanhã.

— Me ligue quando sair. Vou deixar você desfazer as malas.

E então me ocorre que, quando desligarmos, vou ficar presa ao silêncio do quarto, da casa, completamente sozinha. Roman não teve a decência de estar aqui para me receber.

— Cee? — A voz de Christy soa tão insegura quanto eu me sinto.

— Ah, merda. Tá bom, estou sentindo o vazio agora.

Abro as portas francesas que levam à minha varanda particular e encaro o terreno impecável. Ao longe não existe nada além de um cobertor de grama impossivelmente verde aparada em um padrão diagonal. Depois, uma floresta densa em volta de uma torre de telefonia. Mais perto da casa, há um jardim que grita opulência sulista. Glicínias cobrem as treliças que formam um dossel acima de fontes esculturais. Sebes forradas de madressilva escorrem sobre as poucas cercas. Sinto o aroma de várias flores enquanto a brisa me atinge silenciosamente. Cadeiras luxuosas estão estrategicamente posicionadas ao longo de todo o jardim bem cuidado, que decido que vai ser meu recanto de leitura. A enorme piscina cristalina parece convidativa, especialmente considerando o calor do início do verão, mas, como moradora nova da mansão, me sinto pouco à vontade para considerá-la para meu uso pessoal.

— Meu Deus, isso é esquisito.

— Você vai tirar de letra.

O tom nervoso de Christy é inquietante. Nós duas estamos inseguras a esta altura, o que infunde ainda mais medo em mim.

— Espero que sim.

— Só um pouco mais de um ano e você vai estar em casa. Você está com quase dezenove, Cee. Se odiar, você *pode* vir embora.

— Tem razão. — É verdade, ainda que meu acordo com Roman não seja tão simples. Se eu voltar atrás na decisão de passar um tempo na fábrica, perco a fortuna que poderia saldar a dívida da minha mãe e garantir conforto a ela pelo resto da vida. Não posso fazer isso. Ela se matou de trabalhar para cuidar de mim.

Christy percebe minha hesitação.

— Isso não pode ser colocado na sua conta. Criar você era responsabilidade dela, Cee. Essa é a obrigação dos *pais*, você nunca deve se sentir obrigada a retribuir.

É verdade, e eu sei disso, mas, ao observar a mansão sem vida de Roman, sinto mais saudade da mamãe do que nunca. Talvez seja o distanciamento e o jeito como meu pai me trata que me façam sentir tanta gratidão por ela. De qualquer maneira, quero cuidar dela.

— Eu sei que a minha mãe me ama — respondo, mais para mim do que para Christy. Depois de tantos anos juntas, quando mamãe desistiu da vida, de *mim,* foi uma surpresa cruel e desconcertante.

— Bom, eu não iria te culpar se você se libertasse. Amo a sua mãe e tudo mais, mas parece que os seus pais não servem pra nada neste momento.

— Dá para tolerar o Roman. Ele é rígido, mas nós conseguimos suportar alguns verões. Quer dizer, conseguimos nos evitar por alguns verões. Não estou procurando criar laços, só sobreviver. É que este lugar me parece... frio.

— Você nunca esteve aí?

— Nesta casa, não. Ele a construiu depois que parei de vir para cá no verão. Acho que ele passa mais tempo no condomínio em Charlotte. — Em frente à porta do meu quarto, a alguns metros de distância, há outra porta. Abro-a, aliviada ao ver que é um quarto de hóspedes. À minha esquerda, no topo da escada, há um mezanino com vista para o hall do andar de baixo que leva a um corredor comprido com mais portas fechadas. — Vai ser como viver em um museu.

— Que ódio. — Ela solta um suspiro, que mais parece um gemido, e eu sinto sua amargura. Somos amigas desde o ensino fundamental e não nos separamos nem por um dia desde que nos conhecemos. Não sei viver sem ela e, para ser sincera, nem quero saber. Mas, para o bem-estar da minha mãe, vou ter que aprender. Pouco mais de um ano em uma cidade apática no meio das montanhas Blue Ridge e estou livre. Só espero que o tempo passe voando.

— Ache alguma coisa pra se distrair. De preferência, uma coisa que tenha um pinto.

— A sua solução é essa? — Caminho de volta para o meu quarto e saio para a varanda.

— Você iria entender se desse atenção a pelo menos *um.*

— Já dei, e você viu como as coisas terminaram.

— Aqueles eram garotos; encontre um *homem.* Você vai ver, amiga. Você vai pôr essa cidade abaixo quando eles te notarem.

— Não estou dando a mínima para isso agora — respondo, encarando a vista espetacular das montanhas além da floresta particular. — Estou oficialmente vivendo o outro lado da moeda. Isso é tão estranho.

— Imagino. Mas levante a cabeça. E me ligue amanhã depois da integração.

— Tá.

— Amo você.

2

Xingando até não poder mais, estaciono em uma das últimas vagas do estacionamento da fábrica e atravesso o mar de carros a passos largos até o saguão. A última coisa de que preciso é um sermão sobre pontualidade depois do jantar monótono que tive com meu pai ontem. Aquela uma hora e pouco que passei sob o escrutínio de seus olhos de águia foi o suficiente para me sentir grata pela minha nova rotina, que vai me fazer trabalhar quase toda noite.

O calor do sol desaparece no instante em que abro as portas de vidro. O edifício parece milenar. O piso frio, embora polido, está rachando após décadas de uso. Há uma grande samambaia no centro do saguão que parece dar um pouco de vida ao ambiente, mas, depois de olhar mais de perto, percebo que é de plástico e está coberta de teias de aranha. Um segurança de meia-idade e braços cruzados me observa enquanto uma mulher mais velha e bem-vestida, com olhos cinzentos bisbilhoteiros, me cumprimenta do outro lado do balcão da recepção.

— Olá, sou Cecelia Horner. Estou aqui para a integração.

— Estou ciente, srta. Horner. Última porta à esquerda — ela responde, seus olhos avaliando meu vestido enquanto me direciona até um corredor comprido. Subo a escada, cruzo com alguns escritórios vagos e, bem a tempo, chego à mulher que segura a porta para os últimos novatos entrarem. Ela me cumprimenta com um sorriso caloroso (aparentemente a única coisa aconchegante neste lugar) enquanto estremeço com o ar gelado no interior do prédio. Sou orientada a preencher um crachá, que prendo ao vestido leve que optei por usar antes de ficar refém do uniforme monótono que me aguarda em meu armário. Sinto a intensidade dos olhares das pessoas já sentadas e escolho a carteira vazia mais próxima.

A sala está escura, a única luz vindo de uma tela de projeção com os dizeres "Bem-vindos" em negrito e o logotipo da empresa Horner Technologies na parte inferior. Nunca tive orgulho do meu sobrenome. Até onde sei, fui um deslize que Roman cometeu anos atrás e que tinha dinheiro suficiente para fazer desaparecer. Não tenho a ilusão de que vamos ser próximos algum dia. Ele não olha para mim com a mesma indiferença cruel com que olha para minha mãe — pelo que percebi nos poucos encontros que testemunhei —, mas definitivamente sou uma coisa secundária em sua vida.

O jantar de ontem foi estranho, e nossa conversa, forçada. Hoje estou aqui para cumprir as ordens dele. Outra formiga operária adicionada à sua fazenda industrial. É como uma tentativa de me ensinar uma lição de vida que diz que o trabalho duro compensa, o que não é um conceito novo para mim. Eu me sustento desde que comecei a trabalhar; comprei meu primeiro carro e paguei o seguro enquanto equilibrava minhas contas. Sei que não tenho nada a aprender com ele. E não duvido de que, quanto mais cumprir as exigências dele e concordar com os planos que ele traçou para mim, mais meu ressentimento vai crescer.

Isto é pela mamãe.

A mulher que me cumprimentou na porta se dirige até a frente da sala e sorri.

— Parece que a maioria está aqui, então vamos começar. Sou Jackie Brown. Sim, como no filme. — Nenhum de nós ri. — E trabalho para a Horner Tech há oito anos. Sou diretora de RH e estou animada por receber vocês na integração. Gostaria que cada um de vocês se levantasse e se apresentasse brevemente para nos conhecermos.

Estou sentada na primeira carteira, e ela acena para mim. Me levanto a contragosto, sem me preocupar em encarar o restante da sala, e falo diretamente para ela.

— Prazer, Cecelia, *não* como a da música. Sou nova na cidade. Já vou deixar claro agora que o meu pai é o dono disto aqui, mas não quero nenhum tratamento especial. E prometo não dedurar quem fizer uma paradinha para fumar ou curtir uma tarde de prazer no quartinho do zelador.

Percebo que Jackie Brown não fica feliz com minha apresentação por causa de sua expressão perplexa, mas uma risada soa atrás de mim. Eu me sento novamente e amaldiçoo minha incapacidade de passar pelos primeiros minutos de integração sem que meu rancor transpareça. Eu não devia cutucar a fera no meu primeiro dia, e não tenho dúvidas de que meu pai vai ficar sabendo. No entanto, apesar da repercussão inevitável, não consigo sentir remorso. Lembro a mim mesma que isto é pela mamãe e me prometo manter a postura, pelo menos até o período de experiência terminar.

— Próximo? Você, atrás dela.

Com o movimento atrás de mim, sinto um perfume de cedro antes de a pessoa começar a falar.

— Sean, nenhuma relação com o homem na sala lá em cima, e esta é a segunda vez que eu trabalho na Horner Tech. Saí por um tempo. E eu iria curtir muito uma tarde de prazer no quartinho do zelador.

Risadas abafadas soam por toda a sala quando o primeiro sorriso que sou capaz de esboçar em dias se espalha pelo meu rosto.

Executo um meio giro em minha cadeira e espio por cima do ombro até encontrar olhos castanhos divertidos. O arrastar de seu olhar sobre mim faz minha pele formigar. A poucos metros, na penumbra, consigo apreciar o contorno atraente de seus traços e seu corpo impressionante, a camiseta que se estica sobre o peito e o jeans escuro apertado. Trocamos um rápido jogo de olhares, em que sustento o contato visual alguns segundos além do confortável antes de me virar para Jackie Brown novamente.

— Bem-vindo de volta, Sean. Vamos nos abster de mais comentários como esse, certo?

Preciso fazer força para esconder meu sorriso, e ainda sinto o olhar dele sobre mim enquanto o restante da sala se levanta, um por um, para se apresentar.

Talvez isso não seja tão ruim, afinal.

3

— Ei, Tarde de Prazer! — Ouço uma risada divertida atrás de mim enquanto caminho pelo estacionamento. — Espere aí!

Com uma careta, eu me viro e vejo Sean vindo sem pressa em minha direção através de uma fileira de carros. Descanso as mãos nos quadris e o encaro, até que ele se aproxima e sou forçada a erguer o olhar devido a nossa diferença de altura.

Ele é ainda mais impressionante à luz do dia, e tenho o cuidado de esconder meu espanto. O visual é de paralisar — o cabelo em dois tons de loiro arrumado em um topete, a pele bronzeada, o corpo incrível e os olhos castanhos naturalmente dominantes, além de um nariz marcante com uma leve saliência em cima. E a boca... A boca é suficiente para manter meus olhos sedentos ocupados. Ele coloca a língua para fora e a desliza contra a argola enfiada no canto da boca, exibindo o lábio inferior carnudo. Seu olhar brilha sobre mim, e ele solta um sorrisinho enquanto meus olhos devoram seu rosto, depois desviam para seu pescoço, seus ombros largos e vão descendo e descendo. Uma tatuagem enorme cobre a maior parte de seu braço esquerdo, a ponta escura de uma asa com penas aparecendo logo acima do cotovelo e se estendendo até a base do pescoço.

— Esse não é o meu nome.

— Foi mal. — Ele sorri. — Não resisti.

— Se esforce mais.

Sua risada faz minha pele vibrar.

— Pode deixar. Aquilo que você fez lá dentro foi corajoso.

— É, não estou ansiosa para começar a trabalhar. É só uma condição da minha pena.

Ele franze a testa.

— Pena?

— Por causa do meu sobrenome. Acho que estou sendo forçada a trabalhar aqui durante um ano para merecê-lo.

Dou de ombros, como se minha amargura não tivesse falado por si.

— Hmm, você não está sozinha nessa. Também não estou feliz por voltar a trabalhar aqui.

Sean é mais velho, deve ter uns vinte e poucos anos, e esse visual incrível torna sua presença impossível de ignorar. O perfume dele também é tentador — cedro e outra coisa que não consigo identificar. A energia que ele emana é irresistível. Quanto mais tempo fica embaixo do sol, mais parece absorvê-lo. É alarmante o quanto olhar para ele me deixa desconcertada. Mas não me censuro, porque seu olhar é igualmente descarado. Apesar do meu humor deprimente, me arrumei hoje de manhã e, agora, ao encarar Sean em um vestido preto com bolinhas brancas na altura do joelho, fico feliz por ter me esforçado. Deixei o cabelo solto, e ele desliza em cima dos meus ombros. Dei uma atenção a mais aos meus cílios e passei bastante gloss nos lábios, que lambi sob o olhar de Sean enquanto ele acompanhava o movimento.

— Cecelia, né?

Concordo com a cabeça.

— O que você vai fazer agora?

— Por quê?

Ele passa a mão pelo cabelo bagunçado.

— Você é nova na cidade, né? Meus amigos e eu conhecemos um lugar a uns quilômetros daqui. Vamos receber uma galera hoje, e pensei que talvez você quisesse vir com a gente.

— Hum, eu passo.

Ele inclina a cabeça, achando graça em minha resposta rápida.

25

— Por quê?

— Porque não te conheço.

— Esse é o objetivo do convite. — Ainda que gentilezas estejam saindo de sua boca, seus olhos me devoram de um jeito que não me deixa exatamente confortável.

— Acho que aquela piada que eu fiz te passou uma impressão errada de mim.

— Juro que não estou fazendo suposições. — Ele ergue as palmas das mãos e um ás tatuado em seu pulso direito se apresenta como uma carta permanente na manga.

Genial.

Ele dá uma piscadinha, e eu sinto como um beijo na bochecha. O que me espera em casa é um mergulho e uma leitura. E tenho a sensação de que vou fazer exatamente isso a maior parte do verão. Olho para ele desconfiada e estendo a mão.

— Deixa eu ver a sua habilitação.

Com uma sobrancelha loira grossa erguida, ele abre a carteira e me entrega a habilitação. Pego o documento e olho para Sean no momento em que um cigarro aparece se equilibrando entre seus lábios, antes de ele acender um isqueiro Zippo de titânio preto, e volto minha atenção para sua identidade.

— Você sabe que é o último fumante, né?

— Alguém tem que seguir os hábitos do meu velho — diz ele, expirando.

— Alfred Sean Roberts, vinte e cinco anos, virginiano. — Tiro uma foto do documento e mando uma mensagem para Christy.

Se eu aparecer morta, esse cara é o assassino.

O balão de resposta aparece imediatamente, e sei que ela deve estar surtando. A imagem de Sean não faz jus à realidade. Sua aparência estarrecedora parece inadequada ali.

— Mandando um pedido de socorro? — pergunta ele, sacando minha jogada.

— Exatamente. — Devolvo seu documento. — Se eu não voltar para casa, você é o principal suspeito.

26

Ele parece refletir sobre minha declaração.

— Você *sabe* se divertir?

— Em que sentido?

— Em todos os sentidos.

— Na verdade, não.

Ele olha para mim com tanta intensidade, a postura repentinamente hesitante, como se ponderasse retirar ou não o convite. Apesar de estar um pouco ofendida, decido facilitar as coisas para ele.

— Imagino que isso seja um problema. Não se preocupe, a gente se vê...

— Não é isso, é só que... — Ele coloca a mão na nuca. — Caramba, estou fodendo com tudo. É que os caras, eles vão, tipo, eles...

— Já fui a muitas festas, Sean. Não sou a Chapeuzinho Vermelho.

Isso me rende um sorriso, e ele apaga o cigarro com a bota bege manchada de graxa.

— Ótimo, porque a gente não quer que o lobo sinta o seu cheiro.

— Para onde exatamente você está me levando?

Ele abre um sorriso deslumbrante que parece uma porrada no peito.

— Já te disse, para um lugar que eu conheço.

Eu devia desconfiar, especialmente por ele ter hesitado, mas fiquei intrigada acima de tudo.

— Eu te sigo.

Paramos em frente a um sobrado de dois andares, o único em uma ruazinha sem saída. O restante das casas está a uma distância suficiente para garantir a privacidade. Uma diferença gritante do bairro de casas geminadas onde cresci. Saio do meu Camry e encontro Sean em seu carro, um antigo clássico que sofri para acompanhar no caminho até aqui. Ele é vermelho como uma viatura de bombeiro, parece recém-polido e combina totalmente com Sean. Os outros carros estacionados ao longo da rua são todos do mesmo estilo, em sua maioria clássicos — todos com metais reluzentes e motores potentes ou enormes picapes que exigem algum esforço para escalar.

— Que lindo — digo a Sean enquanto ele sai do carro e fecha a porta, os olhos escondidos atrás de óculos vintage estilo Elvis em Las Vegas. Óculos escuros que ficariam ridículos em qualquer outra pessoa, mas funcionam bem nele sem dificuldade. Desviando os olhos, corro os dedos pelo exterior lustroso do carro.

— Que carro é esse?

— O nome é Nova ss 69.

— Eu amei.

Ele dá um sorrisinho.

— Eu também amo. Vamos lá.

Levanto o olhar, e é fácil perceber que a casa pintada de bege abriga jovens adultos solteiros. Não tem nada de especial — o gramado bem cuidado e limpo, mas sem nenhum toque pessoal. Há um grupo de pessoas reunidas na varanda, algumas cabeças já viradas em nossa direção.

Uma pontada de ansiedade me mantém parada no lugar enquanto Sean caminha alguns passos à frente. Quando percebe que não o estou acompanhando, ele se vira, e eu encaixo uma das mãos embaixo do braço que pende ao meu lado.

— Quem mora aqui?

— Eu e dois caras. Eles são como meus irmãos, e os dois mordem.

— Que tranquilizador.

Ele empurra os óculos para o topo da cabeça e me olha, cético.

— Talvez seja melhor ir para outro lugar.

— Melhor?

Sean dá alguns passos em minha direção, sua voz nivelada quando ele fala.

— Olha, tenho que admitir que, lá na fábrica, pensei que você fosse um pouco mais buldogue do que filhote. Uma bebê.

Lanço um olhar mortal para ele.

Ele aponta para minha expressão com um novo sorriso no rosto.

— Olha só, *essa* cara fechada aí é o que vai te manter viva nesta casa. Acha que consegue manter enquanto estiver aqui?

— Não estou entendendo. Não são seus amigos?

Ele ergue uma mão firme entre nós antes de afastar o cabelo do meu ombro. Não me esquivo de seu toque.

— Se você tivesse ficado em dúvida, eu te levaria para outro lugar. Mas você dá conta. É só não aturar nenhuma merda, como fez comigo no trabalho, e vai ficar tudo bem.

Ele pega minha mão, e nós caminhamos por entre as pessoas que estão na varanda, parando perto da porta da frente.

— Quem é essa? — A voz vem do balanço, da boca de um cara emaranhado em uma garota que me olha com o mesmo interesse. Posso praticamente ver o *não curtimos estranhos por aqui* em ambas as expressões.

— Ela acabou de começar na fábrica. Cecelia, este é James, e esta é a garota dele, Heather. — Ele aponta o queixo para os outros que estão aglomerados na cerca da varanda me examinando enquanto bebem suas cervejas. — Russell, Peter, Jeremy e Tyler. — Todos eles acenam para mim com a cabeça enquanto uma sensação estranha, mas não ruim, corre pela minha espinha. No mínimo, parece um déjà-vu. Tyler sustenta meu olhar por mais tempo, e não posso deixar de notar a ponta da asa tatuada sob o punho de sua camiseta quando ele ergue a cerveja. Nossos olhos permanecem fixos um no outro até eu ser conduzida para dentro da casa.

Apesar de minha hesitação em vir, me sinto mais confortável aqui do que me senti em uma noite na casa do meu pai, e uso isso para incentivar cada passo. Uma vez lá dentro, examino a casa impecável. As paredes parecem recém-pintadas, e os móveis, novos. A sala está vazia exceto pelo sofá, onde um casal conversa animadamente — o cara me dando uma olhada antes de assentir para Sean, que me guia através de uma porta de vidro de correr. Quando atravesso para o pátio, os cabelos da minha nuca se arrepiam. Me sinto exposta, o que não está longe da realidade, porque o quintal está fervilhando de gente, fumaça ondulando de uma churrasqueira e para fora das bocas de algumas pessoas próximas à cerca que beira o quintal. À nossa esquerda há uma mesa comprida cheia de gente bebendo e jogando cartas. A reunião parece apenas algumas cabeças distante de se tornar uma festa completa. Sean me leva até o meio do quintal, onde há fileiras de coolers abastecidos até a tampa com cerveja ao lado de um banco de piquenique.

— Casa legal.

— Valeu. Ainda estamos trabalhando nela. Quer uma cerveja?

— Eu... — Faço uma pausa, quero tentar me enturmar, apesar de me destacar como um corpo totalmente estranho. Da última vez que bebi, não acabou bem. — Sim, vou querer uma.

Ele torce a tampa de uma garrafa de sidra.

— Acho que isso é cerveja de menina. — Tomo um gole e depois outro, gostando do sabor. Os lábios de Sean se erguem em um sorriso sensual. — Curtiu?

— É bem gostosa.

— Acho que eu devia ter perguntado a sua idade.

— Tenho idade para votar, mas não para beber legalmente.

Ele abaixa a cabeça.

— Não sou *tão* nova assim. Faço dezenove daqui a algumas semanas.

— Merda. — Ele me encara. — Achei que eu seria um problema para *você*.

Dou dois tapinhas com os dedos na têmpora.

— Sou traiçoeira assim.

— Você é perigosa — diz ele, seus olhos buscando os meus. — Estou sentindo isso.

— Eu sou inofensiva.

— Não mesmo. — Ele balança a cabeça devagar. — Nem um pouco. — Ele pega uma cerveja do cooler e abre, sem tirar os olhos de mim. — Está com fome?

— Morrendo — respondo com sinceridade, meu estômago roncando com o aroma que permeia o quintal.

— Acho que daqui a pouco fica pronto. — Um dos caras que estão jogando cartas acena para ele, os olhos curiosos fixos em mim. — Tudo bem se eu te deixar aqui por um segundo?

— Tudo.

— Eu já volto. — Ele se afasta, e eu me concentro em sua bunda. Uma risada feminina soa atrás de mim, e eu me viro quando ela se aproxima. A garota é linda, com cabelo loiro comprido, olhos azul-bebê e, na minha opinião, um corpo perfeito. Delicada e com curvas suaves. O último estirão da minha fase de crescimento me coloca um pouco acima dela, com um metro e setenta e cinco. Herdei os olhos azuis e o cabelo castanho-avermelhado do meu pai, e até que combinam com a constituição ligeiramente desproporcional que herdei da minha mãe. O que me falta de seios, compenso em bunda.

A garota sorri.

— Não te culpo por querer comer com os olhos.

— Deu tão na cara assim?

— Um pouco. — Ela pega uma sidra do cooler, desenrosca a tampa e toma um gole. — Mas *todos* nós encaramos aquela bunda. Prazer, Layla.

— Cecelia.

— E aí, de onde você conhece o Sean?

— Conheci hoje na integração.

Ela franze o nariz.

— Você trabalha na fábrica?

— Começo amanhã. Mudei para cá ontem.

— Eu trabalhei lá por alguns anos depois do ensino médio e não aguentei. Quase todo mundo aqui trabalha ou trabalhou lá em algum momento. Mas o dono é um babaca. Ele mora em uma mansão em algum lugar na cidade. — Ela se vira para mim. — Dá para entender o pessoal daqui procurar emprego lá, mas por que *você* aceitaria?

— Eu sou filha do babaca.

Ela inclina a cabeça, seus olhos azul-claros se arregalando ligeiramente antes de passarem por mim e seguirem na direção por onde Sean saiu.

— Tá me zoando?

— É sério, e juro que estou com medo.

— Já gosto de você. — Ela toma outro gole da sidra e olha ao redor do quintal. — Sempre tudo igual por aqui.

— Eles fazem isso sempre?

— Ah, sim... — Ela agita os dedos como se o assunto não fosse interessante o suficiente. — Então, de onde você veio?

— Peachtree City, perto de Atlanta.

— Por que quis se mudar para cá?

Dou de ombros.

— Pais divorciados, estão se revezando.

— Que merda.

— É.

Ela olha para além de mim, erguendo o queixo para o mesmo cara que convocou Sean até a varanda, mas desta vez os olhos dele estão grudados nela. Ele não chega nem perto de Sean em aparência, mas há algo nele que chama a atenção, especialmente a dela. Ela dá a ele um sorriso cúmplice e se vira para mim.

— Não pode deixar seu homem sozinho muito tempo, mesmo com os amigos. Bom, um homem que não vive sem você, pelo menos. E o meu não gosta de dividir a minha atenção. — Ela revira os olhos quando a mandíbula dele treme de impaciência. — Tem namorado?

— Não.

Os olhos dela ainda estão nos dele, demonstrando posse sobre o outro de ambas as lados, então ela se vira para mim.

— Espero que você encontre alguma coisa em Triple para se distrair.

— Quem sabe. — Levanto minha garrafa para tomar um gole de sidra e a encontro vazia.

Ela pega duas garrafas cheias, passando uma para mim.

— É melhor eu ir para lá. Vem ficar com a gente, se quiser.

— Obrigada. Vou esperar o Sean aqui. Prazer.

— A gente se vê, Cecelia.

Ela se afasta, recuando para o colo de seu homem, e se envolve em torno dele enquanto ele espera sua vez de jogar. De um jeito sutil, mas possessivo, ele acaricia a coxa dela com o polegar enquanto ela sussurra em seu ouvido. Desvio os olhos, com um pouco de inveja. Já faz um tempo que não tenho ninguém fixo, e às vezes sinto falta do ritual.

Quanto mais olho em volta, mais percebo que essas pessoas são uma família. Pareço ser a única intrusa aqui, o que imagino ser a razão dos olhares vindo de todo lado em minha direção. Como não sou do tipo que se mistura, me pego sentindo falta de Sean — que parece ter sumido há uma eternidade — enquanto permaneço parada no meio do quintal, um peixe fora d'água. Música ecoa de uma janela aberta no segundo andar da casa, e eu caminho até a cerca com vista parcial para as montanhas. Posso ter me mudado dos subúrbios de Atlanta para Meio do Nada, Lugar Nenhum, mas sei apreciar a paisagem espetacular.

Você sabe se divertir?

Não. Apesar de ter frequentado algumas festas no ensino médio, sempre optei por ir embora cedo. Conheço o protocolo e o comportamento necessário para se misturar nesse tipo de encontro, mas nunca me senti confortável como Christy, que conhece todo mundo. Christy faz o papel da minha mediadora, e me pego desejando que ela estivesse aqui. Nunca fui do tipo que dança em cima da mesa depois de encher a cara, ou do tipo que se joga numa pegação aleatória. Meu histórico é antiquado quanto a isso. Sempre fui mais introvertida, uma espectadora, servindo de testemunha a tudo o que acontece enquanto me sinto assustada demais para cometer qualquer deslize e passar vergonha.

Pensando agora, gostaria de ter errado um pouco e de ter sido mais corajosa. Mas, semanas atrás, cruzei o palco até meu diploma esquecível, a garota de quem ninguém lembra o nome no fundo de algumas fotos do anuário. Agora percebo que, aqui entre estranhos, posso ser qualquer pessoa. Com exceção de Sean e sua leitura fácil sobre mim quando nos conhecemos, ninguém sabe quem eu sou. Christy está certa em vários aspectos sobre meu papel no relacionamento com minha mãe. Ela me implora há anos para relaxar. Talvez não seja tarde demais para cometer esses tropeços, me tornar mais uma menina que *vive o momento* e menos tímida.

Mais otimista do que executora, me apoio contra a cerca na metade da minha segunda sidra, perdida na paisagem das montanhas embebidas em pinheiros verdes, quando sinto que não estou sozinha.

— O Sean já te abandonou? — uma voz ressoa ao meu lado. Me viro e vejo Tyler parado a poucos metros de mim, os braços cruzados sobre a borda da cerca, expressão e olhos castanhos calorosos.

— Pois é. — Cumprimento com minha garrafa. — Mas não estou reclamando. Gostei de quem está comandando a música, tenho um drinque e uma vista bonita. Tyler, né?

Seu sorriso em resposta revela uma covinha.

— Isso.

— Trabalha na fábrica também?

— Não, eu trabalho em uma oficina por enquanto, acabei de voltar de Greensboro... fiquei lá nos últimos quatro anos como reservista.

— É sério?

Ele corre as mãos pelo cabelo curto.

— Sério.

— Qual divisão?

— Marinha.

— E você gostou?

Ele sorri.

— Não o suficiente para fazer disso uma carreira. Quatro anos dentro, mais quatro em espera, mas acho que considero um tempo bem gasto.

— Bem-vindo de volta, marinheiro. Obrigada pelo seu serviço.

— Não há de quê.

Brindamos com nossas garrafas.

— Você é dono de um daqueles carros lá fora?

— Sim, o C20 66 é meu.

Levanto as sobrancelhas, e ele sorri.

— A picape verde-limão com teto preto. — Sua fala transborda orgulho enquanto eu o observo. Ele é um pouco mais baixo do que Sean, mas tem o corpo igualmente definido. Tem olhos de bom moço; um castanho intenso envolvido em preto, os cílios naturalmente curvados. Claramente não existe escassez de homem gostoso nas montanhas. Christy vai ficar animada. Mesmo sendo divertidos, porém, e altamente atraentes, não tenho certeza se algum deles faz o meu tipo. No entanto, a cada gole de sidra, sinto que estou formando uma opinião. E por enquanto não encontrei um bíceps que não tenha aprovado. Esse pensamento (combinado à sidra) me faz soltar uma risadinha.

— No que você estava pensando agora? — Os cantos dos lábios de Tyler se curvam para cima, ampliando seu sorriso ao próximo nível.

— Estava pensando que... Ontem eu morava em outro lugar, e agora estou no quintal de um estranho.

— É louco saber até onde um único dia pode te levar, né?

— Exatamente.

— Isso não é incomum por aqui, vai por mim — diz ele, se aproximando. Seu olhar predatório faz um tremor percorrer minha nuca.

— Como assim?

— Fique aqui um tempo e você vai descobrir.

— Bom, por enquanto eu não odeio a cidade — respondo com a voz mansa, percebendo que a sidra está começando a falar por mim.

— Bom saber. — Ele me bloqueia levemente contra a cerca. Não de forma ameaçadora, mas perto o suficiente para que eu sinta um pouco do calor que emana de sua pele.

— Cai fora, mané. Ela acabou de chegar — diz Sean, abrindo caminho entre nós e me encarando com a sobrancelha erguida. — Cadê a cara fechada?

Levanto a garrafa para indicar o momento em que tudo começou a desandar, sentindo meu corpo inteiro quente enquanto ele pega a bebida da minha mão.

— Vamos te alimentar.

Tyler sorri para mim por cima do obstáculo que é o ombro de Sean.

— Te vejo por aí, Cecelia.

— Espero que sim. — Inclino a cabeça para trás, para que ele veja meu sorriso em resposta.

— Eu sabia que você era perigosa. — Sean balança a cabeça antes de me guiar pela mão até uma mesa de piquenique coberta por churrasco e infinitos acompanhamentos. Sean e eu comemos juntos, e é difícil ignorar os olhares que recebemos encolhidos em nossa pequena bolha, isolados do restante da festa.

— Ignore todo mundo — ele aconselha, com a boca cheia. — E... — Ele aponta para mim, ordenando brincalhão. — Cara fechada.

— Existe uma razão para a gente não estar comendo com os outros?

Olhos dourados me atravessam.

— Que tal isto: eu quero ter você só pra mim por enquanto.

— É mesmo? — Mastigo a comida para esconder meu sorriso, incerta dos sinais que quero transmitir. Nossos joelhos, que estavam a centímetros de distância quando começamos a comer, se tocam agora à medida que nos inclinamos mais na direção um do outro. Enquanto nos banqueteamos, entramos em uma conversa despreocupada. Ele revela que se mudou para Triple Falls quando tinha cinco anos e conheceu os amigos com quem passou a morar. Sean, Tyler e outro cara se mudaram para a casa há uma semana, o que presumo ser uma das razões para esta reunião, junto com o retorno de Tyler. Sean trabalhou um tempo na fábrica e outro em uma oficina desde que se formou no ensino médio. Sua família tem um restaurante na Main Street, que é um dos principais points da comunidade de Triple Falls. Embora Sean fale como um livro aberto, seus olhos guardam um mistério, como se suas palavras se opusessem aos pensamentos.

Depois de um prato cheio de churrasco, meus membros pesam a cada olhar que trocamos. Incapaz de fingir plena imunidade, roubo alguns olhares quando ele se distrai com os recém-chegados. A festa fica mais agitada à medida que o sol começa a se pôr, e as conversas

35

crescem em volume. Com outra sidra pela metade na mão, fico no meio do quintal ao lado dele, as costas de nossas mãos se roçando enquanto Sean conversa com Tyler e Jeremy.

Tremendo de ansiedade, escuto apenas metade da conversa deles, muito envolvida no *e se* esses toques roubados levassem a algo mais e no calor da bebida circulando em meu corpo. Quando Sean desliza propositalmente um dedo ao longo da lateral da minha mão, sinto aquele formigamento de novo. Uma sensação distinta e inabalável de estar sendo observada.

Repentinamente paranoica onde estava antes à vontade, olho em todas as direções procurando pela fonte do tal olhar na multidão, até que meus olhos colidem com um par afiado de cinza-prateados... Mas não são só os olhos que me congelam no lugar onde estou — é a expressão predatória neles.

As palavras de Sean flutuam através de minha mente nebulosa. *A gente não quer que o lobo sinta o seu cheiro.*

Tenho a sensação de que o tal lobo sentiu meu cheiro e está me observando a alguns metros.

A festa começa a ferver enquanto nos encaramos, e ele fica completamente à vista. É a terceira vez no dia que sou atingida por algum tipo de atração, e fico impressionada com o quanto estou sentindo.

Não consigo vencer seu olhar intenso enquanto ele me examina como se estivesse considerando seu próximo passo.

No segundo seguinte, ele está vindo bem na minha direção.

Puta merda.

Levanto a cabeça, e ele caminha pelo quintal, uma névoa escura envolta em beleza masculina. Atrás de duas entradas proeminentes, ondas compridas de um cabelo preto espesso e sobrancelhas igualmente escuras acima de olhos prateados, cheios de intenções sinistras.

Entre as maçãs do rosto altas está um nariz elegante e... aquela boca.

Parecendo ter saído da passarela, ele veste preto da camiseta aos coturnos sem cadarço, com a língua para fora, muito parecida com a minha, quanto mais ele se aproxima.

Meu corpo dispara com adrenalina, e eu me esforço para não desviar o olhar. Em vez disso, ergo o queixo em desafio à ameaça silenciosa dançando em seus olhos. Mas nenhuma cara fechada que eu pudesse providenciar iria me salvar da dominância desse cara e da frieza que emana de seu olhar.

— Merda — ouço Sean murmurar quando ele finalmente nos alcança. — Eu te falei que ela está comigo, mano.

Olhos capazes de roubar almas se separam dos meus, me libertando de seu domínio, antes que ele fale, a voz profunda e cheia de autoridade.

— Ela é a porra de uma criança, a filha do seu chefe, e vai parar de beber. Aqui, pelo menos. — Ele se vira para mim. — Hora de ir embora.

Eu franzo a testa.

— Deixa de ser ridículo.

Repasso as palavras na minha cabeça. *É. Foi isso mesmo que eu disse.*

Juro que seus lábios se contraem antes de ele vociferar em direção a Sean.

— Ela está de saída.

— Fica frio, cara. Cecelia, este é Dominic.

— Dominic — repito, profundamente perplexa.

Jesus, Cecelia. Pré-adolescentes têm mais jogo de cintura que você.

— Trazer essa garota pra cá foi um erro de julgamento do meu irmão. Você precisa ir embora.

— Vocês são irmãos? — Eles não poderiam ser mais diferentes em aparência.

— Não exatamente — Sean corrige à minha esquerda.

— Você vai mesmo me chutar pra fora? — pergunto a Dominic, prolongando o choque que senti segundos atrás. Talvez seja a sidra, mas as palmas das minhas mãos ainda estão formigando depois da nossa troca.

— Você é ou não a filha de *dezoito anos* do Roman Horner? — Seus lábios formam as palavras com desgosto, um traço de sotaque enlaçando cada uma. Nossa plateia aumenta, e eu engulo em seco à medida que o ar em volta de nós se torna espesso com a tensão.

— Garanto que não sou a primeira menor de idade que bebe em uma das suas festas — retruco, sentindo os olhos de todos em mim. Ele poderia ter chamado Sean em um canto e mandado ele se livrar de mim, mas decidiu me envergonhar publicamente. — E eu faço dezenove daqui a duas semanas — acrescento, com o mais fraco dos argumentos.

A expressão de Dominic se transforma em tédio.

— Eu te ofendi por acaso? Aliás, quantos anos *você* tem? — pergunto enquanto ele lança a Sean um olhar fulminante em algum tipo de comunicação silenciosa que se passa entre os dois.

— Por quê? — Seu olhar corta de volta para mim. — Para escrever no seu diário decorado com borboletas e diamantes? — Ouço as risadas ecoando ao redor, e minhas bochechas esquentam.

Meu Deus, Cecelia, cale a boca.

— Deixe ela ficar, Dom — a voz de Layla soa do pátio. — Ela não está incomodando ninguém.

Seus olhos me percorrem da cabeça aos pés antes de inclinar o queixo em uma ordem silenciosa.

— Dom, qual é... — Sean fala ao meu lado, e eu levanto a mão.

— Tanto faz, vou embora. — Lanço um olhar mortal para Dominic, jogando meu peso de um pé para o outro, completamente humilhada. Isso o agrada, e vejo minha covardia refletida em seus olhos frios e impassíveis.

Ele se vira para ir embora, e eu o interrompo, minha mão segurando seu antebraço enquanto viro o resto da minha sidra antes de deixar cair a garrafa vazia diante de seus pés.

— *Opa* — falo, em minha voz mais afetada.

Cerrando os dentes como se meu toque o queimasse, seus olhos flutuam vagarosamente até os meus, as sobrancelhas escuras franzidas em uma expressão de *que porra é essa?*

— Sabe, você poderia dizer que foi um prazer me conhecer. Já que está me expulsando da sua festa. Seria educado.

— Nunca fui acusado de ser educado.

— Não é uma acusação — retruco enquanto Sean xinga e começa a me arrastar. — É decência comum, otário. — Claramente, a sidra me dá um sotaque de pirata britânico bêbado. Ou isso, ou tenho assistido muito à BBC. Dou uma risadinha em meio à adrenalina do porre, e Sean me coloca sobre o ombro.

— E que belo otário você é — falo, com a voz arrastada.

Risadas surgem de todo lado quando os lábios carnudos de Dominic se contorcem em algo próximo a um sorriso, e eu luto contra Sean para ser colocada no chão.

— Eu sou perigosa, sabe? — respondo, quando um assobio soa à minha esquerda. — É só perguntar para o seu *irmão*. — O peito de

Sean bate contra minha coxa enquanto sou carregada pela sala de estar e saio pela porta da frente.

Quando chegamos à rua, ele me coloca de pé no chão, um sorriso arrependido no rosto enquanto olha por cima do ombro.

— Qual é o problema dele?

— Eu te avisei — diz Sean, com um sorriso. — Ele geralmente morde sem latir antes.

— Ele não precisava me humilhar.

— Ele gosta, e tenho que admitir que foi muito melhor do que eu pensei.

— Achei uma merda — balbucio, percebendo quão forte a sidra me atingiu.

Ele franze a testa, me observando com cuidado.

— Vou te levar para casa, ok? Te busco amanhã cedo para vir pegar seu carro.

— Tudo bem — digo, bufando, quando ele abre a porta para mim. Sentada em seu carro, cruzo os braços, furiosa. — Estou me sentindo de castigo. — Eu me viro para ele. — Não sou uma pessoa combativa, tipo, de jeito nenhum. Desculpa, não sei o que deu em mim.

— O Dominic faria até uma freira mostrar as garras.

— Jura?

Sean ri, fechando a porta antes de olhar para mim com simpatia.

Afundo no banco do carro.

— É o meu pai, né?

Ele concorda.

— Ele é o patrão de quase metade das pessoas naquela festa.

— Só que ele não lida com o dia a dia da fábrica.

— Mas ele sabe das coisas.

— Sim, bom, eu faço questão de não contar nada pra ele. Pode confiar em mim. E eu sou adulta.

Ele dá um tapinha no meu lábio, que eu não tinha percebido ter dobrado para fora.

— Você é fofa pra caralho. E linda. Mas vamos ser honestos: meio nova e boazinha demais para sair com babacas como a gente.

— Já fui a muitas festas, mas nunca participo muito. E eu *gostei* desses babacas. Menos *daquele babaca*.

— Tem certeza?

— Não fui com a cara dele. — Isso não é inteiramente verdade; gostei absurdamente do cara, até o momento em que ele abriu a boca.

— Não?

Balanço a cabeça devagar enquanto ele afasta o cabelo do meu ombro. O efeito de Sean em mim é potente, e sinto vontade de me inclinar em direção a seu toque enquanto ele olha para mim. Eu sei que minha guarda está baixa por causa da bebida, mas não posso culpar só o álcool. Ele é uma graça, e está definitivamente atraído por mim.

— Então você está presa a mim — diz ele, a voz baixa enquanto segura meu queixo e passa o polegar sobre a pequena depressão ali.

—Tá certo. — Quando ele retira a mão aos poucos, sinto a perda de seu calor e me ocupo em colocar o cinto de segurança, minha cabeça girando com o rumo dos acontecimentos. — Obrigada por hoje. Eu me diverti.

Ele dá a partida, e a sensação da vibração contra minhas pernas nuas acende uma chama dentro de mim. Sean percebe minha empolgação.

— Gostou?

— Claro. — Balanço a cabeça. — Nunca tinha andado em um desses. — Ele me estuda, o ar no carro ficando denso.

— Você me conta no que estava pensando? — peço, roubando a pergunta anterior de Tyler, minha voz um pouco rouca pela inalação de toda a fumaça e pela atenção arrebatadora desse deus bronzeado sobre mim.

— Outra hora.

Ele arranca, e eu rio no meu banco — a volta para casa é tão emocionante quanto as últimas horas. Com os vidros abertos, o vento sopra meu cabelo em volta do rosto enquanto Sean acelera pelas estradas desertas que levam à mansão do meu pai. Um som pesado de baixo ressoa por todo o interior do carro, o velho rock sulista saindo dos alto-falantes. Coloco a mão para fora da janela e a ondulo no ar, meu peito borbulhando com possibilidades quando olho para Sean e vejo um brilho promissor em seus olhos, um sorriso sutil enfeitando seus lábios.

Um grande verão está começando.

4

— Bom dia, Cecelia — diz Roman quando me junto a ele na sala de jantar. Ele está sentado em uma cadeira de espaldar alto na mesa polida. O resto da sala está vazio, exceto pelas cortinas que eu sei que valem uma fortuna. Ele está vestindo algo feito por um estilista qualquer e habilmente espeta algumas toranjas com seu garfo.

— Bom dia, senhor.

— Ouvi você chegando ontem à noite. Algum problema com o seu carro? — Ele está irritado.

Problema dele.

— Mandei consertar e vou buscar hoje à tarde. — É a única mentira em que consigo pensar enquanto luto contra o desejo de apertar as mãos nas têmporas.

Eu não tinha ideia de que a sidra poderia subir tanto. Passando pelo café da manhã em exibição na mesa posta, entro na cozinha — o sonho de qualquer chef Michelin —, pego uma garrafa de água na geladeira, um pouco do iogurte que pedi para a governanta comprar e algumas uvas. De volta à sala de jantar, espio pela janela e vejo a parte da frente da propriedade iluminada pelo sol da manhã. A casa seria perfeita para uma família que gostasse da companhia um do outro. Fico triste que seja desperdiçada com um homem que não a aprecia.

— Hoje é o seu primeiro dia.

— Aham. — Tomo o assento oposto a ele.

— Sua escolha de palavras não me agrada, nem sua falta de entusiasmo — diz ele friamente, olhando para o celular.

— Desculpe, senhor, ainda estou um pouco mexida com a mudança. Tenho certeza de que vou ficar mais entusiasmada quando estiver totalmente acordada.

Ele me olha, e eu enxergo um pouco de mim mesma em seu olhar azul-escuro, acompanhado do cabelo castanho que herdei.

— Você tem tudo de que precisa?

Concordo com a cabeça.

— O que eu não tiver, posso conseguir sozinha.

Ele descansa o celular na mesa e me olha com a autoridade de um pai, o que é ao mesmo tempo cômico e irritante.

— Eu quero que você aproveite este ano. Considere *com atenção* as suas opções. Já escolheu um curso?

— Ainda não.

— O tempo está passando.

Olho para o meu novo Apple Watch, um presente de boas-vindas que ele tinha deixado na soleira da porta do meu quarto ontem à noite, quando cheguei em casa. Ainda estou tentando decifrar se foi uma indireta sobre minha programação ou um gesto simpático.

— Ainda são oito da manhã.

— Não se faça de sonsa.

Eu pisco para ele.

— Aprendi com o melhor. — Mentira. Não aprendi nada com esse homem, exceto que tempo significa dinheiro para ele, e ambos parecem ser gastos com mais eficiência em outro lugar. Enfio uma uva na boca. — Obrigada pelo relógio.

Ele ignora meu agradecimento, sua mandíbula enrijecendo.

— Recebi uma ligação do RH.

Eu me encolho na cadeira e engulo em seco.

— Ah, é?

— O que você pretendia com aquele comentário?

— Eu não estava raciocinando, senhor. Com certeza não vai acontecer de novo. — E não vai. Passei a maior parte da vida sendo certinha, e sempre foi por escolha própria. Sean tinha razão. Estou mais para uma menina boazinha do que para rebelde sem causa. Vi muitos dos meus colegas irem para o outro lado, o que não acabou bem para eles. No entanto, nada sobre essa mudança está me agradando. Qualquer autoridade que meu pai tenha sobre minha vida atualmente, sou eu que estou dando a ele, e odiando isso. Seria muito fácil me afastar da mesa e reivindicar de volta minha vida e o ano que ele está roubando. Mas é mais do que dinheiro, é a preocupação com a saúde da minha mãe pairando sobre mim, então endireito a postura. — Estou ansiosa, de verdade. Talvez tenha exagerado um pouco esta noite.

— Não é exatamente o que um pai deseja ouvir.

As palavras *onde está esse pai do qual você tanto fala?* vêm na ponta da língua, mas decido ser simpática.

— Estou extravasando um pouco depois da formatura. Se te tranquiliza, só bebi três sidras, e não sou muito fã de bebida ou qualquer coisa do tipo.

— Bom saber.

Você não sabe de nada.

— Quem trouxe você para casa?

— Um cara da cidade.

— Ah, ele tem nome?

— Ele tem. Amigo.

E esse é o fim da nossa discussão. Faço questão de deixar claro.

A barra tá limpa.

Sean: Chego em meia hora.

Estou do lado de fora, nadando. Venha ficar comigo se quiser. O código do portão é 4611#.

Meu primeiro salto na piscina é glorioso. Me certifico disso quando mergulho como uma bala de canhão e grito um palavrão a plenos pulmões. Parecia a coisa certa a fazer.

Não conheço meu pai o suficiente para discernir se ele está satisfeito com a vida que leva, mas tenho certeza de que não é feliz. Gente feliz não é desagradável. Ele está sempre muito tenso, uma característica que herdei e que estou determinada a tentar corrigir. Mas, se este ano eu tenho que agradá-lo e me comportar da melhor maneira possível, vou esperar até estar sozinha para fazer minha rebelião silenciosa. Tudo o que fiz desde que cheguei aqui parece calculado, como se as coisas estivessem todas no lugar; a sensação e a aparência de um cabelo perfeitamente penteado que estou morrendo de vontade de bagunçar. Se sou rebelde, minha luta é contra a monotonia. Talvez seja por isso que me senti tão em casa naquela festa. Tudo naquele grupo gritava anarquia, pelo menos no âmbito parental. E este tempo — meu tempo — entre a formatura do ensino médio e a faculdade deveria ser o momento em que eu teria a mesma liberdade. Passo a primeira metade da manhã pensando em como roubar de volta parte do que está sendo roubado de mim.

Meu dilema tem uma solução simples. De agora em diante, vou dizer sim com mais frequência. Para o que e quem eu escolher. Ser cuidadosa nos meus primeiros dezoito anos se provou bem sem graça, se não inútil. Não quero passar para a próxima fase da vida me arrependendo das oportunidades que não aproveitei. Então, neste verão, vou trocar o não pelo sim. Vou trocar o jogo seguro por simplesmente jogar, ponto-final. Vou encontrar a zona cinzenta, que inclui minhas obrigações com meus pais, e descobrir uma maneira de trazer um pouco de cor para mim mesma.

Vou aproveitar este ano de confinamento e misturá-lo com minha necessidade de libertação, não apenas das minhas responsabilidades, mas das minhas regras.

As horas vagas vão ter um significado totalmente novo para esta menina tímida.

Selo o acordo comigo mesma com um salto na piscina.

Depois de dar várias braçadas, vejo o reflexo turvo do meu convidado recém-chegado. Rompendo a superfície, consigo abafar o suspiro que ameaça sair quando vejo Sean de short de praia, um cigarro aceso na mão, parado na beira da piscina.

Só de vê-lo sinto vontade de fazer o sinal da cruz e rezar em agradecimento. Ele é gostoso em todos os sentidos, da cabeça aos pés, desde o cabelo revoltadinho até o peitoral obsceno e o músculo extradefinido que se estende pelas costelas. A deliciosa trilha de pelos dourados que atravessa o cós do short é acentuada pelas entradas laterais na barriga, formando um V profundo. É como se ele tivesse feito um pacto com o diabo para que seu corpo não fosse nada além de músculos e pele bronzeada. Pairando acima de mim, ele exala sensualidade em terra firme enquanto eu me afogo com a visão. Mesmo com óculos dourados grossos cobrindo os olhos, posso sentir seu olhar como uma injeção de adrenalina direto no peito.

— Sentiu minha falta, bebê?

— Talvez.

Ele se inclina, pegando um pouco de água na mão para apagar o cigarro, e é a primeira vez que consigo ver a tatuagem em seu braço com clareza. As pontas emplumadas pertencem a um corvo de asas esticadas que ocupam toda a extensão de seu braço; a cabeça e o bico descansam no bíceps de Sean, virados na direção contrária, como se guardassem suas costas. As garras ameaçadoras e letais dos pés do corvo estão cravadas de uma forma que é como se estivessem terrivelmente ancoradas na pele dele. A tinta é tão vibrante, tão ousada. Como uma entidade à parte. Como se o pássaro fosse capaz de reagir caso você estendesse a mão e tocasse as penas intrincadamente definidas.

— Casa legal.

— Obrigada, vou repassar o elogio ao dono.

Ele olha em volta.

— Você realmente não se interessa por nada disso?

Dou de ombros.

— Eu não fiz por merecer.

Ele balança a cabeça e solta um assobio baixo, examinando o terreno.

— Então é *assim* que os milionários vivem.

— Sim, e acredite, é tão estranho para mim quanto para você.

— Como assim?

— Não temos contato há anos. Eu já tinha passado da adolescência quando *ele* decidiu que a gente poderia ter um relacionamento de novo.

— Que merda.

— Chega de falar do Roman. Você vem nadar ou não?

Deixando cair a camiseta e o cigarro, ele mergulha, e eu me viro a tempo de vê-lo emergir, um rio fluindo de seus fios loiros grossos e deslizando pelo peitoral impressionante.

Ele fica em pé, elevando-se acima da linha da água, marcando sua altura alguns centímetros acima de um e oitenta.

— Como está se sentindo hoje, coisinha fraca? — Ele pergunta, seu sotaque um pouco distinto, com a pontuação perfeitamente editada.

— Sinto... como se tivesse tomado umas sidras. E talvez com um pouco de vergonha.

— Não fique. Você causou boa impressão.

— Não deve ter sido grande coisa, já que fui expulsa. — Eu caminho na água, sentindo o calor do sol nas costas.

— Não foi nada com você, foi o Dom. Vai por mim.

— Então me conte por que você desistiu da fábrica na primeira vez.

— Eu estava trabalhando na oficina, mas o Dom se formou na faculdade e voltou para pegar o lugar dele de volta.

— Dominic acabou de se formar?

Ele levanta uma sobrancelha.

— Você fez mau juízo dele, bebê?

— Talvez, mas ele é um idiota. Onde ele estudou?

— Acabou de se formar no MIT. Geek de computador. Ele é tipo um gênio do mal com um teclado na mão.

Meu interesse só aumenta.

— Sério?

Ele ergue um dos cantos da boca.

— Ficou impressionada?

Estou atônita, incapaz de imaginar Dominic em um campus de faculdade, quando Sean corre a mão ao longo da superfície da água, criando uma onda que me deixa encharcada.

Engasgo de repente.

— Imbecil!

— Você está em uma piscina. — Ele levanta uma sobrancelha grossa. — É óbvio que vai ficar molhada.

Sua declaração vem carregada de insinuações, e eu sei que Christy iria se divertir com esse cara. Não acredito que ele está na piscina de Roman.

46

Me esquivo para brincar também e me viro rapidamente, saindo da água antes de ajustar o biquíni para ter certeza de que está no lugar. Escolhi o modelo menos escandaloso que tenho, mas poderia muito bem estar nua com a sensação dos olhos dele sobre mim.

— Aonde você vai?

— Estou com sede. Quer alguma coisa?

Seus olhos acompanham o caminho da água que escorre pelo meu pescoço.

— Claro.

— Água? Chá? Suco de uva?

— Me surpreenda.

— Surpresa — digo, secando o excesso de água do cabelo com uma toalha antes de enrolá-la em volta do corpo e arregalar os olhos. — Vamos de suco de uva.

— Está só na mordomia hoje, hein? — Seu sorriso é ofuscante. Luto contra a vontade de pedir que tire os óculos escuros. Caminhando em direção à casa, sinto a tensão aumentando e sei que os arrepios na minha pele têm pouco a ver com o ar que atinge meu corpo molhado. Uma vez lá dentro, caminho com cuidado sobre o mar de mármore polido e espio lá fora a tempo de ver Sean se erguer na beira da piscina, acendendo um cigarro enquanto espera por mim. Lutando contra o desejo de enviar uma mensagem para Christy, enterro o rosto nas mãos e sinto um sorriso crescendo por baixo. Embora só tenha tido dois parceiros, não sou inocente. Na verdade, quando me tornei sexualmente ativa, me surpreendi com minha sede, minha sensualidade, meu fascínio pelo ato em si, e os desejos inesperados que vieram na sequência, mas a atração de agora está em outro patamar.

Abro a geladeira, pego duas garrafas de suco de uva e olho para fora novamente. Tive uma queda terrível por Brad Portman quando tinha dezessete. Eu sabia que os sentimentos que se agitaram em mim quando descobri que a atração era recíproca nunca poderiam ser superados. Mais tarde, quando ele me beijou pela primeira vez e o fogo explodiu no meu peito antes de chegar à barriga, tive certeza de que nada chegaria perto daquela euforia, nem da sensação de quando ele fechou os olhos com força de tanto prazer e se enfiou dentro de mim, tirando minha virgindade.

47

Eu jurava que essas sensações e memórias continuariam sendo os momentos mais excitantes da minha vida — até que saí, com o suco na mão, e vi Sean erguer os óculos.

5

"Blue Madonna", do BØRNS, ecoa do meu celular na espreguiçadeira enquanto atravesso a água em direção à parte mais funda da piscina. Sean está encostado na parede do lado oposto. Seus braços fortes estão esticados na borda de concreto atrás dele, olhos fixos em mim enquanto os meus desviam para a tinta preta em seu braço.

— Qual é a da tatuagem?

— Como assim?

Reviro os olhos.

— Alguns dos seus amigos têm o mesmo desenho, *muitos* deles. O que significa?

— É um corvo.

— Isso eu sei — respondo, minhas coxas e panturrilhas começando a queimar devido à falta de movimento. — Mas o que ele representa? É tipo... uma tatuagem da amizade? — Deixo escapar uma risadinha.

— Tá tirando uma com a minha cara, bebê?

— Não, mas você não acha um pouco estranho compartilhar uma tatuagem com *aquele* monte de marmanjo?

— Não — ele diz, enfatizando a palavra. — Pense nela como uma promessa.

— Uma promessa de quê?

Ele dá de ombros.

— Qualquer uma que for necessária.

— Você sempre responde em enigmas?

— Só estou dizendo a verdade.

Ele baixa os olhos quando nado até o meio da piscina, meus seios centímetros acima da linha-d'água, antes de erguê-los novamente até os meus. A expressão neles é o suficiente para me fazer gravar uma imagem na cabeça.

— Vai me dizer no que está pensando aí desse lado? — a pergunta deixa minha boca seca.

— Estou pensando que não sei muito sobre você.

— Não tem muito o que contar. Já te falei que me mudei pra cá quando era criança. É uma cidade pequena. Como você pode imaginar, a gente tem que inventar maneiras criativas de ocupar o tempo.

— Foi quando você conheceu o Dominic? Quando vocês eram crianças?

Ele sorri.

— Eu estava me perguntando quando você ia tocar no assunto de novo.

— Ele é sempre daquele jeito?

— Que jeito?

Torço no nariz.

— Abrasivo?

Isso me rende uma risada.

— Acho que você sabe a resposta.

— Qual o problema dele, então? Mamãe não o abraçou o suficiente?

— Provavelmente não. Ela morreu quando ele era pequeno.

Eu estremeço.

— Puta merda, eu sou uma imbecil.

— Ele também é. E não se sente mal por isso, então você também não deveria.

— Então quer dizer que vocês são apenas amigos com uma promessa? Por que um corvo?

— Por que não?

Reviro os olhos.

— Não estou chegando a lugar nenhum falando com você.

50

Sua voz suave nubla minha visão.

— Por que você não para de se esconder debaixo d'água e chega mais perto, para eu te ver melhor?

— Não estou me escondendo. — Ouço o grunhido em minha voz e sinto vontade de me afogar.

Ele ergue a cabeça em uma ordem silenciosa, e eu me aproximo devagar. Sua postura permanece relaxada ao afundar na água o bastante para que os lábios apareçam ligeiramente acima da superfície tranquila.

Ele ainda está a alguns metros, mas seu efeito é letal, meus braços pesam como chumbo enquanto nado em direção a ele. Olhos castanhos predatórios percorrem meu corpo como se ele estivesse decidindo onde cravar os dentes primeiro. Adoro esta parte: a atração, o formigamento crescendo no ar perfumado pelo cloro. Estou pirando com esse cara, e nós dois sabemos disso.

— No que você está pensando? — Minha voz treme. A tensão é grande. Quando estou em seu raio de alcance, ele ataca, me agarrando pela cintura e me puxando até ficar diante dele. Dou um gritinho e rio quando seus olhos faíscam sobre meus seios, sua respiração quente no triângulo entre minhas coxas deslizando na superfície. Meus mamilos ficam enrijecidos quando ele dedilha meu quadril. Ele ainda está agachado na parte rasa, e eu estou acima dele, cada respiração atingindo o material fino no ápice entre minhas pernas, soltando ar sobre meu clitóris. Luto contra um gemido.

— Quer saber no que eu estou pensando? — ele sussurra com a voz rouca. — É isso o que você quer?

Abaixo a cabeça devagar.

O barulho de um carro se aproximando me acorda do estupor, mas Sean me arrasta de volta quando os nós de seus dedos dançam sobre minha barriga.

— Acho que não vamos ter tempo para essa discussão. — Ele inclina a cabeça com a voz irregular, a mão empurrando o cabelo encharcado para longe dos meus seios enquanto se eleva devagar acima de mim. Está tão perto que as gotas de água são como diamantes em sua pele. Meus olhos traçam o caminho de algumas cicatrizes em seu peito e bíceps, passo a língua sobre o lábio inferior, minha barriga se contraindo em expectativa.

Ele se inclina e deposita um beijo na minha têmpora, seus dedos deslizando pelo meu ombro com um sussurro.

— Valeu pelo mergulho.

Franzindo as sobrancelhas, ouço o rugido incessante de um motor em frente à casa.

— Espera... E o meu carro?

— Estacionado lá na frente.

— Você dirigiu o meu carro até aqui? Mas você não tem a chave.

— Eu era mecânico, lembra?

— Isso quer dizer que também é chaveiro?

A boca dele se contrai em um sorriso.

— Claro.

— Bom, obrigada, então. Eu acho.

— De nada, eu acho. — Ele imita minha voz perfeitamente, incluindo o tom de decepção. Eu queria que ele me beijasse, e o babaca arrogante sabe disso. Está fazendo um joguinho. O que deveria me irritar, mas gostei muito desse jogo. Ele sai da piscina, pega a camiseta e a veste. A decepção percorre meu corpo enquanto ele coloca os óculos, tira um cigarro do maço, inclina a cabeça e abre o isqueiro para acendê-lo. Olhando para mim, ele expira uma nuvem de fumaça.

— A gente se vê no trabalho.

— O que é isso afinal? — murmuro baixinho enquanto pego outro tubo. Estou fazendo calculadoras. Correção: estou fazendo o controle de qualidade das calculadoras recém-fabricadas da Horner Tech. Bastou uma hora de trabalho para eu decidir não jogar a faculdade no lixo e começar a pensar criteriosamente a respeito do meu futuro. Este não é nem de longe o emprego dos meus sonhos. Pouco depois do início do meu turno, já tinha desenvolvido certo respeito pelos meus colegas. Com certeza não é o emprego dos sonhos deles, mas eles seguem tudo religiosamente para sustentar suas famílias, e eu jamais poderia culpá-los ou julgá-los por isso, independente de quão frustrante seja para mim.

Mas este não pode ser o meu futuro.

Vou pirar. Com três horas de trabalho, estou olhando para o relógio e amaldiçoando novamente a situação na qual me encontro. Imagina um ano disso?

Como se não bastasse, fui colocada ao lado da Maria Tagarela, que, ao que tudo indica, é a radiopeão e trabalha na velocidade da luz, me fazendo parecer uma criança atrapalhada. Eu só preciso acenar com a cabeça em resposta para que ela fique satisfeita.

Durante a quarta hora, sinto o aroma familiar de cedro e nicotina. A respiração de Sean atinge meu ouvido.

— E aí, bebê?

Me viro e o vejo espelhando meu uniforme — calça cáqui e camisa de botão de manga curta —, o que não o deixa menos atraente. Ele carrega uma prancheta na mão e sorri para mim. Os olhos da sra. Faladora correm entre mim e Sean, seu interesse atiçado pela nossa conversa.

— Adrenalina pura — respondo, inexpressiva, e ele ri enquanto coço a orelha sob a rede que prende meu cabelo.

— Você precisa de música — diz ele, arregalando os olhos ao notar a mulher ao meu lado. Ele deve conhecer a fama dessa língua.

— Pensei que não fosse permitido.

— Talvez a gente possa dar um jeito.

Tecnicamente, Sean é meu supervisor, o que vai tornar as coisas mais toleráveis. Ele me disse que trabalhou na fábrica por vários anos no passado, conquistando um nível hierárquico que não perdeu quando saiu. Só esteve na integração naquele dia como uma formalidade e para se atualizar sobre as políticas da fábrica. Agora, não consigo pensar em uma posição melhor para estar do que abaixo dele.

Nos encaramos em silêncio, até que ele assente por cima do meu ombro.

— Deixou passar uma.

— Você está me distraindo — respondo, atrevida.

— Bom saber. — Ele me oferece uma piscadinha lenta. — Te vejo daqui a pouco.

Quando ele está a uma distância segura, a sra. Tagarela, cujo verdadeiro nome é Melinda, me olha de lado ao pegar outro tubo da pilha que acabaram de deixar em nossa estação.

— De onde você conhece o Sean?

Dou de ombros, organizando os tubos vazios.

— A gente se conheceu ontem na integração.

— Tenha cuidado com ele. E fique longe dos amigos, especialmente aquele de cabelo escuro que eles chamam de Francês. — Ela se inclina para perto de mim. — Eu ouvi... coisas sobre ele.

— É mesmo?

Francês.

Ela só pode estar falando de Dominic. Detectei o indício de um sotaque quando ele falou, e não duvido nada de que haja verdade no alerta da mulher. Fui apresentada àquela figura nebulosa e irritantemente linda ontem à noite. Ele é o completo oposto do raio de sol que ocupa meus pensamentos hoje.

Melinda aparenta quarenta e poucos anos. Do permanente antiquado aos jeans de cintura alta e à cruz pendurada no pescoço, tudo nela exala energia conservadora sulista. Depois de algumas horas escutando seu falatório, cheguei à conclusão de que ela não é só a fofoqueira da fábrica, mas também da cidade, e nenhum segredo meu jamais estará seguro com ela. Não há dúvidas de que vou ser assunto em algum jantar a que ela vai comparecer no futuro.

— É. Eles não brincam em serviço. Carros rápidos, festas, drogas e meninas. — Ela se inclina em minha direção. — Ouvi dizer que eles *compartilham* mulheres.

Esse pedaço de informação é muito mais interessante do que o acidente de barco que sua querida amiga Patricia sofreu no ano passado, ou o destino de seu cocker spaniel de onze anos.

— Tá falando sério?

Ela se aproxima ainda mais.

— Tem boatos de que eles fumam erva.

Não consigo conter a risada.

— O cachimbo da paz, né?

Ela estreita os olhos para minha reação condescendente.

— Estou só te alertando, tenha cuidado. Um deles teve um rolo com a afilhada do meu primo, e, desculpe falar, não foi bonito.

Não consigo conter a curiosidade.

— O que aconteceu com ela?

— Ninguém sabe direito, e não temos notícias dela faz meses. Aquele garoto magoou a menina de um jeito que ela raramente aparece por aqui.

Ela saca o celular do bolso, vasculhando a área com os olhos, porque telefones são proibidos no chão de fábrica. Rola a tela por alguns segundos até erguê-la com uma foto à mostra. É um perfil de rede social, e a garota na tela é linda. Digo isso a ela.

— Ela era o orgulho do meu primo, mas, depois que aquele cara se envolveu com ela, ela mudou. Não sei explicar. — Ela olha por cima do ombro. — Aqueles meninos, por mais bonitos que sejam, devem ter o demônio no corpo.

De acordo com minha primeira e segunda impressões, acho difícil acreditar que isso se aplique a Sean, mas Dominic talvez seja outra história.

Por mais errado que seja, me aproximo de Melinda pelo restante do turno, com uma disposição repentina para conversar.

Sentindo dor nas costas de tanto ficar em pé, destranco o carro e praticamente me jogo no banco, ligando o ar-condicionado para expulsar um pouco da umidade do interior. Inclino a saída do ar em minha direção, deixo que o bafo quente e pegajoso seque em meu rosto antes de tirar o celular da bolsa e ver uma chamada perdida de Christy. Não consigo conter o sorriso quando vejo outra de Sean.

 SEAN: Vem para a oficina. Te mando a localização.

    O dia foi longo. Acho que vou pra casa.

 SEAN: Besteira. Você pode dormir amanhã. A pizza é por minha conta.

Sean me envia uma mensagem com a localização, e eu avalio meu cansaço em comparação à adrenalina de vê-lo novamente. Tomada a decisão, levo dez minutos para chegar lá e, quando paro em frente à oficina, fico chocada com o tamanho. Ao lado de um salão envidraçado, há um galpão com seis portas, a maior delas no final, para consertos de máquinas industriais, presumo. Alguns dos carros que

vi na festa estão parados do lado de fora em um grande estacionamento. Saindo do meu, ouço música tocando do outro lado das portas danificadas do galpão. O horário de trabalho claramente acabou,
com pouco sinal de movimento na parte de dentro, exceto por uma
luz fraca no salão. Um cheiro inconfundível invade minhas narinas
quando me aproximo.

Esses garotos do mal estão fumando *erva*.

Dou risada enquanto solto o cabelo e passo os dedos por ele. Não
há nada que possa ser feito sobre meu uniforme. Me aproximo da
porta na intenção de bater e vejo Dominic do outro lado da janela
dupla com um logotipo da King's Automotive em negrito blindando
grande parte do vidro. Ao vê-lo, interrompo meus passos curiosos para
contemplar a visão. Uma mecha de cabelo escuro cascateia por sua
testa enquanto ele clica furiosamente no mouse sob uma luz amarela
oscilante, um baseado aceso entre os lábios perfeitos e uma cerveja
aberta ao lado do monitor.

Os cílios dele são tão espessos. Eu os vejo dançando sobre as maçãs
do rosto marcantes a metros de distância. Ficar olhando para ele é
uma delícia. Uma camiseta cinza com o logotipo da marca cobre seu
peito largo, junto com algumas manchas de graxa que se estendem
até seu jeans escuro. Não consigo pensar em nada que fique feio nesse
homem. Analisando as mãos, imagino o dano que podem causar ou
o prazer que podem proporcionar. Como se pudesse me sentir observando, ele ergue o olhar, e nossos olhos se encontram.

Bum.

É como um tiro direto no peito, e meu corpo bombeia sangue em
volume dobrado para dar conta do oxigênio que me falta.

Ele me estuda com a mesma intensidade por alguns segundos,
até que se move em direção à porta. Ao abri-la, olha para mim com
uma expressão ilegível, o baseado equilibrado entre os lábios quando
ele fala:

— O que você veio fazer aqui? — Sua voz é rouca, como se ele tivesse gritado o dia todo e tomado uma dose de uísque quente depois.

— Fui convidada.

— Permita-me desconvidar.

— Por quê?

Ele sopra uma nuvem de fumaça dos lábios, e eu viro a cabeça para desviar.

— Você não se encaixa aqui.

Não vou embora. Isso é certeza. Pensando rápido, arranco o baseado de seus lábios e o seguro entre o polegar e o indicador. Seus olhos endurecem quando dou uma tragada tímida, abanando a mão repetidamente para afastar o resto da fumaça o mais rápido possível.

— Caralho, isso é... — Eu inalo. — Horrível. — Engasgo e tusso ao expirar.

Seus lábios se curvam ligeiramente antes de o sorriso desaparecer.

— Isso é porque você está tentando ser uma pessoa que não é. Não pode ficar aqui, Cecelia.

— Eu não vou beber.

Ele pega o baseado de volta.

— Faça o que quiser, querida, mas não aqui.

Ele se move para fechar a porta e eu enfio o pé na frente.

— Se isso é por causa do meu pai, você devia saber que não sou a maior fã dele, tá bom? Sou só o resultado da *fornicação pecaminosa* dele — debocho em minha melhor voz de pastor. — A vida é assim. — Olho ao redor do salão. — Ele não *manda* nesta cidade. Nem em mim.

Dominic cruza os braços, minhas palavras mal fazendo cócegas em sua postura.

— Ele não é o xerife, viu? E, já que sou *nova* na cidade, que estou morrendo de tédio e presa aqui por um ano, gostaria de fazer uns amigos. Agora me deixe entrar, antes que eu banque a garotinha mimada e reclame com o seu irmão.

— Está vendo aquela janela? — Ele aponta o queixo para a grande janela atrás de mim.

— Estou.

— O que está escrito lá?

— King's Automotive. — Reviro os olhos, compreendendo sua intenção. — Tudo bem, é você que manda, né? Então vamos negociar, senhor King. — Subo um degrau para que fiquemos mais próximos, não exatamente nariz com nariz devido à altura dele, mas o suficiente para que eu invada um pouco do seu espaço. É uma jogada ousada, e faço o possível para esconder o tremor na voz. Tiro uma nota de vinte do bolso. — Cerveja por minha conta hoje.

Outra empinada de queixo. Seus olhos acinzentados inabaláveis. Enfio o dinheiro de volta no bolso.

— Qual é, Dominic, vamos ser amigos. — Piscando exageradamente, olho por cima do ombro dele, esperando que Sean me veja e interfira, mas não vejo nada. — O que eu preciso fazer para entrar aqui?

Ele não se mexe ou fala. Em vez disso, mina minha confiança pouco a pouco só por estar parado ali enquanto tento de tudo para inventar algum tipo de personalidade alternativa digna desse oponente. Percebo pelo seu olhar indiferente que sou um fiasco.

Mas ele está certo. Eu sou uma flor encolhida tentando fingir que é um carvalho poderoso. No entanto, fiz promessas a mim mesma que pretendo cumprir. Então, faço a única coisa que consigo pensar. Arranco o baseado de seus dedos e dou uma tragada ainda maior antes de soprar a fumaça bem na cara dele.

Estou tão chapada com as duas tragadas que juro que consigo ver o espaço. Um ruído profundo sai de sua garganta quando ele solta um suspiro irritado.

Para minha surpresa, a porta se abre e — em meu traje espacial — eu tropeço para dentro. Sua voz me deixa arrepiada quando ele fala no instante em que me movo para passar por ele.

— Não faça eu me arrepender.

Apresento o baseado de volta para ele, e ele pega.

— Você não vai, mas não me deixe fumar isso de novo. — Chego a meio caminho da porta que leva ao galpão do outro lado quando ele me para.

— Cecelia. — Eu poderia viver todos os dias da minha vida ouvindo o ondular de seu leve sotaque quando diz meu nome. Olho para trás e vejo o aviso em seus olhos. Passei metade do meu turno ouvindo sermões sobre me envolver com esses caras, e isso só conseguiu intensificar minha curiosidade. — Vou dizer só *uma vez*. Não é inteligente você estar aqui.

— Eu sei.

— Não, não sabe.

— Oh, mais j'en sais déjà beaucoup, Français. — *Ah, mas já sei muita coisa, Francês.*

Posso ter estudado francês no ensino médio, mas estou longe de conseguir manter uma conversa. No entanto, vale a pena ver a recompensa dessas aulas diante da leve contração de seus lábios e da surpresa muda em seus olhos.

— Je ne parle pas français. — *Não falo francês.*

Ele sorri, e eu quero morrer. É absolutamente perfeito o que sai de seus lábios carnudos. A ira indiferente em seus olhos me lambe a cada segundo que passa antes que eu quebre nosso contato visual, só pela intensidade. Me virando para a oficina, tropeço mais um pouco. Caminho em direção à porta e vejo os caras amontoados no fim da última baia, jogando sinuca em uma velha mesa com o tampo forrado de moedas. Sean finalmente me vê, seu sorriso caloroso me iluminando.

— Te vejo lá dentro?

Olho para Dominic, que me olha de volta, sua opinião sobre mim impossível de ler.

Tudo o que recebo é um aceno de cabeça.

8

Depois de comer meu peso em pizza — sem dúvida culpa da larica —, olho de relance para Dominic, que foi direto trabalhar em um Chevy depois de entrar no galpão da oficina. Sua camisa se ergueu, me dando a visão perfeita do tanquinho e um vislumbre das entradas na parte inferior da barriga dele, deitado de costas em uma esteira rolante. A parte do galpão que presumi ser para uso industrial era, na verdade, um lounge pós-expediente com sofás de couro que cercam a velha mesa de sinuca verde.

A reunião desta noite consiste em Sean, eu, Russell e Jeremy, que descobri que também trabalham na oficina com Dominic. Eu me sento ao lado de Sean no canto de um sofá de couro comprido surrado enquanto Jeremy e Russel jogam uma partida. Algum rock sulista toca baixinho ao fundo, por insistência de Sean. Ele está à minha esquerda, sua coxa musculosa encostando na minha, o braço atrás de mim no encosto do sofá. Entre o calor de seu corpo, seu perfume e a visão da barriga nua de Dominic a alguns metros daqui, estou sofrendo para manter os hormônios e a imaginação sob controle. Mas meus feromônios devem estar fazendo hora extra, porque também não consigo escapar dos olhares dos homens aos quais faço companhia. Nem acho que estejam interessados, mas garanto que estão tão curiosos sobre mim quanto eu sobre eles e suas tatuagens coletivas de corvos.

Sean havia dito que eram uma promessa, mas não consigo imaginar o que isso significa.

Cronometro meus olhares em direção a Dominic, me sentindo meio tarada com a quantidade de atenção que estou dando a ele. Ele é o mais silencioso, o que o torna o mais enigmático dos quatro.

Assim como Sean, não é natural que um homem seja tão atraente. Em todas as vezes que olhei para ele, não consegui encontrar uma única coisa que meus olhos não aprovassem.

— Então quer dizer que você odeia a fábrica, hein, bebê? — diz Sean devagar enquanto observo Dominic vasculhar sua caixa de ferramentas.

— Pare de me chamar assim. — Dou uma cotovelada nas costelas dele.

— Nem vem, o apelido fica.

— É... é chato pra caralho lá. — Eu suspiro. — A minha sorte é ser uma sonhadora criativa. — Desvio meus olhos de Dominic no instante em que seu olhar frio pousa sobre mim de onde ele está deitado, embaixo da caminhonete.

Olho para Sean, ainda empoleirado ao meu lado.

— Mas gostei do meu supervisor.

— É mesmo?

— Sim.

Tenho pouco tempo para apreciar a tensão de nossa troca de olhares, já que a porta se abre no lado oposto da garagem. Tyler está parado na soleira com um fardo de cerveja nos braços.

— E aí, filhos da puta? — Seu olhar se concentra em mim, e seu sorriso cresce quando levanto a mão em um pequeno aceno. Ele passa pelas baias, inclinando o queixo em saudação.

— Oi, gata, vai curtir com os pobres hoje? — Ele puxa um baseado dos dedos de Jeremy e dá uma tragada enquanto Russell pega a cerveja e a leva até um grande refrigerador.

— De jeito nenhum. E, para constar, fui criada em uma casa pequena, não com uma colher de prata na boca.

Os olhos de Tyler brilham com interesse enquanto ele caminha para roubar o lugar de Sean ao meu lado.

63

— Tá ocupado — diz Sean, com a voz afiada. Um tom protetor, e não posso evitar que minha pulsação se eleve por causa disso.

— Você esquece que eu sou o cara que resolve os problemas. — Tyler me levanta com facilidade e me deposita no colo de Sean, e eu afundo nele.

Me sinto em casa com esses caras, como se os conhecesse há mais de dois dias. É a coisa mais estranha. A única coisa que parece deslocada é a sensação que emana do homem a alguns metros de mim. Estou precisando dar uma olhada nele quando permito que meus olhos passeiem em sua direção, e vejo que ele está observando as mãos de Sean, seus dedos e como eles se enrolam casualmente ao meu redor.

E quando ele ergue o olhar até o meu, devagar — estático.

Tyler olha para Dominic.

— Quando você vai parar, mano? Já passou da hora de encerrar.

Ele desvia os olhos dos meus.

— Vinte minutos.

— Tem certeza? — pergunto a Dominic, que ignora minha pergunta.

— Provavelmente — sussurra Sean em seu lugar.

— Vamos contar, que tal? — Ajusto meu relógio para cronometrar e Dominic balança a cabeça, sem paciência. — Então, há quanto tempo você tem esta oficina? — pergunto a Dominic, tentando inseri-lo na conversa.

— É um negócio de família. — Sean responde por ele para me poupar do silêncio rude de sua resposta. — Existe há anos. Mais ou menos como o *seu* negócio de família. — Há uma pitada de rancor em sua fala. Está ficando cada vez mais evidente que meu pai não é o homem mais amado de Triple Falls. O que não é uma surpresa. Os olhares que recebi hoje na fábrica foram suficientes para me fazer pensar em mim mesma como um pária. Nem mesmo no ensino médio me senti como hoje. Estava grata por Melinda e Sean estarem lá, caso contrário eu teria me trancado no banheiro até meu turno terminar.

Sair anunciando que eu era a filha do patrão foi uma jogada estúpida, mas não posso voltar atrás.

Seja discreta, Cecelia. Um ano para a sua liberdade.

No segundo em que meu relógio apita, Tyler se levanta de sua cadeira ao meu lado para jogar uma partida e Dominic toma seu lugar com uma revista e uma bolsa de couro na mão.

— Vinte minutos cravados — eu o elogio enquanto ele abre a bolsa e tira o conteúdo, apenas para ser recebida por mais silêncio.

Ouvi dizer que eles compartilham mulheres.

O que Melinda disse está ecoando na minha cabeça. Mas, com a disposição de Dominic, não consigo imaginar nenhum cenário como esse. Ou é a minha presença que o ofende a ponto de se fechar? Ele tem um problema claro comigo, e isso ficou evidente desde o momento em que nos conhecemos.

Foi ontem à noite? Parece que faz uma vida, mas ainda assim me sinto totalmente confortável no colo de Sean.

Dominic coloca a revista no colo antes de retirar da bolsa folhas de seda e um grande saco de *erva*.

Quando era mais nova, nunca teria me permitido chegar perto de um grupo como este. Sempre com medo das repercussões. Para eles, esta é só mais uma noite. Para mim, é como entrar em um mundo totalmente novo.

— Para onde a sua cabeça foi e no que está pensando? — Sean sussurra debaixo de mim, seus dedos acariciando meu braço, deixando um rastro de arrepios.

Olho por cima do ombro. Nossos lábios estão a centímetros quando respondo.

— Nada, foi um dia longo.

Eu o sinto ligeiramente tenso enquanto nossos olhos dançam um sobre o outro, em um desafio. Se ele me beijasse hoje, eu iria retribuir. Tenho certeza disso. Mas a eletricidade ao meu redor já basta. Estou me afogando em testosterona, sem saber de onde vem. Pela primeira vez estou sendo um pouco imprudente em relação aos sinais, e não tenho certeza se me importo. Sean é o primeiro a desviar o olhar, mas seu dedo corre pelo meu braço e sinto que ele entendeu minha mensagem. É neste momento que percebo que, se ele tomar a iniciativa, vai ser em algum lugar mais reservado. Me viro para escanear a oficina enquanto eles caem em uma conversa natural, chamando um ao outro como apenas uma família faria, enquanto Dominic enrola um baseado em seu colo. Fico extasiada quando ele encharca o papel com lambidas precisas, os olhos baixos, cílios escuros varrendo suas maçãs do rosto esculpidas. Quando seus olhos nublados se erguem até os meus e ele passa a língua cuidadosamente ao longo da seda, meus lábios se abrem.

Puta que pariu.

Sean me puxa para mais perto, o que faz minhas pernas se mexerem e Dominic xingar tentando salvar a maconha, que cai da revista em seu colo. Os olhos dele se estreitam em direção a um Sean sorridente. Eu afundo no abraço de Sean, uma parede de músculos fortes atrás de mim, enquanto Dominic coloca a língua para fora novamente, umedecendo o papel com habilidade.

Assim que o baseado é aceso, a música e a conversa ficam mais altas. É nesse momento que fico chapada, mas não sei bem qual das partes foi a causa. Provavelmente todas as três.

9

Acordo com uma carícia gentil de dedos que afastam o cabelo sobre meu rosto. Abro os olhos e vejo Sean agachado diante de mim, seus olhos castanhos cheios de ternura. Não faço ideia de quando cochilei, mas pesco uma pequena quantidade de baba que ameaça escorrer do canto da minha boca enquanto ele me olha.

— Vou deixar o Dominic te levar para casa, e o Tyler vai seguindo com o seu carro.

— Que horas são?

— Três e pouco.

— Merda, eu dormi tanto assim? — Me endireito, correndo as mãos pelo cabelo. Estou tentando me recompor quando sinto que estou sendo observada e levanto os olhos para encontrar o olhar de Dominic. Ele observa nossa troca de perto. Respondo a Sean com os olhos ainda em Dominic. — Por que é *ele* que vai me levar?

Sean acompanha minha linha de visão.

— Eu moro a poucos quilômetros daqui e preciso fechar a oficina — responde ele, com a voz ríspida.

Alterno meu olhar para ele.

— Você não parece feliz com isso.

Ele me dá aquele sorriso radiante dele, como se para se livrar de algum tipo de irritação.

— Eu queria te levar.

— Então me leve — digo, rouca, eliminando o resquício de sono da voz. — Você não trabalha mais aqui, né?

— É só hoje — diz ele, contraindo a mandíbula.

— Tudo bem. — Eu me levanto. — Mas eu posso ir dirigindo.

— Deixe o Dominic te levar — diz Sean, com insistência. — Você apagou por um tempo. Aquele bagulho que você inalou é forte. É só por segurança.

Me sinto ligeiramente desconfortável. Meu cérebro ainda está um pouco nublado por ter ficado tantas horas dentro do bong que virou a oficina, então prefiro assentir. Ainda não domino as estradas montanhosas, principalmente quando está escuro, e decido não arriscar.

Do lado de fora, o ar fresco me atinge enquanto sigo Dominic em silêncio até um antigo Camaro preto lustroso.

— Maneiro — digo quando ele abre a porta do passageiro. Olho para cima e encontro o olhar atento de Sean parado na porta da oficina. Sorrio e dou um tchau, e vejo seu olhar desviar de Dominic para mim antes de ele fingir um sorriso de volta. Já vi sorrisos genuínos de Sean o bastante para notar a diferença. Ele está puto. Olho de relance para Dominic e vejo seu olhar implacável sobre Sean antes de me conduzir para dentro do carro e fechar a porta. Mal tenho tempo de registrar a troca entre os dois quando Dominic desliza no banco do motorista e dá a partida no Camaro. Uma música alta irrompe, me fazendo pular no banco enquanto o ronronar do motor estimula meus sentidos. Dominic não se incomoda em baixar a música; ele faz o contrário, aumentando o volume o suficiente para fazer orelhas sangrarem e acabando com qualquer chance de conversa.

Babaca.

Com os olhos esbugalhados, olho para o local onde Sean estava parado e vejo que ele se foi.

Então Dominic pisa fundo, arrancando como um morcego saído do inferno, em uma velocidade imprudente. A transição é suave quando ele troca de marcha e acelera a cada linha reta. São os quinze segundos mais assustadores da minha vida, até que decido me livrar do medo paralisante e aproveitar a viagem. Nesse momento me deixo levar, envolvida em excitação, meu coração martelando enquanto jogo a cabeça para trás e deixo escapar uma gargalhada.

Olho para onde Dominic está, pilotando o carro como um especialista, conhecendo todos os detalhes de cada centímetro do asfalto, contornando as linhas amarelas como se tivesse memorizado cada uma delas. Ele nem se dá ao trabalho de olhar em minha direção, mas posso jurar que vejo seus lábios se contraírem ao som da minha risada. Ela diminui quando o analiso à luz fraca da cabine, a música pulsando através de mim, além da sensação do motor zumbindo abaixo. Dominic está à vontade, completamente no controle enquanto dirige pela noite escura como breu. Consigo ver ligeiramente as luzes dos faróis do meu carro atrás de nós antes que desapareçam.

"Bundy", do Animal Alpha, irrompe dos alto-falantes dele, contrastando com a noite estranhamente silenciosa em meio aos pinheiros que nos cercam. Coloco as mãos no painel, a sensação furtiva do carro devorando a estrada muito parecida com voar. Absorvendo cada momento, juro que sinto uma mudança no ar enquanto me balanço um pouco ao ritmo da batida ousada. Se a intenção dele, ao dirigir desse jeito, é me intimidar ou assustar, ele caiu do cavalo, por mais que isso me surpreenda.

No espaço de uma música, eu me solto, sem me importar com a opinião dele. Me permito aproveitar esses poucos minutos sem estar no controle, deixando meu destino nas mãos de outra pessoa. Desde que cheguei a Triple Falls e senti a distância entre minha mãe e eu, percebi que meu papel na vida dela tinha sido mais inverso do que eu gostaria de admitir. Agora confesso a mim mesma que fui mais mãe do que ela nos últimos dezenove anos. Fui mais exigente comigo mesma do que ela jamais tinha sido. Por vontade própria, nunca dei a ela motivos para se preocupar. Tirei o vinho da mão *dela*, apaguei seus cigarros e a cobri com uma manta mais vezes do que consigo contar. Guardei minha virgindade para alguém que me amasse e respeitasse, enquanto a julgava secretamente pela promiscuidade descarada durante minha adolescência. Pelas histórias que me contou, ela foi a autêntica baladeira, e eu testemunhei diariamente as consequências de suas escolhas de vida. Vivi o oposto das decisões dela, o que eu sei que lhe deu alívio. Neste momento, porém, só por alguns minutos, deixo tudo isso para trás. Com o vento açoitando meu cabelo, fecho os olhos e simplesmente... flutuo.

E a sensação é libertadora pra caralho. Tanto que me pego decepcionada quando o carro começa a desacelerar e Dominic entra na estrada isolada que leva à propriedade do meu pai.

Voltando de uma brisa inimaginável que excedeu várias das aventuras adolescentes que a antecederam, paramos para esperar que os faróis do meu carro iluminem a estrada abandonada. Quando Tyler nos alcança, digito o código para autorizar os dois carros a entrarem. Os portões de ferro em formato de arco se abrem, e Dominic estuda a casa a distância enquanto dirige devagar pelo caminho antes de circundar a entrada. Parado bem perto da escada que leva à varanda, ele se vira para mim, ansioso.

— Não sei se devia te dar um tapa ou te agradecer.

— Você adorou. — Seu tom é apático, mas os olhos o contradizem. Ele me olha com um misto de curiosidade e, ouso dizer, interesse?

Decido não agradecê-lo ou encorajar seu comportamento rude e saio do carro, batendo a porta pesada e me dirigindo até Tyler, que está em pé do lado de fora do meu Camry com as chaves penduradas no dedo. Eu as pego e ofereço a ele um *obrigada* baixinho. De repente me sinto exausta da sinistra viagem de carro até em casa e do dia longo que tive.

Tyler dá uma piscadinha para mim.

— Não foi nada, a gente se vê por aí.

— Espero que sim. — Olho de relance para Dominic, que escaneia minha casa com a mandíbula cerrada, sua expressão impossível de ler. Nunca vi um homem usar uma máscara tão impenetrável. As palavras de Christy ecoam em meu ouvido.

Aqueles eram garotos; encontre um homem.

Esses caras não se parecem em nada com os que eu conheci na minha cidade. Claro que aparentam ser tão arrogantes quanto, alguns hábitos são idênticos, mas há algo curiosamente diferente a respeito deles. Me pergunto agora, enquanto examino Dominic, se isso é tão bom assim. O sorriso de Sean me vem à cabeça; o esplendor dele, a luz em seus olhos e a maneira como ele toma conta de mim quando estou perto dele, queira eu ou não, e isso me acalma. Dominic sente meu olhar intenso e mal olha para mim antes de inclinar a cabeça para Tyler se juntar a ele.

— Boa noite, Cecelia — Tyler caminha a curta distância até o Camaro de Dominic, ocupando meu lugar. É só quando ele fecha a porta preta reluzente que acordo de meu devaneio. O carro já está acelerando ao longe no momento em que alcanço a varanda e atravesso a porta da frente, grata por meu pai não estar ali para me receber.

Nessa noite, me deito na cama e deixo as portas da sacada abertas. Sinto o ondular da brisa noturna circular pelo quarto e envolver minha pele, ao mesmo tempo que me leva de volta ao interior do Camaro de Dominic.

Caio no sono e sonho nitidamente com olhos cor de avelã, lábios arrebitados, um borrão de árvores e estradas infinitas.

10

Na manhã seguinte, ostentando um sorriso bobo por relembrar meus sonhos durante o banho, desço a escada com uma desculpa ensaiada na ponta da língua, tensa enquanto cruzo o hall e entro na sala de jantar. Fico aliviada quando a encontro vazia. Mas o alívio dura pouco, pois ouço o som de notificação do meu celular e vejo um e-mail do meu pai com o assunto: visitantes. Roman Horner não troca mensagens — isso é pessoal demais. Ele se comunica com a filha por e-mails.

Você é uma mulher adulta, e compreendo que as condições de sua estadia comigo devem sufocar um pouco suas atividades extracurriculares, devido à sua agenda noturna. Dito isso, esta é a segunda noite que perco o sono graças à sua aparição tardia e ao barulho de sua chegada do lado de fora da minha porta. De agora em diante, esforce-se para estar em casa à noite e seja respeitosa com a minha casa, Cecelia. Visitantes devem ser apenas os estritamente necessários. Além disso, passarei os próximos dias em Charlotte por questões de agenda. A governanta estará aí hoje. Por favor, avise-a caso precise de algo.

Roman Horner
CEO Horner Technologies

Luto contra o impulso de responder com um emoji rolando os olhos. Em vez disso, disparo um *Sim, senhor.*

Estou prestes a fazer uma chamada de vídeo com Christy quando meu celular toca.

— Oi, mãe — digo ao caminhar até a cozinha para buscar meu iogurte.

— Já faz dois dias e você não deu sinal de vida.

— Estive ocupada. Não tenho falado muito com a Christy também.

— E isso devia fazer eu me sentir melhor?

— Claro. Ela é minha primeira e última ligação do dia.

Silêncio. Estou colocando a culpa nela e sendo um lixo. Ela sabe que não me ajudou em nada desde seu hiato vital.

— Como estão as coisas aí?

— Bem.

— Você sabe que eu odeio essa palavra.

— Até agora o Roman está ausente, como esperado. Realmente não tenho ideia do que você viu nele.

— Faz muito tempo. Outra vida. — Seu tom é melancólico, e eu me pergunto se algum dia vou entender como se deu minha existência.

— Vocês dois não são nada, e quero dizer nada mesmo, parecidos. Como você está?

— Bem. — Posso ouvir o sorriso na voz dela.

— Ah, cala a boca.

Compartilhamos uma risada e, depois que acaba, seu silêncio prolongado me deixa nervosa.

— Mãe, você está bem?

— Ele fala de mim?

— Não. Nós não conversamos nem sobre o tempo. Por quê?

— Só não quero que ele fique dizendo coisas negativas sobre mim.

— Eu não acreditaria nele mesmo. Não foi ele que me criou.

Ouço o suspiro dela.

— Isso faz eu me sentir melhor, eu acho.

— Tem certeza de que está bem?

— Sim. Odeio que você esteja aí. Sinto como se tivesse falhado com você.

— Foi só uma folga. Você tem o direito de tirar uma. Todo mundo tem de vez em quando, né?

— É. Mas, se você estiver odiando ficar aí...

— Não odeio. Estou ficando na minha. É como se hospedar em um resort sem funcionários. Eu dou conta.

— Tem certeza?

Por você, eu dou conta. É o que quero dizer.

— Tenho.

— Amo você, criança.

As duas primeiras semanas na fábrica são toleráveis por causa do meu supervisor e das longas pausas que ele me concede. Ainda assim, ouço os cochichos de algumas pessoas, e não há como confundir os olhares de desprezo de um grupo de mulheres que muito provavelmente me odeiam pelo meu sobrenome. Uma em particular, uma latina bonita chamada Vivica, me encara como se o dia da minha morte estivesse chegando. A notícia de que sou filha do dono deve ter se espalhado rapidamente ao redor da fábrica, porque meus sorrisos são cada vez menos correspondidos.

A pacifista em mim se esforça para ignorar isso, seguir em frente e manter a cabeça baixa. Se eu já não visse meu tempo aqui como uma sentença, agora teria todos os motivos para ver. Sean percebe os olhares também, mas ninguém o questiona quando ele me rouba da linha de produção, incluindo Melinda, que pode não protestar verbalmente, mas não me poupa de seus olhares incrédulos quando sou levada de nossa estação de trabalho compartilhada. Embora eu pareça ser a inimiga pública número um, todos na fábrica adoram Sean, e ele tem um relacionamento tranquilo com a maioria dos funcionários. A ironia é que estou conseguindo sobreviver porque estou com ele, e isso não tem nada a ver com meu sobrenome.

Não passamos muito tempo separados desde que nos conhecemos. Seja tomando sol na beira da piscina antes do nosso turno ou virando as noites na oficina, onde os caras se revezam para me ensinar a jogar. Russell, Tyler e Jeremy estão sempre lá, mas Dominic está quase sempre ausente. Mesmo quando aparece, não me dá a mínima. No entanto, todas as vezes que o pego olhando para mim, sua expressão me deixa nervosa. É sempre um misto de curiosidade e desdém. Mais de uma vez tentei criar coragem para perguntar qual é a dele, mas acabo amarelando.

Desde que cheguei a Triple Falls, estive ao redor de Sean, literalmente e com frequência, no oásis que meu pai tem no quintal. Todas as vezes que nos aproximamos de qualquer coisa íntima, ele deposita um beijo na minha têmpora, não nos lábios, e me solta. Ele inclinou os lábios na minha direção várias vezes, me provocando, e eu sempre controlo a respiração na esperança de que eles deslizem da têmpora ou da bochecha para o lugar onde passei muitos devaneios imaginando-os. É como se ele esperasse por algo além da permissão nos meus olhos para tentar alguma coisa. Já o flagrei inúmeras vezes deslizando a língua pelo piercing no lábio enquanto me olhava de um jeito que dizia que somos tudo, menos amigos. Meu estômago dá cambalhotas quando ele está por perto, e meu corpo enrijece toda vez que ele me puxa para si. Memorizei seu corpo, ansiando diariamente que nosso relacionamento saia da *friendzone*. Sua relutância em tomar uma atitude a respeito de nossa química está me fazendo subir pelas paredes. Ao mesmo tempo, amo a expectativa deliciosa, a sensação de seus olhos em mim enquanto faço uma jogada na mesa de sinuca, seus dedos traçando a água pela minha pele. Tem sido frustrante e fascinante, e quase sempre me pego viajando no trabalho enquanto Melinda tagarela sobre os amigos da igreja — na maioria das vezes, a esposa do pastor. E ela não elogia. Mas, desde que Sean apareceu de surpresa em minha vida, quando deito a cabeça no travesseiro ele geralmente está comigo nos meus sonhos também.

Abrindo os olhos, me dou conta de que estou sorrindo ao relembrar a última imagem dele atravessando a água em minha direção, o sol dançando ao redor e o iluminando à medida que se aproximava. Rapidamente cogito afundar de volta naquele abençoado sono para continuar nosso flerte, mas meu celular apita com a chegada de uma mensagem.

Sean: Pensando em você.

Pensando no quê?

Sean: Um monte de coisas.

Dá pra ser mais específico?

Sean: Outra hora.

A barra tá limpa se quiser nadar.

Sean: Ótimo, porque já estou na sua garagem.

Tropeçando para fora da cama, corro escada abaixo e abro a porta para ver Sean com o cabelo molhado do banho e jogado em uma linda bagunça no topo de sua cabeça, os braços cruzados enquanto se apoia em seu Nova. Ele está vestindo botas, short e regata preta, e eu gravo uma imagem mental e fico lá parada, parecendo sei lá o quê.

Fico vermelha, passando os dedos pelo cabelo.

— Acabei de acordar.

— Você é linda. — Ele caminha em direção a mim.

Inclino a cabeça por cima do ombro.

— Pode entrar. Meu pai só chega em casa mais tarde hoje.

Ele se move para me cumprimentar com um beijo na bochecha, e eu desvio.

— Bafo matinal.

— Não dou a mínima. — Ele se inclina e deposita um beijo suave e demorado em minha mandíbula, e o ar entre nós se torna mais espesso.

Sem fôlego, luto contra o impulso de puxá-lo mais para perto.

— Você tem botas de trilha?

Sua pergunta me deixa confusa.

— Hum, sim.

— Vista uma roupa leve e coloque as botas. Quero te mostrar uma coisa.

— Vai me levar para uma caminhada?

Caminhar é a última coisa que quero fazer com ele.

— Vai valer a pena.

— Nossa, que lindo — digo, ofegante, enquanto escalamos outro conjunto de pedras no limite da montanha. Músculos que não uso há anos gritam ao mesmo tempo que percebo a sensação estranha de musgo tocando minha pele enquanto tento escalar a rocha. Atrás de mim, Sean acompanha cada um de meus movimentos, sua respiração atingindo minha coxa quando olho para baixo, onde ele segura a parte inferior do meu corpo para me ajudar caso eu perca o equilíbrio.

— Concordo plenamente. — Ele sustenta minha bunda com uma das mãos para me ajudar a subir na borda de uma grande rocha. A insinuação clara em seu tom se espalha até meus dedos dos pés quando chego ao topo.

— Para onde você está me levando? — pergunto ao dar o último passo e apreciar a vista antes que ele suba até onde estou, a grande mochila amarrada a ele diminuindo em nada a agilidade de sua subida. Ele pega minha mão, entrelaçando nossos dedos quando me alcança.

— Não estamos muito longe.

Olho para meu relógio. Preciso jantar com Roman, e odeio a apreensão que sinto em relação a ele. É como se eu tivesse onze anos de novo. Depois de vários jantares, não nos sentimos mais à vontade juntos do que quando cheguei.

— Que horas são? — pergunta Sean, os olhos brilhando em minha direção.

— Está cedo.

— Você precisa ir a algum lugar?

— Não, desculpa, é só o meu pai. — Solto uma respiração nervosa. — Tenho que jantar com ele.

— Isso é mais tarde.

— Certo... — Arrasto a palavra para que ela soe mais como uma pergunta.

— O que quer dizer que o seu tempo livre é agora, aqui, comigo.

Paro e franzo as sobrancelhas.

— Arram.

— Então você devia estar aqui, *comigo*.

— Eu estou?

— Isso é uma pergunta?

— Não. Estou aqui com você.

— Mas está pensando no seu pai.

— Não tenho como evitar.

— Tem certeza que não?

Faço uma careta.

— Isso é um teste?

— Dizem que "a terra é dos livres e o lar dos valentes" — resmunga ele, balançando a cabeça ao retomar nossa caminhada.

— Sim. — Sigo atrás dele. — E daí?

Ele se vira para mim.

— Eu digo que a terra é dos mentalmente inaptos, dependentes eletrônicos e escravos manipulados pela mídia.

— Você acabou de me ofender. Gravemente, na minha opinião.

— Perdão, só estou dizendo que não devemos desperdiçar o tempo *presente* nos preocupando com mais tarde.

— Tempo *presente*?

— É a única medida de tempo que importa. O tempo é só uma linha invisível, uma medida inventada pelas pessoas, né? Você sabe disso. Apesar de ser uma boa referência, é também um gatilho para o estresse, porque você está deixando que ele controle você.

Nem me atrevo a negar. A ideia de jantar com Roman está ferrando meu tempo com Sean.

— Tudo bem, sinto muito.

— Não sinta. Só não dê poder ao tempo. Agora é agora, e mais tarde vai acabar sendo *agora*. Não seja escrava da insanidade de marcar o tempo e acompanhá-lo. O *agora* é a única coisa sobre a qual você tem controle, e ainda assim é uma ilusão.

— Você é um cara estranho. — Dou risada, balançando a cabeça.

— Talvez, ou talvez todo mundo precise acordar e sair do modo empresarial. Mas as pessoas não saem, porque elas estão confortáveis demais nos edredons de plumas que compraram no anúncio do Instagram.

— Agora você está dizendo que sou acomodada demais?

— Depende. — Ele puxa meu braço, desamarra meu Apple Watch sem pressa, joga-o no chão e o esmaga com a bota.

— Puta merda. — Não estou acreditando. — Isso não foi nada legal.
— Como você se sentiu?

Recupero o relógio destruído do chão e respondo honestamente:

— Me atingiu.

— Sim, mas que horas são?

— Obviamente eu não faço ideia — retruco, enfiando o relógio inútil no bolso do short.

— Parabéns, querida, isso é liberdade.

— Isso é pouco realista.

— Para você. Você ainda está seguindo um cronograma. — Ele pressiona um dedo em minha têmpora. — Aí dentro.

— Já entendi. Você está dizendo que eu preciso desconectar, blá--blá-blá, mas tenho certeza de que devia ter um jeito menos doloroso de defender o seu ponto de vista.

— Sim, mas você não entende... precisa retreinar o seu cérebro. Aposto que você ia colocar um limite se eu tentasse pisar no seu celular.

— Mas com toda a certeza.

— Por quê?

— Porque eu preciso dele.

— Pra quê?

— Pra... tudo.

Ele tira um cigarro do bolso e acende, apontando para mim com ele entre os dedos.

— Pense nisso de um jeito crítico. Quantas vezes você precisou dele hoje?

— Para responder sua mensagem, por exemplo.

— Eu poderia facilmente ter tocado a sua campainha. Mas eu sei que você responderia no celular antes mesmo de abrir a porta, e sabe por quê?

— Eu estava usando o celular.

Ele concorda com a cabeça.

Ele começa nossa caminhada novamente, e eu sigo a contragosto, ainda irritada por causa do meu relógio.

— Então, pelo jeito você não tem rede social.

Ele suspira.

— Porra nenhuma. Claro que não... A pior coisa que a gente fez foi dar para todo mundo um microfone e um lugar para usar.

80

— Por quê?

Ele para em uma clareira e se vira para mim, seus olhos destituídos de qualquer humor.

— Um montão de motivos simples.

— Então me fale o melhor deles.

Ele considera minha pergunta brevemente, dando uma longa tragada em seu cigarro.

— Tudo bem. — Ele exala. — Além da lenta e inevitável contaminação da humanidade, vou te dar um cenário.

Aceno com a cabeça.

— Imagine uma pessoa que nasceu com um dom incrível de reter conhecimento. Quando essa pessoa descobre que tem esse dom, começa a trabalhar nele, estudando por anos e anos para aprimorar e transformar esse dom em um superpoder. E o dom se torna uma fonte de conhecimento diferente de qualquer outra, a ponto de a pessoa ser muito respeitada, uma força a ser reconhecida, alguém que *realmente* deve ser ouvido. Está acompanhando?

Eu assinto mais uma vez.

— E talvez essa pessoa sofra uma perda. Talvez alguém próximo a ela morra, e essa morte levante uma questão para a qual ela não tem resposta, então ela assume a missão de responder à tal pergunta e não desiste até ter uma prova irrefutável de para *onde* o seu ente querido foi. Então, ela vive, come, respira a cada minuto de cada dia da vida pela resposta à pergunta. E um dia isso acontece. Ela consegue a resposta e transforma a teoria em fato. Se essa pessoa compartilhar a evidência, vai saber que pode mudar o conceito de vida como nós o conhecemos. E digamos que essa pessoa pudesse provar não só que havia uma vida após a morte, mas também a própria existência de Deus, por isso a fé deixaria de ser necessária. Deus é real. Então ela tem a evidência, a vida não é sem sentido, a morte que ela sofreu não é sem sentido, ela tem a resposta e quer compartilhar com os outros. — Ele dá outra tragada no cigarro e sopra um fluxo contínuo de fumaça antes de erguer os olhos castanhos até os meus. — Ela posta nas redes sociais para que o mundo *finalmente* tenha a resposta para uma pergunta que atormenta as pessoas há séculos. O que aconteceria?

— Ninguém iria acreditar.

Ele assente devagar.

— Pior. Betty Lou iria desmascarar essa pessoa em dez minutos, estivesse a pessoa certa ou errada, porque ela tem milhões de seguidores e a sua opinião *é* Deus. Então essa outra pessoa, a pessoa com evidências, fatos, vídeos, não passa de mais um picareta da internet só porque a Betty falou. E aí milhões de pessoas e os amigos delas não ouviram a pessoa, porque a Betty está *sempre certa*. Ainda assim, aquele picareta que tem tanta certeza da *sua verdade*, que tem evidências à prova de balas, implora a todos os outros picaretas para ouvir, mas ninguém liga, porque *todo mundo* está picaretando por causa de todos os microfones. E agora nenhum de nós jamais vai saber que Deus existe, e muitos ainda vão viver diariamente com o medo aterrorizante de morrer.

— Isso é tão triste e... — eu franzo minhas sobrancelhas — tão verdadeiro.

Com outra expiração, ele apaga o cigarro.

— A verdade mais triste é que a única maneira de vencer o medo de morrer é *morrendo*.

— Jesus.

Sean sorri.

— Tem certeza? *Ele* está ouvindo?

Reviro os olhos.

— Você está me matando.

— Por que essa escolha de palavras? A morte te assusta?

— Pare de brincar com o que eu falo. — Bato em seu peito.

Ele ri e depois dá de ombros, desenroscando a tampa de sua garrafa de água.

— Você perguntou. Só transmiti uma mensagem.

— Todo aquele discurso não era seu?

Ele toma um bom gole e então tampa a garrafa novamente, movendo os olhos rapidamente para longe.

— Não. Não é meu. Sou só mais um picareta.

— Mas é nisso que você acredita?

Seus olhos encontram os meus, o olhar intenso.

— É o que faz sentido para mim. Parece verdadeiro. É como eu vivo. — Ele se inclina. Está perto, tão perto. — Ou talvez... — Ele afasta o cabelo emaranhado de suor da minha testa e arregala os olhos antes de me lançar um sorriso deslumbrante. — Talvez eu seja só mais um picareta.

— Provavelmente — digo baixinho. — E você obedece *sim* ao relógio, porque tem que chegar na hora para o trabalho — eu ressalto.

— Aí você me pegou. Mas meu tempo livre é *meu*. Não sou escravo do tempo. E, para ser sincero, meu horário de trabalho também é meu.

— Como assim?

Ele me empurra para a frente com a mão nas minhas costas.

— Estamos quase lá.

— Você não vai me responder?

— Não.

— Você é inacreditável — resmungo. Este homem não é absolutamente nada como eu esperava, e ainda assim não consigo acreditar no que sai de sua boca ou no fato de que sei que ele tem convicção e acredita no que diz. Acho que nunca conheci alguém tão confiante no próprio corpo, tão seguro de seu lugar. Meus olhos deslizam sobre a perfeição que é Alfred Sean Roberts enquanto ele caminha em um silêncio contemplativo ao meu lado.

— Então, qual é o seu superpoder? — pergunto um pouco ofegante, mantendo o ritmo dele.

— Eu sou bom em ler as pessoas. Em prever o que elas desejam. E o seu?

Passo alguns segundos pensando nisso.

— Não sei se é necessariamente um superpoder, mas na maioria dos dias eu consigo lembrar do que eu sonhei... em detalhes. E, às vezes, se eu acordo de repente, consigo retomar os sonhos. Outras vezes eu me forço a voltar a eles.

— Continuar de onde parou?

— Sim.

— Isso é legal. Eu durmo tanto que nunca me lembro dos meus.

— Às vezes eles magoam — admito. — Tanto que podem estragar um dia da minha vida só com os sentimentos que evocam. Então nem sempre é bom.

Ele assente, seus olhos vasculhando as árvores antes de olhar para mim.

— Cada superpoder tem um preço, eu acho.

Estamos fora do caminho tradicional das trilhas especificadas na foz da montanha pelo que parece uma eternidade. Assim que passamos pelo conjunto de pedras seguinte, fico maravilhada com a paisagem de meu novo quintal. Passei semanas dirigindo pelas estradas estreitas e encostas íngremes das montanhas e não pensei uma vez sequer em ultrapassar as árvores para ver o que tinha aqui dentro. Totalmente imersa, nunca esperei ficar tão encantada com a tranquilidade, o ar fresco, o cheiro da natureza ou o suor cobrindo minha pele. Olho para Sean com outros olhos.

— Você ainda vai fazer de mim uma hippie da montanha.

— Esperamos que sim.

Em algum ponto entre o momento em que o vi parado em frente a seu carro esta manhã e as poucas horas que passamos em nossa caminhada, deixei uma parte de mim que mantive trancada por anos começar a ter esperança: meu coração romântico. Sean torna muito fácil a tarefa de dar a ele um motivo para espiar pelo canto da amargura atrás de onde enterrei esse coração. A cada olhar, a cada toque, a cada troca de palavras natural, sinto aquele chamado, me avisando que pode ser seguro sair e dar uma olhada ao redor.

Mas não estamos há tanto tempo nisso, o que quer que esteja florescendo entre nós. Mesmo que Sean tenha declarado o tempo nosso inimigo, estou muito ciente de que a confiança é uma coisa frágil e pode ser quebrada em um instante. O tempo me disse que leva só alguns segundos para eu ser feita de boba. Em minha curta experiência com homens, fui traída, enganada e humilhada, e não tenho a intenção de deixar isso acontecer de novo se puder evitar. Não tenho um bom histórico em confiar em meus instintos quando se trata de homens. E, depois da minha última tragédia, prometi a mim mesma que seria mais cuidadosa. O próximo homem que conquistar meu coração, meu afeto, vai ter que fazer muito mais para merecê-lo do que oferecer palavras bonitas e promessas mesquinhas. No entanto, a promessa que fiz a mim mesma e minha nova determinação de uma fuga temporária da prisão não combinam bem. Sean é uma maçã convidativa em meu novo jardim celibatário. Fisicamente, eu o desejo. E é claro que o sentimento é recíproco. Talvez eu não devesse pensar além disso.

— No que você está pensando?

— Que estou feliz por estar aqui.

Ele me olha de canto de olho.

— Fala sério.

— Faz algum tempo que... eu não namoro. — Não tenho certeza se é a palavra certa a ser usada.

Ele olha para mim.

— E?

— E já faz um tempo, só isso.

— O que aconteceu com o último cara?

— Você primeiro — digo enquanto ele passa por cima de um galho de árvore caído e me ergue com facilidade para atravessá-lo.

— Minha última garota foi a Bianca. Ela era manipuladora, então não durou muito.

— Manipuladora como?

— Ela queria me controlar. Eu não me dou bem com isso. Ela queria manipular o meu agora, mas me peguei tentando escapar dela mais do que queria tolerá-la. Terminei. Sua vez.

— Ele me traiu no banheiro de uma boate, no meu aniversário de dezoito anos.

— Ai.

— Sim, ele era um babaca. Para ser sincera, me alertaram sobre ele. Minha melhor amiga Christy o odiava, mas eu não dei bola. — Lanço para ele um olhar aguçado. — E me alertaram sobre você também.

Ele revira os olhos.

— Eu sabia que devia ter comprado fones para você.

— A Melinda adora falar.

— Ela só sabe o que acha que sabe.

Mais alguns passos e paro diante do som filtrado pelas árvores.

— O que é isso?

— Vamos lá. — Ele me guia por outra clareira de mata fechada e por uma curva. Meu queixo cai e meus olhos se arregalam quando vejo uma cachoeira surgindo uns três metros acima de nós. Atrás dela há uma caverna oca, se é que pode ser chamada assim. O interior é totalmente visível através da água, o que faz dela mais uma espécie de recanto.

— Ai, meu Deus, eu nunca vi uma dessas.

— Bem maneiro, né?

Em poucos minutos estamos atrás dela, a água correndo até um lago raso na parte de baixo. Eu me viro e vejo Sean colocando sua mochila no chão e estendendo um cobertor grosso.

— Vamos fazer um piquenique atrás de uma cachoeira?

— Legal, né?

— Muito legal. — Dou um passo para trás enquanto ele desfaz a mala, recusando minha ajuda, e observo a queda-d'água enquanto ele tira diferentes recipientes da mochila. Queijo e biscoitos, barras de granola, frutas. É simplista, mas só o gesto já faz meu coração disparar. Ele pega algumas garrafas de água e estende a mão para mim. É um sonho, um sonho vivo, este homem lindo com a pele bronzeada e olhos brilhantes, estendendo a mão para mim, combinado ao cenário que nos cerca. Resistindo ao impulso de agarrá-lo, eu me junto a ele no cobertor, algumas pedras espetando minha bunda quando me acomodo ao seu lado, absorvendo a vista.

— Isso é incrível.

— Que bom que você gostou. Existem outras cachoeiras por aí, mas esta é privada.

— É privada porque nós estamos invadindo um parque estadual — destaco com um sorriso. — Caso você não tenha visto a placa "Passagem proibida além deste ponto".

Ele dá de ombros.

— São só mais linhas imaginárias.

— Igual ao tempo, né?

— Sim, igual ao tempo. — Ele afasta o cabelo suado da minha testa. Sua voz é revestida por calor quando ele fala. — Feliz aniversário, Cecelia.

— Obrigada. Foi legal você ter lembrado.

— Você disse que estava chegando, e eu confirmei a data com o RH.

— Isso é muito melhor do que eu tinha planejado — digo, respirando a névoa fria que vem da cachoeira. Uma pequena nuvem de arco-íris brilha abaixo de nós nas rochas, e eu gravo uma imagem mental. Não gostaria de estar em nenhum outro lugar.

— O que você tinha planejado?

— Ler. — Olho em volta. — Mas você com certeza faz isso parecer um plano triste. — Eu o encaro e disparo a pergunta para a qual mais quero uma resposta. — Você é de verdade?

Ele franze a testa, abrindo um recipiente e colocando um pouco de queijo na boca.

— Como assim?

— Quero dizer... você é *tão* legal de verdade? Ou vai se transformar em um cretino daqui a algumas semanas e estragar tudo isso?

Ele parece completamente imperturbável com minha pergunta.

— É com isso que você está acostumada?

Não hesito.

— Sim.

— Então, acho que depende.

— De quê?

— Consegue guardar um segredo?

— Sim. — Eu me inclino, meus dedos coçando para retribuir o gesto e afastar o cabelo loiro suado de sua testa.

— Ótimo.

— É só isso?

— Sim.

— Você está falando em enigmas de novo. *Nós* somos o segredo?

Ele estende a mão e me puxa, minhas costas contra seu tórax, e pega um pedaço de queijo, oferecendo-o para mim. Eu mastigo, me inclinando para ele, apreciando a vista e a sensação atrás de mim. Ele é tão atencioso, tão encantador, tão incrivelmente bom em me deixar à vontade, que detesto pensar que ele pode ser qualquer coisa além do cara que me mostrou ser.

É então que sinto sua hesitação.

— Seja o que for, por favor, me fale agora. Estou falando sério. Eu prefiro saber.

Sua respiração faz cócegas em meu ouvido.

— Eu não faço as coisas da maneira como a maioria das pessoas faz em *qualquer* aspecto da vida. Eu sigo meu instinto em tudo e respondo pouco ao dos outros.

— O que exatamente isso significa?

— Significa que eu pertenço a *mim*, Cecelia, em todos os momentos. E eu escolho com cuidado com quem eu quero passar o *meu* agora. Sou egoísta com o meu tempo e às vezes com as coisas que desejo.

— Tá bom.

87

— Seja qual for a escolha que eu faça, trabalho com ela, sem arrependimento, não importa a consequência.

— Isso parece... perigoso.

Outro momento de silêncio.

— E pode ser mesmo.

12

Depois do piquenique, acabamos dormindo no cobertor. Sou a primeira a acordar sobre o peito de Sean, e ele está esparramado de costas, as mãos atrás da cabeça, os olhos fechados, respirando fundo e uniforme enquanto eu silenciosamente empacoto os recipientes e bato as mãos para tirar a sujeira.

Juntar as coisas é o mínimo que posso fazer. Foi o aniversário perfeito, embora algumas de suas verdades tenham doído um pouco. Se eu o estou interpretando do jeito certo, ele não é do tipo que namora ou se compromete, embora suas ações nas últimas semanas tenham sido contraditórias. Ele ainda é um mistério, apesar de termos passado um bom tempo juntos. Mas não é mais a minha necessidade de nos rotular que me faz olhar para ele com admiração. É a tortura, o latejar, a necessidade de estar mais perto que me fazem estudar a definição de seus bíceps, a extensão musculosa de seu peito. Meus dedos coçam ao meu lado para traçar o anel que está brilhando em sua boca exuberante. É minha língua que está ansiosa para traçar a extensão de sua garganta. Eu o quero, da pior maneira, e me pego ressentida com ele pelo fato de estar tão viciada, enquanto ele parece completamente à vontade.

Tiro a blusa, ficando apenas de top, e a levo até a cascata, encharcando-a para limpar o suor e a sujeira que reuni em nossa caminhada. Sean está deitado contente no cobertor enquanto me limpo, o tempo todo imaginando como seria tocá-lo do jeito que eu quero, beijar e ser beijada por ele.

Ele diz que é um homem que vai atrás do que quer, que segue seu instinto com pouco arrependimento e não se preocupa com as consequências. Eu me pergunto como ele se sentiria se eu fosse ousada com a atual exigência do meu corpo. Retomo meu assento no cobertor, olhando para ele.

Sou esquisita. Neste momento, sou a garota estranha olhando o cara dormir. Eu me viro de costas para ele, o calor corando minhas bochechas enquanto passo a mão pelo meu rosto. Estamos completamente sozinhos. Era isso que ele queria? Mas já estivemos sozinhos antes, muitas vezes.

Minha cabeça diz para não me humilhar, mas decido seguir o conselho de Sean. Em um movimento rápido, eu monto nele, me inclino e passo a língua tentativamente ao longo de seu piercing no lábio.

A reação dele é instantânea. Sua mão dispara para cima e agarra a parte de trás da minha cabeça ao mesmo tempo que ele me levanta e me segura a um centímetro dele, correndo seu nariz pelo meu, enquanto minha respiração falha. Seus olhos penetram os meus, e ele absorve o olhar em meu rosto, sua voz cheia de desejo quando ele finalmente fala.

— Você demorou bastante. — Então sua boca está na minha, seu gemido me enchendo enquanto ele enfia a língua nos meus lábios, me beijando tão profundamente que a umidade inunda meu âmago. Sem desgrudar nossas bocas, ele nos vira com facilidade, mudando de posição para que eu fique de costas. Enquanto desabotoa meu short, sua ereção pressiona meu quadril e ele puxa meu zíper para baixo bem devagar. Totalmente confusa com seu ritmo acelerado e sua reação ao meu beijo, eu me abro para ele, sua boca quente me puxando.

Ele afasta os lábios dos meus e move a mão entre meu short e minha calcinha, um dedo deslizando pelo meu clitóris. Com a boca levemente aberta, ele me hipnotiza com aquele dedo solitário, movendo-o devagar para cima e para baixo.

Para cima e para baixo.

Só a ponta de seu dedo envia ondas de choque por todo o meu corpo, então ele se afasta e me olha com uma intensidade paralisante.

Deixo escapar um gemido alto quando ele mantém seu toque leve como uma pluma, e eu aperto sua mão, pedindo mais, empurrando meus quadris em busca de atrito.

— Por favor — eu sussurro. — Por favor.

— Não mesmo, vou bem devagar. Você também demorou.

— Eu não sabia que era isso que você queria.

— Nem fodendo que não sabia. Eu estava deixando você tomar a decisão.

— Você estava... — Meus olhos reviram com a carícia seguinte de seu dedo. — Me esperando?

— Eu queria que você tivesse certeza.

Meu corpo vibra com um desejo ardente quando olho para ele.

— Tenho certeza.

Ele sorri enquanto cravo as unhas em sua mão, incitando-o.

— Sean, por favor.

Finalmente, ele desliza aquele dedo grosso para baixo da minha calcinha e geme quando me encontra encharcada. Fico cega de desejo e sinto as coxas tremerem no momento em que ele retoma suas carícias com a mesma investida gentil. Não é o suficiente, e ele sabe exatamente o que está fazendo.

Eu agarro e puxo seu cabelo, e ele sorri, seus olhos brilhando com desejo, seu dedo ainda me provocando. Não é o suficiente, não está nem perto de ser o suficiente. Eu empurro meus quadris e gemo de frustração, pouco antes de ele começar a se afastar.

Estou sendo punida por minha impaciência.

Desgraçado.

— Vou parar. Vou parar. Por favor, não. — Não dou a mínima por estar implorando. Já faz muito tempo que não sou tocada, e nunca na história de todos os meus agoras me senti tão atraída por um cara. — Sean... — eu sussurro. Ele lê o desejo em meus olhos antes de se inclinar e me beijar profundamente, tão completamente que a emoção se agita dentro de mim. Em segundos estou bêbada, meu desejo fora de controle enquanto o agarro.

É demais.

Quando estou em chamas sob seu toque, ele finalmente pressiona um dedo em mim, observando atentamente enquanto minhas costas se curvam.

— Porra — murmura ele, antes de se inclinar e chupar meu pescoço, e arrastar seu beijo até logo abaixo da minha orelha. — Me diga o que você quer, aniversariante.

— Eu quero a sua boca.

— Onde?

— Em mim.

— Onde em você?

— Em qualquer lugar.

Ele se move para retirar o dedo.

— No meio das minhas pernas. Agora.

Ele se levanta, empurrando meu short para baixo e descartando-o atrás de si para então abrir minhas pernas. Abaixando a cabeça, ele me lambe suavemente sobre a seda no meio das minhas coxas.

— S-S-Sean! — eu gaguejo enquanto ele me provoca, sugando meu clitóris através do tecido enquanto eu bato em seu bíceps, o desejo tomando conta de mim.

Seus olhos disparam para os meus, um sorriso irritante em seus lábios.

— É isso que você quer?

— Eu quero a sua boca na minha boceta, sua língua dentro de mim.

Alguns dolorosos e longos segundos depois, minha calcinha vai parar em algum lugar na rocha atrás de nós, e ele afasta minhas coxas, me acariciando a pele com os dedos antes de mergulhar a cabeça e provar tudo de mim com um toque de sua língua. Deixo escapar um grito quando ele me ataca com lambidas precisas, nada além de intenções perversas por trás delas. Me contorcendo no cobertor, solto um arsenal de palavrões quando ele desliza um dedo para dentro, dobrando-o sobre meu ponto G. Levei meses para descobrir como se faz para ter um orgasmo sozinha, pratiquei para identificar as partes da minha anatomia que me excitam, e esse cara conseguiu encontrar todas em poucos minutos. Superpoder em plena exibição.

Ele me lambe, roubando minha capacidade de comunicação, minhas pernas trêmulas dobradas em ambos os lados de sua cabeça.

Olhos castanhos me observam enquanto aperto o cobertor em minhas mãos e me contorço devido à ação de sua boca mágica. Ele me lambe furiosamente, e eu me empino em resposta, o coração martelando, coberta por uma camada de suor. Ele esfrega os dedos pelas minhas paredes, provocando, torturando, antes de enfiá-los em mim como um aceno. Eu explodo, convulsionando enquanto me perco, chamando seu nome ao mesmo tempo que ele martela a língua em meu clitóris. Ele continua a me lamber, e eu estremeço até implorar que pare, sensível demais para continuar. Apesar de minhas coxas apertadas em torno de sua cabeça, ele suga meu lábios em sua boca, absorvendo até a última gota do meu orgasmo. É obsceno e perfeito, e, quando ele se levanta para me beijar, eu lambo sua boca, chupando sua língua com fervor. Corro minha mão ao longo do comprimento de seu short, sentindo sua reação. Mergulhando a mão, deslizo meus dedos ao longo de seu estômago tenso e gemo quando descubro uma mancha de pré-gozo. Ele me quer tanto quanto eu o quero, e isso fica claro quando envolvo a mão em torno de seu comprimento impressionante por um segundo antes que ele abaixe o corpo, me negando acesso. Saciada, mas com vontade de mais, olho para ele com o anseio que sinto.

Ele balança a cabeça.

— Hoje e só para você.

— Seria para mim, pode confiar. Não faz mal ser egoísta — respondo, sem fôlego.

Ele para a mão que estendo para ele e beija as costas dela.

— Sean, eu não sou inocente.

Ele entrelaça nossos dedos.

— Não, mas você é *mais*. Muito mais.

— Está falando sério? Considerando sua confissão de antes?

— Você interpretou aquilo do jeito errado.

— E o que significa?

Ele olha para mim, segurando minha bochecha com uma mão aconchegante, deslizando o polegar pela minha boca.

— Significa que com você, agora, estou me sentindo um pouco egoísta.

— Isso é uma coisa ruim?

— É uma coisa muito ruim.

— Como assim?

Ele deixa a cabeça cair na minha barriga e resmunga.

Meu coração desponta quando ele levanta a cabeça para olhar para mim, e nós trocamos um olhar, a selvageria em seus olhos me dizendo que eu o impressionei tanto quanto ele me impressionou. Em troca de sua confissão silenciosa, dou a ele uma gota da minha confiança. Não é preciso dizer mais nada.

É na caminhada de volta para seu carro, durante a qual ele toma muito cuidado para me segurar nos braços, me parando aqui e ali para um beijo, me embalando com carícias profundas de sua língua, que percebo que poderia me apaixonar por Alfred Sean Roberts. Hoje, uma pequena parte de mim se apaixonou.

13

Sean: Pensando em você.

Pensando no quê?

Sean: Um monte de coisas.

Quer ser mais específico?

Sean: Você não faz ideia do quanto é linda. E tem um gosto bom pra caralho.

O que você está fazendo comigo?

Sean: Pouca coisa. Vem pra oficina.

Chego em uma hora.

Faz dias que estivemos na cachoeira, e ele mal me tocou desde então. Ele passa o tempo todo agarrado em mim quando estamos perto dos caras, mas se despede toda noite com um beijo inocente, me levando à loucura com seus sinais ambíguos. É como se estivesse esperando por... algo que não sei dizer o que é. Mas, em vez de reclamar, entrei no jogo, porque, honestamente, estou gostando da tortura e da expectativa. Nunca fui muito apressada, mas minha atração por ele torna difícil conter as inibições. Os garotos do meu passado não chegam aos pés deste homem. E ultimamente, quando olho para meu reflexo, vejo a energia perceptível das semanas que passei envolta em sua atenção. É um barato que eu tinha quase esquecido, um barato mais viciante do que qualquer droga jamais poderia ser para mim. Meu coração tem algumas cicatrizes, mas bate firme, constantemente me dizendo que fica vulnerável ao jogar o jogo de Sean, e em algum lugar no fundo da minha mente eu ouço o aviso. Por enquanto estou bancando a ingênua, mais do que pronta para outro golpe.

— Você pode sair do celular enquanto jantamos?

Fico tensa em minha cadeira, sentindo o olhar de Roman, e enfio o telefone no bolso antes de levantar o garfo.

— Me desculpe, senhor.

— Você está bem distraída esta noite.

Porque preferiria estar vivendo o agora com Sean. Não sei por que Roman insiste em jantarmos juntos. A conversa é forçada, as refeições que compartilhamos são insuportavelmente desconfortáveis — pelo menos para mim.

É difícil avaliar o que deixa Roman inquieto, porque o homem é uma pedra impenetrável. Ele está sempre irritado, mas essa parece ser sua única emoção perceptível — se é que ele é capaz de sentir alguma emoção. Quanto mais tempo passo na casa dele, mais estranho ele parece para mim.

— Como eram os seus pais?

Nunca perguntei sobre eles antes. Nem quando era mais nova. Mesmo quando podia recorrer à juventude por minha suposta coragem, eu sabia que não devia perguntar. Ambos morreram, isso é tudo o que mamãe e eu sabemos.

Roman pega uma porção exata de massa em seu garfo.

— O que especificamente você quer saber?

— Eles eram tão sociáveis quanto você?

Ele cerra a mandíbula, e eu parabenizo a mim mesma, mas mantenho a feição calma.

— Eles eram da alta sociedade, e meu pai tinha presença regular no campo de golfe.

— Como eles morreram?

— Eles bebiam.

— Veneno? Eles partiram de um jeito shakespeariano?

— Você acha a morte divertida?

— Não, senhor. — *Acho esta conversa divertida.*

— Eles morreram com pouco tempo de diferença entre um e outro. Três anos. Quando eu nasci, eles já estavam na casa dos quarenta.

— Você ganhou deles nesse sentido, né?

Minha mãe tinha vinte anos quando nasci, e Roman era doze anos mais velho. Ele se jogou.

— Nunca planejei ter filhos.

Mostro a ele as duas mãos espalmadas e as abano de forma dramática.

— Surpresa. É uma menina. — Os lábios dele sequer se movem. — Plateia difícil. — Bebo um gole da minha água. — Peço desculpas pelas fraldas, não pude evitar. — Tenho certeza de que esse homem nunca trocou uma fralda minha.

— Cecelia, você está planejando se comportar assim a noite toda?

— Posso sonhar. — *Que você não destrua minha alma com seu olhar mortal.* — Não tem pais, não tem namorada. Você tem um amigo para passar o tempo?

— Tenho parceiros de negócios. Um monte deles.

— Então o que o Roman faz para relaxar?

Outro olhar de reprovação. Não estou chegando a lugar nenhum.

— O jantar estava delicioso, mas tenho compromissos inadiáveis esta noite. Posso me retirar, por favor?

Ele não hesita.

— Sim.

Enquanto abandono a sala de jantar, posso jurar que o ouço ecoando meu suspiro de alívio.

Pouco mais de uma hora depois, entro na oficina, e as covinhas de Tyler me dão as boas-vindas. Seus olhos me escaneiam, e eu me delicio com a atenção. Tomei um cuidado especial esta noite, encharcando meu corpo de hidratante misturado com óleo essencial de zimbro. Arrumei o cabelo em cachos soltos e apliquei bronzeador na pele para ela reluzir mesmo embaixo das lâmpadas amarelas difusas. Peguei leve na maquiagem para destacar as sardas que Sean disse que adora. Mas passei batom rosa-choque para combinar com meu vestido novo.

— Porra, você está muito gata — diz Tyler, me cumprimentando com um meio abraço caloroso enquanto Sean conversa com Dominic do outro lado da oficina, longe dos demais. Mesmo com a distância intencional, é possível ouvir suas vozes agressivas abafadas por Steve Miller cantando "The Joker". A conversa parece tensa, então decido deixá-los a sós. Jeremy me cumprimenta em seguida, erguendo o queixo e me lançando um olhar apreciativo enquanto joga. Jeremy é mais baixo, mas dá para dizer que sua segunda casa é a academia. Ele é corpulento, puro músculo sob as roupas simples, mas cai bem nele. Ele tem um daqueles estilos de barba da moda e usa suspensório sobre a camiseta. Seu cabelo castanho é mais curto, diferente do de Sean, que tem o cabelo bagunçado como se atingido por um raio divino.

— Está a fim de uma partida, Cee? — pergunta Jeremy devagar, antes de encaçapar a bola nove.

— Está querendo dizer a fim de uma surra? — pergunto, e meus olhos passeiam de sua tatuagem de corvo para a touca preta pendurada no bolso de trás da calça. Ainda que a temperatura esfrie consideravelmente após o pôr do sol, a touca parece fora de contexto para um início de verão.

— Está planejando roubar alguém esta noite, Jeremy?

Ele pausa e então volta a polir a ponta de seu taco com giz antes de enfiar a touca mais fundo no bolso.

— Já roubei.

— Ah, é?

Ele pisca, e Tyler dá risada.

— A única coisa que você roubou hoje foi o guarda-roupa da sua mãe.

Jeremy lança um olhar furioso para Tyler.

— Vamos comer a sua mãe hoje? Porque eu acho que a gente sabe como vai acabar. E, para mim, o final é sempre feliz.

— Cala a porra da boca — diz Tyler, descontrolado. Russell, que eu considero o mais silencioso depois de Dominic, pega um taco e trabalha em sua ponta.

— Tyler, você sabe que *ninguém* come a *sua* mãe melhor que o Jeremy. Olho para Tyler, que parece realmente irritado.

— Existe mesmo uma história aí?

— Não — responde Tyler, rude, mais direcionado aos outros do que a mim. — Eles estão tirando uma com a minha cara.

— Se isso é o que você precisa dizer a si mesmo para dormir à noite, *filho*. — Jeremy sorri e se vira para mim. — Ele é o filhinho da mamãe. Mas acho que a gente precisa de mais tempo de qualidade juntos para corrigir isso. Papai sabe tudo.

Sorrindo por causa do vai e volta entre eles, ergo o olhar e vejo Dominic me observando enquanto Sean fala a mil por hora. Uma faísca corre por mim sob seu escrutínio. Não nos falamos desde a noite em que ele me deixou entrar na oficina. Toda vez que chego perto o suficiente, ele me afasta, me ignorando na cara dura como se eu não estivesse falando diretamente com ele. Sean me diz para não levar para o pessoal, mas a rejeição constante de Dominic e os olhares que ele me dá me irritam. Apesar da consciência de seu olhar, desvio minha atenção para Sean e o observo, lembrando a sensação de seu beijo, seu olhar, a maneira como ele me consumiu com sua boca, com a promessa de mais. E é isso que vejo quando ele finalmente se vira em minha direção. Seu olhar cor de avelã viaja com apreciação pelo meu corpo antes de um leve sorriso enfeitar seus lábios.

Arrepios percorrem minha espinha quando ele me encara dessa maneira. É como se soubéssemos o que está por vir, e não somos os únicos cientes disso.

— Vocês dois querem que a gente saia? — brinca Russell, sarcástico, percebendo nossa troca antes de alinhar seu taco com a bola e fazer sua tacada.

— Aqui vai uma ideia: cale a boca — diz Sean, tranquilo, assim que me alcança, me puxando para ele. O homem tem confiança de sobra, um sorriso que poderia derreter a calcinha de uma freira e olhos que transmitem tudo sem que ele diga uma palavra. A cada dia me sinto mais atraída por ele, e a cada dia sinto o laço que está começando a nos unir.

Ações acima de palavras, é isso que estou levando em consideração, com um pé atrás, em vez das palavras cautelosas de Sean no meu aniversário.

— Senti sua falta. — Ele me abraça com força enquanto me aqueço em seus braços, meus olhos encontrando os de Dominic por trás de seu ombro antes de ele sair pela porta dos fundos da oficina sem dizer uma palavra.

— Por que ele me odeia?

— Ignore.

— Meio difícil.

— Ele é bom nisso — diz ele, pressionando um beijo breve e suave em meu ombro nu. — Você está linda. — Ele se inclina e inspira, quase arrancando um gemido de mim. — E cheirosa também.

Viro a cabeça para que nossos lábios fiquem próximos.

— Obrigada.

— Isso é para mim? — Seus dedos correm pela lateral do meu vestido, e meu âmago começa a latejar com a memória de pedras espetando minhas costas, água em cascata e sua boca perversa. Ele lê meus pensamentos, seus olhos queimando, e desta vez sou eu quem está exibindo o sorriso presunçoso.

— Talvez.

— Perigosa — murmura ele. Mordo o lábio e juro que ouço um leve gemido.

— Vamos jogar ou não? — Russell nos tira de nossa bolha intimista. Sean revira os olhos, nós nos separamos, e ele pega duas cervejas de uma geladeira próxima. Aceito uma, sabendo que não vou beber muito. No minuto em que ele abre a cerveja e a música aumenta, pego meu taco e os jogos começam.

E eu sou péssima. Apesar do meu esforço, minha percepção de profundidade é errada a ponto de ser embaraçosa. E os caras não têm nenhum problema em me criticar por isso. Depois de abrir caminho para outra derrota para Jeremy, fico bicuda e vou até o sofá, mas acabo optando pelo colo de Sean. Ele permite, fazendo um carinho receptivo nas minhas costas.

— Eu sou uma porcaria.

— Você é mesmo — ele concorda.

Dou uma cotovelada na lateral de seu corpo.

— Calma aí. Isso exige prática — murmura Sean enquanto eu me inclino para trás em direção à carícia de sua mão. A sensação rítmica de seus dedos me embala em um estado de desejo enquanto o vejo rir com seus amigos.

Depois de mais algumas rodadas, estou completamente absorta; em seu cheiro, suas mãos, o timbre de sua voz, seu toque. Tudo que vem de Sean me excita, não apenas sua aparência, mas também o jeito como sua mente funciona. É uma atração que me deixa tonta, permanentemente excitada e encantada de um jeito com o qual não estou acostumada. Sean é, de certa forma, uma droga nova. Mais potente. Mais viciante e, em geral, simplesmente... mais.

Ele se vira para mim, parecendo ler meus pensamentos, e seu sorriso se alarga.

— Está com alguma coisa em mente, bebê? — Ele sabe exatamente o que estou pensando, mas não caio no seu jogo.

— Eu... Você pode me ensinar a dirigir?

— Você sabe dirigir.

— Não, o seu jeito de dirigir.

Meus olhos percorrem seu rosto e descem. Trocamos olhares por um ou dois segundos, perdidos naqueles momentos na caverna. Eu sei que ele está pensando nisso também. Seu corpo se contrai quando me inclino em sua direção.

— Por favor?

Sem palavras, ele se levanta, me segurando contra si enquanto acena para Tyler.

— Nós já vamos.

Sorrindo, eu aceno para os caras antes de seguir Sean para fora da oficina até o estacionamento. Ele puxa as chaves do bolso e as joga para mim, e eu as pego com facilidade, enquanto a adrenalina corre através de mim.

— Você vai me deixar dirigir mesmo? — Encaro seu bem mais valioso.

— Vamos ver do que você é capaz.

Empolgada, escorrego para dentro do carro dele, amando a sensação do volante nas pontas dos dedos.

Sean desliza ao meu lado.

— Sabe dirigir carro manual?

Eu assinto.

— Minha mãe tinha um. Aprendi a dirigir nele.

Verifico se o carro está em ponto morto e dou a partida, esperando aquecer.

Aprecio a sensação do banco frio em minhas coxas sob o tecido do vestido.

— Como vocês conseguiram encontrar todos esses clássicos? — Olho ao redor da cabine, admirando o estado dela. A restauração ficou incrível.

— Eles eram todos da minha família... Meu tio colecionava e, quando ele morreu, nós os restauramos. Foi assim que todos nós começamos a consertar carros.

— Eles são tão raros. Vocês não têm medo de bater?

— De que adianta ter uma coisa se você não usa?

— Tem razão — eu digo, prendendo o cinto de segurança antigo em volta da cintura e correndo meu dedo sobre o símbolo ss no volante. A insegurança me invade, mas Sean a abafa, a tranquilização saindo com facilidade de seus lábios. Ele não está nervoso, o que me deixa menos preocupada.

— É só um carro. Vá com calma nas curvas. Esses carros não foram feitos para estradas montanhosas.

— Isso é verdade. Por que vocês dirigem eles, então?

Ele sorri com os dentes.

— Porque nós podemos, porra.

Balanço a cabeça vendo o orgulho em seus olhos.

— Resposta típica de um homem.

— Obrigado. Agora, se acostume com o volante mais mole, mas leve o tempo que precisar.

Concordo com a cabeça, estudando a mudança de marchas e franzindo a testa.

— Esse não é igual ao que eu aprendi.

— Vá devagar — diz ele, passando um dedo sobre a mão que tenho no câmbio. — A gente tem todo o tempo do mundo.

Sorrio para ele e perco o fôlego com sua expressão, o estrondo em meu peito como um sinal de tentação crescente. O interior do carro se enche de tensão, do tipo que é boa, enquanto ele descansa confortavelmente em seu lado do carro.

102

— Preparado?

— Pra caralho — murmura ele, antes de tirar a mão da minha.

Após alguns segundos de pressão na embreagem e um tremor da minha parte, partimos.

Sean me guia durante os primeiros minutos, sua voz gentil e segura enquanto ele me ajuda a percorrer as estradas sinuosas. Assim que nos afastamos das curvas fechadas, piso fundo e ele me dá mais algumas dicas ao passo que memorizo o padrão da embreagem.

— Você conseguiu.

— Nem tanto.

— Não. — Ele passa a mão pelo meu ombro. — Você conseguiu. — Estremeço sob seu toque e olho para ele, capturando sua piscadela na cabine escura.

A música toca baixo nos alto-falantes, e Sean se levanta de onde está sentado, girando o botão no painel.

— Essa é boa — é tudo o que ele diz enquanto corta toda a comunicação, deixando claro que a aula acabou e que estou por conta própria.

The Black Crowes começam a berrar "She Talks to Angels" quando recebo minha autonomia, e eu a pego, ansiosa pela diversão. Entre a música e o zumbido constante do carro, todo o meu corpo explode em arrepios. Sinto o sorriso no rosto enquanto o vento chicoteia meu cabelo.

Estamos voando, meu coração dispara quando troco de marcha, me surpreendendo com a facilidade na transição antes de pisar fundo no acelerador.

Sean não vacila, não se move ao meu lado, sua confiança é minha quando começo a cantar junto com a letra, junto com ele. Estou em algum lugar entre gritar e cantar quando seus dedos afastam o cabelo pesado da minha nuca e acariciam meu braço. Sentidos intensificados, meu corpo suspira com sua carícia. Ele passa pelo meu pescoço, meu braço e desliza até onde sua mão cobre a minha, sobre o câmbio, antes de voltar para cima, e então acaricia meu queixo com as costas dos dedos. Minha pulsação acelera quando ele desliza a alça fina do meu vestido para baixo, as pontas dos dedos escorregando sobre minha pele.

Meus lábios se abrem com o toque, começo a desacelerar e dou uma olhada nele. Um segundo se passa, depois outro, até eu entrar em uma das dezenas de estradas desertas, colocar o câmbio em ponto morto e puxar o freio. Ficamos lá sentados, a centímetros de distância, seus dedos me acariciando, me levando ao frenesi enquanto espero.

— Olha só você. — Sua voz é necessitada e urgente.

— Sean — eu gemo, com a voz rouca, já encharcada enquanto a carícia de seus dedos me prende ainda mais sob seu feitiço.

A hesitação o envolve, e sinto isso claramente enquanto ele brinca comigo, me deixando fora de controle e à beira de explodir. A tensão aumenta, junto com a pulsação em meu clitóris conforme meus olhos imploram para que ele faça exatamente o que está pensando. Vejo a decisão em seus olhos um segundo antes de ele falar.

— Que se dane.

No segundo seguinte, estou em seus braços pelo tempo de uma respiração antes de colidirmos. Seu beijo é tudo menos gentil quando ele enfia a língua pelos meus lábios e explora totalmente minha boca com investidas profundas. É como se cada olhar, cada toque, cada troca sutil nos trouxesse até este momento. Legitimamente sedenta, permito que minhas mãos vaguem, agarrando a camiseta na altura de seu bíceps enquanto ele me puxa para si, levanto a perna e monto nele, querendo chegar mais perto, a adrenalina colidindo com a necessidade insaciável. Nós nos beijamos e nos beijamos, sozinhos no carro em uma estrada sem nome, corações martelando, nossas respirações rápidas se misturando enquanto ele levanta meu vestido até os quadris, e eu me movo em seu colo, lambendo sua boca, traçando seu piercing com a língua.

— Porra — resmunga Sean entre os beijos. Ele escorrega a outra alça fina do meu vestido para baixo um segundo antes de dar um puxão no material e libertar meus seios, meus mamilos enrijecidos se contraindo, o tesão implacável. Ele segura cada um deles em suas mãos calejadas, seu beijo se aprofundando a um nível insano enquanto meu clitóris pulsa, implorando. Eu agarro uma de suas mãos e a movo para minha coxa, debaixo do vestido, e sinto apenas um segundo de hesitação antes que ele agarre a seda e o tecido de renda entre elas. Ele mergulha no elástico, empurrando minha calcinha para o lado, e eu engasgo em sua boca quando ele enfia dois dedos dentro de mim. Meu gemido o alimenta quando ele torce os dedos, me fodendo forte com eles.

— Sean — digo, com um suspiro, enganchando meu braço em volta do pescoço dele para montar em sua mão. Descendo a minha, apalpo e aperto sua ereção e sinto seu gemido quando ele me empurra contra o painel, arrancando o braço que mantenho ao redor dele. Ele me apoia de joelhos enquanto coloco os cotovelos no painel, apenas observando-o. Com o vestido ainda erguido em volta dos quadris, ele agarra o triângulo frágil de tecido entre minhas coxas e rasga a parte da virilha. Ansiosa, eu me movo para liberá-lo, mas ele dá um tapa em minha mão, desabotoando seu jeans e libertando seu pau antes de bombeá-lo no punho. Minha boca saliva com a visão, a visão dele desmoronando.

Ele se ergue, saca a carteira, pega uma camisinha e a entrega para mim. Eu rasgo o pacote e agarro seu membro aveludado em minha mão, bombeando-o da base até a ponta antes de rolar o látex sobre ele. Uma vez ajustado, ele passa um dedo entre meus lábios, brincando com a umidade acumulada dentro de mim. Uma brisa fresca sopra pelo carro enquanto ele segura minha cabeça com a palma da mão e me puxa para um beijo, um segundo antes de me empurrar de costas, rodando para se acomodar entre minhas pernas e entrando em mim até se enterrar. Eu tremo ao senti-lo quando ele me penetra impiedosamente. Com o som dos estalos me alimentando, levanto meus quadris em direção aos dele. Ele segura meu cabelo e se impulsiona para dentro de mim, então eu gemo com a ardência e a recompensa da foda. Levantando sua camiseta, corro as mãos sobre seu peito musculoso, e ele olha para mim, seus olhos como lava, seu coração batendo contra a palma da minha mão.

— Caralho... você... — ele resmunga, acelerando o ritmo. — Você é um problemão.

Preenchida até o limite, tateio para tirar sua camiseta, e ele a descarta com facilidade. Livre para explorar, observo cada detalhe, o timbre de seus grunhidos, a sensação de sua pele, cada nuance de seu corpo, e fecho as pernas ao redor dele, encontrando seus quadris antes de jogar minha cabeça para trás. Ele está tão fundo, tão fundo. Só posso me agarrar a ele e me permitir ser destruída. Ele me consome totalmente, com seu cheiro, seu rosto, seu corpo, seu pau. Empurra minha coxa dobrada contra o banco, mergulhando mais fundo, e eu grito seu nome quando ele fica selvagem, seu quadril disparando em um ritmo inimaginável enquanto ele arde através de mim.

105

Eu pisco e sua mão mergulha entre nós, seus dedos golpeando meu clitóris ao mesmo tempo que ele martela seu pau contra minhas paredes, levantando e se inclinando perfeitamente. Meu orgasmo se aproxima furtivamente e eu explodo, todo o meu corpo estremecendo com a liberação quando ele entra em mim uma vez, duas vezes e goza, sua mandíbula relaxando, olhos brilhando como esmeralda à luz suave da cabine. Corro meus dedos ao longo de seus bíceps e ele olha para mim, sem palavras. Seu sorriso magnífico retorna antes de ele me cobrir com um beijo suave, os dedos afrouxando seu aperto no meu cabelo, então sou erguida do banco com um movimento de seu braço e levada até seu peito.

— Foi de zero a cem bem rápido — diz ele, com uma risada.

— Arram — murmuro, ouvindo a fadiga em minha voz.

— A gente tem um problema — ele murmura contra meu pescoço enquanto massageio seus ombros suados.

— Qual? — pergunto, incrédula por ter deixado (na verdade, *forçado*) as coisas irem tão longe.

Ele levanta a cabeça, olhando para onde me recolho em seu colo.

— Eu só tinha aquela camisinha.

— Nós temos todo o tempo do mundo, certo?

Ele assente em meu ombro, um indício de perturbação sombreando seus olhos quando eles encontram os meus.

— Certo.

— Que foi? — Seu olhar clareia, e ele balança a cabeça, seus ombros relaxando.

— Nada. — Ele acaricia minha pele, segurando meus seios. — Nada mesmo — repete, antes de reivindicar minha boca possessivamente. Em seu beijo exigente, eu me perco.

14

Lavando roupa.

Pelos últimos quinze minutos, é isso que Sean e eu temos feito. E não só as roupas de Sean, mas também as de Tyler e Dominic.

— Existe algum motivo para a gente estar lavando a roupa dos seus colegas também?

— Por que não?

— Porque é a roupa deles, só por isso.

— Você faz coisas para os seus amigos, não faz?

— Sim, tipo pagar a conta do restaurante de vez em quando ou pintar as unhas. Eu não lavo as calcinhas delas.

— Isso é ainda melhor.

— Como assim?

— Porque quem gosta de lavar roupa?

Eu gosto. Gosto de lavar roupa, por causa de Sean. Ele torna as tarefas domésticas muito mais divertidas, especialmente quando encosta sua virilha na minha, comigo sentada em cima da máquina de lavar, me deixando pervertida, imaginando se foi proposital, antes de seus lábios se erguerem em um sorriso.

Desgraçado.

Ele brinca com minha mente o tempo todo, o que me mantém alerta. Na maioria das vezes é um trocadilho, geralmente alguma indireta sexual que eu deixaria passar se não estivesse prestando atenção. Mas não deixo passar, porque Sean me leva ao limite, constantemente, às vezes a ponto de chorar, até que eu implore.

Ele é um pouco sádico, e eu adoro isso.

Cada parte da última semana parecia a fase de lua de mel do nosso relacionamento, ou o que quer que seja. Não passei muito tempo pensando nisso, porque ele não me deu motivos para me preocupar. Embora ele seja péssimo em se comunicar pelo telefone — raramente está com o celular, deixando minhas mensagens sem resposta por horas —, passamos a maior parte do nosso *agora* juntos.

Ele coloca moedas nos compartimentos enquanto eu olho ao redor da sala cheia de máquinas danificadas.

— Você tem espaço para uma lavanderia em casa, não tem?

— Sim, e aonde você quer chegar?

— Só estou dizendo vocês provavelmente iriam economizar a longo prazo comprando máquinas usadas da internet ou algo assim.

Ele fecha os braços fortes ao meu redor e se inclina, correndo o nariz pelo meu. Seus óculos escuro descansam no topo de sua cabeça e uma camiseta cinza se estende ao longo de seu peito musculoso enquanto ele me cerca. Tocando o cós de seu jeans, inspiro profundamente seu perfume solar, perdida na sensação e quase me esquecendo de nossa conversa. Por mais indecente que seja, fecho as pernas ao redor dele, o short subindo pelas minhas coxas.

Ele olha para baixo, para o espaço entre nós, correndo os nós dos dedos ao longo da parte interna da minha coxa.

— Eu amo as suas pernas longas, e este lugar bem... — ele agarra meu cabelo e puxa suavemente, expondo meu pescoço antes de depositar um beijo suave na cavidade da minha garganta — aqui.

— Hmmm, o que mais?

— Vou te dar uns panfletos.

Ele beija a pele logo abaixo da minha orelha e então levanta minha mão, levando meu pulso até seus lábios. Passa um dedo pelo topo da minha regata logo acima do decote e faz uma carícia lenta antes de segurar meu rosto, passando o polegar pela minha bochecha.

— Essa sua cara — murmura ele, plantando beijos suaves na minha testa, minhas pálpebras, traçando as sardas fracas no meu nariz antes de pousar em meus lábios. Seu beijo gentil me envolve, e ele o intensifica, capturando meu gemido enquanto me derreto em seu abraço. Ele não dá a mínima para o que os outros vão pensar. Está sempre me tocando em público e em particular, sem restrições, sem se preocupar. Ele me reivindica diariamente e pouco se contém agora ao possuir minha boca por completo, enquanto eu afundo nele. Nunca conheci carinho dessa maneira, nunca.

Ele transformou todos os homens que o precederam em mentirosos e os envergonhou poucas semanas depois de eu receber sua atenção e afeto. É por isso que adoro lavar roupa — ou fazer *qualquer coisa* — com Sean.

Com ele, estou em constante estado de excitação e curiosidade.

O cara é fascinante de um jeito estranho, e nunca tenho certeza do que vai sair de sua boca a seguir.

— Não economizo.

Eis o caso em questão.

— Por que não? — Eu me afasto.

Ele ergue a sobrancelha um pouco exageradamente em resposta.

— Ah, deixa eu adivinhar. Não existe outro momento além do presente. Você é um cara que vive sem pensar no futuro.

— Estou agindo assim de várias maneiras — murmura ele contra meu pescoço.

Eu levanto as sobrancelhas, e, antes que possa questioná-lo, ele fala novamente.

— Prefiro doar a guardar.

— Por quê? Dinheiro também é imaginário?

Ele se afasta, sorrindo para mim.

— Agora você está entendendo. — Seguro sua nuca, passando os dedos pelo redemoinho espetado de cabelo loiro.

— Existe alguma lei a que você obedeça?

— A minha.

— Um homem sem lei e sem futuro. E você diz que *eu* sou perigosa.

— Você não faz ideia do quanto. — Ele me puxa para descer da máquina. — Vamos. Eu quero um cigarro.

Nós nos sentamos no carro dele, de frente para o shopping, nossa vista oscilando entre observar o movimento da lavanderia e o restaurante mexicano ao lado. Dentro do restaurante há uma mulher em um canto, do outro lado do vidro, abrindo tortillas frescas. Sorrindo, ela sova a massa antes de achatá-la e jogá-la em um fogão ao lado de sua bancada. Fico um pouco perdida só de observá-la enquanto Sean abre a tampa do isqueiro, um cigarro se transformando em dois e depois em três antes de ele pedir licença e sair do carro para cuidar da roupa. Eu me ofereço para ir com ele, mas ele me manda esperar. Espero, concentrada na monotonia de observar a velha fazendo tortillas. O trabalho dela é tão repetitivo quanto o meu na fábrica. Mas, enquanto eu passo os dias observando constantemente o relógio até o famoso alarme soar, o sorriso sereno dela não se altera, mesmo quando não está conversando com seus colegas ou com os clientes que a cumprimentam o tempo todo. Ela está contente, feliz, e parece completamente à vontade com sua tarefa. Eu a invejo, desejando sentir a mesma paz com meu trabalho. Sean se junta a mim e, sem dizer uma palavra, acende outro cigarro, o estalo forte de seu isqueiro o único som no carro.

— Aquela mulher ficou fazendo tortillas sem parar.

— Ela faz isso o dia e a noite inteiros.

— Que loucura.

— É o trabalho dela. Tem uma tonelada de pessoas lá fora com empregos como esse.

— Eu sei, eu tenho um.

— Sim. — Ele exala uma nuvem de fumaça. — Mas ela não tem raiva do emprego.

— Aí você me pegou. Ela não para de sorrir.

Ficamos sentados por minutos intermináveis, apenas observando a mulher.

— Não consigo imaginar por que ela está tão feliz.

— É uma decisão — diz ele, com tranquilidade.

— Uma decisão. — Pondero sua declaração e vejo que ele a está observando com a mesma intensidade. — Você a conhece?

— O nome dela é Selma. Ela leva a van dela na oficina, às vezes.

— Ela paga com dinheiro imaginário? — brinco.

— Dá para dizer que sim. Nós não cobramos dela. A roupa está pronta.

— Eu te ajudo.

Ele abre a porta do carro e balança a cabeça.

— Aguente firme.

— Sean, fiquei observando aquela mulher fazer tortillas por tipo duas horas.

— Então continue observando. — Ele fecha a porta.

Eu afundo no assento, irritada com suas ordens, mas ainda assim fico quieta. Minutos depois estou perdida em pensamentos, refletindo um pouco sobre nossa troca anterior na lavanderia.

Você é um cara que vive sem pensar no futuro.

Estou agindo assim de várias maneiras.

Dominic. É a única conclusão a que consigo chegar. Ele tem sido um completo idiota desde que apareci na casa dele. Esse cara vai ser um problema, dá para ver só pelo olhar hostil e temperamento grosseiro. Decido perguntar a Sean sobre isso mais tarde, enquanto observo Selma terminar de virar uma nova fornada de tortillas com os dedos sobre a chama. Quando ela termina, pega uma boa quantidade delas e as coloca em um saco antes de juntar as poucas notas em seu pote de gorjetas. Ela vai até o caixa do outro lado do balcão, contando cada dólar com cuidado antes de trocar pelo que presumo serem as notas maiores do outro lado da gaveta. Meu queixo cai quando a vejo examinar a área imediata ao seu redor e pegar mais antes de enfiar furtivamente o dinheiro no saco de tortilla. É então que ela começa a atender os poucos clientes que chegam para pagar. Fixada, observo enquanto ela mantém a gaveta aberta, dando troco antes de enfiar os bilhetes no avental. Ela está cobrindo seus rastros. Depois de ficar sozinha no caixa, ela pega mais algumas notas, faz algumas trocas e tenho certeza de que vai fazer os números baterem no fim da noite.

A sorridente Selma é uma *ladra* que faz tortillas.

E esta não é a primeira vez dela.

Passei horas do meu dia observando essa mulher, admirando-a por sua capacidade de encontrar alegria em meio à solidão, só para descobrir que ela é uma ladra.

Que merda, não?

111

Sei que Sean não vai acreditar, e me pego ansiosa para contar a ele quando uma van para ao meu lado. Um cara que parece estar na casa dos trinta sai e abre a porta dos fundos. Anexada a ela há uma cadeira motorizada, tornando-a acessível para cadeirantes. Com a atenção voltada para a van, não noto Selma até que ela também aparece espiando o lado de dentro da van, o saco na mão, sua voz suave sussurrando um espanhol apressado no momento em que o banco de trás se torna visível e um menino aparece. Ele tem alguma deficiência severa, as pernas e braços atrofiados ao lado do corpo, seus olhos procurando e procurando, disparando para a esquerda e para a direita. Ele é cego. Selma entra na van, cobre-o de beijos e joga o saco de tortilhas e o dinheiro no banco ao lado dele. Meu coração se entristece.

Ela faz isso por ele.

Ela rouba por ele.

Meus olhos se voltam para o menino, que parece ter onze ou doze anos. Seu neto, talvez?

Por um ou dois minutos, eu gostaria de ter estudado espanhol em vez de francês para poder entender a conversa entre Selma e o homem que está atrás dela, vendo-a encher o menino de carinho. É tão dolorosamente claro que ela vive para ele. O homem fala com ela suavemente, como se ela fosse quebrável; há tanta gratidão brilhando em seus olhos quando ela deposita uma chuva de beijos na testa, no nariz e nas bochechas do menino.

A culpa me atormenta quando penso em todas as suposições que fiz naqueles poucos segundos depois de ter quase certeza de que a vi roubar.

A porta do carro de Sean se abre e fecha, mas mantenho os olhos no garoto. Que tipo de vida ele vive, confinado dessa forma, incapaz de ver, incapaz de mover braços e pernas? Seu corpo é uma prisão?

— Ele é parcialmente surdo também — diz Sean enquanto meus olhos ardem e as lágrimas ameaçam cair. Quando Selma sai da van, o homem a abraça, com vergonha e culpa no olhar. Ele se afasta do abraço dela, a preocupação evidente estampada em suas feições enquanto a estuda e olha para o restaurante. É óbvio que ele não quer que ela faça isso.

— Ela rouba para o filho e o neto?

— Genro. A filha dela abandonou o marido logo depois do parto e deixou o menino para ele criar. Ele recebe uma ajuda, mas não é o suficiente. Selma tem artrite severa, mas todos os dias ela sova aquela massa pelos meninos, e isso a deixa feliz. A parte mais triste é que ela é uma peça importante naquele restaurante. Não seria o mesmo sem ela. E os otários dos donos não dão um aumento a ela há oito anos.

Eu engulo.

— Eu fiquei louca para te contar que ela estava roubando. Achei que você não ia acreditar em mim. Quase não acreditei até ver acontecer. — Ele seca uma lágrima do meu rosto e eu me viro para olhar para ele. Pelo olhar que ele me dá, entendo o resto. — Você *sabia*, você *sabia* que eu ia ver isso.

— Como você se sentiu?

— Doeu muito mais do que o relógio. — Algo próximo à satisfação brilha em seus olhos, que me atravessam e pousam no homem que leva o filho embora. Em questão de minutos, Selma está de volta ao balcão, preparando tortillas com um sorriso no rosto. Eu me viro para Sean e o examino.

— Quem é você, afinal?

Que homem de vinte e cinco anos lava a roupa dos amigos, se preocupa de verdade com o problema de fluxo de caixa de Selma e o neto deficiente, odeia dinheiro, odeia tempo, não se importa com status e vive sem uma única preocupação com o futuro?

Alfred Sean Roberts.

Esse homem.

É então que me permito confiar um pouco mais nele.

Mas é também nesse momento que meus sentimentos em ascensão me fazem parar. Ele tornou muito fácil gostar dele. Esse homem que foge das regras e limites pode ser perigoso para *mim*. Sentindo meu medo, ele se inclina para me beijar pelo que parecem segundos intermináveis. Quando se afasta, sinto que estou afundando ainda mais; estou mais atraída e ainda mais em conflito sobre isso.

— Sério, Sean, quem é você?

— Sou um homem com roupa limpa e morrendo de fome. Topa comida mexicana?

Só posso concordar com a cabeça.

15

Sean me guia pela mão para dentro do bar escuro, nossas barrigas cheias depois de nos banquetearmos com fajitas; nossos bolsos mais leves depois de dar uma gorjeta generosa a Selma. Inquieta, eu me agito atrás dele enquanto observo nosso novo ambiente — luzes neon de todas as cores revestem as paredes, o chão cheio de mesas de coquetel usadas demais. A única coisa que parece nova é uma jukebox no canto mais distante. O bar tem o formato de uma caixa de sapatos e fede muito a pano de prato azedo.

— E aí, Eddie? — Sean cumprimenta o homem atrás do bar. Eddie aparenta ter trinta e poucos anos e ser meio bruto em todos os aspectos. Seus olhos são da cor da meia-noite e seu tamanho é no mínimo intimidador. Não posso deixar de notar a presença de uma tatuagem familiar no braço de Eddie enquanto ele coloca uma toalha suja sobre o ombro.

— Ei, cara — responde ele, olhando para mim por cima do corpo sólido de Sean. — Estou vendo você aprontar.

Sean lhe dá um sorriso torto.

— Esta é Cecelia. — Dou a ele um pequeno aceno por trás dos bíceps de Sean.

— Oi.

— O que vai beber?

Seguro o braço de Sean, hesitante. Ele sabe que não sou maior de idade, mas acaricia as costas da minha mão com o polegar.

Ele tem tudo sob controle.

Claro que sim.

— Vou tomar uma cerveja. — Ele se vira para mim. — E você?

— Jack'n Coke.

Quase rio quando Sean levanta a sobrancelha. Me inclino para ele.

— Eu sempre quis pedir isso. A alternativa é um martíni, e acho que o Eddie não faria um desses.

Ele sorri.

— Você pensou certo.

Sean paga nossas bebidas e nos leva a uma mesa do outro lado do bar, perto da jukebox. Ele junta o estoque restante de moedas da nossa viagem à lavanderia e as entrega para mim.

— Escolha com sabedoria, senão o Eddie vai nos jogar para fora.

Pego o dinheiro e faço algumas escolhas antes de me juntar a Sean à mesa. Ele ergue minha bebida para mim, e eu agradeço antes de tomar um longo gole. Meus olhos se arregalam quando o uísque se fecha no fundo da minha garganta e eu começo a engasgar. Sean estremece e se volta para Eddie, que levanta uma sobrancelha cética.

Mesmo com a queimadura ameaçando morte iminente, eu sei que preciso melhorar e muito nessa coisa de menor de idade bebendo. Meus olhos lacrimejam, e eu limpo a garganta enquanto Sean ri.

— Primeira vez que bebe uma coisa forte?

— Tranquilo — digo, enquanto o líquido quente começa a se filtrar em minhas veias.

Ele balança a cabeça, um sorriso arrependido nos lábios.

— Onde você foi criada mesmo? Acho que tinha *vilarejo* no nome.

— Cale a boca. E você está *me* chamando de menina do interior? Tem uns quatro semáforos nesta cidade.

— Doze.

— Eu te falei que não frequentava muitas festas na escola.

— Ou em qualquer lugar — ele brinca.

— Eu só... — digo, com um suspiro.

— Só o quê?

— Bom, minha mãe era porra louca e enchia a cara o suficiente por nós duas. Alguém tinha que ser o adulto responsável.

Os olhos cor de avelã de Sean se suavizam, e decido que são muito mais verdes do que marrom.

— Não me leve a mal. Eu não a trocaria por nada neste mundo. Ela era muito divertida.

— Era?

— Sim. Aprendi a dirigir com oito anos.

Ele se inclina para a frente.

— Como é?

— Isso mesmo. Eu tinha umas habilidades incríveis — eu me gabo, tomando outro gole corajoso do meu uísque com Coca-Cola.

— Claro que sim.

— Não tínhamos muito dinheiro, então a gente se virava. Minha mãe era criativa. Ela sempre dava um jeito de fazer os vinte dólares extras por semana funcionarem. Em um sábado ensolarado, ela teve a brilhante ideia de me levar até uma estrada abandonada e me deixar enlouquecer. — Eu sorrio, perdida na memória. — Ela colocou um guia de ruas no banco do motorista e me deixou lá por horas. Ela permitiu que eu dirigisse nossa minivan. Depois, a gente ia para uma churrascaria à beira da estrada que tinha a melhor batata frita com queijo. Então, por mais ou menos um ano, esse foi o nosso ritual de sábado. Eu, minha mãe, uma lista telefônica, nossa minivan e batata frita com queijo.

Sean se recosta na cadeira, a cerveja a meio caminho da boca.

— Eu amei isso.

— Ela tinha esse jeito de ser, uma coisa que eu às vezes invejo. Ela podia fazer alguma coisa do nada, transformar os dias comuns em coisas espetaculares. — Estudo Sean enquanto ele concorda com a cabeça. — Você me faz lembrar dela nesse sentido.

Ele dá uma piscadela.

— Tudo tem a ver com a companhia que a gente tem.

— Não venha dizer que eu sou divertida. Nós dois sabemos que eu não sou. Eu sou o tipo de garota certinha, e você, bom, você é tipo um sinalizador vermelho.

Ele responde rápido e dá de ombros.

— Não seja tão dura consigo mesma. Não tem nada de errado em ser responsável e cuidar das pessoas que você ama.

— É chato demais. — Tomo outro gole da minha bebida. — Minha amiga Christy me salvou de ser uma introvertida patológica. — Baixo os olhos. — Eu nunca quis ser o centro das atenções, sabe? Mas sempre invejei aquelas pessoas que conseguiam transformar dias comuns em extraordinários. Como você, Christy e minha mãe.

— Você tem isso aí dentro.

Balanço a cabeça.

— Não, eu não tenho. Mas admiro quem tem. Enfim, e os seus pais? Me conte sobre o restaurante.

— Vou fazer melhor; vou te levar lá um dia desses. Eu quero que eles conheçam você.

— Eu iria adorar.

— Eles são meus ídolos, os dois. Pessoas boas com opiniões fortes, coração enorme, ligados à família e leais, casados há mais de trinta anos. Eles trabalham juntos todo dia. Eles vivem sem se constranger de viver, brigam e fazem as pazes sem ter vergonha por isso.

— Quer dizer que eles se amam sem vergonha, então? Talvez seja por isso que você é tão abertamente carinhoso comigo.

— Provavelmente.

— Olha, são ídolos legais pra gente ter — falo devagar, o quarto gole de minha bebida descendo muito mais suave que o primeiro. — Isso não é tão ruim. Talvez eu seja uma garota que curte uísque.

— Vai com calma, dona. — Ele descasca o rótulo da cerveja. — Você não fala muito sobre seu pai.

— Porque eu não sei quem ele é. Eu não faço ideia do motivo de ele querer a minha presença na vida dele. As aparências enganam. Eu posso estar aqui, mas ele, não. Metade das semanas que eu passo aqui, ele fica em Charlotte. Depois de dezenove anos, ele ainda é um mistério para mim. Um iceberg. É muito ruim quando você não consegue ver um pingo de humanidade no homem responsável por metade da sua vida. Quando eu cheguei aqui, apesar de estar chateada, tentei manter a mente aberta, mas vi que era inútil. Se eu tivesse que escolher uma palavra para descrever o nosso relacionamento, seria evasivo.

Ele assente e toma outro gole de sua cerveja.

— E a sua mãe?

— Ausente — eu digo suavemente, sacudindo a emoção ameaçadora e esboçando um sorriso. — Terrivelmente, nos últimos seis meses.

Ele vira minha mão sobre a mesa e passa as pontas dos dedos na minha palma

— Sinto muito.

— Não sinta. É a vida. Sou adulta agora. Mamãe fez o trabalho dela. Meu pai pelo menos ajudou a pagar uma parte das contas. Eu realmente não tenho motivos para reclamar. — Mas é uma dor que se infiltra em mim quando me lembro de uma época em que me sentia como prioridade de minha mãe. — Sinto falta dela — admito enquanto puxo minha mão para longe e balanço a cabeça. — Dizem que ela nasceu em uma geração sem direção. Sendo bem sincera, tenho que concordar com essa avaliação. Durante anos ela viveu essa vida maravilhosa e abundante, sempre procurando mais, querendo mais e nunca seguindo adiante com nenhum dos grandes planos dela. Eu a admirava tanto, e alguma coisa... alguma coisa... deve ter acontecido no caminho. Eu ainda não consigo entender. É como se ela tivesse esquecido de quem era e simplesmente... desistido.

— Ela tem o quê, quarenta e poucos anos? — pergunta Sean.

Eu assinto.

— Minha mãe era um pouco mais velha do que eu quando engravidou. Acho que dá para dizer que nós crescemos juntas.

Ele dá de ombros.

— Então ela está perto do intervalo da vida. Provavelmente está tentando descobrir como quer viver o segundo tempo.

— Provavelmente. — Esfrego meu nariz para tentar parar a queimação. — Eu só queria que ela me deixasse ajudá-la a descobrir isso.

— Isso não é tarefa sua.

— Eu sei.

Ele me cutuca gentilmente.

— Mas isso não torna as coisas mais fáceis, né?

— Não.

Ele não me diz mais nada. Só fica sentado ali comigo, me deixando sofrer, seu toque reconfortante enquanto ele aperta minha mão.

— Então, além dos seus pais, quem é seu herói? — pergunto, tomando outro gole da minha bebida.

— Se eu tivesse que citar um: Dave Chappelle.

Vasculho meu cérebro.

— O comediante?

— Sim.

— Por quê?

— Porque ele é brilhante e verdadeiro pra caralho. Ele usa sua plataforma de um jeito incrível, e a genialidade dele transparece. Ele fala as merdas que muitos têm medo de falar e depois joga uns insights aqui e ali que te surpreendem, te fazem pensar. Ele deu as costas para cinquenta milhões de dólares, se recusando a vender sua alma como tantos outros fariam.

— Isso está tão longe de qualquer resposta que eu pensei que você daria.

— Sim, ele também tem falhas e não se desculpa por isso.

Meu celular vibra com uma mensagem de Christy, e Sean aponta para ele.

— Procure algum stand-up dele no seu computadorzinho quando chegar em casa.

— Talvez eu procure.

— Mas faça um favor a si mesma: nunca pesquise sobre seus heróis.

— Por quê?

Ele inclina a cerveja.

— Porque você vai descobrir que eles são humanos.

Ele pega meu celular quando eu o levanto para verificar a mensagem.

— Nova regra. Nada de celular enquanto estiver comigo.

— O quê? — Jogo a cabeça para trás. — Nunca?

— Nunca. Nem no meu carro, nem na minha casa, nem na oficina. Quando estiver comigo, você deixa o celular em casa.

— Você tá falando sério?

— Nunca te pedi nada. Mas estou te pedindo isso, sério mesmo. — O tom dele é severo, deixando pouco espaço para negociação.

— Por quê?

— Algumas razões... e uma delas é: este é o *meu* tempo. Estou escolhendo passar esse tempo com você e quero o mesmo tratamento.

— Parece controlador para mim.

Ele se aproxima.

— Eu te juro, querida, a última coisa que eu quero fazer é te controlar.

— Então qual é a da regra?

— Se eu pedisse para você confiar em mim e dissesse que uma justificativa viria mais tarde, você confiaria?

Olhos de jade estimulam os meus. Ele está falando sério, tanto que não consigo desviar o olhar.

— Por que eu não posso ter uma justificativa agora?

— Ainda não chegamos lá.

— Você está falando em enigmas de novo.

— Eu sei, mas é um fator determinante para mim.

Fico perplexa. Nunca em nosso tempo juntos ele assumiu esse ar de autoridade. Isso me irrita profundamente, mas é realmente pedir demais?

— É um caminho perigoso. Se eu te der isso, é melhor que a explicação valha a pena.

— Vai valer.

— Certo. Tudo bem, sem celular *por enquanto*.

— Ótimo. — Ele se inclina em minha direção. — Duas palavras para descrever você. — Ele toca a parte de baixo do meu queixo. — Linda e bêbada.

Dou a ele um sorriso relutante.

— Ainda não.

— Tá bom. — Ele coloca a cerveja na mesa e segura minha mão, me levantando da cadeira assim que "So What'Cha Want" dos Beastie Boys começa a tocar.

— Boa escolha.

— Ser criada pela geração X tem alguns privilégios. — Eu sigo atrás dele. Meus olhos o absorvem.

— Quais?

— A música, é claro.

— Não posso discordar.

— Aprendi a dançar com essa música. Mas não achei que seria seu estilo.

— O que você sabe sobre o meu estilo? — ele provoca, me puxando até uma parte da triste pista de dança.

— Eu sei uma ou duas coisas sobre você, querido — brinco assim que ele começa a balançar os quadris, a parte superior do corpo relaxada. Ele é bom, mais do que bom. Atordoada pela visão dele se movendo com tanta facilidade, eu hesito, apenas observando até que ele me puxa para mais perto, me incitando com o impulso suave de seus quadris. Com as bochechas esquentando, analiso o bar para ter certeza de que ninguém está olhando. Existem apenas algumas outras pessoas ali, esquecidas pelo tempo, e é evidente que nenhuma delas dá a mínima. Com o zumbido quente fluindo através de mim, decido que eu também não. Imito Sean e começo a balançar os quadris, porque essa garota tem um pouco de ritmo. Os olhos de Sean se iluminam de surpresa enquanto dançamos essa música, e a próxima, e a próxima.

Bebo outra dose de uísque com Coca-Cola.

Dançamos.

Agarro sua camiseta enquanto ele prende minha perna em seu quadril, lentamente fazendo subir o short na minha coxa.

Nos tocamos.

Ele toma uma dose de tequila antes de lamber sal diretamente do meu pulso, sem tirar os olhos dos meus.

Dançamos.

Eu provoco, pressionando a bunda contra sua ereção, entrelaçando as mãos ao redor de seu pescoço enquanto ele serpenteia um braço possessivamente em volta da minha cintura.

Nos tocamos.

De volta à pista de dança, ele me observa atentamente enquanto eu o atormento com movimentos circulares de meus quadris ao som de "Oh", da Ciara.

Bebemos um pouco mais.

No meio da música e cobertos de suor, nossos poros exalando álcool, ele interrompe meu movimento, segura minha nuca e me puxa, me beijando um jeito ousado, como se estivesse possuído.

Saímos.

E corremos até o carro dele quando começa a chover.

De portas fechadas, colidimos um contra o outro, nossas línguas duelando por domínio. Ele rasga as alças da minha blusa enquanto me levanto, desabotoo meu short e o descarto.

Monto nele.

Seu gemido faz minha língua vibrar no momento em que colo os lábios em seu pescoço.

Ele libera seu pau da calça jeans, coloca uma camisinha, empurra minha calcinha para o lado e me empala em uma estocada certeira.

Bem ali, no estacionamento lotado, a poucos metros do bar...

Transamos.

16

Despertando em nuances de roxo, passo de um sono profundo para uma dor de cabeça latejante, um pouco desorientada até sentir o calor do corpo em volta de mim. Quase esqueci como era a sensação de estar envolta em braços masculinos, e esta noite foi a primeira vez que Sean me trouxe para casa com ele.

Algo latente aconteceu entre nós ontem.

A sensação de Sean me cercando é fundamental esta manhã, apesar do tumulto na minha cabeça.

As últimas semanas que passei com ele foram algumas das melhores da minha vida.

É apenas... Sean.

Ele é tudo o que eu não sabia que desejava em um homem e muito mais do que eu esperava ter. Ele é gentil, atencioso e ridiculamente inteligente, e minha atração por ele é desmedida em tantos níveis. Com ele, me sinto sortuda, como se tivesse ganhado algum tipo de loteria masculina. E, de certa forma, isso me deixa assustada.

Meu coração não está mais escondido nas sombras; ele dança ao ar livre agora, como dançamos no bar ontem à noite.

E o sexo... nunca foi tão gostoso. Seu tipo de foda é ao mesmo tempo abençoado e traiçoeiro. Passamos nosso tempo mergulhando um no outro com sussurros quentes. Foi uma maratona de gemidos e grunhidos, e eu não queria que acabasse nunca. Transamos bêbados, o que foi novo para mim. Abandonei minha timidez e valeu muito a pena.

Quase gemo quando lembro dele se enterrando em mim por trás, suas mãos me cobrindo, me abrindo para recebê-lo mais fundo, enquanto proferia obscenidades nas minhas costas.

Quando ele gozou, arrastando as unhas pelo meu couro cabeludo, fiquei surpresa por gozar junto com ele sem o estímulo de uma mão entre minhas pernas — outra novidade.

Reduzimos a velocidade, incapazes de parar, buscando um ao outro minutos depois. Chamei seu nome repetidas vezes, com medo pelo meu peito que ele estava rasgando ao meio, e do que ele foi capaz de enxergar. Seu beijo, seu toque, o impulso lento de seu quadril me acalmando com palavras suaves: *eu sei, bebê, estou com você.*

Comigo. E ele estava. Por muito tempo estive escondida, e, um mês depois de conhecê-lo, é como se ele tivesse me libertado.

Ele me envolve com seu abraço. Sua respiração profunda me embala de volta a um estado sereno, mesmo que a voz em minha cabeça grite: *que porra é essa, Cecelia?*

Me enterro em seus braços, aproveitando o calor humano misturado à ardência entre minhas pernas à medida que mais lembranças da noite passada me envolvem.

Passados alguns minutos de silêncio em seus braços, meu corpo me lembra o motivo de ter acordado — a pressão na bexiga me obrigando a me separar dele. Levantando seu braço tatuado, deslizo para fora da cama antes de olhar para ele enquanto dorme; seu cabelo espetado completamente desgrenhado por causa dos meus dedos, seu corpo bronzeado enrolado no edredom de brim desbotado. Olhando com cobiça para meu novo homem, dou a mim mesma mais um segundo para apreciá-lo, fechando a porta suavemente antes de caminhar pelo corredor até o banheiro. Tyler e Dominic têm quartos com banheiros. Sean havia espontaneamente cedido o seu.

Claro que sim. Ele é altruísta.

Mais uma razão para querer confiar nele.

Suas necessidades são tão básicas, mas sinto que estou começando a me tornar uma delas. Ele está me fazendo acreditar nisso.

Depois de me aliviar, estremecendo o tempo todo, lavo as mãos e estudo meu reflexo, notando leves marcas de mordida em meu pescoço. Ansiosa por um analgésico para a dor de cabeça, porém mais ansiosa para voltar para Sean, abro a porta e me deparo com Dominic no quarto do outro lado do corredor.

Pelado.

Dormindo pelado.

A visão me tira o fôlego, fico paralisada em algum momento do caminho para fora do banheiro.

Ele está de costas, esticado, a cabeça inclinada devido à posição do travesseiro, o braço musculoso enfiado por baixo dele.

Não. Consigo. Desviar. O olhar.

O peito dele sobe e desce em um ritmo constante enquanto permaneço imóvel ao vê-lo. Uma de suas pernas está erguida e apoiada na beira da cama, a outra está esticada, a posição em si como uma oferenda. Meus olhos descem para onde seu pau descansa entre as coxas definidas.

Caramba, ele é lindo. Não sei quanto tempo fico parada ali, apenas observando, absorvendo-o; só sei que, quando meus olhos se afastam do pau imponente de volta para o rosto dele, me deparo com olhos cinzentos.

As palmas das minhas mãos formigam ao mesmo tempo que meu rosto empalidece de vergonha e humilhação, e mesmo assim não consigo desviar o olhar.

Em vez disso, simplesmente o encaro... e ele me encara de volta. Sei que deveria me desculpar e fugir, mas não consigo formar palavras, nem mesmo oferecer o pedido de desculpas que ele merece.

Ou não merece?

Ele deve ter nos ouvido esta noite. Ele deixou a porta aberta sabendo que eu o veria?

Presa no momento em minha total estupidez, a luz matinal em seu quarto se eleva quando ele abaixa os olhos. Sigo seu olhar e vejo que ele está duro.

Cai fora daí, Cecelia!

— Desculpa — sussurro, quase inaudível.

Não espero uma resposta antes de correr de volta para a segurança do quarto de Sean, aliviada por vê-lo ainda dormindo profundamente. A culpa me consome viva quando ele me puxa de volta para seu domínio assim que caio no colchão. Me deito ao lado dele, encarando os trinta centímetros de paisagem que consigo ver através de duas persianas, meu coração martelando de medo e meu corpo vibrando com adrenalina. Eu me viro nos braços de Sean e o estudo. Ele é o homem mais bonito com quem já estive na vida. Nossa relação me fez sentir coisas com as quais apenas tinha sonhado.

Ele não tem sido nada menos que incrível comigo, para mim.

Morta de vergonha, corro os dedos pelo cabelo de Sean antes de puxá-lo mais para perto.

E, então, me sinto atraída por Dominic. É óbvio que sinto atração por ele. Ele tem aquela vibe de babaca bonito que deixa as mulheres estúpidas.

E esta manhã, mesmo completamente saciada, me comportei como uma delas.

Só para constar, Dominic não é atraente em um nível comum. Sua aparência demanda atenção, admiração, assim como a de Sean.

Um homem pelado maravilhoso.

Claro que vou olhar.

Porque ele estava pelado.

Não significa nada.

Então, só preciso esquecer aqueles olhos de aço hostis e o fato de que alguns minutos atrás eles não estavam nada hostis. Nem um pouco.

Aquele olhar era uma coisa completamente diferente.

— Então, devo contar para ele?

— Que você ficou secando o pau do amigo dele por tanto tempo que foi pega?

Christy ri do outro lado da linha, rindo da minha cara enquanto desempacoto as sacolas de compras, basicamente tentando encontrar um lugar para a nuvem de culpa sob a qual estive o dia inteiro.

Sou completamente inexperiente com a confissão *vi o pau do seu amigo e gostei tanto que te fiz um boquete matinal para me desculpar*. Christy não está ajudando em nada, e eu vasculho a cozinha dos caras, procurando o que preciso, tendo gasto meio salário em carne para o jantar ao mesmo tempo que decoro um bolo de cenoura que diz *de verdade eu só quero você, mas não resisti*, que fiz para compensar meu remorso persistente. Porque dizem, seja lá quem for, que o caminho para o coração de um homem passa pelo estômago. Espero que também seja o caminho para um pedido de desculpas sincero. Um pedido que vou fazer assim que descobrir como me explicar.

Não quero estragar nada do que temos por ser uma pervertida curiosa.

— Sim, garota, diga que o amigo dele precisa cobrir o pinto, e faça parecer convincente.

— Isso é mentira.

— É a verdade. Não foi culpa sua ter saído do banheiro e sido comida com os olhos.

— Sim, mas fui eu que...

— Amor. Ele não precisa saber disso. Mas vou ser honesta: se você tivesse falado alguma coisa hoje de manhã, teria parecido muito mais convincente.

Saímos da casa poucos minutos depois de acordar, e fiquei agradecida, porque isso significava escapar de Dominic. Depois que buscamos o carro de Sean no bar onde Tyler nos pegou bêbados ontem à noite, fomos caminhar. Reclamei a primeira meia hora por causa da minha cabeça latejante, mas me senti um pouco melhor no meio do caminho, depois de muita hidratação. Sean odeia ficar em casa. Quer eu converse com ele enquanto ele mexe no carro, ou enquanto nadamos, ou caminhamos, o ar livre é seu local de prazer. Ele é um homem inquieto, pelo que posso dizer, e definitivamente não é fã de ver um filme e relaxar — e com ele a parte de relaxar *nunca* é relaxada, de um jeito ou de outro. O homem faz mágica com a boca, as mãos e o pau, e prefere me curvar sobre um toco de árvore na floresta a me levar para o sofá da sala.

A vantagem disso é que nunca existem momentos de tédio. Até mesmo nossa ida ao supermercado mais cedo foi uma aventura. Ele me forçou a ficar na borda do carrinho enquanto nos acelerava pelos corredores, colocando uvas em nossas bocas. Embora tenha concordado em me deixar cozinhar para ele em nosso dia de folga, não tenho dúvidas de que ele vai nos tirar de casa depois. É como se ele tivesse que se esgotar antes de cair no travesseiro. Apesar de seus alertas sobre não fazer as coisas do jeito tradicional, esse período em nosso novo relacionamento se parece muito com a construção de um ninho, e é por isso que estou brincando de casinha com ele hoje e não quero estragar tudo. Arranjar um namorado depois de um dia na cidade não era nada do que eu esperava, mas achar Sean foi um milagre.

O fato de meus sentimentos estarem envolvidos tornou a traição muito pior em minha mente. Especialmente depois desta manhã.

Sean não parece do tipo ciumento, mas, se eu estiver errada, minha confissão pode ser desastrosa.

— Preciso carregar minha bunda até aí se eles são tão gostosos quanto você diz.

— Foco — ordeno, procurando uma tábua de corte. — Garota com um cara novo. Viu o pinto de outro cara.

— Você disse que eles compartilham, né?

— É um boato. Tem que ser.

— Por quê?

— Porque... Não sei. Simplesmente não consigo imaginar.

— Os malucos se escondem à luz do dia, gatinha. Você é a prova viva.

— Cala a boca. Cala a boca! Nem sei por que eu te liguei.

— Porque você me ama, e porque estava morrendo de vontade de me contar que tem vários caras. *Finalmente.*

— Christy. Me escuta. Eu poderia me apaixonar por esse cara.

— Porra, já?

— Eu sei, eu sei, é muito cedo e tão estúpido. Mas ele é incrível.

— Eu acredito pelo que você contou. Só toma cuidado, ok?

— Como se faz isso?

— Não sei. Esse é o conselho que eu devo te dar. Depois que você começa a se apaixonar, é meio impossível parar, concorda?

— Exatamente. Isso é um desastre.

— Não seja tão dramática. Conta pro cara que você viu o amigo dele pelado e acaba com isso.

— Está certo. Vou contar.

— E tira a porra de uma foto, pelo amor de Deus. Deus inventou o celular com câmera especificamente para merdas como essa.

— O Sean não quer que eu fique com meu celular quando a gente está junto. Vou ter que esconder antes que ele volte. — Estremeço, sabendo quão comprometedor isso soa, e deparo com um momento de completo silêncio do outro lado da linha.

— Isso é meio controlador, não acha?

— Ele só odeia a distração. Ele me quer presente quando a gente está junto.

— Meio sexy.

— Ele é diferente, estou te dizendo.

— Bom, então arranque o band-aid logo. Se ele for um psicopata, pelo menos você descobre agora, e não mais tarde.

— Bom ponto. Christy, já estou perdendo a cabeça com esse cara. Ele me faz pensar... diferente. Me faz sentir... ah, o que eu estou fazendo?

— Eu sei que você está com medo, mas não deixe o passado ditar o que pode ser bom para você. Deus sabe que eu tenho rezado por isso. Amo você. Me ligue amanhã.

— Amo você. — Depois de desligar, corro para meu carro e guardo o celular no porta-luvas, ressentida com o acordo, mas optando por honrá-lo depois de hoje. Não tenho dúvidas de que Sean foi sincero quando falou sobre isso ser um fator determinante.

Volto para a cozinha, adiciono alguns temperos à mistura da salada e começo a picar os tomates enquanto tento raciocinar. Christy está certa. Não é grande coisa. Estou fazendo tempestade em copo d'água.

Dominic não deveria dormir nu se não quisesse ser visto, e tenho que superar isso. Sean provavelmente vai achar engraçado.

Claro, ele vai achar tão engraçado quanto você achou quando pegou Jared no meio de uma estocada.

Mas Sean não é meu ex, e estou fazendo o possível para não culpá-lo pelos erros de um garoto. Decidindo admitir a verdade antes do jantar, corto uma cebola na tábua de plástico que encontrei e sorrio quando ouço a porta da frente se fechar. Sean voltou ao mercado para pegar a cerveja que esquecemos em nossa primeira viagem.

— Você foi rápido. — Passo pelo canto e esbarro em Dominic. Seus olhos se arregalam quando ele agarra meu pulso, sacudindo a faca da minha mão uma fração de segundo antes do impacto. Eu gaguejo quando ele olha para mim e arranca seus fones.

— Que porra é essa?!

— Me d-d-desculpe, pensei que você fosse o Sean e tinha me ouvido.

— Claro que eu não te ouvi, porra. — Fico indignada quando ele olha ao redor da cozinha. — O que você está fazendo?

— Estou cozinhando, é óbvio — eu explodo. — Não precisa ser tão estúpido.

Minha raiva o diverte.

— Eu gosto do meu bife malpassado.

— Esse bife é do Tyler.

— É meu agora. — Ele alcança atrás de mim e joga um tomate--cereja na boca.

— Eu não vou cozinhar nada para você.

Ele me puxa para si, e perco um pouco de fôlego quando ele olha para minha boca.

— Minha casa, *minhas regras*. Se você cozinha para um de nós, cozinha para *todo mundo*.

— Também é a casa do Sean, minhas mãos e a porra do meu direito.

Seu sorriso é cruel.

— Você gosta de brincar de casinha?

— Não estou brincando de casinha. Estou cozinhando para o meu...

— Namorado? Que bonitinho. Você acha que o Sean é seu namorado? — Ele me solta, e eu pego a faca entre nós, tentada a usá-la enquanto dou passos para trás.

— Eu não disse isso. Não disse que ele era meu namorado.

— Você não precisou. Um conselho: cuidado para não se apegar, querida.

— Sim, o que você sabe? — vocifero, batendo a faca no balcão atrás de mim.

Ele sorri, abrindo a geladeira e pegando uma garrafa de água. Ele bebe enquanto meus olhos deslizam sobre ele. Seu cabelo grosso cor de ônix está imperfeito, seu peito nu coberto por uma camada de suor, gotas escorrendo pelo tanquinho e se dispersando pelo leve caminho da felicidade. Desvio os olhos, mas sinto seu olhar pesando sobre mim.

— Ele te come na floresta, né? — Meus olhos encontram os dele, mas mantenho minha boca fechada. — Me deixa adivinhar. Ele te levou para uma linda cachoeira.

Me sinto golpeada. Pior que isso, me sinto... enganada. Mas me coloco à altura.

— Na verdade, não. Ele me fodeu no Nova primeiro.

Sua risada de resposta é irritante.

— Ah, sim, Maria Gasolina?

— Por quê, está com ciúme? Não estou vendo nenhuma garota por aqui querendo cozinhar para você. Provavelmente não tem uma mulher burra o suficiente que esteja viva.

Ele dá um passo em minha direção, colocando a garrafa vazia no balcão atrás de mim e me apertando a ponto de eu ser forçada a levantar o queixo.

— Palavras tão desagradáveis e odiosas vindas de uma boca imunda e cheia de esperma.

Eu recuo e, em um segundo, ele está conduzindo a mão que deveria estapeá-lo para cobrir a excitação em seu short.

— Cuidado, violência me deixa *duro*. — Ele inclina a cabeça, e seus olhos estão em chamas, a visão deles como o brilho de uma faca. — Eu sou o sonho erótico de qualquer psiquiatra.

Luto contra ele enquanto ele passa minha mão pelo seu pau, que está muito, *muito* duro. Também torna quase impossível não estimar o tamanho dele. Esse pensamento doentio faz meu estômago revirar.

— Que pena para eles, eu não sou fraca.

— Eu não sou fraco.

Embora encharcado de suor, seu cheiro limpo me invade.

— Você goza quando ele te fode contra as árvores? — Olho por cima do ombro dele, rezando para que Sean apareça, e só vejo o vazio. — Olhos em mim, *bebê*. — Ele cospe com desgosto.

— Me solta.

— Já soltei, mas você está fazendo um belo trabalho. — É então que percebo que meus dedos estão correndo ao longo de seu pau por conta própria. Afasto minha mão, e sua risada sombria preenche o ambiente.

— Por que você está agindo desse jeito? Eu não te fiz nada.

— Talvez eu simplesmente não goste de você.

— Bom, então talvez eu não dê a mínima.

Ele se inclina e agarra meu queixo com força.

— Mas você dá.

Arranco meu rosto de seu aperto assim que a porta bate. Estou tremendo da cabeça aos pés quando Sean entra na cozinha. Ao olhar para meu rosto, seu sorriso de saudação se apaga.

— Sua garota acabou de se esfregar no meu pau — diz Dominic, como se relatasse o tempo, enquanto pega uma cerveja da sacola de Sean, torce a tampa e a joga na pia. Meu queixo cai e Dominic encolhe os ombros. — Ela gosta de me ver dormir também. Achei que você devia saber.

Balanço a cabeça furiosamente, as lágrimas ameaçando enquanto eu olho para Sean.

— Isso não é verdade, Sean, não é verdade.

Depositando a sacola no chão, Sean xinga e levanta um dedo, silenciando minha defesa antes de seguir Dominic escada acima. Perplexa, fico parada na cozinha enquanto meu jantar de desculpas cuidadosamente planejado é reduzido a ruínas.

17

Já estou do lado de fora de casa e a meio caminho do meu carro quando Sean me alcança.

— Cecelia.

— Ele é um demônio. — Estou me sentindo culpada, humilhada e furiosa.

— Confie em mim. Ele não é.

Abro a porta do carro e Sean a bate.

— Não deixe que ele estrague o que tem entre a gente.

— Eu não toquei no pau dele. — Estou mentindo. Estou mentindo para ele. — Eu toquei, mas não do jeito que você está pensando. — A boca de Sean se contorce enquanto eu gemo de frustração. — Não de um jeito sexual. Ele... Eu o vi pelado. Hoje de manhã. A porta dele estava aberta e ele estava deitado lá. Pelado. E eu vi.

Os lábios de Sean se torcem ainda mais em um sorriso.

— Aquele desgraçado iria trabalhar pelado se pudesse. Ele é nudista. Não se preocupe com isso.

— É sério?

— Sim, é sério. É por isso que você está agitada hoje? Pensou que eu ia ficar chateado?

133

— Bom, eu não sabia... — Balanço a cabeça. — É uma posição estranha para a gente estar.

— Dominic é mestre em inverter a situação. Não é novidade. — Ele me observa com atenção. — Gostou do que viu?

— O-o quê? — Fico chocada com ele.

— Não tem outro jeito de fazer essa pergunta, Cecelia. — Ele não vai desistir e consegue me ler claramente, então é inútil mentir. Não quero mentir para Sean.

— Ele é bonito, mas...

— O boquete hoje de manhã? — Ele ergue as duas sobrancelhas, e seu sorriso tem um quilômetro de largura. — Ou era culpa, ou você estava excitada, ou os dois.

— Podemos falar sobre como o seu amigo é o filho do Satanás por um segundo?

— Mudou de assunto. — Ele ri. — Interessante.

— Cala a boca. Ele é atraente e sabe disso. Ele também é várias outras coisas.

Sean agarra minha nuca e ficamos nariz contra nariz.

— Eu sou louco por você. Você sabe disso, né? Esta noite foi incrível. Eu devolvo seu sorriso.

— O sentimento é recíproco. Eu só não sabia como te contar sem...

— Não tem problema olhar, Cecelia — diz ele lentamente. — E eu gostei muito daquele boquete de consciência pesada.

— Eu não gosto dele, de verdade.

— Não importa. — Ele me solta. — Ele mora aqui, então entre lá e termine de cozinhar, senão ele ganha.

— Ficou maluco? Eu não vou voltar lá. Ele distorceu minhas palavras...

— Você precisa se manter firme com ele e fazer isso logo, senão ele vai pisar em você. — É uma ordem obstinada, e seu tom é quase militante, muito parecido com a noite passada. Fico um pouco irritada.

— Sean, como ele sabia que nós fomos à cachoeira?

O olhar de Sean se enfraquece e ele me encara sem expressão.

— Então, você vai deixá-lo vencer.

— Você vai me responder?

Seu silêncio é resposta suficiente. Tento ler a expressão em seus olhos, mas ele não vai ceder. Ele não vai se desculpar pelas ações de outra pessoa. E ele com certeza não quer que eu me faça de vítima. Por mais chateada que eu fique, ele está absolutamente certo. Se eu for embora e deixar tudo que Dominic diz e faz atrapalhar o que há entre Sean e eu, ele *vai* vencer.

Jogando os ombros para trás, caminho por entre os carros e volto para dentro.

— Vai com tudo, bebê — ouço Sean rir atrás de mim.

Dominic olha para seu bife bem-passado enquanto eu coloco um bocado de salada na boca, sem me incomodar em esconder meu sorriso.

Seus olhos encontram os meus, e ele solta um assobio baixo. Brandy, a spitz de Sean, desce a escada ao mesmo tempo que Dominic joga o bife inteiro por cima do ombro.

— Ela não consegue mastigar isso, imbecil — Sean protesta, pegando o bife e jogando-o no balcão, e usa seus talheres para cortá-lo sem uma tábua de corte.

Animal.

— Então talvez você devesse ter pego um cachorro de verdade, não uma maldita esponja de banho — Dominic dispara de volta.

Não consigo evitar minha risada. Não esperava uma cadela assim quando Sean me apresentou a Brandy, e eu o infernizei por isso.

— Pelo menos ela é divertida. — Dominic me avalia. — Você também dá a patinha? — Ele esfaqueia seu brócolis.

Sean olha para mim com expectativa, e considero por um segundo a ideia de jogar meu prato em Dominic, mas decido não desperdiçar um bom bife.

E, de qualquer maneira, que porra está acontecendo? Olho entre eles e não vejo sinal algum de conspiração, mas por que Sean não está me defendendo? Nem um pouco? Eu entendo que ele queira que eu me mantenha firme, mas onde está minha proteção? Ele não deveria pelo menos dizer *alguma coisa*? Usando essa raiva, eu me viro para um Dominic recém-saído do banho, o cabelo escuro despenteado no topo da cabeça, a pele mais escura após sua corrida. Um sorriso presunçoso em seu lindo rosto desgraçado.

— Olha só, Anomalia Grave, eu entendo que você tem algum tipo de distúrbio de personalidade, mas será que você pode, só até eu terminar meu bife, tentar ser simpático?

Sean joga a cabeça para trás.

— Anomalia Grave. Essa foi boa, bebê.

— A Maria Gasolina falou que você transou com ela no seu Nova. — Dominic lança, e meu bife entala na garganta. Eu engulo e pego água, meus olhos voando para Sean. Esse homem vai usar tudo o que eu disser contra mim, cada palavra.

Sean olha para mim com uma sobrancelha levantada, e eu volto meu olhar hostil para Dominic.

— Você gosta de distorcer palavras, hein?

— Gosto de brincar com pessoas simplórias. — Dominic toma um gole de cerveja. — É meu hobby.

— Vá se foder, Dominic. Que tal isso como hobby?

Ele lambe o lábio superior como se estivesse contemplando e então balança a cabeça.

— Não, eu prefiro que você termine aquela punheta que estava me dando antes de o seu namorado chegar. — Ele se vira para Sean. — Aliás, eu não ficaria muito confortável com ela. Ela estava *insegura* em te chamar de namorado mais cedo. Entre isso, a encarada no júnior e bater uma pra mim, acho que ela não é a garota que você deveria apresentar à mamãe.

Bato meus talheres na mesa, correndo meu olhar odioso entre os dois.

— Tá bom, qual é a piada? — Eu me concentro em Sean. — Você não vai dizer *nada* pra esse filho da puta?

— Vai por mim. — Sean suspira. — Não adianta.

Fico de pé.

— Aproveite o seu jantar.

— Ah, olha só, ela tem um limite. — Dominic estala a língua enquanto pego minha bolsa. — Que original.

Eu me dirijo para a porta, ouvindo Dominic falar atrás de mim.

— Eu te falei que ela não tem o que é preciso.

— Dê um tempo para ela.

Estou cansada dessa merda e de qualquer tentativa de entender a troca entre eles quando Tyler entra assim que chego à porta.

136

— Ei, garot...

— Oi, Tyler, eu não posso... me desculpa. — Passo por ele, as lágrimas ameaçando cair, e bato a porta atrás de mim.

Estou furiosa, parada perto do lado do motorista quando percebo que Tyler me bloqueou. Intencional ou não, ele sabe disso agora e nem mesmo ele vai facilitar as coisas para mim. Fico parada no calor pelo que parecem minutos intermináveis antes de ouvir a porta da casa se abrir e fechar. Sean aparece, e eu desvio o olhar.

— Você está planejando encarar a nossa porta a noite toda, bebê?

Olho para ele e vejo que está sorrindo, o que só me enfurece ainda mais.

— Vocês são uns otários.

Ele abaixa o queixo.

— Talvez.

— Talvez? — Dou a volta no carro, jogando a bolsa no capô. — Talvez? Qual é o seu jogo?

— Sem jogos. Eu te disse para não cair na merda dele, e você caiu mesmo assim.

— Ele é horrível. E o que ele quis dizer com "eu não tenho o que é preciso?".

— Exatamente o que ele disse. E você está provando que ele está certo.

— Por que eu tenho que provar alguma coisa para ele?

— Você não tem, mas, se vai ocupar o espaço que ele está compartilhando, vai ter que descobrir.

— Descobrir o quê exatamente?

— Como se dar bem.

— Com ele? — ironizo. — Impossível.

— Não é impossível. É *improvável*.

— Sean, para com essa merda. Dominic não vai me poupar, ok? Isso está claro.

— Então endureça o jogo.

— Tipo o quê? Dar uma surra nele?

— Não faria mal. — Seu tom brincalhão me deixa irritada.

— Isso é engraçado pra você?

— Hilário. Tenho que te dar parabéns, aliás. Você se segurou bem por um tempo lá atrás.

— Então, é um jogo.

— Não, é um teste de vontade, e eu espero de verdade que você vença.

— Você não acabou de dizer isso para mim.

— Eu disse. E volto a dizer. Você consegue. Eu sei que consegue. Não deixe ele te assustar.

— É isso?

Ele agarra o próprio bíceps.

— É isso.

— Outra decisão.

Ele bate no nariz.

— Você disse que não iria virar um cretino. Como se chama isso, então?

Ele suspira.

— Acho que tenho que te pedir desculpas por te decepcionar, mas prometo que posso fazer muito, muito pior.

Sinto meu coração fisicamente começando a recuar. Posso ir embora agora, e algo dentro de mim acha que seria sensato. Mas esse comportamento contradiz o Sean que conheci. Estou totalmente dividida enquanto olho para ele.

— Vocês vivem em algum planeta alternativo.

— É divertido aqui — diz ele, suavemente. — Mas é um planeta muito melhor com você nele.

Balanço a cabeça.

— Não faço ideia do que pensar de você.

— Estou na mesma sobre você. As coisas ficam interessantes desse jeito, né?

Não estou acreditando.

— Eu pensei que nós...

— Você pensou o quê?

Meu coração se entristece.

— Meu Deus, eu sou uma idiota. Foi uma péssima ideia.

Eu me mexo para pegar minha bolsa, e ele me para, deixando escapar uma respiração áspera.

— Cecelia, você está deixando acontecer uma merda que não precisa acontecer.

— E você está parado assistindo, tipo, que porra é essa, Sean?

Ele agarra meu rosto, se inclina e me beija. Eu interrompo o beijo, empurrando-o, e ele ri.

— Eu quero ir embora. Diga ao Tyler para tirar o carro dele.

Seu olhar se atenua.

— Diga a ele você mesma.

— Tá bom! — Passo pela porta da frente e encontro Tyler e Dominic no PlayStation na sala de estar. Típico.

— Tyler, você pode tirar o seu carro?

Tyler olha para Dominic.

— Depois deste jogo.

— Tá falando sério?

— Sim. Calma, querida.

Sean está atrás de mim agora. Sinto seu calor nas minhas costas enquanto fico ali, pairando sobre os dois amontoados no sofá, impotente diante da minha situação. Olho por cima do meu ombro para Sean, que me observa atentamente enquanto minha raiva aumenta e aumenta. Menos de uma hora atrás, meu dia estava perfeito. Sean e eu estávamos bem, mais do que bem, e então Dominic atropelou tudo com um caminhão. O dia, meu jantar e a sobremesa cuidadosamente planejados.

A sobremesa.

Fervendo de raiva, vou até a cozinha e pego o bolo de cenoura que tinha decorado mais cedo, o favorito de Sean, volto para onde Dominic está sentado e o esmago na nuca dele. Ele se levanta do sofá enquanto pego mais do bolo amassado em minha mão e arremesso no rosto sorridente de Sean.

— Não queria deixar vocês sem sobremesa. Vão todos se foder.

Dominic joga o controle remoto no chão, seus olhos carregados de vingança, tentando me prender enquanto eu largo a assadeira, pego as chaves de Tyler da mesa de centro e corro para a porta da frente.

As risadas de Sean e Tyler ecoam pela porta aberta enquanto subo na caminhonete de Tyler, ligo e saio da garagem, deixando-a ligada no meio da rua. Corro em direção ao meu carro, onde Sean está esperando, enfiando um dedo coberto de glacê na boca.

— Que negócio bom, bebê.

Estou prestes a dar uma surra nele quando ele me puxa por cima do ombro. Suspensa, bato na bunda dele com os punhos.

— Me coloca no chão agora.

— Claro que não, não vamos desperdiçar isso. — Ele me leva de volta para a casa, onde Dominic paira sobre a pia da cozinha, tirando a camisa. Seus olhos gelados desafiam os meus, enquanto Sean sobe os degraus da escada um a um no que parece ser uma subida deliberadamente lenta. Dou o dedo e um sorriso rancoroso para Dominic, até que ele desapareça de vista.

Sean fecha a porta do quarto e me coloca de pé, girando minhas costas em direção à porta e me pressionando contra ela. Ele parece irritantemente lindo com o rosto meio sujo de bolo enquanto se move, e eu viro a cabeça para evitar seu beijo.

— Melhor ainda. — Ele espalha o glacê no meu rosto e ri de um jeito sombrio por um segundo antes de eu ouvir o rasgo da embalagem de uma camisinha.

18

Tempo esgotado.

Eu estou declarando.

Se um cara parece bom demais para ser verdade, ele geralmente é um mentiroso.

Essa foi a posição que assumi naquela noite em que deixei Sean dormindo em sua cama.

Passei quatro semanas tentando juntar as peças do deslumbrante quebra-cabeça que é Alfred Sean Roberts, e não estou nem perto de descobrir quais são suas verdadeiras intenções comigo. Ele não é inofensivo, isso eu sei. Não sei se Sean é um cara bom ou mau.

Talvez ele seja os dois.

Durante dois dias depois de deixá-lo sem me despedir, ignorei suas mensagens e, nesses dois dias, ele me deixou em paz no trabalho. Ele tem sido impenitente.

Quando não respondo, ele não corre atrás. Era o que eu esperava, apesar de termos feito um incrível sexo selvagem. Mas não foi exatamente sexo de reconciliação, pelo menos para mim. Ainda estou chateada por ele não ter me defendido, embora eu tenha aprendido a esperar o inesperado quando se trata de Sean.

Seria mais fácil para mim se eu entendesse por que ele deixou um homem que ele considera um irmão me tratar tão mal.

Então, por enquanto, estou bem com minha raiva.

Decido me afastar independentemente do que aconteça. Honestamente, nutrir sentimentos por alguém tão rápido é perigoso para uma garota como eu.

Estou fazendo drama?

Eu acredito que Sean diz a verdade em muitas de suas observações. Uma delas, em particular, é a de que somos programados de várias maneiras. Claro que somos, mas outra parte de mim sabe que podemos programar, ou, melhor ainda, nos contaminar de maneiras diferentes.

Com base em padrões do meu passado, aprendi que sou atraída pela disfunção e, mais ainda, pelos homens que fazem as perguntas.

Estou determinada a não repetir meus erros.

Tenho uma teoria equivocada de que, se você não está sofrendo, não está amando o suficiente — e isso simplesmente não é saudável.

Dei a Brad meu coração e minha virgindade, e nós terminamos porque ele achou que eu esperava demais.

Com Jared, foi a mesma coisa. Quase o perdoei por me trair. Quase.

Mas então eu escolhi a mim mesma.

A verdade é que exijo muito da minha história de amor e do homem com quem vou compartilhá-la.

Espero paixão, frio na barriga e um ou dois momentos de conto de fadas. Quando brigamos, quero que doa. Quando transamos, quero sentir com cada fibra do meu ser. Quando um homem confessa seu amor por mim, espero que ele seja sincero. Não quero questionar a autenticidade das palavras. Quero ser exigida, dominada e possuída pelo amor.

Isso é querer demais?

Talvez seja... Talvez eu tenha lido muitas histórias de amor.

Pelo que aprendi até agora, talvez eu realmente seja exigente demais.

Especialmente se eu não conseguir que o homem por quem estou apaixonada me defenda.

Criei um drama? Não. Dominic criou.

Exigi muito de Sean?

Me magoa pensar que sim. Que ele é incapaz de ser quem eu espero que seja, porque ele já me deu muito do que eu quero.

Devo prejudicar a mim mesma para continuar com ele? De jeito nenhum.

Sean estava errado. Dominic estava errado. Estou defendendo a mim mesma.

Vivi dois maus exemplos e sei o suficiente para enxergar os sinais de alerta.

Uma parte de mim pensa que meu coração doente foi herdado, codificado em meus genes. Não apenas isso, mas também vi minha mãe se apaixonar e desapaixonar ao longo dos anos com o mesmo tipo de olhar imprudente para seu próprio bem-estar, sempre superando o último desastre com um maior ainda e esperando a maior recompensa.

Foi só depois que começou a namorar esse último cara que ela acalmou essa parte de si mesma. Mas, por dentro, sei que ela nunca recebeu essa recompensa. Ela lutou por anos para encontrar um homem que lhe transmitisse esses sentimentos, mas decidiu se estabelecer. Ela desistiu, e nós duas sabemos disso.

Embora eu tenha jurado ser diferente de minha mãe na maneira como vivo a vida, temos a mesma doença. Sonhamos com romances avassaladores, que nos roubam a alma e são cheios de drama, destinados a terminarem mal. Herdei meu coração dela, e ele é implacável.

Ainda que eu esteja com medo, não posso desistir. Encontrar o amor é a minha Meca pessoal. Tenho outros sonhos, sonhos suficientes para me segurar. Uma carreira gratificante é uma escolha óbvia, mas encontrar aquele amor único na vida é inegociável. Embora minha vida tenha sido repleta de exemplos de merda, ainda acredito que isso exista.

Minha maior esperança é viver um amor avassalador. Meu maior medo é viver um amor avassalador.

Sean trouxe aquela garota sedenta à tona, só para secar suas esperanças na respiração seguinte.

Uma parte de mim já sabe que se apaixonar por Sean vai acabar mal. Já tenho sentimentos demais para apenas um mês.

Mas não é isso que eu quero?

Talvez por enquanto eu deva apenas ouvir a voz da razão em minha cabeça, em vez do viciado em meu coração. A voz que me diz que existem relacionamentos tão cheios de paixão, que não precisam resultar em derramamento de sangue.

A verdade é que assumir essa postura tem sido um inferno. Sinto falta dele, terrivelmente.

Mas vou defender meus princípios, porque nem pensar em fazer papel de trouxa. Sean estava certo sobre uma coisa: se eu não me defender logo no início, estou estabelecendo um padrão baixo.

Então, vou permanecer com a minha raiva.

Malditos homens.

Espeto minha comida, o mau humor no limite enquanto olho para a lateral da cabeça de Roman.

Costela de cordeiro com molho de hortelã e batatas com alecrim. Esse é o jantar mais pretensioso que posso imaginar. Eu *odeio* cordeiro. Roman devolve meu olhar, inabalável, enquanto o encaro com seus próprios olhos de aço. Ele é bonito, e por um segundo eu me pergunto como ele era quando minha mãe o conheceu. Será que era tão charmoso quanto Sean, tão encantador? Ele fez o jogo da confiança antes de machucá-la? Ou seu exterior frio simplesmente a intrigava a ponto de ela não conseguir resistir a ele? Ela nunca me contou os detalhes de sua história, embora eu tenha perguntado várias vezes. Ela se recusa a visitar essa parte de sua vida, e presumo que seja porque é doloroso. Se ser filha dele é tão desconfortável, só posso imaginar como era ser a mulher em sua vida.

— Tem algo errado com a sua comida, Cecelia?

— Não gosto de cordeiro.

— Você gostava quando era mais nova.

— Eu tolerava para agradar você.

— Vejo que não estamos mais no setor de agradar nosso pai.

— Eu cresci. Prefiro comer o que gosto.

Roman corta sua costela, mergulhando-a na gosma verde antes de hesitar.

— Cecelia, eu sei que perdi muito...

— Oito anos. — Limpo a boca. — Me perdoe se estou me perguntando o que afinal eu estou fazendo aqui.

— Você está de mau humor esta noite.

— Estou curiosa.

— Entendi. — Seus pulsos descansam na borda da mesa. Seus talheres perfeitamente alinhados. O ritual me deixa doente. Não somos uma família. Sou uma parte de sua corporação.

— Você faz parte do meu legado. Você é minha única filha. — Ele não se desculpa pelos anos que perdeu. Não se desculpa pela ausência prolongada. Respostas simplistas sem emoção nenhuma por trás. Não consigo nem imaginar Roman sendo íntimo de alguém. Mamãe deve ter se divertido amando esse desgraçado.

— Estávamos falando sobre os seus pais da última vez que conversamos. Você cresceu rico?

Ele franze a testa.

— Um pouco.

— Defina "um pouco".

— Minha mãe herdou um bom dinheiro quando se casou com meu pai. Mas eles desperdiçaram a pequena fortuna dela em vez de aumentá-la e morreram sem um tostão. Foi aí que eles erraram.

— Vocês eram próximos?

— Não.

— Por quê?

— Eles não eram pessoas afetuosas... E guarde para você os comentários rudes. Estou ciente de que alguns consideram isso uma falha.

— Só pessoas que respiram.

Ele mastiga devagar e olha para mim de forma incisiva.

— Meu sangue é vermelho, garanto. É o mesmo sangue que corre nas suas veias.

— Eu não sou nada como você.

— Você tem a língua afiada.

— Não finja que se importa, Roman. Por que me fazer participar de tudo isso no último minuto se você na verdade não me quer na sua vida? Por que me dar qualquer coisa, se você pode simplesmente preencher um cheque e acabar com isso?

Ele lentamente leva o copo aos lábios e toma um gole.

— Talvez eu me arrependa da maneira como lidei com as coisas em relação a você.

— Talvez?

— Eu me arrependo. — Ele coloca o copo na mesa e pressiona o guardanapo contra a boca. — Com licença. Tenho que trabalhar.

— Ótimo falar com você, *senhor*.

Estou definitivamente perto de ficar menstruada e tenho certeza de que esse tubarão está sentindo o cheiro. Eu me sentiria mal se não fosse Roman Horner o destinatário do meu comportamento. Mas esta noite fiquei de saco cheio desse fingimento estúpido.

Ele faz uma pausa na porta e então se vira para mim. Espera até que nossos olhos se conectem antes de falar.

— Eu te dei meu sobrenome porque esperava ser um pai para você. Um dia percebi que nunca seria, e o mínimo que poderia fazer era cuidar de você financeiramente. Vou entregar o trabalho da minha vida nas suas mãos por causa do meu fracasso. Tudo o que eu peço é que você desempenhe um pequeno papel. Sei que isso não conserta as coisas, mas é tudo que vou ter para te dar.

— Você amava minha mãe? — pergunto com a voz rouca, amaldiçoando a emoção emergente. — Você já amou *alguém*?

Ele faz uma careta, seus olhos fixos em algum lugar do passado enquanto olha através de mim.

— Eu tentei. — Com essa confissão, ele me deixa à mesa.

Eu me esforço para ignorar a ardência atrás dos meus olhos e a lágrima que cai por causa disso. Era isso. Eu sabia no fundo da minha alma. Essa vai ser a única confissão que meu pai me fará sobre o que sente por mim.

Depois de anos me perguntando, finalmente tenho minha resposta.

Ele tentou.

Meu pai acabou de admitir que não me ama.

Limpo a lágrima do meu rosto com o dedo e a encaro. Roman Horner provavelmente teria preferido um aborto a uma herdeira, e ele acha que uma herança vai redimi-lo de algum jeito.

Esmago a lágrima cheia de esperança que eu não sabia que estava abrigando entre os dedos e finalmente me permito odiá-lo. Só mais uma prova de que as fantasias de um coração masoquista são muito melhores do que qualquer experiência real.

Com essa informação, eu me retiro.

19

Que assim seja. Já se passaram dias desde que as mensagens pararam, e ainda estou me convencendo de que estou bem com isso. Se Sean não consegue lidar comigo mantendo minha posição sobre seu comportamento de merda, já somos uma causa perdida.

Eu me apaixonei por cada frase com que os lindos lábios dele me alimentaram. Só para me sentir golpeada.

Acordei bem a tempo.

Para piorar a situação, a valentona da fábrica decidiu tornar meus dias mais cansativos, me provocando na sala de descanso em um espanhol que não consigo entender, além de quase me esmagar contra a parede em um bate-boca que tivemos ontem à noite. Ela tem alguma coisa contra mim e está deixando isso claro a cada turno que passa. A última coisa que preciso fazer é relatar isso ao meu supervisor, que estou evitando ativamente.

Passo mais protetor e relaxo na espreguiçadeira, sentindo o formigamento do sol na pele. Um merecido dia de folga sozinha é exatamente o que preciso para recarregar. Eu só queria que minha libido me fizesse o favor de concordar.

Sean despertou essa parte de mim mais uma vez, e agora ela se recusa a ser ignorada. Dia após dia, estou constantemente em um lugar onde o latejar não cessa, e meu novo desejo me lembra do que estou perdendo.

Vou ser grata quando superar meus hormônios da adolescência, mas tenho que me tornar mulher logo, porque não estou mais namorando garotos.

Inquieta por mais um dia monótono, fecho os olhos após a terceira tentativa de começar um livro, certa de que vou levar mais de sete dias para quebrar meu novo mau hábito.

Uma onda me cobre, e eu grito de onde estou, me contorcendo para me sentar. Quando o faço, vejo ninguém menos que Dominic aparecer debaixo da superfície ondulante. A água jorra dele quando ele fica de pé em toda a sua glória, um segundo antes de minha visão ser bloqueada pelo homem com o qual passei a última semana fantasiando, mas que continua a assombrar todos os meus pensamentos.

— Você acha que eu deixaria você escapar tão fácil? — Olhos castanhos brilham para mim, junto com o sorriso deslumbrante que não consigo banir dos meus pensamentos.

— O que você está fazendo aqui?

A batida do portão fechando me faz espiar ao redor de Sean enquanto Tyler aparece, puxando uma caixa térmica.

— Ei, linda — cumprimenta ele, examinando meu quintal e soltando um assobio. — Agora entendi por que você está se escondendo aqui.

Cubro os olhos com a mão, encarando Sean.

— O que vocês pensam que estão fazendo?

— Nós compartilhamos a nossa casa com você. — Ele dá de ombros. — É o mais justo.

— Pode até ser, mas achei que você saberia entender uma indireta.

Seus olhos brilham, e sua mandíbula se contrai.

— Não banque a vadia. Eu gosto demais de você.

Ele se senta ao meu lado, e não sei se quero beijá-lo ou socá-lo. Decido por nenhum dos dois.

— Beijo — diz ele, lendo meus pensamentos muito bem. Ele se inclina, e eu faço o meu melhor para prender a respiração, mas falho, inalando seu perfume completamente. É como voltar para casa.

— Tira esse idiota da minha piscina.

— Pare com isso — retruca Sean.

Eu recuo.

— Quem você pensa que é?

— Eu sou o *namorado* com quem você está chateada.

Sua declaração me atinge profundamente, ameaçando meu progresso, enquanto Tyler coloca a caixa térmica entre as espreguiçadeiras e tira a camiseta.

— Nos dê um minuto — Sean pede a Tyler, que acena com a cabeça, sorrindo para mim por cima do ombro.

— Oi, Cee.

Não consigo evitar meu sorriso de volta, especialmente quando aquela covinha aparece.

— Oi, Tyler.

— Estou com ciúme — sussurra Sean.

— Do quê?

— Esse sorriso que você acabou de dar pra ele. Eu estraguei mesmo as coisas?

— Você me machucou — decido dizer, com total honestidade. — Eu pensei que a gente tivesse uma coisa boa, e eu sinto como se você tivesse me jogado aos lobos.

— Era isso que estava tentando evitar. Mas você distorceu toda a situação com a sua expectativa. Você esperava que eu mostrasse o meu lado geminiano, mas eu sou virginiano, lembra? Não tive chance contra a sua imaginação. Essa luta era inevitável. No minuto em que você ficou puta comigo, nós dois sabíamos que esse seria o seu argumento.

Estou perplexa.

— Posso ter problemas de autoconfiança, mas você está tornando isso impossível.

Ele me segura pelo pescoço e se inclina para que fiquemos nariz com nariz.

— Diz que não sente minha falta.

— Isso é irrelevante. Se eu não posso confiar em você para me proteger quando eu precisar, então qual é o sentido?

— A questão é que você não precisava de mim. Você só *pensou* que precisava, e eu queria que você percebesse. Em vez disso, você saiu da minha cama e decidiu me punir por não resolver os seus problemas.

— *Meus* problemas? — Não é possível. — Que cara de pau.

Ele se recusa a me dar espaço e me agarra com mais força.

— Eu chamo isso de fé. Você é muito mais forte do que pensa, e eu queria que você visse isso.

— Por quê?

— Porque eu quero você por perto, e sempre — murmura ele. A parte de mim que quer lutar está ficando fraca ao vê-lo e entender sua lógica. Meus sentimentos por ele me assustam. Me assustam muito; talvez eu estivesse procurando um motivo para afastá-lo.

— Achei que tinha dito que era minha decisão.

Ele passa os dedos pelo meu cabelo.

— Não gostei da sua decisão. Nem. Um. Pouco. Mas vou respeitar. Se é isso que você quer de verdade.

Ele está com os óculos escuros espelhados, e eu os tiro, colocando--os para que ele não veja as emoções que tenho certeza de que estou transmitindo.

— Não vou ser tratada assim.

— Então não se permita ser, mas seu ponto ficou claro para mim. Sinto muito, bebê — murmura ele, e só espero que seja sincero. — Pode acreditar que vou te apoiar quando você precisar. — Ele pressiona minha mão em seu peito. — Acredite nisso mesmo que não acredite em mais nada sobre mim.

Não posso dizer não para ele. Não consigo, não importa o quanto isso me assuste. Eu quero Sean — eu quero que suas palavras soem verdadeiras —, e a única maneira de saber se elas são é dar uma chance a ele e aproveitar isso.

— Achei que estava fazendo a coisa certa, mas não sei o que é certo quando o assunto é você. — Ele parece dividido, seus olhos perdendo o foco enquanto diz isso.

— Como assim?

Sinto a mudança em sua postura, todos os sinais de brincadeira extintos.

— Isso significa que, para o bem de nós dois, eu acho que devia deixar você sozinha, mas nem fodendo que vou fazer isso. — Ele me comprime contra si e suga minha vida para fora com um beijo. Eu gemo, minhas mãos instantaneamente o agarrando enquanto ele aprofunda nosso beijo de um jeito inapropriado. Mas esse é Sean, e é uma das coisas que eu amo tanto nele. Ele me beija e me beija, e eu aceito, retribuindo. Quando ele se afasta, estou pegando fogo, incapaz de esconder a maneira como meu peito sobe e desce rapidamente.

— Puta merda, eu fico bem em você. — Ele levanta os óculos que estão no meu nariz e pressiona sua testa na minha. — Eu gostaria muito de não ter trazido esses idiotas comigo.

Espio para ver Dominic empoleirado na parte rasa da piscina.

— Meu pai tem câmeras instaladas em todos os lugares e já me ameaçou sobre trazer convidados. Isso não vai terminar bem.

— A gente cuida disso.

— Você vai... cuidar disso? Como?

Ele acena para Dominic, e eu resmungo.

Sean se vira para mim.

— Olha, ele não é fácil. Mas ele está aqui porque quer.

— Isso devia fazer eu me sentir melhor? O cara é um filho da puta.

Tyler bate palmas, juntando-se a nós nas espreguiçadeiras.

— Legal, mamãe e papai fizeram as pazes. Hora de celebrar. — Ele pega uma cerveja da caixa térmica, sacode e borrifa espuma em nós.

— Seu merda. — Eu sorrio no mesmo instante em que Sean me levanta em seus braços como uma noiva e nos joga na piscina. Quando emergimos, estou sorrindo, e sem dúvida é do jeito pateta que diz coisas demais para ele. Ele olha para mim e me beija antes de me arremessar na piscina e me fazer voar. Eu grito quando surjo sobre a água, seus óculos meio colocados, meio tirados. — Seu idiota, eu não estava pronta!

— Então acho melhor você melhorar seu jogo — ele provoca quando corro até ele. Nós brincamos na água enquanto Tyler se acomoda em uma espreguiçadeira, ligando o rádio. O celular de Sean toca, e ele sai da piscina, levantando um dedo para mim antes de atender, o que me mostra que é importante.

— Oi, pai.

Vou até Dominic, que está bebendo uma cerveja. Não consigo ver seus olhos por trás de seus Ray-Ban clássicos pretos, mas sei que eles estão em mim enquanto caminho pela água em direção a ele.

— Acho que você quer um pedido de desculpas. — Ele ergue os óculos para descansarem em sua cabeça, seu denso cabelo preto segurando-os com facilidade. Encharcado, ele parece ainda mais perigoso; seus cílios mais escuros, tudo mais escuro. É impossível não notar como ele é atraente. E seu sorriso venenoso torna difícil respirar ao seu redor.

— Não vou esperar sentada.

Ele levanta um dedo, virando a cerveja, e eu reviro os olhos.

— Tudo bem, acho que estou pronto. — Ele exala como se estivesse prestes a fazer um grande discurso. — Me desculpe por ter dito ao Sean que peguei você olhando para o meu pau.

Eu não posso evitar. Caio na gargalhada.

Ele me dá seu primeiro sorriso genuíno, o que me deixa perplexa.

— Você é uma espécie rara de canalha.

— Eu prefiro "filho da puta". Pelo menos assim ficaria meio factual. Não é, Tyler?

Tyler não se mexe de onde está, aquecendo-se ao sol.

— Foda-se.

Dominic sorri, e eu balanço a cabeça.

— Você estava com a porta aberta. Fiquei chocada, para dizer o mínimo.

— E os outros cinco minutos?

— As mulheres dormem com você?

— Não, nunca. Elas estão muito ocupadas gritando meu nome — diz ele, sem um traço de humor. — Exceto a última garota... Ela era um cadáver.

— Você é surreal. O sonho de um psiquiatra mesmo. — Resumidamente, eu me pergunto se a violência de fato deixa esse maníaco excitado. Se é a *única* coisa que o deixa duro.

— No que você está pensando? — Dominic pergunta, seus lábios se contraindo enquanto abaixa os óculos escuros.

— Nada.

Ele sorri antes de sair da piscina e se dirigir para a porta dos fundos.

— O que você está fazendo?

— Preciso mijar.

— Você poderia pedir para usar o banheiro.

Ele se vira de costas para mim, e seu calção de banho desce ligeiramente, revelando o topo de sua bunda torneada enquanto ele se posiciona do lado da casa.

Cubro os olhos.

— Ah, meu Deus, passe pela porta depois do escritório, no corredor à esquerda. Selvagem.

— Ah. — Ele se enfia de volta em seu short. — Acho que gosto mais desse do que de filho da puta.

Dou um tapa em minha testa enquanto Sean ri, voltando a se juntar a mim na piscina.

— Você se acostuma com ele. Prometo.

— Ou isso ou eu vou matá-lo.

— Também. — Sean me encurrala onde estou, enfiada no canto da parte mais funda, me puxando para seu domínio.

— Então quer dizer que você pode usar seu celular, mas eu não posso ficar com o meu?

— Eu precisava dele hoje por causa dos meus pais. Desculpe, eu sei que isso parece hipócrita.

— E é.

— Tudo o que peço tem uma razão.

— Que você *vai* me dar.

Ele concorda.

— Quando for a hora certa. — Sua respiração atinge minha pele quando ele se inclina, e eu desfaleço com sua mera proximidade. — Me diga uma coisa, bebê.

— O quê?

— Por que você desistiu tão fácil?

Seus olhos perfuram os meus; um golpe desse olhar cor de avelã é como tomar uma dose de soro da verdade.

— É porque você não confia em si mesma ou não confia em mim?

— As duas coisas.

— Confie nos seus instintos. — Seu tom é tudo menos brincalhão.

—Você está sendo enigmático de novo.

— Eu quero você, que tal?

— Isso é...

Ele se pressiona contra mim, e um gemido ofegante me escapa, meus olhos passando por cima de seu ombro.

— Onde está o Tyler?

— Falei para ele para cair fora por um segundo.

— Por quê?

Ele me beija e, em segundos, estou enrolada nele, a parte de baixo do meu biquíni afastada para o lado enquanto seus dedos entram em mim. Ele engancha meu braço em volta do seu pescoço.

— Porque eu não posso passar nem mais um minuto sem estar dentro de você. Se segure em mim, bebê.

Esse é todo o aviso que recebo antes de ele me invadir, estocando tão profundamente que mordo seu ombro para abafar meus gemidos. Ele se esfrega em mim, minhas costas contra o cimento rígido enquanto ele me consome. Ele desloca o triângulo de tecido no meu mamilo para um lado e o suga profundamente com a boca, acelerando ao mesmo tempo que nos mantém conectados a ponto de doer. Ele está me punindo da maneira mais deliciosa, e eu sinto isso, sua reivindicação. Em segundos, gozo com seu nome em meus lábios enquanto meus olhos procuram por qualquer sinal de Dominic e Tyler por cima do ombro. Não tenho certeza se faria Sean parar neste ponto, mesmo que eles aparecessem.

— Porra, eu estava com saudade — ele resmunga e sai de mim, mordendo a carne do meu ombro quando goza.

— Também senti sua falta — murmuro, antes que ele puxe meus lábios para um beijo, e depois outro, e então outro. Ele endireita meu biquíni depois de se enfiar de volta em seu short, segundos antes de Tyler voltar pelo portão. Sean enterra o rosto no meu pescoço, sua respiração difícil enquanto Tyler fala conosco como se não tivesse ideia de que acabamos de ter um orgasmo. Talvez não tenha mesmo, mas o que fizemos foi o mais próximo que já cheguei do voyeurismo. Minhas bochechas esquentam na hora que Sean se afasta, seu sorriso dourado deslumbrante, e balanço a cabeça devagar.

— Prometo muito mais do que resumos, mais tarde. Estamos bem?

— Sexo não vai resolver o nosso problema de comunicação — aponto, tentando nivelar o campo de jogo.

Nós nos encaramos por vários segundos.

— Eu sei, mas, por favor, não faça isso comigo de novo — ele pede baixinho.

— Fazer o quê?

— Me afastar.

20

— Menina, você está radiante — diz Melinda enquanto batemos o ponto. — Você deve estar gastando todo o seu tempo ao ar livre esses dias.

— Basicamente isso.

— Bom, se esse sorriso que você está ostentando tem alguma coisa a ver com o sorriso idêntico do nosso supervisor... — ela faz uma pausa, me dando tempo para confirmar ou negar, e eu não faço nenhuma das duas coisas. — De qualquer forma, mesmo que ele seja um problema, ele é um colírio para os olhos.

Ele é. Ele é lindo. Na última semana, não me tratou com nada menos que adoração. Seus beijos são longos; seus olhares são cheios de algo mais. Meus pés não tocaram o chão desde que ele escavou o caminho de volta para meu espaço e começou a destruir impiedosamente meu coração reforçado. Nunca passamos as noites separados, e não me preocupo mais em relatar a Roman para onde estou indo. A maioria das noites com Sean, passo na casa dele. Dominic está sendo encantador como sempre, e só estendi qualquer tipo de gesto de paz a ele uma vez. Ele se tranca em seu quarto o tempo todo, a música tocando até altas horas. Em um esforço para aliviar um pouco da nossa tensão, fiz um sorvete caseiro e levei uma tigela para o quarto dele, onde o encontrei andando de um lado para o outro na frente do computador, se é que pode ser chamado assim. Parece mais uma estação espacial equipada com três telas enormes e dois teclados. Depositei minha oferta de paz em sua mesa, e ele praticamente bateu a porta na minha cara em agradecimento. Quando perguntei a Sean no que Dominic estava trabalhando, ele rapidamente mudou de assunto, então deixei para lá, nem perto de encontrar uma peça do quebra-cabeça que é Dominic King.

Como uma solitária veterana, passei anos simplesmente observando as pessoas — algumas mais do que outras — para tentar descobrir o que as motiva. Embora eu esteja trocando minha pele de introvertida, velhos hábitos são difíceis de mudar. Dominic é definitivamente um novo ponto focal para mim.

A grande questão em minha mente é por que um graduado do MIT trabalha em uma oficina, em vez de procurar um emprego que o coloque em um escalão tributário mais alto. Com certeza Dominic não se formou em uma das melhores escolas do país para substituir freios e silenciadores pelo resto de seus dias.

Mas guardo essas perguntas para mim. Primeiro porque não é da minha conta. Segundo porque Dominic *é* um filho da puta e ainda me ataca a todo momento. No entanto, tenho retribuído da mesma maneira. Desde aquele dia em que estabelecemos uma semitrégua, nossas disputas ficaram mais descontraídas.

Apesar da curiosidade a respeito de Dominic, a maior parte de minha atenção fora do trabalho pertence a Sean. Várias vezes desde aquele dia na piscina me senti um pouco culpada por tentar afastá-lo, embora tenha recebido o pedido de desculpas que acho que merecia. Mas uma parte de mim ainda está se refreando. Talvez seja a parte cansada que me mantém tensa. Acho que, em geral, é porque uma parte de mim não consegue acreditar que ele é real. A ironia é que a cínica que habita em mim não quer estar certa, porque até ela está se apaixonando por ele.

As noites de verão têm sido vivas, cheias de eletricidade. Dividimos nosso tempo entre o Eddie's, de vez em quando, para jogar dardos, e a oficina, onde jogamos sinuca com os caras, ou simplesmente dirigimos por aí enquanto tento aprimorar minha habilidade no volante do carro caixinha de fósforos em tamanho real de Sean.

Esta noite decidimos abdicar de todas as nossas novas normas para um momento sozinhos. Atravessando um conjunto de portões destrancados, paro ao lado de um grande celeiro e estaciono em uma vaga, então vejo Sean esperando por mim. Não consigo evitar a euforia que me invade assim que ele me olha com um sorriso cheio de segundas intenções, antes de apagar um cigarro com a bota.

— E aí, bebê? — Ele me puxa, me beijando profundamente, e eu fico na ponta dos pés para retribuir o beijo.

Olho para trás, para fileiras e mais fileiras de macieiras, os galhos rebeldes cheios até o talo com frutas maduras. Há mais de dez fazendas em Triple Falls, e os habitantes locais levam a sério o orgulho de suas maçãs. Anualmente, no início do outono, Triple Falls promove um festival da maçã na praça, que a maioria dos habitantes da cidade considera o ponto alto do ano. Cidadãos, incluindo Melinda, que insistem que não posso perder.

— O que você está fazendo aqui?

— Piquenique da meia-noite. — Ele se vira para pegar os mantimentos empilhados em seu porta-malas. Me entrega um cobertor de casal antes de recolher o resto, que consiste em uma lanterna a bateria e sacolas de plástico, antes de nos guiar por um caminho entre fileiras de árvores. É pitoresco, especialmente sob sua pequena luz de acampamento, as montanhas a distância recortadas pelo céu noturno.

— Como você conseguiu acesso a este lugar?

— Os pais de um amigo são os donos. Mas é tudo nosso hoje.

— Isso é incrível. — Olho em volta e o sigo por uma linha de árvores, ele para quando estamos longe o suficiente para que nossos carros sejam impossíveis de ver.

— As maçãs estão lindas, mas eu tenho o que é preciso aqui. — Ele ergue um saco plástico.

Olho para a tampa do recipiente, que diz The Pitt Stop.

— Do restaurante dos seus pais?

— Sim, está morno, mas ainda vai estar bom. Vamos nos instalar aqui. — Desdobro o cobertor e começo a estendê-lo. — Vou te levar lá no nosso próximo dia de folga.

157

— Promete?

Ele puxa a luz até o rosto.

— Palavra de escoteiro.

Reviro os olhos.

— Você nunca foi escoteiro.

Ele ri.

— Por que está dizendo isso?

— Talvez por causa do seu problema com autoridade. Eu consigo ver você discutindo com o líder da sua tropa sobre regras e princípios que você se recusa a cumprir, porque foram criados por idiotas hipócritas.

Ele coloca a lanterna sobre o cobertor e me puxa, me beijando.

— Está começando a me conhecer muito bem.

— Estou.

Nós nos sentamos no que agora considero meu cobertor da sorte, e ele vai desempacotando com cuidado um pequeno banquete. Tirando nossa única discussão, as coisas têm sido praticamente tranquilas com ele. Às vezes tento imaginar a vida em Triple Falls sem ele, e não consigo imaginar como seria se jantares com Roman e turnos na fábrica fossem tudo o que eu pudesse esperar.

Ele não é apenas uma distração com um belo pênis — embora o pênis seja incrível mesmo. A emoção aumenta em meu peito enquanto estudo seu perfil sob o brilho suave da luz de acampamento artificial. Quaisquer reservas que eu tenha, quero me libertar delas. Mas ainda tenho dúvidas de sobra, que guardei a fim de manter a paz. No entanto, uma pergunta me atormenta diariamente, e se eu quiser me entregar totalmente a ele preciso de uma resposta.

— Sean?

— Pois não? — Distraído com sua tarefa, ele se ajoelha sobre o cobertor, abrindo o primeiro recipiente. Os grilos cantam alto ao nosso redor, e eu observo a cena, a necessidade de perguntar crescendo neste ambiente, os sons ao nosso redor; a fantasia de uma viciada em romance. Tive tantas primeiras vezes com Sean — aos vinte e cinco anos, aventureiro como ele é — que tenho certeza de que seria difícil dar a ele uma das suas. E é aí que reside minha hesitação, com a pergunta que não quero fazer, porque sei como vai soar. Tiro meus sapatos e meias e corro meus pés na grama fresca, decidindo que é melhor deixar para lá por enquanto.

— Cecelia.

— Pois não?

— Você ia fazer uma pergunta?

— Esqueci.

— Não, você não esqueceu.

— Você não quer que eu pergunte.

Ele olha para mim com expectativa.

— Tudo bem, agora eu preciso saber.

— Como o Dominic sabia sobre a cachoeira?

Ele suspira, colocando as mãos nos joelhos, antes de olhar para mim com olhos culpados.

— Sua verdadeira pergunta é: quantas garotas eu levei lá, né?

— Aquele é, tipo, o lugar aonde você leva todas?

Ele balança a cabeça lentamente.

— É um lugar que eu adoro, que frequento muito com qualquer companhia. Não tem muita opção por aqui algumas vezes, como se só existissem alguns restaurantes na cidade que valem a pena. É uma cidade pequena. Se você ficar em um lugar por muito tempo, vai ter uns repetecos.

— Repetecos — reproduzo, tomando meu chá gelado.

Ele me olha com cautela.

— Merda, péssima escolha de palavra. Olha... — Ele se move para se sentar e dobra os joelhos, descansando os antebraços tonificados sobre eles. — Não, você não é a primeira nem a segunda garota que eu levo lá.

Suspeitas confirmadas, tento esconder a decepção.

— Obrigada por dizer a verdade. Acho que aquele dia foi especial para mim, só isso.

Ele balança meu queixo.

— Então deixe ser. Você acha que eu estava pensando na última garota com quem eu fiquei quando você estava comigo? Porra nenhuma. E eu gosto que você esteja com ciúme.

— Credo. — Eu me apoio nos cotovelos e jogo a cabeça para trás com um ar dramático. — Acho que às vezes deixo claro que você está namorando uma adolescente.

— O ciúme não é limitado ou anulado pela idade, querida. E você já foi magoada. Você me falou desde o início que tinha sido. Você está sendo cuidadosa. Não quer ser magoada de novo. Não tem nada de errado com isso. Eu entendo. E não estou bravo por você ter perguntado.

— E você fica bravo?

— Sim — diz ele baixinho, tão baixinho que chega a ser assustador. — E não é uma coisa que você gostaria de ver.

— Aaaaah. — Eu me viro de barriga para baixo e começo a balançar as pernas atrás de mim. — Me conta. Você foi uma criança birrenta?

— Não, eu era mais como um Tarzan com tendências violentas do tipo "arranco-seu-braço-se-você-foder-comigo".

Dou risada.

— Eu acredito nisso.

— Eu me meti em muitas brigas.

— Por quê?

— Porque eu era um babaca.

— E o que mudou?

— Fofa. Eu ia dividir meu pudim de banana, mas...

— Ei, me desculpa. Você não me deu muitas razões para não confiar em você.

Ele franze a testa.

— Cecelia...

Estendo o braço e passo a mão por sua mandíbula.

— Eu odeio ter perguntado. Mas estava me incomodando.

— Da próxima vez, pergunte logo, para não perder tempo.

— Eu ia, mas a gente estava brigado, lembra?

— Culpa minha, mas estou falando sério. Não deixe esse tipo de merda te corroer. Pergunte.

— Tá bom.

— Ótimo, agora coma.

E nós comemos. Depois, nos deitamos, olhando as estrelas enquanto ouço o barulho de seu isqueiro, e um cheiro inconfundível invade meu nariz. Sorrio para Sean assim que ele passa o baseado para mim. Dou um trago profundo e exalo, já rindo apenas desse ato.

— Você é tão fraquinha. — Ele ri.

— E tenho orgulho disso. Por que você fuma?

— Para mim é tão relaxante quanto tomar umas cervejas. E, se você relaxar e não pensar em nada nem em ninguém além de onde está e com quem está, você pode controlar o barato, e ele não te controla.

— Falou, mano — eu digo enquanto trago, em minha melhor representação de maconheiro. Ele sorri e pega o baseado de volta, e eu me viro e me deito no cobertor, olhando para o céu noturno.

Ele agarra a mão que está descansando no meu estômago e a leva à boca para beijar as costas dela. Seus olhos se fecham, e meu peito vibra com o ato intimista.

— Achei que iria odiar esta cidade — admito.

— Que bom que não odeia.

— Você é a principal razão pela qual eu não odeio. Sabe, eu tenho que ir embora no ano que vem. Só fico aqui até o próximo verão.

Ele pausa seu beijo na ponta do meu dedo.

— Vamos fazer valer a pena.

— Você não parece tão certo disso.

— Nada é definitivo.

— Ah, meu Deus, isso de novo não.

— É a verdade.

— Sempre tão enigmático. Não sou idiota, Sean. Você está tentando indiretamente me dizer alguma coisa desde que a gente se conheceu. Qual é o grande segredo?

Ele se inclina, seu sorriso deslumbrante à meia-luz.

— Você é o segredo.

— Ah, sou? — Eu alcanço o baseado. — Passa isso pra cá. Deus, vou precisar disso se quiser ouvir sua loucura.

— Você adora.

— A verdade devastadora e a filosofia de vida de acordo com Alfred Sean Roberts. — Dou um traguinho e passo de volta para ele.

— Conhecimento é poder, querida. A arma mais forte que existe.

Ele traga.

— Você sabe por que proibiram a maconha?

— Não faço ideia.

Ele se apoia de lado, a cerejeira brilhando incandescente enquanto ele dá outra tragada.

— Porque os poderosos da época não sabiam como regulamentar quem cultivava e como tributar o produto. Então eles criaram toda essa propaganda sobre o fato de ser letal. Procure *A porta da loucura*[1] no YouTube quando puder, e você vai ver como eles foram longe. E as pessoas acreditaram, porque foram instruídas a acreditar.

Ele se inclina e afasta meus lábios com o arrastar de sua língua, então eu os abro para ele. Ele exala uma nuvem de fumaça em minha boca, estufando minhas bochechas com força. Rindo, nós nos separamos, e eu engasgo e tusso, golpeando seu peito.

— *A porta da loucura*?

— Abre aspas. — Ele arregala os olhos. — "Maconha, a erva daninha abrasadora enraizada no inferno!" — Eu rio quando ele se inclina e lentamente começa a desabotoar minha camisa. — "Fumando o baseado destruidor de almas" — diz ele devagar, afastando o tecido para revelar meu corpo antes de correr os nós dos dedos ao longo da minha pele. — "Eles encontram um momento de prazer" — ele murmura baixinho, antes de se abaixar para beijar meus seios.

Sob seu feitiço, emaranho meus dedos em seu cabelo assim que ele avança pelo meu corpo.

— "Mas a um preço terrível!" — O estrondo de sua voz me faz pular, antes de seus dedos cravarem em mim, e eu começar a rir histericamente, afastando-o enquanto ele grita em sua melhor imitação de pregador. — "Libertinagem! Violência! Assassinato! Suicídio!"

Seus dedos continuam a me fazer cócegas enquanto giro para me libertar.

— Pare, Sean, vou fazer xixi na calça.

Ele para e se inclina para perto, seus olhos se mexendo para a frente e para trás de um jeito irregular.

— "E o fim definitivo do viciado em maconha..." — Ele levanta um dedo em um gesto de *atenção*. — "Insanidade irremediável."

— Tá brincando né? Violência, assassinato, suicídio?

— Não se esqueça da libertinagem. E não, não estou brincando, pode procurar. — Ele passa os dedos pelo meu cabelo. — Mil novecen-

---

1 *Reefer Madness*, filme propagandista de 1936, dirigido por Louis J. Gasnier.

tos e trinta e seis. Completa e absoluta estupidez, e as massas compraram isso. Tudo porque os filhos da puta gananciosos não conseguiram descobrir como taxar e controlar a distribuição, então proibiram a maconha. Agora, todos esses anos depois, eles a estão usando para aliviar a dor das pessoas, interromper convulsões, ajudar a tratar distúrbios incuráveis só com a própria planta, sem o THC[2]. E os efeitos mentais para alguns podem ser tão medicinais quanto tomar um comprimido, que seria mais prejudicial. Você pode imaginar onde a gente estaria ou quão longe a gente teria chegado desde a porra de 1936 se aqueles idiotas não tivessem se unido contra uma planta? Em vez disso, eles ensinaram para a gente que era errado, porque alguns decidiram que era e falaram pra nós que era, e o povo cumpridor da lei concordou e pregou para os outros que era errado. E aqui estamos nós. Depois de décadas de proibição, de repente é seguro para fins medicinais? — Ele balança a cabeça em desgosto. — Já ouviu a história daquele cara que ficou chapado antes de cometer um assassinato em massa?

— Não.

— Então, eu também não. E duvido que alguém tenha ouvido, porque as chances são improváveis. Temos que ter cuidado com quem ouvimos.

— Você é uma revolução de um homem só. Existe alguma coisa sobre este país de que você goste?

— A paisagem. — Ele exala, levantando meu sutiã e passando a mão quente sobre meu seio. — Os picos e vales. — Ele desliza a palma da mão sobre minha barriga. — Os oceanos que o cercam.

Eu me perco no trabalho de suas mãos e franzo a testa quando ele faz uma pausa.

— Quer dizer, a ideia da América é ótima, a execução nem tanto. Mas ainda somos um país jovem. Ainda tem esperança para nós.

— Eu gosto da sua picaretagem — comento, de um jeito honesto. E eu gosto mesmo. Amo que ele me desafie, isso me faz pensar.

— Eu gosto da sua também, bebê. — Ele se abaixa e me beija.

— Quer saber? — Pego o baseado. — Você daria um político incrível. Pena que é viciado na erva daninha abrasadora enraizada no inferno.

---

2 Tetra-hidrocanabinol, um dos principais componentes da maconha.

Ele inclina a cabeça, os olhos iluminados pela lanterna.

— Um político?

— Você tem meu voto.

— Seu voto. — Ele balança a cabeça para a frente e para trás, ponderando. — Bom, eu não quero ser político.

— Por quê?

— Prefiro ser parte da solução.

— Que pena. Só estava pensando em todas as coisas pervertidas que faria com você se usasse um terno.

— Ah. — Ele abaixa a cabeça. — Então ela quer um cara de terno.

— Não, eu quero *você*, cara.

Sinto seu sorriso contra o meu peito.

— É mesmo?

— Infelizmente.

— Pois então. — Ele se aninha entre minhas pernas e suga meu mamilo para dentro de sua boca, falando em torno da carne pontiaguda. — Eu vou ter que te fazer trabalhar para isso.

Minha respiração falha enquanto pergunto.

— Você não faz sempre?

— Sim. — Ele se afasta e olha para mim. — Mas isso está ficando sério, sabe, porque a qualquer minuto vamos atingir nosso fim definitivo como viciados em maconha. Temos que fazer valer.

Ele paira acima de mim com o céu noturno sem lua atrás dele.

— Então é melhor a gente andar logo — digo, levantando para beijá-lo, e ele se esquiva, pressionando meus pulsos no cobertor. — Você é um idiota.

— E você é... linda pra caralho — ele murmura baixinho. — Tão linda... — Ele coloca minha mão em seu peito. — Cecelia, você me machuca. Por que você tem que ser tão bonita? — Por um segundo, vejo algo que nunca vi em sua expressão, um brilho inconfundível de medo em seus olhos.

— Sean, que foi?

Seus olhos clareiam quando ele olha para mim.

— Absolutamente nada.

— Tem certeza? — Corro as mãos por seu cabelo enquanto ele enterra a cabeça no meu peito.

— Me ajude, querida. A loucura finalmente me pegou.

21

O suor escorre pelas minhas costas enquanto Melinda tagarela, e eu silenciosamente amaldiçoo Sean pela ausência do meu relógio. O relógio de parede instalado acima da entrada da fábrica está quebrado há uma semana, e sou definitivamente uma escrava do tempo durante meus turnos.

— Era a irmã dele — diz Melinda, franzindo a testa. Pego as caixas das mãos dela e as empilho em nossa estação de trabalho. — Não, não — ela continua. — Foi o primo dele que fez isso. Garota, eu nunca na minha vida vi...

— Não! Não! Foda-se! — Um surto me faz parar e interrompe o último relatório de Melinda sobre seus parentes. Esticamos nossos pescoços ao mesmo tempo que um disparo rápido de espanhol e inglês explode por todo o chão de fábrica. Duas mulheres discutem acaloradamente em uma das linhas de produção e depois aparecem no meio da fábrica, enquanto uma tenta conter a outra. É então que vejo a origem: Vivica. Ela está discutindo com uma de suas companheiras, que luta para empurrá-la de volta para seu lugar. — Já chega disso. Cansei! — ela grita, atravessando a companheira, seus olhos escuros pousando em mim e se estreitando em fendas.

O pavor corre pelo meu corpo quando ela vem em minha direção.

Caralho. Caralho. Caralho. Caralho.

Só estive em uma única disputa física na vida, e foi com um objeto inanimado — uma saia.

Eu sabia que trabalhar aqui não me renderia nenhum prêmio de popularidade, mas não fazia ideia da reputação que meu pai tinha nesta cidade. Ele não é amado por *ninguém*, muito menos pelo coletivo. Ninguém aqui parece respeitá-lo de modo algum. As risadinhas e sussurros que ouço nas minhas costas estão se tornando mais difíceis de ignorar, mas não pensei que seria responsabilizada por qualquer coisa relacionada aos assuntos da fábrica. Minha suposição está claramente errada, porque Vivica está vindo direto até mim, e sei que a queixa dela nada tem a ver comigo, a menos que seja sobre Sean.

— Você! — ela berra, chamando a atenção de todos na linha de produção. Aponto para o meu peito como uma idiota. — Você não é a filha do dono?

Quem antes não sabia agora sabe. A amiga dela consegue se colocar entre nós quando ela está a apenas alguns passos de distância.

— Vivica, você precisa parar e pensar no que está fazendo.

— O que *eu* estou fazendo? — Ela ataca a amiga antes de se virar para mim. Ainda estou debatendo se devo começar com um chute ou arriscar um soco. — O seu pai é um maldito vigarista. Você sabia disso? — Ela acena com um pedaço de papel que reconheço. O holerite. — Trabalhei quarenta e duas horas na semana passada e recebi só trinta e nove. — Ela sacode a mão novamente, apontando para o restante dos trabalhadores. — Pergunte a eles, pergunte quantas vezes isso já aconteceu com eles.

— Eles vão resolver isso — diz sua amiga, ainda tentando conduzir Vivica de volta. A produção para, o barulho da esteira que antes a abafava agora nada faz para impedir que todos os ouvidos se aproximem.

— Ah, eles vão resolver e depois vão descobrir um jeito de se livrar de mim.

Eu reúno coragem para falar.

— Olha, eu não tenho nada a ver com...

— Você é filha dele! — ela grita a plenos pulmões enquanto mais olhos disparam em minha direção. — Aposto que os seus pagamentos não são reduzidos.

— Sinceramente, eu não...

— Não olha? — ela zomba. — Claro que *você* não olha. Bom, permita-me esclarecer, princesa. Ele vem fazendo isso há *anos*, nos ferrando com nossas horas extras, reduzindo nossos pagamentos apenas o suficiente para não criarmos muito problema. Sempre falam pra nós que vai ser resolvido, que foi um descuido. — Ela me esquadrinha, e não de uma forma lisonjeira. — Você não é rica o suficiente?

— Senhora, eu não sou...

— Senhora? — Ela pigarreia. — Eu tenho vinte e cinco anos.

— Não sou dona da fábrica. Eu trabalho aqui, e não tenho nada a ver com...

— Você é *filha* dele.

Eu sei o que isso deveria significar, mas nunca vivi qualquer tipo de realidade significativa por trás dessa declaração.

— Não é tão simples assim — começo, debilmente, minha defesa.

— Vivica, ele coloca a própria filha para trabalhar nesta linha de produção, neste calor — diz a mulher, me defendendo, embora a acusação em seus olhos não corresponda ao seu tom. — Eu acho que ele não se importa muito com a opinião dela.

— É isso mesmo — finalmente respondo, endireitando a coluna para enfrentá-la. — E ele não pede a minha opinião. Não tenho nada a ver com a política da empres...

— Não é política. É roubo!

Todos os olhos estão em mim agora. Examino o ambiente e vejo o que eles não querem dizer. As pessoas que alternativamente mantinham a cabeça baixa quando eu passava agora estão olhando diretamente para mim da mesma forma que Vivica, suas expressões abertamente hostis me destruindo. Talvez eles me tenham me visto assim desde que comecei, e não percebi porque estava com a cabeça nas nuvens.

— Só estou trabalhando aqui porque, bom, porque...

— Você está aqui para nos espionar? — Vivica se aproxima de mim, colocando as mãos nos quadris. Não há como vencer esta batalha.

— Não — deixo escapar de maneira honesta. — De jeito nenhum. Eu... — Luto com a escolha de palavras, mas o que posso dizer? Que quero ganhar tempo até herdar o dinheiro do meu pai? O fogo arde em minhas bochechas enquanto tento sair deste pesadelo. — Posso tentar dizer alguma coisa para ele.

— Tente o quanto quiser. Não vai importar. — A amiga tenta manter Vivica a distância. — Não desperdice seu fôlego.

— Esta fábrica é dele — argumenta Vivica. — Você trabalha aqui e quer me dizer que não tem nada a ver com ele?

Todo mundo começa a se aglomerar, e minha garganta seca. Estou tremendo incontrolavelmente agora, paredes figurativas se fechando sobre mim. Me sinto sufocada, completamente despreparada para a hostilidade direcionada a mim. E, pelos olhares que estou recebendo, isso acontece há muito tempo. Ninguém está me defendendo. Eles também querem respostas. Respostas que não tenho.

— Você contou ao supervisor?

Seu sorriso é ácido.

— Você quer dizer seu *namorado*?

— Vivica, se recomponha e entre no meu escritório, *agora* — a voz de Sean ressoa atrás de mim. — *Imediatamente*.

— Você acha que nós somos estúpidos, Sean? Você acha que não estamos vendo o que está acontecendo aqui?

Ele não perde o ritmo.

— E o que você está fazendo agora, Vivica, você acha que vai ajudar no seu caso?

— No meu caso? Quantas vezes pedimos para você resolver isso desde que voltou?

— Estou cuidando disso — ele retruca, mantendo os olhos fixos nos dela. — Todo mundo de volta para a linha de produção, agora! — Todos voam de volta para seus postos enquanto Sean se vira para mim. — Faça uma pausa de cinco minutos.

— Não precisa. — Eu caminho em direção a Vivica.

Sean me impede de me envolver com a mordacidade em seu tom.

— Não foi uma oferta, Cecelia, faça uma pausa.

— Lamento que isso esteja acontecendo — digo a Vivica. — Você tem minha palavra. Eu vou falar com ele.

— Claro, você sente muito, limpando a bunda com a diferença do meu pagamento.

— Saia da linha. No meu escritório, *agora* — Sean rosna, e ela gira e pisa fundo em direção às portas da frente.

— Já era para mim, de qualquer jeito. Foda-se este lugar.

Eu me mexo para me juntar a Melinda, que está trabalhando em dobro para manter nossa estação rodando, sem dúvida explodindo por dentro enquanto o drama se desenrola. Foi provavelmente a coisa mais emocionante que aconteceu aqui em anos. Melinda esbarra em meu ombro enquanto eu deslizo para o lado dela e tento me concentrar em nossa tarefa, mais grata do que nunca por ter uma caixa de calculadoras em minha vida.

— Faça a pausa. — Sean está ao meu lado enquanto luto contra as emoções que estão em guerra dentro de mim.

— Você só vai piorar as coisas — retruco. — Me deixe trabalhar.

Sinto seu olhar em mim por dez segundos antes que ele ceda e vá embora. Quando consigo falar, me viro para Melinda.

— É assim que você se sente a meu respeito?

— Querida, eu conheço você. — Ela assente por cima do ombro. — Mas eles, não. Eu não perderia tempo tentando convencê-los do contrário... As pessoas só ouvem o que querem ouvir.

É uma verdade amarga que tenho que engolir. Nenhuma parte do próximo ano vai ser mais fácil para mim aqui. Sou culpada por associação, e essas pessoas não detestam Roman Horner só porque ele é o chefe; elas estão sendo prejudicadas, e já faz algum tempo.

Lágrimas de vergonha ameaçam cair quando pego os tubos vazios e concordo com a cabeça.

— Seus pagamentos também foram reduzidos? — pergunto, e vejo a resposta antes que ela fale.

— Várias vezes. — Ela mantém os olhos baixos. — Hoje também.

— Quanto?

— Só meia hora.

Minha próxima pergunta eu sussurro pouco antes de a campainha soar e a produção ser retomada.

— Você disse às pessoas que o Sean e eu estamos juntos?

— Fala sério, isso é óbvio — ela responde, com clara simpatia nos olhos. Eu sei que é verdade, e não discuto com ela.

A fábrica inteira definitivamente sabe agora que sou a filha do dono e, caso não tenham percebido, também sabem que estou dando para o meu supervisor.

Perfeito.

Nunca contei com a influência do meu pai para ter qualquer tratamento preferencial, mas com certeza não esperava ser atacada dessa forma por causa disso. A triste verdade é que foi o desespero de Vivica que iniciou essa discussão. Não faço ideia, mas ela provavelmente precisa desse emprego — tenho certeza de que precisava das horas extras. A julgar por sua reação, ela devia estar contando com isso. Melinda precisava dessa meia hora também, porque ela acabou de colocar a mãe em uma casa de repouso e está sendo forçada a arcar com parte dessa despesa mensal. Seu marido é pintor e faz bicos para compensar a falta de salário fixo. Todos dependem desta fábrica, de Roman Horner.

É então que penso em Selma e luto contra mais lágrimas. Em algumas horas, posso desabar. Mas o tempo é o que me paralisa enquanto os segundos e minutos se arrastam, uma corrente invisível em volta do meu pescoço. Sean aparece mais de uma vez no chão de fábrica, sem dúvida para ver como estou, mas não se envolve, apenas fala com alguns dos outros e monitora a produção enquanto evito qualquer troca. Melinda continua de onde parou, terminando uma história sobre o evento de amanhã, uma arrecadação de fundos da igreja.

Quando chego ao fim do expediente, estou exausta, mental e fisicamente. É quando vou ao estacionamento que o medo se instala. Sean demitiu Vivica? Se isso aconteceu, ela está esperando por mim para descontar sua ira? Claro que ela sabe que não tive nada a ver com a redução em seu pagamento. Mas essa é uma linha racional de pensamento, e pessoas com raiva nem sempre pensam racionalmente. Deus sabe que ela foi tudo menos racional quando saiu da fábrica.

E se ela realmente decidiu que é minha culpa? Caminho em linha reta até meu carro, e Melinda me chama. Não quero que ela se arrisque por mim, e a verdade é que ela é o tipo de mulher que se arriscaria. Ela prova que meu pensamento está certo quando tenta se juntar a mim em minha caminhada até o estacionamento.

— Querida, espere. Eu acompanho você.

— Estou bem. Até amanhã — eu grito por cima do ombro enquanto a perco de vista nas primeiras cinco fileiras de carros. Vivica é sem dúvida do tipo que *quebra a cara* de alguém, e tudo o que posso fazer é me controlar para caminhar rápido. No minuto em que chego ao banco do motorista e tranco as portas, começo a chorar. Eu odeio me sentir tão fraca. Eu odeio não saber se teria sido capaz de me defender caso fosse atacada. Eu odeio a posição em que ser filha de Roman me coloca. Quer eu declarasse ou não que era filha dele, alguém teria descoberto, e esconder isso também não teria sido a decisão certa. Eles realmente achavam que eu tinha sido enviada para espioná-los? Que loucura.

O celular toca dentro na minha bolsa, e eu o ignoro, sabendo que é Sean.

Faróis se acendem atrás de mim, e olho pelo retrovisor para ver Sean sentado em seu Nova, olhando para mim pelo retrovisor. Ele estava me esperando e me viu chorando.

Ótimo.

Encerrado o dia, inclino a cabeça em direção a ele para acalmá-lo. Estou limpando o rosto quando ele abre a porta de seu carro e vem em minha direção. Balanço a cabeça, negando-lhe profusamente a chance, e ligo o carro. Saio do estacionamento enquanto a humilhação diminui e a raiva começa a se espalhar por meu sistema. Não estou com raiva de Sean, mas não quero enfrentá-lo com essas emoções conflitantes. Ele pode ver minha loucura quando merecer vê-la. Esta noite ele fez o que tinha que fazer, mas me recuso a descarregar nele, não com a gama de emoções que estou sentindo. Ele me segue de perto, se afastando quando viro em direção à estrada solitária para casa. Lá ele me deixa, e eu me sinto grata.

Quando estaciono, deparo com uma garagem vazia e uma casa vazia. O celular toca na minha mão assim que atravesso a porta do meu quarto.

— Não quero falar agora — digo, e fungo para conter as lágrimas furiosas.

— Percebi isso depois do quilômetro cinco, mas não é sua culpa. — A ternura em sua voz dói. Faço um grande esforço para me controlar, mas minha voz treme mesmo assim.

— Você sabia?

— Estou trabalhando nisso desde que voltei.

— Então, essa é a norma? Ele reduz os pagamentos de todo mundo?

— Você já olhou o seu holerite?

Não, nunca. Eu simplesmente saquei o dinheiro e supus que estava correto. Mais raiva se acumula quando tomo uma decisão e clico em *responder* no meu último e-mail. Digito furiosamente enquanto falo.

— Você a demitiu?

— Sim.

— Droga, Sean. Por quê?

— Porque é o meu trabalho, e o comportamento dela foi muito grave para uma advertência.

— Você sabe que foi errado.

Silêncio.

— Esta é a minha batalha. Me deixe lutar.

— Estou aqui se precisar de mim.

— Eu sei, e sou grata, mas você tem que parar de me tirar da linha de produção, ok? Já é um show de horror, e não quero dar mais motivos para eles virem atrás de mim.

— Você precisa saber que não vou deixar que eles te machuquem. Eu te dou cobertura.

— E eu agradeço, mas você não pode. Esta é realmente a minha luta, e eu estou... revoltada pra caralho, e não quero descontar em você, ok? Eu tenho que ir. — Desligo, furiosa com a queda livre que se tornou meu dia e com a intenção de fazer o cara certo pagar. As palavras de Vivica soam como um cântico na minha cabeça, com a ênfase mudando a cada repetição.

Ele é seu pai. Ele é seu pai. Ele é seu pai.

Dez minutos depois, envio meu e-mail, apago a noite do meu corpo no chuveiro e começo a me preparar para minha reunião matinal.

22

— Não gostei do tom do seu e-mail, Cecelia — meu pai começa no minuto em que apareço e sirvo meu café. Ele deve ter chegado tarde, e sei que o motivo foi o conteúdo do e-mail que enviei ontem à noite. Na maioria das vezes, ele fica em Charlotte, e eu pareço a única ocupante desta casa enorme.

— Você me colocou nesta posição — eu retruco enquanto me sento ao lado dele. — Você queria que eu levasse meu trabalho a sério. Bom, esta sou eu, levando o trabalho a sério. — Abro meus holerites entre nós. — Desde que comecei, perdi um quarto de hora em quase todos os pagamentos semanais e uma hora inteira em dois deles.

— Você tem um supervisor para relatar isso. — Não há indireta em seu tom, o que me deixa aliviada por saber que meu relacionamento com Sean é apenas um boato que corre pela fábrica e não chegou a ouvidos corporativos. Ele não manifestou nenhum outro interesse por mim, e, se está monitorando as câmeras de segurança, elas agora estão em um loop sem intercorrências graças a Dominic.

— Todos nós respondemos a alguém, não é mesmo? Tenho certeza de que uma determinada agência governamental estaria interessada em saber que seus funcionários estão sendo prejudicados há anos, o que melhora a sua lucratividade. Especialmente se eles forem alertados a partir de uma ligação da filha do CEO.

Seus olhos cintilam com pura hostilidade enquanto tento reunir mais coragem. Ainda estou em dúvida se esta é a jogada mais inteligente a fazer em relação ao meu futuro, mas me lembro de todas aquelas pessoas que se acumularam ao meu redor, do peso de suas acusações. Isso não tem a ver comigo apenas. Trata-se de milhares de pessoas e do fato de que estão vivendo seu futuro naquela fábrica.

— Não planejo fazer isso. Mas tenho certeza de que esse é um problema contínuo que você precisa levar a sério, porque eles já passaram do ponto de estarem de saco cheio. Tanto que ontem eu fui humilhada no meio da linha de produção por causa disso. Realmente vale a pena que seus funcionários odeiem você?

— Eu não poderia me importar menos com o que eles sentem por mim. Eu dou empregos...

— É roubo, pura e simplesmente, direcionado às pessoas que fazem... — agito minha mão no ar — tudo isto aqui ser possível. Você queria que eu tivesse um gostinho do seu negócio para conquistar o meu lugar. Bom, tem um sabor infernal, senhor. Quando foi a última vez que você passou um dia em sua própria fábrica?

— Você deixou claro o seu ponto, Cecelia. Vou investigar, mas não pense que suas ameaças são o que faz diferença para mim. Eu comando esta empresa desde os vinte e sete anos.

— Eu estava com medo de andar até o meu carro ontem à noite. Você tem alguma ideia de como é isso?

— Viva o suficiente e fará inimigos.

— Fico feliz em ver que você está preocupado. Você sabia disso?

— Vou reforçar a segurança, se for necessário. Isso é um descuido da área de contabilidade, tenho certeza.

— Um descuido que envolve os pagamentos de todos os funcionários? Me perdoe por achar que isso é uma grande merda.

— Sua língua nunca esteve tão solta. O que deu em você?

— Estava fazendo quarenta graus lá há dois dias! — Sinto que vou explodir em chamas. Bato a mão na minha pequena pilha de holerites. — Quarenta graus, fácil. É literalmente uma fábrica clandestina, e você me coloca trabalhando lá junto com todos os outros. Você esperava que eu simplesmente calasse a boca, pegasse meus holerites e jogasse o seu jogo? Bom, você quase teve sorte nesse caso. Eu não estava prestando atenção, mas tive meus olhos escancarados ontem à noite.

— Cecelia, pare com esse drama. Já ouvi suas preocupações.

— Quando foi a última vez que você atualizou alguma coisa naquela fábrica para torná-la confortável para as pessoas que a administram por você?

Ele limpa a garganta, olhos caindo, voz fria como gelo.

— De novo: vou investigar isso.

— Essa é uma resposta padrão, e, francamente, senhor, não a aceito. Especialmente se este é o legado que devo herdar. Uma fábrica de funcionários descontentes que detestam minha existência porque não podem alimentar suas famílias? Não, obrigada.

Ele se endireita em sua cadeira.

— Não vou ser repreendido ou ameaçado pela minha própria filha.

— Se estou sendo forçada a literalmente pagar pelos seus descuidos, então vou te dar minha opinião. Aquela mulher me disse várias vezes que eu era sua filha, e eu não tinha ideia de como fazê-la entender que isso não significa nada!

Seu olhar se fixa no meu, e eu sinto todo o impacto de seus olhos azuis semicerrados.

Corro a língua pelo interior da bochecha, amaldiçoando minha visão embaçada ao olhar para ele.

— Quem melhor para alertá-lo de seus erros do que o seu maior erro?

Ele engole, e o ar entre nós muda, seguido por um longo silêncio. Algo parecido com remorso passa por suas feições antes de evaporar.

— Lamento por você se sentir assim. — Por um único momento, sinto algo verdadeiro, algo tangível que se passa entre nós nesta mesa. Um lampejo de esperança se acende em meu peito, mas eu o afasto, me recusando a recuar.

— Você quer que eu tenha orgulho do meu trabalho? Me pague. Quer que meu tom seja respeitoso? Seja um empregador respeitável. Quer que eu respeite meu nome? Seja um homem respeitável.

Ele levanta os olhos até os meus, sua voz suave.

— Eu sacrifiquei muitas coisas para garantir que você seja bem cuidada.

— Nunca pedi nada a você, exceto estender o apoio à minha mãe, que se esforçou para garantir que eu tivesse tudo de que precisava, e você negou. Estou pedindo que você resolva essa questão... Não por mim, mas por eles. Se você quiser continuar jogando sua fortuna sobre a minha cabeça, então faça isso. Ou, melhor ainda, pegue esse dinheiro e devolva a eles. Porque, se é o dinheiro deles que estou herdando, não quero.

— De novo com o drama desnecessário. Obviamente eu cometi um erro de julgamento confiando nas pessoas erradas. Vou cuidar disso.

— Obrigada. — Eu me mexo para me levantar, e ele se levanta comigo, interrompendo minha saída.

— Só para deixarmos claro. Você sabe que eu tenho vinte e quatro fábricas, e dez delas ficam no exterior, certo? — Seu tom me fez parar.

— Não sabia que você tinha tantas, não.

— Então você também não deve saber que eu confio nas pessoas para lidar com as coisas no dia a dia, porque não tenho escolha a não ser delegar essas tarefas, detalhes que não consigo supervisionar sozinho. Quando elas não fazem o próprio trabalho, é a *minha cabeça* que está em jogo, e é a minha cabeça que vai rolar. Estou muito ciente disso.

Comecei uma luta de tigre com um tigre com as mesmas listras; embora seu rugido não seja tão alto, ele está lá e é igualmente eficaz. Mas ainda sinto culpa quando penso no fato de que talvez haja alguma verdade em suas palavras.

— Tenho certeza de que é muito para lidar, mas essa tarefa está ao seu alcance. Está bem debaixo do seu nariz. — Minha voz falha com essa declaração, e eu amaldiçoo minha incapacidade de manter meus sentimentos pessoais fora disso. Ele abre a boca para falar, e eu espero. São segundos, talvez mais, antes que ele finalmente o faça.

— Vou cuidar disso, Cecelia.

Saio da sala me sentindo mais derrotada do que vitoriosa. E, quando a porta da frente se fecha, minutos depois, caio contra a porta do meu quarto e deixo rolar outra lágrima solitária.

23

Foi Dominic quem veio me pegar esta noite. Não tenho ideia do motivo, mas ele está na entrada da minha garagem, olhando para mim enquanto desço os degraus, a expressão em seu rosto intransponível. Sinto a adrenalina disparar quando circundo seu capô. Ele não tem a decência de abrir a porta para mim como Sean faz antes de eu subir para o banco do passageiro.

— Onde está Sean?

Ele dá a partida em vez de responder, então eu me viro e encaro seu perfil com raiva. Meu dia não está nada melhor com sua chegada surpresa. Era Sean quem eu esperava que me acalmasse e me distraísse da discussão com meu pai. A última coisa que quero fazer no meu dia de folga é bater boca com esse filho da puta.

— Sério, cara. Palavras.

— Sean está ocupado. Estou fazendo um favor a ele.

— Eu poderia ter ido dirigindo.

— Mas não vai.

— Você poderia me deixar dirigir agora.

— Sem chance.

— Tenho praticado no Nova do Sean. Eu melhorei.

Ele sorri.

— Você acha?

— Tenho certeza.

Resposta errada. Essas foram as palavras erradas para dizer.

De zero a cento e vinte, o desgraçado me faz gritar a plenos pulmões enquanto demonstra a capacidade total de seu veículo. Essa direção não é nada parecida com o passeio emocionante que ele me proporcionou na primeira noite. Fico apavorada enquanto ele voa pela estrada sem absolutamente nenhuma consideração pela sua vida ou pela minha.

— Tudo bem, já entendi. Você é o rei, tá legal? Vai devagar, por favor.

Ele faz algumas curvas até cair numa linha reta, e o suor se acumula em todas as superfícies do meu corpo.

— Não tem graça!

Ele aumenta o volume da música enquanto passamos por um pequeno posto de gasolina.

— Dominic, por favor. Por favor!

Estou apavorada pra valer, e ele olha na minha direção antes de cruzar as faixas amarelas e diminuir consideravelmente a velocidade.

— Obrigado por reduzir, mas não estamos na Europa, Dominic! — eu grito, me agarrando a cada superfície disponível antes de ele puxar o freio de mão e retornar, nos deixando apoiados em um ombro ao fazer um cavalo de pau. Tenho quase certeza de que me mijei um pouco na hora em que aceleramos na direção oposta.

— Esqueci uma coisa. — É a desculpa que ele dá, deslizando perfeitamente entre uma minivan e uma picape no posto de gasolina caindo aos pedaços.

Estou tendo um ataque de pânico no momento em que ele se vira para mim.

— Precisa de alguma coisa?

— Seu filho da puta.

— Não estou com disposição para preliminares no momento, mas que tal um refrigerante?

Estou a um milissegundo de pular em cima dele quando ele me agracia com sua expressão entediada.

— Vou entender isso como um não.

178

Ele caminha em direção à loja, e nunca vi uma representação mais perfeita de arrogância do que o andar de Dominic. Olho ao redor da loja de aparência duvidosa e luto contra minha bexiga. O percurso até onde quer que estejamos indo deve demorar, sem dúvida, vinte minutos. Aqui, sempre demora. Decido ir em frente e sair do carro. Dominic está na seção dos freezers; eu ando até o balcão que fica ao lado de uma enorme placa com os dizeres ISCAS VIVAS e peço a chave ao atendente. Do meu lado, alguns homens mais velhos estão sentados em cadeiras de plástico pretas antiquadas e pressionam botões em velhas máquinas de loteria repetidamente como se suas vidas dependessem disso. Pegando a chave, saio da loja e dobro a esquina até a porta danificada só para sofrer os trinta segundos mais nojentos da minha vida. Lavo as mãos com um sabonete que parece meleca e saio do banheiro com a chave enorme na mão. Estou a meio caminho da porta para devolvê-la quando um cara bloqueia meu caminho. Ele acena por cima do ombro para o Camaro de Dominic.

— Belo carro.

— Obrigada.

— É seu?

O homem deve estar na casa dos quarenta anos, sua barriga à mostra devido à camiseta levemente erguida, lotada de algo que parece ketchup. Ele fede a álcool. Desvio dele, e ele me bloqueia, seus olhos rolando pelo meu corpo de um jeito repugnante e predatório. A bebida obviamente deu a ele falsa confiança demais.

— Não, não é meu, com licença.

— Eu competia antigamente. Só queria...

Ele não tem chance de terminar a frase, porque dedos cor de oliva envolvem seu pescoço e o braço preso a eles o lança em direção à lateral do prédio. Faço uma careta ao ouvir o barulho macabro de carne batendo contra concreto enquanto os olhos do homem se arregalam e ele tropeça, suas pernas torcendo desajeitadamente antes de ele cair de bunda no chão. Dominic sequer olha em sua direção ao pegar a chave da minha mão.

— Entre no carro. — Uma ordem que não deixa absolutamente nenhum espaço para discussão.

Com os olhos esbugalhados, vou até o Camaro dele e me tranco lá dentro. Dou uma olhada e vejo o homem ainda lutando para se levantar na hora em que Dominic se junta a mim e sai do posto sem nem se manifestar sobre o que acabou de acontecer.

Estico o pescoço, aliviada ao ver o homem cambaleando de volta para a loja.

— Aquilo foi mesmo necessário?

— Sim. Eles precisam da chave de volta para deixar outra pessoa mijar na tampa do vaso.

Reviro os olhos.

— Você é inacreditável.

Tomamos uma rota desconhecida quando o sol começa a se pôr, e meu motorista permanece em silêncio. Depois de uma série de curvas, fico completamente perdida quando Dominic diminui a velocidade em uma rua movimentada, cheia de jovens com ar delinquente e garotas com pouca roupa amontoadas nas esquinas. As moradias populares se alinham de cada lado de nós; deslizamos pela rua, e todas as cabeças se voltam para nós antes que seus olhos se abaixem.

— Por que estamos aqui?

— Tarefas.

— Olha, cada um na sua, mas eu não quero saber de drogas ou qualquer negócio que te trouxe aqui. Você pode me levar para casa e voltar.

Seu maxilar se contrai quando um cara de boné o cumprimenta, descendo do meio-fio. Dominic baixa o vidro e ergue o queixo.

— Qual a boa, mano? — o cara diz, olhando para mim, seu sorriso se alargando. — O que você tem aí? Namorada nova?

A resposta de Dominic é glacial.

— Nada com que você precise se preocupar.

Ouço o inconfundível engatilhar de uma arma ao meu lado. Meus olhos se arregalam quando vejo a Glock nas mãos de Dominic antes que ele a coloque em seu colo. Não faço ideia de onde ela saiu.

— Eu disse que não gosto de companhia, RB.

O cara olha por cima do ombro para ver outro homem se aproximando e se vira para encará-lo.

— Se afaste agora, filho da puta, eu disse que tenho as coisas sob controle. — O cara olha para Dominic de um jeito cauteloso e volta para o meio-fio. — Desculpe, cara, ele é jovem, meu sobrinho. Eu disse a esse idiota estúpido para ficar na dele. — Ele enfia a mão no bolso, mas o veneno na voz de Dominic o impede.

— Que porra você está fazendo?

— Desculpe, cara, só queria esclarecer.

— Então eu acho que você precisa falar com o *Frei*. Eu não vou passar por aqui de novo. Estamos entendidos?

RB levanta as mãos.

— Estava planejando isso. Eu juro. — Ele acena com a cabeça por cima do ombro. — O carro está fodido de novo. Tá vendo?

Dominic encara o Chevy sobre blocos de concreto na entrada da garagem, atrás dele.

— Leve na oficina. Nós damos um jeito nele.

— Valeu, cara. Eu queria perguntar...

Dominic ergue o queixo, e o cara dá um passo para trás antes de sairmos com o carro.

— Então você é traficante. Jesus, eu deveria saber.

Não sei por quê, mas estou decepcionada. Esperava mais dele, e talvez não devesse. Mas por que diabos um cara graduado em uma escola de prestígio recorreria a algo tão perigoso e juvenil? É equivalente a um milionário idiota da NFL jogando jogos marginais e perdendo a vida em busca de credibilidade nas ruas. E não perco a oportunidade de expressar isso.

— Você sabe que poderia sair dessa vida. Por Deus, Dominic, pensei que você fosse melhor do que essa merda medíocre.

Ele diminui a velocidade no semáforo, e todos a poucos metros do carro dão um passo para trás, mantendo os olhos baixos. Dominic se inclina, seus olhos nos meus, e sua respiração atinge minha pele, enquanto seu dedo roça minha perna antes de abrir o porta-luvas. Meu pescoço pinica quando seus olhos prateados se infiltram nos meus, e meu peito começa a subir e descer mais rápido. Seu olhar cai até os meus lábios, e o ar crepita enquanto passo minha língua pelo meu lábio inferior. A adrenalina cresce no meu sangue quando ele se demora por alguns longos segundos para então sorrir e se afastar, jogando um pedaço de papel no meu colo. Eu o pego e leio. É uma licença de porte oculto de arma para um certo Jean Dominic King.

— Jean, né? Não dá para ser mais francês do que isso.

Ele arranca a licença da minha mão e tranca o porta-luvas, com a arma e o documento escondidos dentro dele.

— Então você tem uma licença. Dane-se. Não muda o fato de que eu não quero fazer parte das suas merdas suspeitas.

Ele faz uma curva à esquerda, depois outra, nos guiando para fora do bairro.

— Você viu alguma troca de dinheiro?

— Não.

— Drogas?

— Não.

— Eu apontei a porra da minha arma para alguém?

— Não.

Ele inclina a cabeça em minha direção, sobrancelha arqueada.

— Foi cometido algum tipo de crime?

— Não.

— Então a única suspeita neste carro é *você*.

— Como assim?

— Porque é a porra do seu cérebro fazendo hora extra, criando suposições sem nenhum embasamento.

— Você não me conhece.

— Moradias populares e uma conversa de esquina, e você tirou as piores conclusões. — Ele arranca e dirige sem dizer uma palavra, enquanto eu examino a conversa anterior e não chego a nenhuma conclusão. O cara estava obviamente tentando dar alguma coisa a ele. Dinheiro ou drogas, com certeza. Mas quem diabos é Frei?

É inútil perguntar, embora eu saiba que não ofendi Dominic, duvido que algo o ofenda. Ele parece impenetrável.

— Por que estou com você?

— Você tem coisa melhor pra fazer? Um episódio de Kardashians para assistir?

— Não assisto a isso.

— Só mais uma tarefa e eu te levo até o seu namorado.

— Você pode, só uma vez, ser decente comigo?

Ele me ignora, e entramos em um estacionamento. Ergo o rosto e vejo que estamos em um centro médico. Dominic contorna o mano-brista, deixa o carro ligado e dá a volta no carro, abrindo minha porta.

— Passe para o banco de trás.

Não me incomodo em questionar e subo no banco de trás, desejando poder mandar uma mensagem agressiva para Sean, mas estou sem celular, porque estou seguindo suas malditas regras enquanto sou forçada a entreter seu *irmão* maníaco.

Dez minutos depois, Dominic reaparece pelas portas de vidro automáticas, e não está sozinho. Uma mulher — cuja idade é indiscernível devido a seu estado físico debilitado — é conduzida em uma cadeira de rodas por uma enfermeira. Quando eles chegam perto o suficiente, consigo ouvir a conversa.

— Pourquoi tu n'es pas venu me chercher avec ma voiture? — *Por que não veio me buscar com o meu carro?*

Não consigo entender o que ela está dizendo, mas seu desconten-tamento ao ver o carro dele e sua resposta — em um tom carinhoso que nunca ouvi — deixa claro.

— Ele está na oficina, Tatie. Eu te falei.

Tatie. *Tia.*

Seus olhos encontram os meus enquanto ela se levanta com a ajuda de Dominic.

Após uma inspeção mais detalhada, ela parece envelhecida muito além de sua idade. Estou supondo que esteja na casa dos quarenta e poucos. No entanto, é evidente em seus olhos e na palidez de sua pele que ela passou por muita coisa. Possivelmente por suas próprias mãos ou pela mão implacável da doença — talvez ambas.

— Quem é você? — Seu sotaque é forte, e faço questão de aper-feiçoar meu francês.

— Olá, sou Cecelia.

Ela se vira para Dominic.

— Ta copine? — *Sua namorada?*

Essa parte eu entendo e respondo por mim mesma.

— Non. — *Não.*

Ela bufa quando Dominic a ajuda a sentar no banco da frente.

— Comment ça va?

— Inglês, Tatie, e não vamos falar sobre isso esta noite.

Dominic nunca fala francês, o que é estranho por causa de seu apelido, "Francês". Talvez seja por falta de companhia qualificada.

Ele me encara e fecha a porta, dando a volta no carro. Os poucos segundos que fico a sós com essa mulher me intimidam pra cacete. Embora doente, ela impõe um ar de respeito. Mantenho a boca fechada e fico surpreendentemente aliviada quando Dominic volta ao volante. Alguns minutos de silêncio se seguem, e aproveito para estudar a mulher e a semelhança entre os dois. Está ali, especialmente se eu a imaginar alguns anos mais jovem, com mais vida nos olhos, em sua estrutura. Quando ela fala, sua pergunta é dirigida a mim.

— Por que você veio?

— Ela é a namorada de Sean... Estou dando uma carona — Dominic responde enquanto paramos em uma farmácia drive-thru. A garota no caixa o cumprimenta com o rosto iluminado como se fosse Natal. Por baixo da jaqueta branca, ela ostenta um vestido ousado, o rosto pintado como se estivesse saindo para uma noitada na cidade, em vez de trabalhando como uma profissional respeitável. Ele é ligeiramente agradável com ela, o que me irrita. Ele paga os remédios e pede uma água, que a moça fornece, os seios fartos à mostra enquanto nos agracia com a vista.

— Salope — diz a tia de Dominic, com desprezo evidente. Eu sei que é um insulto à garota que tenta nos oferecer algo que se assemelha a uma sessão de pole dance através da janela. Tento esconder meu sorriso, mas Dominic me olha pelo retrovisor, e não consigo escapar. Juro que vejo seus lábios se retraírem. Ele é tão impossível de ler, esse homem. Paramos à distância de um carro à frente da janela, e ele abre o saco, pegando um pouco da medicação e entregando uma dose a ela junto com a água.

— Não sou uma criança.

— Pegue. — Sua voz é completamente autoritária.

Resmungando, ela pega os comprimidos e os engole. Vejo os lábios de Dominic se inclinando para cima de novo ao observá-la, seus olhos brilhando com a coisa mais próxima de afeto que eu já vi partindo dele. Sinto aquele olhar perfurar a superfície da minha pele — o carinho e o respeito que ele demonstra por ela satisfazendo alguma necessidade dentro de mim, como se eu soubesse que essas emoções estavam lá e precisasse da confirmação.

— Quantas sessões ainda tenho? — pergunta ela.

— Já falamos sobre isso. Seis.

— Putain. — *Porra.*

Eu rio alto porque reconheço a palavra.

— Je ne veux plus de ce poison. Laisse-moi mourir. — *Eu não quero mais esse veneno. Me deixe morrer.*

— Inglês, Tatie. — Ele me quer a par da conversa. Desde quando Dominic é tão atencioso?

— Me coloque em uma caixa e se esqueça de mim.

— Eu teria feito isso quando era mais jovem. Você foi uma tutora horrível.

— É por isso que *eu* não tive filhos. — Ela se vira para ele, erguendo o queixo desafiadoramente. — Eu só tinha vinte anos quando acolhi você. Não te deixei morrer de fome. Você...

— Silêncio, Tatie. — Ele olha de soslaio para ela. — Vamos levar você para casa e te deixar confortável.

— Não existe isso com esta doença. Não sei por que você me aguenta.

— Porque as minhas primeiras tentativas de assassinato falharam, e eu acabei me apegando a você.

— Isso é só porque você honra os seus pais.

Ele engole em seco, e viajamos em um silêncio amigável por alguns minutos, até que Dominic vira em uma pequena entrada. Seus faróis iluminam uma casa de estilo cabana com plantas altas demais na varanda, a maioria delas morrendo.

— Fique parada. — Ele faz um movimento de mão para ela e sai do carro. Ela não diz uma palavra para mim. Dominic abre a porta e a conduz para fora com facilidade. Eu saio, e ele olha por cima do ombro.

— Não, espere aí. Volto em um minuto.

Eu o ignoro e corro até a varanda para abrir a porta de tela.

— Ah, gostei dela — diz sua tia, me examinando à meia-luz do poste. Dominic xinga enquanto a segura contra si e se atrapalha com as chaves antes de entregá-las para mim. Ergo cada uma separada-

185

mente até que ele assinta para uma delas. Giro a chave na fechadura e entro, acendendo a luz mais próxima, e não posso deixar de me encolher com as poucas baratas espalhadas pela parede. Esta é a casa em que Dominic cresceu?

Dominic leva a mulher até uma velha poltrona reclinável bege, e ela suspira de alívio quando eles a alcançam. Ela se reclina, e ele estende um cobertor sobre o colo dela antes de desaparecer no corredor.

— Você está olhando para ele igual à garota da farmácia.

— É difícil não notá-lo — admito, com sinceridade. — Mas está ficando mais fácil ignorar, considerando a personalidade alegre dele.

Avalio cuidadosamente a casa tentando não deixar óbvio o que estou fazendo. A casa nada mais é que móveis antigos que precisam profundamente de uma varrida, limpeza e desinsetização. Não sei como ela espera ficar saudável em um ambiente que é tudo menos estéril, mas, pelo que disse no carro, não pretende se recuperar. Ela me examina de sua cadeira, e eu devolvo seu olhar, igualmente curiosa. Percebo que está me lendo, e faz isso com os mesmos olhos prateados de Dominic. A semelhança está definitivamente ali. Enquanto a encaro, concluo que ela deve ter no máximo quarenta e poucos anos. É trágico. Ela é muito jovem para *não* lutar.

— Posso pegar alguma coisa para você? Mais água?

— Por favor.

Vou até a cozinha e acendo a luz.

Mais baratas se espalham, fazendo meu estômago revirar. Há apenas alguns pratos na pia, e minha pele se arrepia enquanto procuro um copo limpo nos armários. Abro o congelador, que fede, e pego alguns cubos de gelo, jogando-os no copo antes de abrir a torneira. Coloco a água na mesinha de madeira ao lado dela. Ela acende uma lâmpada embutida e pega um livro grosso com capa de couro — uma Bíblia francesa, repleta de marcadores esfarrapados.

Dominic volta com uma caixa de remédios de segunda a domingo e uma lata de lixo de plástico. Ele coloca os comprimidos na mesa dela e a lata ao seu alcance.

— Todos separados. Não deixe de tomar, Tatie, senão você vai ficar mais doente. — Ele ri quando vê a Bíblia. — É tarde demais para você, bruxa.

Espero que ela suspire ou fique indignada. Em vez disso, ela ri com ele.

— Se existir uma porta dos fundos para entrar no céu, talvez eu encontre uma para você também.

— Talvez eu não concorde com a política Dele — diz Dominic, seu timbre cheio de alegria.

— Talvez Ele não concorde com a sua, o que não significa que Ele não possa ser um aliado. E você esquece que eu te conheço. E pare de separar minha medicação. Não estou inválida.

— Mas está fazendo um ótimo trabalho para chegar lá. Não beba esta noite — Dominic ordena, descartando totalmente a parte espiritual da conversa. — Não vou revistar a casa, mas, se beber, você sabe o que vai acontecer.

— Sim, eu sei, vá embora — ela o enxota. Ouço o tilintar distinto de uma garrafa sob sua cadeira de balanço enquanto ela ajusta sua posição no assento, e Dominic se ocupa com o controle remoto da TV. Ele não ouviu, mas os olhos dela encontram os meus em desafio, e eu rapidamente decido que essa batalha não é minha.

— Devemos ficar? — pergunto a ela, genuinamente preocupada. Todo o meu conhecimento de recuperação de quimioterapia foi obtido em livros ou filmes que acabam com a alma da gente e, pelo que descobri, as pessoas ficam extremamente doentes após uma sessão.

— Não é a minha primeira vez — diz ela. — Pode ir. A noite é uma criança, e você também, não a desperdice.

— Você também — murmura Dominic para ela, zapeando pelos canais.

Ando até onde ela está sentada e me ajoelho no carpete surrado. Não sei o que diabos dá em mim para fazer isso, mas eu faço. Talvez seja sua situação de vida ou o estado em que ela se encontra. Seu cabelo predominantemente preto está preso em uma trança, sua pele oliva profundamente marcada pela vida, as pequenas rugas ao redor da boca definidas com restos de seu batom. Ela *parece* quebradiça, sua estrutura frágil, seus olhos delineados pela doença. Mas são exatamente os olhos que brilham com juventude, do mesmo tom metálico de seu sobrinho. Eles me imobilizam com curiosidade ao passo que me inclino e sussurro:

— Romanos 8:38-39.

Ela navega até a passagem com facilidade e, para minha surpresa, lê em voz alta.

— "Pois estou convencido de que nem morte nem vida..." — sussurra ela suavemente — ... nem anjos nem demônios, nem o presente nem o futuro, nem quaisquer poderes, nem altura nem profundidade, nem qualquer outra coisa na criação será capaz de nos separar do amor de Deus que está em Cristo Jesus, nosso Senhor."

Ela olha para mim, seus olhos piscando com emoção, sobretudo medo.

— Você acredita que isso é verdade?

— Esses são os únicos versículos que eu memorizei. Então eu acho que, talvez, queira acreditar nisso.

Está claro que, enquanto me analisa, ela também quer acreditar.

Ela olha através de mim para Dominic, que eu sinto atrás de mim.

— Elle est trop belle. Trop intelligente. Mais trop jeune. Cette fille sera ta perte... — *Ela é linda demais. Inteligente demais. Mas jovem demais. Esta garota será sua ruína...*

Meus olhos se voltam para Dominic, cujo rosto permanece impassível. Frustrada por não conseguir entender mais do que algumas palavras do que foi dito, eu me levanto.

— Foi um prazer conhecê-la.

Ela acena para nós, e caminhamos em direção à porta. Olho de volta para ela pouco antes de atravessarmos a porta e vejo a leve elevação no canto de seus lábios. É o mesmo sorriso de Dominic, e uma parte de mim se alegra ao vê-lo.

Poucos minutos depois de iniciarmos outra viagem silenciosa, desligo o rádio estridente de Dominic.

— O que aconteceu com os seus pais?

Um músculo em sua mandíbula se retesa quando ele me lança um olhar que eu não consigo decifrar.

Quando ele liga o rádio novamente no último volume e reduz a marcha para ganhar velocidade, eu sei que não vai alimentar nenhuma conversa. Eu o observo, perplexa com a mudança em seu humor e com a beleza absoluta da máscara que veste junto com os segredos que guarda tão intimamente. Ele é muito parecido com Sean no sentido de que ambos não dão a mínima quando são questionados, como se tivessem feito e dominado uma aula sobre respostas concisas. Inflo as bochechas e, em seguida, solto o ar, contendo o resto de minhas perguntas. Não vale a pena. Ele está impenetrável mais uma vez, sua linguagem corporal alusiva a isso, então deixo meus pensamentos vagarem até chegarmos à oficina.

Dominic estaciona perto do galpão e sai do carro como se não pudesse se afastar de mim rápido o suficiente, e me sento e o observo entrar na oficina sem olhar para trás. Hoje foi um dia agitado, para dizer o mínimo, e um pouco esclarecedor.

Um clarão de fogo chama minha atenção, olho pelo para-brisa e vejo Sean fechando a tampa de seu isqueiro.

Ele se junta a mim quando saio do carro pelo lado do passageiro.

— Então, imagino que não tenha sido muito agradável.

— Por que você me sujeitaria a esse homem?

Ele ri suavemente, mas o humor não atinge seus olhos.

— O que está se passando nessa sua cabeça, bebê?

Envolvo meus braços ao redor dele enquanto ele exala uma nuvem de fumaça com cuidado para evitar meu rosto.

— Só estou aliviada em ver você.

— É mesmo? — Não há acusação em suas palavras, mas sei que ele me viu observando seu amigo com curiosidade declarada. Por outro lado, ele conhece Dominic como ninguém. Deve saber que passar apenas uma ou duas horas a sós com ele pode ser exasperante e cansativo.

Sean joga fora o cigarro e me puxa com força para ele, fazendo o mistério desaparecer com um beijo. Quando se afasta, eu agarro a parte de trás de seu cabelo com força.

— Por que você não foi me buscar?

— Alguns motivos. Um deles foi uma reunião de trabalho imprevista e obrigatória no meu dia de folga.

— É mesmo?

Ele sorri para mim.

— Você lutou bravamente, bebê.

É o meu primeiro sorriso genuíno do dia.

24

Um sorriso imenso me cumprimenta enquanto desço os degraus da varanda até onde Sean espera, encostado na porta do passageiro, seus olhos me devorando em minha saída de praia; um biquíni perigosamente pequeno por baixo. Caminho até onde ele está, e suas mãos quentes e calejadas seguram minha bunda enquanto ele me puxa para si de um modo que deixa evidente sua reivindicação. Quando ele me beija profundamente, e um gemido suave ressoa em seu peito, já estou faminta por mais. Mais de tudo o que temos feito; estou ansiosa pelo que está por vir. Liguei para Christy ontem à noite e contei a ela os detalhes, descaradamente preservando alguns, porque ela é minha pessoa favorita e está tão envolvida quanto eu com tudo o que aconteceu com Sean.

Estar com ele me deixa feliz. Faz meu coração romântico cantar. Sean é do tipo protetor e não fez nada além disso desde o dia em que nos conhecemos. Sua pegada é forte, ele me beija e me beija, nossas línguas duelando, o toque dele, seu cheiro despertando um novo desejo. Eu me alimento dele enquanto ele assume o controle, me puxando ainda mais para si, esfregando sua ereção pela extensão da minha barriga e deixando claro que ele também precisa de mim.

Quando finalmente nos separamos, seus olhos estão iluminados, um sorriso contente brincando em seus lábios.

— Com o que você sonhou esta noite?

— Você não quer saber com quem?

— Não sou tão convencido.

— Devia ser. Você estava em todos os sonhos de que eu me lembro.

— Sonhos bons?

— Bons pra caralho.

— Bom saber. Está pronta para se divertir?

— Sempre.

— Essa é a minha garota. — Aninhada no banco do passageiro, ele coloca o cinto de segurança em mim e pressiona um beijo gentil em meus lábios, como se não pudesse esperar mais um segundo para fazer isso.

— O Dom vai estar lá. Espero que você não se importe.

Um pouco murcha, me limito a assentir. Eu esperava ficar sozinha com ele, mas não crio caso, porque qualquer tempo com ele é bem gasto. Dominic me deixa nervosa de um jeito desconfortável. Minha atração por ele é inexplicável, e só sei me sentir culpada por isso. Não conto a Sean, porque não quero que ele fique pensando a respeito como eu tenho feito nos últimos dias. Estar perto de Dominic é como assistir em câmera lenta a uma explosão de metal contra metal. Com Sean, me sinto mais segura, mas, quando Dominic está por perto, sinto que cada respiração é misturada com algo perigoso. No entanto, a cada inspiração, ele se torna mais inebriante.

Prefiro ficar sóbria e consciente — pelo menos é o que tento dizer a mim mesma.

Assim que entra no carro do lado do motorista, Sean agarra minha mão e passa o polegar pela pele da minha coxa.

— Você está linda.

Parte da minha resposta é um sorriso radiante.

— Você também.

— Vamos lá, querida — murmura ele, capturando meus lábios mais uma vez antes de se recostar no assento e ligar o motor. Rock sulista soa dos alto-falantes enquanto ele bate os dedos no volante, e eu simplesmente... o observo. Pode ainda não ser amor, mas definitivamente não é nada menos que uma paixão de tirar o fôlego já. Cantamos junto com os clássicos enquanto ele acelera em direção ao lago, uma caixa térmica lotada atrás de nós, no banco de trás.

— Essa é boa — diz ele assim que uma nova música começa a tocar, e canta junto. Curiosa, olho para o painel e leio o título: "Night Moves", de Bob Seger. Completamente à vontade, ele aperta minha coxa enquanto canta para mim, mas é quando realmente presto atenção na letra que começo a murchar novamente. Quanto mais ele canta, mais eu começo a me sentir mal. A música fala sobre um rolo insignificante de verão; alguém para passar o tempo e transar até que eles encontrem coisa melhor. Ele percebe minha cara amarrada assim que chegamos à propriedade de seu primo, a vista pitoresca do lago cercado pelas montanhas rapidamente contaminada pelo meu humor.

Quando estacionamos, empurro sua mão para longe da minha coxa e saio do carro, vendo Dominic nos olhar de cima de uma jangada do tamanho de um pneu de trator atracada ao pé do lago.

— Que porra é essa? — Sean pergunta enquanto me viro e sigo na direção oposta, para a floresta projetando sombras a alguns metros de distância. Já estou subindo em uma trilhazinha que leva a uma clareira quando ouço Dominic falar.

— Que porra aconteceu com ela?

Não me incomodo em virar o corpo para me explicar, apenas sigo por algumas árvores, calçando chinelos nada adequados para uma caminhada matinal. Estou agindo como uma idiota e preciso me controlar antes que faça algo pior.

— Cecelia.

— Sean... Me dá um minuto.

— Claro que não. — Ele vem rápido atrás de mim. — Não vamos passar por isso de novo.

— Sério, eu preciso de um pouco de espaço — vocifero por cima do ombro.

— Não foi o que você cantou vinte minutos atrás.

Eu me viro para ele, chegando perto de bater em seu peito.

— Falando em *cantar*, que merda foi aquela?

Ele junta as sobrancelhas.

— O quê?

— A música que você cantou pra mim. Está insinuando alguma coisa, por acaso?

— Eu coloquei, tipo, sete músicas para tocar no caminho. Dá para ser mais específica?

Cruzo os braços enquanto ele quebra a cabeça e vejo o momento em que percebe.

— É só uma música.

— É isso que eu sou? É assim que vai ser?

Ele se ergue sobre mim e agarra meu pulso, colocando minha mão sobre seu coração.

— Ainda não tenho ideia, e nem você, mas posso te garantir que só um quarto da velocidade em que essa porra está batendo tem a ver com perseguir sua bunda linda e louca até aqui.

— Ouvi dizer que vocês dividem mulheres.

Ele não hesita.

— Já aconteceu.

Silêncio.

Puxo a mão de volta e cruzo os braços.

— Quer elaborar?

— Não. E, se você ouviu falar sobre isso, não é porque nós dissemos alguma coisa.

— Uau, isso é meio arrogante.

Ele passa a mão pelos fios de cabelo dourados.

— É a verdade.

— É por isso que estou aqui?

Sua mandíbula trinca.

— Você está adicionando insulto à injúria agindo dessa maneira.

— O que significa...

— Que eu devia estar ofendido por você pensar que eu sou um canalha desprezível que seria capaz de sugerir isso.

Eu me limito a encará-lo quando ele dá um passo à frente, me cercando, seus olhos brilhando com raiva.

— Você tem uma queda pelo Dominic. Pode negar o quanto quiser, mas eu vi, senti, e não vou impedir isso, e dizer que você é minha não vai fazer bem a nenhum de nós. A verdade é que ver isso só me faz querer mais você. E, *sim*, isso me deixa com tesão, e não vou me desculpar por isso. Assim como não vou fazer você se desculpar pela atração que sente por ele. Eu te falei quando ficamos pela primeira vez, eu não faço as coisas do jeito tradicional. Nem Dominic. Te dar o poder de escolha é mais um reflexo de como eu te respeito e me sinto em relação a você e ao que *você* quer, e é muito melhor do que negar a mim mesmo que eu vi você comer o Dom com os olhos, mais de uma vez.

Estou perplexa, completamente impressionada com sua honestidade brutal.

— Saia desse lugar de lavagem cerebral por alguns segundos e seja honesta consigo mesma. É tudo que eu peço. Seja verdadeira. No fundo do seu coração, se *não* precisasse escolher, você escolheria?

Ainda estou atordoada quando ele se inclina, invadindo meus sentidos.

— Eu-eu-eu estou... estou com você — gaguejo, odiando o fato de ele ter tirado todas essas conclusões. Seu superpoder de ler as pessoas e antecipar o que elas querem acaba de explodir bem na minha cara. Não sinto nada além de culpa quando ele se aproxima.

— Meu Deus, como você é linda — ele fala bem devagar. — Mas está redondamente enganada se pensa que eu quero algo mais de você do que você está disposta a me dar. — Seu dedo corre do meu queixo para o meu pescoço. — Eu não estou tentando manipular você a fazer absolutamente nada. E hoje, quando eu fui te buscar, não estava imaginando você afundando no pau de outra pessoa que não o meu... E *sem* plateia. — Seus olhos se iluminam. — Mas o fato de você estar pensando nisso me deixa duro pra caralho. — Ele roça meus lábios nos dele. — Só que a escolha sempre, *sempre* vai ser sua.

Meu queixo caiu. Estou sem palavras. Ele xinga, lendo minha expressão.

— Vamos deixar isso de lado, tá bom? Você estava tão feliz quando te peguei, e a última coisa que eu quero fazer com você hoje é discutir. Vamos só tentar nos divertir.

Ainda estou estupidamente atordoada, cambaleando, enquanto ele pega minha mão, e eu a puxo de volta.

— Tá brincando comigo? Você acabou de me dizer... — Fico pasma com ele. — Eu pensei que... a gente iria...

Ele se vira, e só posso concluir que vê a mágoa e a confusão conflitantes em meus olhos, minha expressão.

— Está se apaixonando por mim, bebê?

Tudo o que posso fazer é devolver a ele a mesma honestidade.

— Sim, óbvio que estou. Nós... eu estava esperando... não sei.

— Isso mesmo, a gente não sabe, então não vamos ficar ofendidos e criar uma situação desnecessária. Você quer confiar em mim, mas não está se permitindo, e eu não posso fazer nada. Posso dizer a você todo dia que você está segura comigo, mas, se você não acreditar, é inútil. E, só para constar, comecei a me apaixonar no minuto em que pus os olhos em você. — Eu relaxo quando ele passa um dedo sobre meus lábios. — Você é linda, inteligente, tem o coração bom, é sensível e *muito mais*. — Ele deixa cair a testa no meu ombro e geme. — E está puta.

Deixando o choque inicial de lado, decido tentar ser completamente honesta comigo mesma, me dar a liberdade de tentar ver as coisas do jeito dele. Há muita verdade em suas palavras, mas, quando espero ver mágoa nele, não vejo. Isso me decepciona e, de certa forma, me machuca. Eu esperava que, neste momento, ele fosse possessivo comigo, mas não é isso que estou sentindo vir dele.

— Eu só não quero me sentir...

Ele levanta a cabeça.

— Usada? Diminuída? Isso quem está fazendo é você, querida. Não eu. — Ele se inclina para perto. — Qualquer julgamento que esteja sendo feito neste momento é seu e somente seu. — Ele ainda está segurando minha mão e lentamente a levanta, beijando as pontas dos meus dedos um por um. — Quando a gente começou a ficar junto, eu não esperava... — Seus olhos me perfuram. — Eu fui e vou continuar sendo monogâmico com você, Cecelia, *tranquilamente*, se é isso o que você realmente quer. Estou pensando em trancar você comigo num quarto e jogar a chave fora, só por causa do que eu acho que você está começando a sentir. Mas existe o outro lado disso tudo, e eu não quero prender você, porque a libertação pode ser uma coisa linda. E você merece ter o que quiser. — Ele se aproxima, depositando beijos delicados pela extensão do meu pescoço, seus lábios se arrastando sobre minha pele, que rapidamente esquenta. Ele segura meu cabelo, sua respiração quente em meu ouvido. — Tudo bem desejar o pau dele, bebê, vou ficar assistindo ele enfiar em você e vou adorar a vista, e a selvageria que isso vai causar em mim.

Me afastando para pesar minha reação a suas palavras, não vejo nada além de satisfação em seu rosto antes de ele puxar meu lábio para dentro de sua boca, o ato incentivando o desejo que se acumula rapidamente entre minhas coxas. Ele passa a mão pela minha barriga e a mergulha sob o tecido do biquíni, deslizando um único dedo para dentro de mim. Meu líquido brilha em seu dedo quando ele o levanta, me forçando a ver o quanto suas insinuações me deixam excitada, e não consigo desviar o olhar quando ele suga o dedo. À beira da combustão, minhas pernas começam a tremer quando ele cai de joelhos.

— Hum, vamos aliviar essa tensão.

Empurro sua cabeça com urgência ao vê-lo dar uma risada sinistra ao mesmo tempo que desamarra a parte de baixo do meu biquíni. Ajoelhado diante de mim, seu cabelo faz cócegas na minha barriga através da saída de praia cheia de furinhos.

Gemo seu nome quando ele afasta minhas pernas e joga uma delas por cima do ombro. — Meu Deus.

— Abra. — Ele afasta minhas pernas. — Mais. — Seu grunhido profundo e gutural chega aos meus ouvidos um segundo antes de sua língua pousar no meu clitóris. Dou um pulinho com o contato, e ele me agarra, me aterrando em seu aperto firme enquanto me ataca com a língua. Leva alguns segundos para eu começar a sentir o auge de um orgasmo enquanto ele me chupa com avidez.

— Puta que pariu — murmura ele, olhando para mim enquanto me penetra com um dedo e move minha saída para que eu possa vê-lo deslizar para dentro e para fora. Ele acrescenta outro enquanto olho para ele, seu cabelo dourado brilhando na clareira das árvores, com ele ajoelhado entre folhas de pinheiro, seus olhos castanhos cheios de tesão. Nunca vou esquecer como é bom ser admirada desse jeito, tocada desse jeito. Com a respiração pesada, começo a tremer em seu aperto conforme ele induz meu orgasmo com habilidade. Ele é bom, bom demais, e a pontada de ciúme me estimula enquanto me contraio em seus dedos grossos. Eu o observo enquanto ele não faz nada além de me adorar. Mantendo meus olhos nele, Sean se inclina para a frente, lança sua língua com pressão perfeita e torce os dedos antes de eu explodir. Um gemido satisfeito vibra de sua garganta, e ele me observa de baixo, sua língua ganhando velocidade enquanto eu desmorono.

Tremendo em seus braços, o orgasmo toma conta de mim inteiramente, e ele se esforça para me manter de pé. Grito seu nome, incapaz de me controlar, e ele me lambe até que a onda diminua. Quando estou derretida, ele amarra meu biquíni de novo, depositando beijos na pele nua da minha barriga, arrastando sua boca quente pelo meu pescoço antes de reivindicar meus lábios. Durante esse beijo, não me sinto nada além de segura e adorada. Nenhum julgamento pelos meus pensamentos perversos, nenhuma condenação por ficar irritada com suas sugestões.

Ele se afasta.

— Droga, preciso me segurar para não te comer agora mesmo. — Ele balança a cabeça, lendo minha expressão atordoada. — Há uma batalha sendo travada na sua cabeça entre o que você aprendeu e o que você acha que pode desejar, e está tudo bem, querida. Tudo bem. Tem gente que acredita que viver sem regras e sem moral nos torna animais. — Ele se inclina, sua boca se contorcendo sedutoramente. — Mas pode ser muito divertido ser um animal, e sempre tem a ver com as escolhas que você faz. E sempre vai depender de você. Entendeu?

Eu assinto enquanto ele empurra fios grossos de cabelo para trás do meu ombro.

— Ótimo. — Ele se vira e se agacha na minha frente. — Agora, suba aqui antes de estragar esse chinelo.

25

Tomando sol sobre a gigantesca boia, de olhos fechados, ergo o queixo em direção ao sol. Sean de um lado, Dominic do outro. Ambos estão com o peito nu e vestindo calções de banho escuros, e tive um trabalho infernal para conseguir tirar os olhos deles hoje, especialmente depois do que aconteceu esta manhã. Dominic me encontrou na boia, os olhos acinzentados brilhando com malícia, um sorriso diabólico se curvando em seus lábios carnudos; o retrato de um anjo sombrio com intenções pervertidas.

— Tudo resolvido? — Suas palavras estavam carregadas de insinuações, como se ele soubesse exatamente do que se tratava nossa briga e como terminou, então eu simplesmente o encarei, furiosa. Ele parecia brilhar e não disse mais nada enquanto ajudava Sean a colocar duas caixas térmicas na enorme boia.

É onde estamos há horas, bebendo, conversando, nadando, comendo e tomando sol como gatos preguiçosos. Dominic não se deu ao trabalho de ser legal comigo, mas com o passar das horas ficou evidente que a dinâmica entre nós mudou desde as horas que passei com ele.

A música toca no pequeno rádio que Sean trouxe, e todos nós descansamos em silêncio, flutuando no meio do lago, ancorados na água, isolados pelas majestosas montanhas acima. É o dia de verão perfeito; o cheiro de coco do protetor solar paira no ar entre nós três.

Giro de barriga para baixo e viro a cabeça na direção de Dominic, abrindo os olhos quando sinto seu olhar demorado sobre mim. Olhar para ele é estarrecedor. Ele está esparramado, a pele pingando de suor, seu olhar escurecendo enquanto me observa.

— O que foi?

Ele não diz nada, apenas se concentra em mim, e sinto meu interior se contrair, pulsar e desabrochar, percebendo a verdade das palavras de Sean. Eu quero Dominic. Passo o tempo todo lutando contra nossa atração, ao mesmo tempo que tento fazer as pazes com o que significaria para mim se eu parasse de lutar.

Isso é errado?

E será que esta é a única chance que vou ter de estar em uma situação com dois homens incrivelmente gostosos pelos quais sinto desejo?

Dominic gira o braço para poder passar a ponta do polegar pela minha coluna. Estremeço com o contato, meus olhos se arregalando ligeiramente, meus lábios se abrindo enquanto ele corre o dedo pela minha pele. E então sinto o puxão na parte de trás do cordão do meu biquíni enquanto ele o desfaz devagar, o material macio afrouxando na frente do meu corpo.

— Eu não...

Dominic ergue uma sobrancelha, interrompendo seu toque, a dúvida em seus olhos. Ele está pedindo permissão. Sinto Sean se arrepiar ao meu lado e viro a cabeça para encontrar seus olhos, profundidades verde-claras salpicadas de marrom procurando meu olhar. Ele se inclina e deposita um beijo gentil em meus lábios ao mesmo tempo que Dominic retoma seu toque.

É uma escolha. Minha escolha.

— Não vou fod... — gaguejo para Sean, pensando que é isso que ele quer ouvir enquanto tento colocar minha mentira para fora.

Eu posso fazer isso?

Eu quero fazer isso?

Consigo viver com isso?

A respiração de Dominic é quente contra meu ouvido. Ele se mexeu de algum jeito desde que virei a cabeça, sinto a pele de seu peito em minhas costas quando ele sussurra.

— Eu nunca deixaria você *me* foder.

Eu me viro em sua direção. Ele está perto, tão perto, nossos lábios a um suspiro de se tocar.

— Você me entendeu. — Estou sem fôlego. Um trovão explode ao longe como um sinal de alerta, e eu me apoio nos antebraços, esquecendo que estou sem a parte de cima do biquíni, e olho para as nuvens logo após os picos das montanhas. Uma tempestade está se aproximando, e isso se aplica para além do clima. Seria um aviso? Vai contra minha própria natureza e a romântica que habita dentro de mim. Dominic acrescenta o resto de seus dedos à carícia que faz em minhas costas, ainda deitado de lado, enquanto continua a observar meu rosto com uma concentração serena.

— Relaxa, bebê — murmura Sean. Seus lábios roçam meu braço em um beijo suave antes de ele me impulsionar para cima, fazendo a parte inferior do meu corpo se manter na boia e a parte superior repousar sobre seu colo. Ele sorri para mim, nada além de sede em seus olhos, antes de se erguer ligeiramente para levar meu mamilo até a boca. Eu o observo, consumida pela sensação dele embaixo de mim, seus músculos fortes e sua beleza. Estremeço com a carícia em minhas costas, muito consciente do fato de que Dominic está me tocando.

Dominic está me tocando.

E eu quero que ele me toque.

Sentindo calafrios com o prazer que isso me traz, eu me viro para encará-lo e vejo sua postura relaxada, me observando em silêncio.

Seu cabelo espesso está despenteado, e meus dedos coçam para correr os fios, enquanto meus olhos descem para seus lábios carnudos no momento em que Sean puxa meu mamilo enrijecido. Ofegando de prazer, meus olhos percorrem o corpo de Dom — ele é todo feito de linhas sólidas, reentrâncias profundas, perfeição personificada, reproduzido a partir de um projeto de Deus. Na verdade, porém, ele é a maçã proibida, e se eu der a primeira mordida posso ficar tão encantada que não tenho certeza se consigo lidar.

Mas eu quero essa mordida.

Perdidos em nossa eletricidade, a mão de Dom para enquanto respiramos sincronizados.

É aí que sinto o estalo em ambas as partes. Ele se levanta no exato momento em que eu me curvo, e nossos lábios se encontram.

Pequenas explosões pulsam por todo o meu corpo antes de eu estremecer com o impacto.

Sean geme como se sentisse isso acontecer e se move em direção ao meu outro mamilo, sugando-o avidamente em sua boca. O trovão soa novamente, enquanto Dominic desliza a língua pelos meus lábios e enfia a mão no meu cabelo, me beijando profundamente, sua língua me acariciando, certeira e curiosa, provando cada canto da minha boca. Eu gemo contra ele, o beijo inebriante ao mesmo tempo que a boca de Sean me cobre, seus lábios traçando cada centímetro de pele. Dominic encerra nosso beijo, mas segura minha cabeça com as mãos firmes, mantendo nossos olhos fixos.

Eu quero isso. Eu quero isso mais do que minha próxima respiração. Deixo escapar um gemido audível devido à boca mágica de Sean, e os olhos de Dominic queimam quando ele aproxima meus lábios novamente para outro beijo. Este muito mais profundo — mais, só... mais. Me sinto uma sereia: venerada, linda, sexy. É a maior quantidade de poder que já tive, e eles estão me proporcionando isso.

É uma escolha. Posso acabar com tudo a qualquer momento. Posso acabar com isso agora mesmo.

Os dedos de Sean fazem uma carícia suave para cima e para baixo em minha pele, e Dominic me embala em seu beijo de língua. Eu poderia passar a eternidade beijando esse homem. É intenso, pecaminoso, avassalador, junto com uma pitada de outra coisa. Gemendo, eu me afasto, surpresa com o quanto não queria que o beijo acabasse. O olhar de Dominic parece corresponder ao sentimento confuso que pulsa em mim, nossa conexão transbordando possibilidades.

Mais trovões, outro beijo de Dominic — que ele parece contente em me dar, como se isso fosse tudo o que quisesse, enquanto Sean chupa meus mamilos, as mãos segurando minha bunda, me abrindo, me esfregando contra a extensão de seu pau inchado. Meu clitóris pulsa de sensibilidade, o latejar indo de um ritmo constante para furioso quando algo em mim, um pressentimento, começa a despertar em meu interior como se estivesse em um sono profundo.

Tenho perguntas, tantas perguntas, mas elas seguem não formuladas enquanto Dominic trabalha rápido para quebrar nosso beijo, levantando-se para se sentar e, em seguida, me puxando para seu colo, então estou montada nele. Nós travamos olhares por segundos, até que ele mergulha e reivindica minha boca completamente. O beijo se aprofunda quando nossos peitos se tocam, e meus seios roçam seus músculos sólidos enquanto ele geme em minha boca. Este beijo é cheio de paixão e desejo inesperados e parece interminável. Não consigo me afastar, mesmo sabendo que Sean está olhando. Línguas emaranhadas, mãos vagando, exploramos avidamente um ao outro. Quando nos separamos, nossas respirações aceleradas se misturam, a revelação dançando em nossos olhos. Sinto que ele pode ler os meus, e sei que ele os reflete. Seu toque, sua presença, seu beijo é como estar cercada por uma nuvem fria e sombria — uma nuvem que estou habitando confortavelmente.

Pela primeira vez desde que conheci Dominic, eu realmente quero saber quem ele é, saber por que seu beijo me afeta dessa maneira. Enfeitiçada, um toque familiar varre o cabelo do meu ombro pouco antes de eu sentir a ardência dos dentes de Sean e, em seguida, sua língua. Ele está atrás de mim agora, suas mãos correndo por toda a minha pele, sem pressa, como se tivéssemos todo o tempo do mundo.

O trovão se aproxima, e sei que deveria estar preocupada com a tempestade, mas não consigo parar de encarar Dominic. Ele ainda está esperando que eu tome uma decisão. E eu sei que ele vê no segundo em que faço isso. Coloco essa resposta em ação ao me esfregar contra a excitação crescente em seu short.

Um estalo soa a distância enquanto me solto, deixo minhas mãos e dedos passearem livremente, meus lábios explorarem. Então sou colocada de quatro sobre Dominic enquanto ele segura meu queixo, mantendo meus olhos fixos nos dele. Sean abre minhas pernas, e seus lábios encontram a parte interna das minhas coxas. Dominic se delicia em meu prazer, observando cada uma das minhas reações. Fecho os olhos contra a sensação da boca de Sean viajando, e o aperto de Dominic em meu rosto cresce em autoridade. Quando os abro, vejo o reflexo do fogo que arde dentro de mim. A satisfação cobre o rosto de Dominic enquanto ele levanta a mão e segura meu seio, seu polegar roçando meu mamilo ao mesmo tempo que Sean desamarra a parte de baixo do meu biquíni e a afasta.

Luto contra a voz distante da razão ameaçadora em minha cabeça, deixando o zumbido de meu desejo abafá-la. Os olhos de Dominic percorrem meu corpo nu, me deixando em chamas.

Eu quero.

E eles sabem.

Os lábios de Sean se fecham em volta do meu clitóris, e eu grito com o contato. Dominic me acalma com uma carícia de seu polegar em minha bochecha.

— Eu quero ouvir ela falar. — Sua voz está tomada por desejo e autoridade, e é neste momento que eu me liberto por completo.

Sean começa a me lamber descontroladamente, adicionando dedos ao seu ataque. Ainda nua e de quatro, olho para baixo e vejo a cabeça de Sean descansando entre as coxas abertas de Dominic. Um segundo depois, Dominic me empurra para trás, para sentar no rosto de Sean. Imediatamente começo a resistir, mas Dom me mantém em seu aperto de ferro, saboreando minha reação, seus olhos semicerrados. Não consigo beijá-lo nesta posição. Sean enfia a língua em mim, adicionando um terceiro dedo, e eu perco o controle, me jogando sobre seu rosto, minhas mãos apoiadas nos ombros de Dominic.

— Ela está perto — diz Dominic, sua voz pingando tesão. Com a mão em concha no meu rosto, ele traça meu lábio com o polegar e o empurra para dentro da minha boca. Envolvo meus lábios no seu dedo, chupando furiosamente e mordendo quando sinto meu corpo começar a tremer com o ataque do orgasmo. Sean me abre mais, seu nariz roçando meu clitóris, antes de me mover para cima e começar a lambê-lo furiosamente. Jogo a cabeça para trás, cavalgando em sua boca, mas Dominic interrompe o movimento, ordenando minha atenção de volta para ele.

— Você é perfeita — Dominic sussurra com a voz rouca, e eu sinto o elogio até os dedos dos pés.

— Eu quero sua boca.

— Eu sei. — É sua única resposta. Eu me mexo para tocá-lo, para agarrar seu pau, e ele envolve meu pulso com a mão livre, apertando e interrompendo meu movimento com uma inclinada de seu queixo.

— Caralho — murmura Sean um segundo antes de chupar meu clitóris com força, e eu gozo, gritando enquanto ele alarga minha abertura com seus dedos.

O orgasmo rasga através de mim quando Dominic prende meu rosto com a mão, me observando, observando meu corpo pulsar com a liberação até eu não ser nada além de um poço de submissão.

Eu inundo a boca de Sean à medida que suas lambidas diminuem, antes que sua cabeça desapareça. Dominic e eu colidimos, bocas devorando uma à outra enquanto ele me leva de volta a seu colo. O trovão ruge não muito longe, e eu estremeço em seu aperto, mas seu beijo arde mais quente do que o meu medo à medida que ele destrói minha boca. É o momento mais incrível da minha vida, e não quero que acabe. Luto com seu beijo, querendo — precisando — chegar mais perto, ávida por mais. Quando ele se afasta, nós dois estamos ofegantes.

— Diz — ele ordena.

— Me fode — eu respondo, sem um pingo de hesitação, afastando qualquer tipo de dúvida persistente. Em segundos, Dominic está com uma camisinha na mão, e eu observo, extasiada, enquanto ele a rola devagar em seu pau grosso, minha fome crescendo insuportavelmente. Atrás de mim, Sean explora minhas costas com seus lábios, suas mãos possessivas, predatórias, reivindicando.

— Você tem um gosto bom pra caralho — murmura ele em meu pescoço, e eu viro a cabeça para beijá-lo avidamente, provando meu gosto nele. Dominic me abre com os dedos, enquanto Sean enfia a língua profundamente em minha boca. Um beijo marcante, totalmente cativante. Ele me afasta, passando um dedo pelos meus lábios. — Tem certeza?

Concordo com a cabeça, não querendo perder mais um segundo neste tempo em que me permiti, me libertando para ter o que desejo.

Eu me viro para Dominic, cujos olhos estão fixos onde seus dedos me abrem, me alargam. Girando os quadris, me movo em direção a seu toque, amando a sensação, amando a maneira como sinto o desejo emanando dele.

Sean me ergue por trás como uma oferenda, os braços em volta de mim enquanto Dominic alinha seu pau na minha entrada. Com os olhos fixos em Dominic, Sean lentamente me deposita no pau de

Dominic, centímetro por centímetro, duro como pedra, enquanto nós três assistimos.

— Gostosa do caralho — Sean murmura em meu ouvido enquanto Dominic aperta meus quadris, e eu suspiro ao senti-lo me preencher completamente. Minha boceta pulsando, a necessidade de me mover insuportável, começo a balançar os quadris, e Dominic me interrompe com um movimento de seu queixo. Ele está indo devagar. Ele quer assistir, e ele assiste, fixado na maneira como me estico ao redor dele. Estudo seu rosto; suas pálpebras, seu cabelo úmido, cílios escuros, os músculos marcados em seu peito, a rigidez de sua mandíbula.

Gemo seu nome um segundo antes de seus olhos dispararem para os meus e ele se impulsionar para cima, roubando meu fôlego. Sean crava os lábios e os dentes em meu pescoço.

— Porra. — A voz de Sean sai terrivelmente entrecortada, e Dominic se impulsiona para cima de novo, fundindo nossos corpos, me penetrando mais fundo enquanto chamo seu nome, arranhando seu peito. E, no segundo seguinte, estou livre.

Meus quadris disparam em movimento, meu coração batendo forte, meu desejo fora de controle ao olhar para Dominic, cuja mandíbula relaxou, o prazer em seus olhos me estimulando, a plenitude que sinto exagerada.

— Solte ela — ordena Dominic a Sean. Um segundo depois de ser liberada, estou de costas, sem fôlego, enquanto Dominic se finca mais fundo dentro de mim, engatando minha perna sobre seu quadril, me fodendo em um ritmo animalesco, seus olhos ferozes, palavrões e grunhidos escapando dele.

Olho entre os dois, seus olhos cheios de adoração, suas bocas se movendo com palavrões e obscenidades. Em um movimento curto, Dominic se levanta de joelhos, nos mantendo conectados, minhas costas ancoradas na boia, a metade inferior do meu corpo em seu colo quando ele começa a martelar em mim, dando a Sean uma visão clara. Sean abaixa o olhar e observa Dominic foder o fôlego e a vida para fora de mim, seus olhos cheios de puro desejo enquanto ele mantém as mãos se movendo, acariciando, massageando. Eu grito, meu corpo acelerando quando Sean empurra seu short para baixo e libera seu pau, embainhando-se em um preservativo antes de tomar meus lábios em um beijo. Me alimento dele enquanto Dominic pega impulso, seu pau me penetrando, seu orgasmo próximo. Tiro meus lábios dos de Sean e olho para Dom, e o que vejo é nada menos que a perfeição. Ele está transtornado, completamente desorientado; perdido na conexão de nossos corpos, seus olhos indomáveis. Sean se levanta e paira sobre mim, sua mão deslizando entre nós, seu polegar pressionando contra meu clitóris. E eu grito o nome de Dominic, meu corpo convulsionando com outro orgasmo, meus olhos se apertando, meu coração batendo fora de controle. Sean se afasta, me observando desmoronar enquanto Dominic estoca uma vez, duas vezes, e então geme profundamente com seu orgasmo.

Exausto, ele se inclina para baixo, bíceps fortes se apoiando ao meu lado, e me beija sem parar antes de se afastar, caindo de costas, seu peito bombeando com esforço. E então Sean aparece, me beijando profundamente, sua fome incomensurável enquanto ele me puxa para si, suas pernas abertas, minhas costas contra seu tórax. Ele agarra meu cabelo, puxando minha cabeça para trás para descansar em seu ombro, ao mesmo tempo que me prepara e se enterra dentro de mim.

Eu grito com a invasão enquanto ele me fode impiedosamente, me arreganhando em seu colo, meu clitóris pulsando ao ar livre, sua mão livre cobrindo todo o meu corpo, começando pelos meus seios e depois deslizando pelo meu umbigo até onde nos conectamos. Ele circula meu clitóris com o dedo enquanto martela dentro de mim, sua boca devastando a minha enquanto ele estoca e estoca. Tomo um novo fôlego, me esfregando nele, consumida por uma névoa de desejo. Quando ele separa sua boca da minha, pisco lentamente para Dominic, que está fascinado, de olhos brilhando conforme percorrem meu corpo com uma onda de desejo renovada.

— Tão gostoso — Sean murmura, ficando tenso, seu orgasmo se aproximando. Cubro seus dedos com os meus e, em segundos, gozo sob nossos esforços, meus olhos fixos em Dominic, no mesmo instante em que Sean geme e goza. Caímos na boia, nossas respirações erráticas, membros emaranhados, quando o trovão soa mais longe, a distância. Escapamos completamente da tempestade.

26

De volta à terra firme, arrumamos nossas coisas em silêncio enquanto tento lidar com o que acabou de acontecer.

Eu escolhi aquilo. Eu quis. Não posso me dar ao luxo de me arrepender profundamente porque, se o fizer, estarei abrindo espaço para o ódio — o meu próprio — por toda a eternidade.

Depois que ambos os carros estão carregados, Dominic pega minha mão, me puxando para onde ele está, seu carro em marcha lenta. Ele me olha com hesitação por alguns segundos antes de me beijar — o resultado: êxtase. Eu o pressiono contra mim, e ele se demora, preenchendo minha boca com sua língua, tão faminto quanto em nosso primeiro beijo; buscando, examinando. É lindo o beijo desse homem. É avassalador, e não consigo me satisfazer. Quando ele se afasta, dedilha meus lábios com rara afeição, entra em seu carro e vai embora.

Eu espio por cima do ombro para onde Sean está, meus olhos baixos, com medo de encontrar seu olhar. Ando até onde ele espera na porta do passageiro. Incapaz de lidar com isso nem mais um segundo, arrisco uma olhada para ele e vejo... nada além do mesmo garoto lindo que me buscou em casa horas antes. Meu coração se alegra instantaneamente. Eu não sabia que estava tão pesado. Ele me para antes de eu me abaixar no banco, se inclina e pressiona o beijo mais gentil na minha boca. Quando se afasta, sinto a ardência das lágrimas.

— Não, bebê. Não faça isso. Vamos conversar a respeito quando você estiver pronta, mas não faça isso.

Eu assinto em compreensão, sem ter nenhuma ideia de como seguir essa recomendação. Me sinto um pouco como um alienígena em minha própria pele. Essa menina, o que ela fez, eu nem a reconheço. Acabei de deixar dois homens me dividirem.

E adorei cada minuto.

O peso dessa verdade eu nunca, nunca poderei apagar.

E a parte de mim que agora desperta e respira em meu interior não quer.

O trajeto para casa é silencioso, mas Sean segura minha mão o caminho inteiro. Ainda estou lutando contra mim e minha decisão, ao mesmo tempo que me deleito com o desfecho. Sean deixa a música baixa o suficiente para me ouvir falar, mas permanece em silêncio, me dando o tempo de que preciso, enquanto ocasionalmente leva as costas da minha mão até seus lábios.

Abalado, meu corpo está tenso, embora meu núcleo esteja dolorido e completamente saciado; não consigo pensar em uma única coisa para dizer. E talvez não haja nada a dizer. Sua postura permanece relaxada enquanto ele dirige, como se não precisasse de garantias quanto ao meu lugar em relação a ele, que nem eu tenho certeza se sei qual é.

O que nós *somos*?

É isso que eu deveria estar analisando, não é? Mas não é meu foco. Nenhum deles olhou para mim de forma diferente, pelo menos não da maneira que eu estava prevendo. A mudança que senti entre nós depois de hoje está muito longe da curiosidade saciada que eu esperava sentir. Seus beijos depois não foram diferentes. No mínimo, eu me sinto mais conectada a ambos.

Isso poderia ser real?

Já fiz sexo — muito sexo — no ensino médio, em relacionamentos monogâmicos com namorados que jurei que me amavam e cuidavam de mim, mas depois mostraram suas verdadeiras faces. Toda a dor que supus ter sentido quando eles finalmente rejeitaram um futuro comigo parece vazia, sem sentido, pálida, se comparar qualquer experiência que tive com eles com a que tive hoje e com as possibilidades do que vem a seguir.

Observo Sean digitar o código do portão e o carro segue devagar pela entrada.

— Você não fez nada de errado — diz ele finalmente. Ele encontra meu olhar. Está cheio da mesma segurança com que Dominic me beijou antes de partir.

Eles realmente não estão me julgando — algo sobre isso alivia um pouco a tensão em meus ombros.

Mas por quê? Por que não estão me julgando? Por que não me veem de um jeito diferente?

Permaneço em silêncio enquanto Sean estaciona e me desliza até ele no banco.

— Fala qualquer coisa.

— Eu não sei o que dizer.

— Assuma a responsabilidade, porra, assuma — diz ele, inflexível. — Assuma e não deixe você mesma ou qualquer outra pessoa te fazer sentir como se estivesse errada. — Ele pressiona um dedo na minha têmpora. — Vai levar algum tempo para você fazer as pazes com isso, mas aceite, Cecelia.

— Foi... — Tento mascarar o tremor em minha voz.

— Incrível — ele responde por mim. Só consigo assentir. Ele ri da minha expressão. — Eu sou um canalha por dizer isso, mas dá pra notar que a sua cabeça está girando.

Ele ri ainda mais da minha careta e me puxa para seu colo. Seus olhos castanhos brilham com humor enquanto ele afasta o cabelo do meu pescoço.

— Se você está se perguntando o que acontece agora, a resposta é que a gente não sabe. Dom, eu nem você. A gente não sabe se isso vai ser ou não alguma coisa. E essa é a parte divertida.

— E se alguém se machucar?

— É um risco que a gente corre.

— Por que eu tenho a sensação de que esse alguém vai ser eu?

— Eu não quero... Considerando o que eu sinto por você, te machucar é a última coisa que eu quero. Agora, se você está debatendo sobre a escolha, sobre fazer uma escolha, estou te dizendo agora que você não precisa. A menos que queira, e nesse caso espero que seja eu.

Solto um suspiro exasperado, o que só faz o sorriso dele crescer.

— Existe beleza em guardar um segredo, Cecelia. Mas você só pode manter um segredo se decidir protegê-lo. Daqui a alguns anos, quando estiver brindando com seus amigos durante um brunch de domingo, antes que a reclamação comece, esse segredo pode ser o sorriso sutil que curva seus belos lábios antes de você tomar seu primeiro gole de champanhe. Todo mundo tem segredos assim, mas poucas pessoas conseguem manter.

Ele afasta meu cabelo do ombro antes de correr os nós dos dedos pela minha mandíbula.

— Foi lindo ver você se desmontar, cedendo ao que queria. Acho que nunca vi o Dom tão envolvido com *nenhuma* mulher.

— Não... não diga isso.

— Por quê?

— Porque, se ele sente alguma coisa... Quero que ele mesmo me diga.

Sean assente, como se entendesse perfeitamente.

— Para você está tudo bem mesmo?

— Você está sentada no meu colo, olhando para mim como se me desejasse, por que eu não iria ficar bem?

— Eu não quero perder você — digo, minha respiração presa, olhos lacrimejando.

— Cecelia, eu juro, você nunca vai me perder por causa disso. Tire esse pensamento da cabeça. O que aconteceu não torna meus sentimentos por você menos reais. Eu sou louco por você. — Um beijo suave, depois outro. — Você me deu sua confiança hoje, e eu preciso disso. — Ele engole. — Tem pouquíssimas coisas que você poderia fazer neste momento para se livrar de mim.

— Você é tão... — corro minhas mãos por seu cabelo — diferente.

— Isso é uma coisa boa, né? — Ele me cutuca onde estou sentada em seu colo e traça seu piercing no lábio com a língua. — Seja o que for que você queira fazer, faça agora.

Eu me inclino e imito o movimento de sua língua ao longo do metal, ao que ele suspira audivelmente e agarra meu pescoço, colando nossas testas.

— Se você está sempre se perguntando o que fazer, é isso que você faz. O que você quiser, porra, quando quiser, e você não tem que se desculpar por isso, nunca.

— Que loucura.

— Bem-vinda ao meu mundo — murmura ele, antes de me selar dentro desse mundo com seu beijo.

Os dias têm se resumido a mensagens de texto de Sean e nenhuma palavra de Dominic — não que eu esperasse algo diferente. Ele é praticamente um estranho.

Embora agora seja um estranho íntimo.

Eu me encolho com o pensamento enquanto me dou um tapa mental.

Tenho vivido em estado de *onde eu estava com a cabeça?* e *por favor, senhores, posso repetir?* por dias, me escondendo em minha casa a maior parte do tempo. Tenho recusado os convites de Sean, lido, nadado, falado ao telefone com Christy — a quem não revelei os detalhes daquele dia. É o segredo do meu sorriso do brunch de domingo, se eu quiser mantê-lo.

Quanto mais me questiono se devo contar a ela o que aconteceu, mais tento pensar em palavras para explicar, como pareceu... certo. Como me libertar foi melhor do que qualquer coisa que eu já tinha chegado perto de sentir no passado. Quanto mais penso nisso, mais sei que ela não entenderia.

Entre quatro paredes... Na privacidade da minha casa... Existe uma razão pela qual as pessoas escondem suas aventuras sexuais, e eu nunca tive uma digna de proteger — apesar de tudo ter acontecido ao ar livre — até agora.

Me arrastando para fora da cama, olho pela janela na direção da floresta escura adiante e das luzes bruxuleantes da torre de telefonia móvel, me perguntando onde estão os dois homens que consumiram meus pensamentos. Será que eles pensaram em mim?

Será que deram um soquinho de mão quando se encontraram novamente?

Estremecendo com o pensamento, fecho as portas da varanda e pressiono a testa contra elas.

— O Natal chegou mais cedo, Cecelia, e adivinha só? Você é uma vadia. — Bato a cabeça contra a porta com cada palavra. *Ho,* bum, *Ho,* bum, *Ho,* bum. Com o rosto ardendo, disparo outro tapa mental. Eu não deveria ser nada além de carne dilacerada e sangue com a quantidade de golpes imaginários que dei em mim mesma. Ainda assim, a única coisa que fica vermelha é meu rosto enquanto eu coro e revivo novamente cada segundo naquela boia. Os sonhos que tive com eles nas últimas noites são vívidos e pecaminosos por natureza. Eles me invadiram tanto nas horas de vigília quanto no sono, e não vivi um único momento além daqueles minutos que compartilhei com eles no lago.

As mensagens de Sean são vagas — sempre são —, mas ele as envia com frequência. Está ajudando os pais no restaurante esta semana, e, por causa da minha condenação sexual autoimposta, perdi novamente a oportunidade de conhecê-los.

O que eu vou dizer, afinal?

Oi, sou Cecelia. É um prazer finalmente conhecê-los, sr. e sra.. Roberts. Ah, sim, eu sou a vagabunda que faz sexo selvagem e animalesco com seu filho no meio das árvores. É, outro dia nós incluímos o melhor amigo dele no rolo... foi uma loucura. E o seu ensopado de vagem está delicioso.

A cada mensagem, percebo que Sean está se esforçando para me dizer que não vai a lugar nenhum. Ele não quer que minha cabeça tome o controle.

E eu o amo por isso.

Mas o que é o amor?

Pensar nessa situação a longo prazo seria mais do que idiota. Mas Sean insinuou intensamente, mais de uma vez, que, se eu quisesse me comprometer com ele, ele não se oporia a isso.

Talvez tenha sido uma coisa pontual.

A ideia de pertencer exclusivamente a Sean me atrai muito. Ele é mais do que suficiente. Mas será que esse ato me levou a ser gananciosa por mais? Mordi o fruto proibido, e com esse conhecimento vem o desejo implacável de fincar os dentes nele mais uma vez.

Sean sabia que era uma possibilidade, e ele mencionou isso.

Eu quero mesmo deixar de lado a química eletrizante que tenho com Dominic se não for necessário?

E estar com os dois e observar suas reações... Nunca fiquei tão excitada na minha vida.

Mas quantos tapas a mais eu aguento? Faz só alguns dias, e quase me joguei na fogueira.

Eu não sou aquela garota.

Eu não sou aquela garota.

Eu sou aquela garota *agora*.

A única constante que me incomoda é que, se isso é algo que eles fazem regularmente, posso condenar as mulheres diante de mim?

Porra nenhuma, e odeio isso. Mas eu quero. E muito. O ciúme queima em mim por saber que não sou a primeira. No entanto, de certa forma, isso faz eu me sentir menos sozinha, porque compartilho um segredo com elas.

Mas o que aconteceu com elas?

Eu sou diferente?

Malditos sejam os dois.

Eles têm que saber que que isso é uma viagem mental. Duvido que Dominic se importe, mas Sean sabe e está esperando meu veredito.

É outra decisão.

Inquieta, ligo o chuveiro e tento abafar meus pensamentos ansiosos com o jato d'água.

A moral que aprendemos desde cedo deve nos guiar, e sem ela não temos direção. Mas Sean não segue a norma ou as diretrizes que a maioria da sociedade segue. Ele é um pensador independente que conduz sua vida pelo instinto, vivendo decisão por decisão.

Ele vive assumidamente na zona cinzenta. Dominic também. Mas o que isso pode significar a longo prazo?

E quanto a almas gêmeas? O amor da sua vida? Seu primeiro e único? Esses ditados também existem por uma razão. Um.

Um homem, uma mulher ou *um* parceiro para todos.

Não dois. Existe *Aquela Pessoa*. Não *Aquelas Pessoas*.

Mas para alguns. Para alguns...

Bem-vinda ao meu mundo.

Há também a *fase da faculdade... naquele ano eu fui promíscua... antes de conhecer* — também são chavões que li ou ouvi ao longo dos anos.

Embora minha experiência seja limitada em contar essas histórias, exceto a que acabei de conquistar, sei que existem. Pelo que percebi, a fase da faculdade tem sempre a ver com ser promíscuo, se libertar da timidez por determinado tempo e sentir curiosidade pelo mesmo sexo. Não é a mesma coisa que acabei de experimentar? Não tenho tempo para explorar minhas habilidades sexuais e expandi-las, se quiser?

Encontrar uma alma gêmea e um amor verdadeiro não está na minha lista de prioridades desde que Jared me magoou.

Um dia. Em algum momento no futuro. Mas precisa ser agora? Não.

Não precisa. Eu me importo com Sean de um jeito que já avançou muito para recuar completamente agora.

Ainda que a chegada de meus sentimentos por Dominic tenha me surpreendido, junto com nossa conexão, ele não precisa ser o homem certo.

Sem dúvida não é. Dominic não parece ser um tipo de cara que acredita em *para sempre*.

Me apaixonar por Sean está se tornando inevitável. Eu amo o jeito como ele cuida de mim, o jeito como faz eu me sentir — o conforto de sua presença, que me permite ser eu mesma.

Assuma a responsabilidade.

Vou enlouquecer se não o fizer.

Não consigo nem me arrepender.

Imediatamente após sair de um banho escaldante, estudo meu reflexo no espelho e não me afasto do que vejo. Pele tingida de rosa por causa da água; deixo meus olhos vagarem livremente, procurando falhas, procurando um motivo para não olhar.

Tudo o que espero sentir olhando meu reflexo, não sinto.

Isso é aceitação.

E a decisão é minha.

Em algum momento da vida de uma pessoa, ela tem a escolha de procurar o seu *para sempre* ou se deixar levar.

Mais um deslizar de olhos pelo meu corpo me permite saber que escolha vou fazer esta noite.

Vou descer pela toca do coelho.

Eu deslizo para dentro da nova pele e aplico uma loção perfumada antes de pegar um jeans escuro e uma camiseta de gola canoa do meu armário. Passo blush e rímel preto grosso antes de contornar e preencher os lábios com um vermelho sangue brilhante.

Então eu mando uma mensagem.

Talvez eu ainda não esteja na faculdade, mas está claro que minha educação começou cedo.

27

Chego à oficina e vejo diversos carros parados no estacionamento, e hordas de caras amontoados ao redor deles — a maioria dos rostos desconhecida, mas suas tatuagens idênticas inconfundíveis. A loja está escura como breu, bem trancada, as portas do galpão fechadas. Sean se aproxima assim que estaciono. Quando saio, vejo seus olhos arderem quando me observa.

— Caralho, bebê, você está... caramba. — Ele se afasta de mim, me protegendo com seu corpo para me bloquear dos outros, e eu deslizo meus braços ao redor de seu peito, puxando-o para mim.

— Sentiu minha falta?

Ele se vira e olha para mim, minhas mãos travando em suas costas.

— Eu queria te dar espaço, e, porra, foi difícil. Mas vai ser mais difícil ainda esta noite. — Seu tom é cheio de insinuações, o que mexe com minha cabeça, e sinto as bochechas esquentarem.

Ele está vestido com seu traje habitual — jeans, camiseta, o cabelo bagunçado, delicioso.

— Você está bem? — ele pergunta, com preocupação genuína, me puxando para mais perto com seus braços fortes.

— Estou bem. — Eu o vejo visivelmente relaxar com minha resposta.

— Mesmo? — Um canto de sua boca linda se ergue. — Fez as pazes com o diabo aí dentro?

— Estou tentando.

Ele esfrega o polegar pela borda dos meus lábios.

— Tinha que usar essa porra de batom, hein?

— Gostou?

— Você vai pagar por isso mais tarde. Vamos lá. — Afrouxando meu aperto sobre ele, Sean agarra minha mão e me leva em direção à multidão.

— O que está acontecendo? — pergunto assim que passamos por uma fila de homens altos e tatuados, alguns dos rostos familiares.

— Esperando o Dom sair — Tyler responde, me lançando uma covinha e erguendo o queixo.

De todo o grupo, Tyler e eu fomos os que mais se aproximaram. Temos muito em comum e ultimamente nos unimos por causa de nosso amor compartilhado por todas as coisas dos anos noventa, enquanto ele me ajudava na sinuca.

— Aonde nós vamos?

— Você vai ver — Russell se intromete. — E aí, Cee.

— Ei, Russel. — A recepção calorosa deles ajuda com minha confiança instável, e eu a abraço pelo que é. Eles parecem ter me aceitado como parte do grupo, e é um sentimento estranho, mas bem-vindo.

— Oi, menina. — Layla aparece, cortando a fila e esbarrando no meu ombro. — Já faz um tempo.

— Oi, Layla — eu digo, meu olhar de volta em Sean, que me olha de um jeito que alimenta minha alma. Um olhar que diz que estamos bem, e isso é realmente o que mais importa para mim. Ainda está muito além da minha compreensão que ele possa ser liberal comigo e ainda me olhar do jeito que olha. De uma maneira hipócrita, meu coração romântico está desapontado por ele ter sido permissivo. Mas, até agora, ele praticou ao pé da letra o que pregou. Ele me libertou naquele dia porque queria que eu tivesse exatamente o que desejava. E essa é uma maneira diferente — talvez a maneira de Sean — de demonstrar afeto.

Não só isso, mas também o excita.

Um cenário que nunca me imaginei vivendo.

217

Mas estou vivendo isso, e meu coração começa a acelerar enquanto nos olhamos como se fôssemos as duas únicas pessoas no estacionamento.

— Vamos pegar uma cerveja para você — diz Layla, olhando para Sean. — Vou roubá-la por um minuto. Conversa de garota. — Sean se limita a assentir, seus olhos ainda fixos em mim, sua língua traçando a argola em seu lábio.

Ela empurra a parede de homens, me puxando para o seu lado ao caminhar em direção ao cara que cuida do barril. Ele serve uma cerveja para cada uma de nós. Layla permanece em silêncio enquanto eu examino a multidão de pelo menos vinte caras.

— O que está acontecendo hoje?

— Esperando o Dom, como sempre. Ele demora pra caralho, sem se importar com a agenda de ninguém.

— Estamos atrasados para alguma coisa?

— Na verdade, não... É uma reunião. — Ela me examina. — Você está bonita, garota.

Afasto os olhos de Sean, que agora conversa animadamente em seu círculo, e estudo Layla. Sua roupa combina com a minha. Ela está de jeans e usa uma camiseta que mostra sua barriga chapada. Seu cabelo loiro está preso em um rabo de cavalo alto.

— Obrigada. Você também.

— Não perderia aquela troca nem se eu fosse cega. Então, Sean, hein? — Ela me dá um sorriso cúmplice.

E Dom. Escondo minha hesitação com o pensamento instintivo, e ela lê minha postura.

Ela franze as sobrancelhas.

— Está indecisa?

Tomo um gole da minha cerveja.

— Posso te fazer uma pergunta?

— Claro.

— Eles... eu sou? — Balanço a cabeça, frustrada. São perguntas de garotas grudentas.

— Eles? — Ela lê meu rosto, minha postura. — Ah, tá, entendi — diz ela, com uma risada.

Acabei de contar a ela meu segredo, em um olhar, com uma única frase, gaguejando. Uma parte de mim está aliviada, outra parte horrorizada por ter contado tão facilmente. Não sou boa nisso, de jeito nenhum.

Na verdade sinto alívio. Estou explodindo por uma perspectiva feminina que não seja a minha.

Layla não é uma pessoa próxima, então isso é o melhor que pode acontecer. Ela bate no fundo do meu copo, me encorajando a beber. Tomo um longo gole e expiro.

— Tudo bem. Em primeiro lugar, não surte... Não sou nenhuma santa. Nem de longe. Segundo, eu sou um túmulo. O que quer que seja, e estou falando sério, o que você me disser, nunca, nunca vai chegar a mais ninguém. Esse é o código. Mas vamos nos afastar um pouco para ter certeza de que sou a única que está ouvindo. — Ela me leva até o lado abandonado da oficina, onde ninguém conseguiria ouvir nossas vozes.

Ainda não tenho certeza das perguntas que realmente quero fazer. Ela me ajuda falando.

— O Sean é um livro aberto em certo sentido. Ele vai ser honesto com você sobre *tudo* o que ele puder, mesmo que machuque. E você não vai ter que se esforçar muito para tentar o ler. O Dom, bem, ele é outra história. Ele late *e* morde, e confie em mim: você não quer ser vítima de nenhum dos dois. Mas ele tem coração, e todos nós fomos testemunha disso pelo menos uma vez, raramente duas. Ele é literalmente a versão masculina de Fort Knox, um solitário nato.

Tomo um gole da minha cerveja, e ela inclina a cabeça.

— O que você quer me perguntar de verdade?

— Eu sou só mais... — *uma*. Só mais uma. Mas não consigo me convencer a dizer isso.

— Isso eu não sei te dizer, mas, pelo que eu vi, a casa tem estado tranquila ultimamente.

— Tranquila?

— O *Dom* está tranquilo, e o movimento no quarto dele também. — Ela sorri para mim. — Começou logo depois da festa.

Fiel. Ela quer dizer fiel. A mim? Antes mesmo de ele ter uma ideia de que existiria um nós? Isso importa?

O aperto em meu peito me diz que sim.

— Tente não pensar nisso, mas olha só... — Ela me puxa até a beira da oficina e analisa o grupo. — Quantas mulheres você está vendo?

Eu examino a multidão, contando em silêncio. Quatro, cinco e nós duas entre as vinte ou mais pessoas ali.

— Tem uma razão para você estar aqui. — A cadência séria em seu tom me faz procurar seu rosto, embora eu não consiga ver muito devido ao lugar onde estamos. — E tem hora e lugar para *confraternizar*, e definitivamente *não* é durante as noites de reunião.

— Noites de reunião?

— Você vai ver. Mas faça um favor a si mesma e mantenha o juízo, mesmo que seja difícil. Especialmente com essas duas distrações.

Eu assinto, e ela ri.

— Relaxa, garota. É uma festa, e você tem a atenção de dois dos irmãos mais gatos. Vamos lá.

Estamos atravessando a calçada de cascalho quando um estrondo soa na entrada da garagem, e os faróis nos envolvem com a luz. Um som de baixo ressoa do elegante carro preto, e meus olhos se voltam para o motorista. O olhar de Dominic me paralisa, me deixando literalmente assustada. Ele me cumprimenta com uma contração dos lábios, e seus olhos se arrastam por mim.

— Caramba, imagina voltar ao começo de novo — Layla suspira melancolicamente. — Tenho inveja de você.

Dominic fica dentro de seu carro e com outra aceleração do motor a festa se dispersa. Pouco depois, os motores rugem em todas as direções.

— Vai com ele — Sean fala, se juntando a mim. Olho em sua direção, franzindo a testa.

— Com ele?

Ele pressiona um beijo na minha têmpora.

— Eu te vejo lá. E não se atreva a borrar a porra do batom. Isso é para eu fazer. — Eu assinto enquanto ele sai e dá a volta no Camaro de Dominic, que se inclina e abre a porta pesada. No minuto em que ela se fecha, eu me viro para ele.

— Ele... — Minha saudação é interrompida quando saímos do estacionamento, minha risada passeando pelo carro. O indício de um sorriso é inconfundível em seus lábios na hora que os carros aceleram, nos seguindo, e Dominic libera toda a potência sob o capô. Apoiada com uma mão no painel e a outra na porta do carro, eu grito quando descemos a estrada.

Isso só parece alimentá-lo à medida que ele corre em linha reta por um ou dois quilômetros antes de reduzir consideravelmente a velocidade, fazendo curvas, traçando cada canto da estrada.

Desligo o rádio, e ele olha para mim.

— Será que algum dia vamos ter uma conversa de verdade?

Um lado de sua boca se ergue.

— Tivemos uma boa não faz muito tempo.

— Não é isso que eu quero dizer.

— Quer começar com política ou religião? — Ele ri sombriamente da minha cara feia em resposta e se mexe, me prendendo no meu assento enquanto aceleramos adiante. — Ovos: com gema mole. Café: preto. Cerveja: gelada. Música: alta. Carros... — Ele pisa fundo no acelerador.

— Rápidos — eu digo através de uma risada.

— Mulher. — Ele se vira e corre seu olhar prateado sobre mim.

Mulher, não mulheres. Esse comentário me atinge de tal maneira que me mexo para segurar sua mão, e ele a puxa antes que eu a alcance.

— Eu guardo essa para quando puder fazer alguma coisa a respeito.

— E você acha que isso é querer bem?

— Não é? — Ele dá uma guinada que me faz gritar. Me senti exatamente assim na boia. Como se ele estivesse esperando uma eternidade para me tocar.

Ele é o oposto de Sean de várias maneiras.

Não é uma falha, mas algo a ansiar.

— O que te faz feliz?

Ele faz outra curva, seu antebraço flexionando quando ele vira.

— Tudo que eu citei.

— Ovos com gema mole e café te deixam feliz?

— E se você acordasse amanhã e não existisse mais café?

Sinto minhas sobrancelhas franzindo.

— Isso seria... trágico.

— Da próxima vez que beber, finja que é a última.

Reviro os olhos.

— Ótimo, existem dois de vocês. Isso é alguma filosofia de vida? Ok, Platão.

— Você pode descobrir mais sobre uma pessoa em uma hora de jogo do que em um ano de conversa.

Fico passada, porque tenho certeza de que ele acabou de citar Platão.

— Fui criado de um jeito que me fez apreciar as pequenas coisas. — Ele olha para mim incisivamente, e é então que entendo completamente o que ele quer dizer. Eu vi a casa em que ele cresceu, e ela gritava pobreza e abandono. Ele me permitiu vê-la. Meu coração derrete um pouco com suas confissões ditas e não ditas, então ele faz uma curva repentina e derrapa para estacionar, desligando os faróis, nos deixando envoltos na luz parcial da lua.

Eu me inclino para espiar pelo para-brisa e vejo uma lua crescente pairando sobre nós.

— Venha aqui. — A ordem é sussurrada em meu pescoço enquanto ele me agarra e me puxa para montar em seu colo, roubando minha atenção da lua. Sorrio para ele, que se acomoda no assento, abrindo espaço suficiente para que possamos nos encaixar confortavelmente entre seu banco e o volante. O olhar que ele me dá é o suficiente para me fazer esquecer de mim mesma. Eu me inclino para reivindicar seus lábios, e ele vira a cabeça, desviando do meu beijo.

— Ele gosta do vermelho. — Dominic passa os dedos pelos cabelos da minha nuca até as pontas e repete o movimento, seu toque encantador.

Algo sobre o comentário faz minhas entranhas se retorcerem. Em apenas alguns segundos a sós com Dominic, esqueci do pedido de Sean para não borrar meus lábios. Tento esmagar minha culpa enquanto o toque de Dominic viaja sobre mim, avançando sob minha camiseta antes de acariciar levemente o cós da minha calça jeans. O latejar mudo que seu toque traz acende o fogo em minhas veias. Ele olha para mim, sempre observando, mas relaxado. A atração é inegável, mas ele interrompe todas as minhas tentativas de tocá-lo, seja pelo aperto em minha carne sob seus dedos ou pelo movimento de sua cabeça antes de retomar sua tortura, me acariciando em todos os lugares, menos onde eu o quero.

— Há quanto tempo vocês se conhecem? — resmungo enquanto suas mãos percorrem minhas costas, passando pela linha do meu sutiã, segurando minhas omoplatas, aquecendo ainda mais minha pele.

— A maior parte da nossa vida.

— Tão próximos assim? — eu digo, me esfregando um pouco em seu pau, sentindo o volume crescendo embaixo de mim. A fricção é deliciosa. Não posso deixar de girar meus quadris buscando mais. Seus olhos queimam em resposta, mas ele não faz nada a respeito.

— Somos todos próximos.

— É o que parece.

Um estrondo repentino e alto abafa o chilrear dos grilos pouco antes de eu dar uma olhada nos carros passando por cima do ombro de Dom. Devíamos estar voando se eles estão nos alcançando agora, ou Dominic deve ter pego um atalho.

— Eles estão nos deixando para trás.

— Nós os deixamos para trás. — Na sombra criada pela meia-lua pairando acima de nós, eu o estudo. Seus olhos brilham como poças de prata mesmo na calada da noite, suas maçãs do rosto salientes lançando sombras gêmeas na mandíbula, os lábios exuberantes totalmente iluminados, me provocando.

— E nós os deixamos porque...?

— Porque sim. — Ele se levanta como se fosse me beijar, sua respiração batendo em meus lábios. Eu me preparo para senti-lo, fechando os olhos e me inclinando, e então sinto sua ausência. Abrindo os olhos, vejo que ele está novamente descansando contra seu banco, um sorriso malicioso em seus lábios.

— Você é um idiota.

— Isso não é novidade. Algo mais que você precise saber?

— Eu não *sei* de nada.

— Claro que sabe. — Ele toma impulso para cima, a fricção enlouquecedora, me deixando inconscientemente rendida.

— Você descreveu a maioria dos homens de sangue vermelho. — Eu ofego. — Cerveja gelada? Ah. — Ele impulsiona o quadril para cima novamente, e desta vez eu sinto quão duro ele está, e meu sangue ferve. — Carros rápidos? Café preto? Ovos com gema mole e...

— E? — pergunta ele.

Não consigo esconder meu sorriso, apesar da fome insaciável que ele está me incutindo.

— Eu.

— Você sabe o suficiente.

Ele levanta minha camiseta, revelando meus seios nus — escolhi não usar sutiã esta noite —, e eu o sinto fisicamente tenso quando descobre isso um segundo antes de levar um dos meus mamilos até sua boca. Minha calcinha está encharcada. Seguro sua cabeça enquanto ele me devora, mexendo meus quadris sobre sua ereção, ganhando velocidade.

— Dom — murmuro enquanto seus dedos exploram, e ele morde meu mamilo antes de aliviá-lo com a língua. Quando ele se afasta, estou perto do orgasmo, mas ele abaixa minha camiseta e paralisa o movimento das minhas mãos antes de passar novamente os dedos pelo meu cabelo.

— Isso foi cruel — eu lamento, meu corpo em chamas.

— Nós vamos ter que voltar de onde paramos... mais tarde. — Com isso, ele me toca o suficiente para segurar meus quadris, me levantando com facilidade e me colocando de volta no banco ao lado dele para ligar o carro, voltando de ré por onde viemos. Intencionalmente ou não, sinto o roçar de seus dedos em minha mão pouco antes de partirmos na direção dos outros.

28

Anarquia bem-orquestrada.

Essa é a única maneira de descrever a cena quando paramos. Vários carros estão estacionados em círculo ao redor de uma fogueira acesa de uns três metros de altura. O restante contorna uma grande clareira cercada por uma floresta. Barris são retirados de picapes por alguns enquanto outros esperam prontos, jogando sacos de gelo ao redor deles. A música ecoa nos alto-falantes de uma das picapes enquanto mais carros estacionam e descarregam. Vejo cinquenta cabeças, no mínimo, reunidas em pequenos grupos como se houvesse algum protocolo social entre eles.

— Por favor, me dê uma resposta objetiva: o que é isso? — pergunto a Dominic enquanto ele examina o pátio, estacionando bem no centro do círculo onde tinha espaço suficiente para um carro, como se fosse seu lugar de direito na formação.

— Só uma reunião de amigos.

— Eu não tenho tantos amigos.

— Sorte sua — diz ele, misterioso, enquanto examina a multidão. Ele se esquiva de minha pergunta seguinte saindo do carro e abre minha porta, me levantando para ficar de pé ao seu lado, então eu examino a festa. Sean nos encontra em seu carro, seus olhos indo direto para meus lábios, a satisfação transbordando quando vê que eles não foram tocados.

— Se divertiram? — pergunta ele, me puxando para o seu lado.

— Nós não... — Não consigo encarar seus olhos. — Nós não... fizemos... — Ele balança a cabeça e ergue meu queixo.

— Não era isso que eu estava perguntando. — Ele coloca um braço em volta do meu ombro e olha para Dominic. — Eles estão aqui. Esperando você.

Dominic abaixa a cabeça, seus olhos passando pelos meus rapidamente antes de ir embora.

Na mesma hora, olho para Sean, que nos leva até a multidão. A cena que se desenrola diante de nós parece saída diretamente de *Um drink no inferno*, um filme antigo do Quentin Tarantino, e eu meio que espero que cuspidores de fogo e garotas seminuas dançando em postes apareçam a qualquer momento antes que os caninos deem o ar da graça.

— Você vai me dizer o que é isso?

— É uma festa.

— Isso eu percebi.

Ele ri com a chegada da minha cara amarrada.

— Então por que você está perguntando?

— Na minha cidade não chamamos as festas de reunião.

— Este não é o subúrbio de Atlanta.

— Não me diga. — Olho em volta e vejo garrafas e baseados sendo passados como água corrente antes de perceber as placas de outros carros. — E nem todo mundo é daqui.

Ele assente.

— Bem observado.

— Sean, vamos lá, me dê *uma pista*.

Ele aponta na direção de um El Camino, onde dois homens gigantescos estão sentados na porta traseira, examinando a festa, seus rostos sem qualquer animação. Claramente irmãos, suas características são semelhantes.

— Está vendo aqueles dois?

— Sim.

— Eles são Matteo e Andre, a Cantiga Espanhola. Atrás está a galera deles. Eles são de Miami.

— Eles vieram de Miami para cá?

— Sim.

— Para uma festa?

Ele assente.

— Por que eles são chamados de Cantiga Espanhola?

Ele me encara.

— Use a imaginação.

— Isso não é nem um pouco assustador.

— Estou com você, bebê.

E eu acredito nele. O rosto de Sean se transforma em pedra quando ele abaixa o queixo para a galera de Miami na hora em que eles se concentram em nós. A elevação de seus queixos em resposta é quase imperceptível.

— E aquele grupo ali. — Ele aponta para uma picape onde um dos caras dá um mortal para trás de cima do capô antes de virar algumas doses de Jack Daniels. — Aquele idiota é o Marcus, e o cara ao lado dele é o Andrew. Eles são de Tallahassee, o resto é da Flórida, e eles são uns safados da porra. Fique sempre a distância se quiser manter seus objetos de valor.

Ele não se apressa ao caminhar comigo pela festa, ou reunião, ou o que quer que seja, e não demoro muito para perceber a enorme quantidade de tatuagens de corvos marcando os braços de todos os presentes. Algumas das meninas também têm uma tatuagem — asas delicadas pintadas em suas omoplatas. Algumas estão usando blusa frente única, sem dúvida para exibi-las. É então que percebo que aquelas asas são um símbolo de posse.

Sean me leva até um barril recém-aberto e me passa uma cerveja. Eu pego e tomo um gole, preocupada com a realidade por trás dessa festa. Ele nos une a alguns dos grupos, uma conversa fácil fluindo de seus lábios, já eu examino os outros sentados na beira de seus carros, observando o resto da festa. Fico na ponta dos pés depois de alguns minutos e me inclino para Sean com um sussurro.

— Você faz parte de uma gangue?

Ele joga a cabeça para trás e dá uma gargalhada.

Franzo a testa.

— Qual é a graça?

— Nós parecemos bandidos?

— Não. Sim. Um pouco. Mas o que é isso aqui, então?

— Só um bando de pessoas com interesses semelhantes curtindo um tempo juntas.

— Todas com a mesma tatuagem?

Ele dá de ombros.

— É uma tatuagem foda.

— Sean — eu resmungo, impaciente. Embora estejamos no meio de uma social com o Alabama, ele ergue o queixo para Tallahassee e se vira para mim.

— Eu preciso ir falar com uns caras. Você fica bem aqui?

Com os olhos arregalados, procuro seu rosto

— Eles não vão tocar em você, Cecelia. Você chegou com Dominic.

— E isso significa o quê exatamente?

— Significa que eu já volto.

Ele sorri e balança a cabeça, se movendo para me abandonar, e eu agarro seu braço.

— Onde está a Layla?

— Por aqui em algum lugar. Vá procurar por ela, e eu te acho daqui a pouquinho.

— Você está mesmo me largando aqui? — dou um grito sussurrado. — Sozinha?

Ele esvazia a cerveja.

— Uhum.

Merda. Merda. Merda.

— Isso é tipo um teste de *jogue-a no fundo do mar e veja se ela sabe nadar?*

Ele ri. O desgraçado ri.

— Sem boias. Me mostre a cara amarrada.

Furiosa, agarro seu braço quando ele começa a se afastar, e ele se livra de mim com facilidade.

— Você vai ficar bem, bebê.

Com o pulso acelerado, procuro por Tyler, Layla, Russell ou qualquer pessoa que eu conheça na festa, e vejo Sean encontrar Tyler perto da fogueira antes de ambos desaparecerem atrás de alguns carros.

Decido morder os testículos de Sean assim que tiver a chance. Tremendo da cabeça aos pés, bebo mais cerveja.

— Como ele é? — uma voz feminina soa por trás de mim, e eu derramo metade da minha cerveja com o susto antes de me virar para encará-la. — Desculpe. — Ela ri de leve. — Eu não quis te assustar. Deve ser sua primeira vez aqui.

— É. — Eu a analiso. Ela parece ter a minha idade e tem cabelo preto com pontas roxas. Está vestida de preto da cabeça aos pés, um colar de asas de corvo prateado e preto repousando em seu amplo decote. — Está perguntando sobre o Sean? — Ela é bonita, e o ciúme fervilha dentro de mim a ponto de não conseguir evitar minha pergunta. — Por quê?

Ela dá um passo em minha direção, a hesitação clara quando ela ergue seus olhos castanho-claros para os meus.

— Desculpe, acho que foi uma pergunta estranha para fazer para... a namorada dele?

Ela está a fim de Sean e está me dizendo isso descaradamente segundos depois de me conhecer. É assim que funciona? Uma pergunta ainda melhor é: ele estaria interessado em conhecê-la?

— Não sei... o que nós somos. — Tomo um gole da minha cerveja. — Estamos saindo há pouco tempo.

— Difícil saber o que você é com qualquer um desses canalhas, a menos que você receba as asas. — Ela suspira e olha para o meu copo. — Acabou sua cerveja. Vamos pegar outra.

Nunca bebi, não desse jeito. Eu culpo os novos homens em minha vida e os nervos associados a eles. Ela faz um sinal com a cabeça para o cara que está cuidando do barril enquanto caminhamos os poucos passos para chegar até ele e entregar nossos copos.

— Prazer, Alicia.

— Cecelia. — Ela é alguns centímetros mais alta do que eu e definitivamente não é uma garota que qualquer homem deixaria passar. Ela me analisa com o mesmo cuidado. — Você veio com alguém?

— Meu irmão — ela responde. — Nós somos Virginia.

— Ah, sim. — Não *da* Virgínia... Não, ela reivindicou um estado inteiro.

— Dominic nunca trouxe... nenhum deles nunca trouxe uma garota aqui. Eu pensei que você tinha vindo com o Dom, então não tinha certeza com qual deles você estava.

Eu me atrapalho, porque não sei exatamente como responder. E decido que não vou. Ela sorri e me faz um favor tirando a pergunta da mesa, então eu respondo a anterior, apesar da persistente pontada de ciúme.

— Sean é gentil, atencioso, inteligente... Tão inteligente, carinhoso, sexy, engraçado, protetor. — E meu.

— Eu imaginei. — Ela solta um suspiro, empurrando o cabelo escuro na altura da cintura para longe de seu ombro. A mulher tem o cabelo mais bonito que já vi.

— Então, você tem uma queda por ele, né?

Sou agraciada com um sorriso arrependido.

— Ele ia muito à Virgínia quando eu era mais jovem. Nunca troquei uma palavra com ele, mas, sim, acho que você poderia dizer que sim. Espero que isso não te irrite.

Irrita, até certo ponto. Mas ela está sendo honesta.

— Ele também é bem honesto, como você.

— É mesmo? — Ela sorri.

— Mas eu *estou* com ele.

Ela assente.

— Vou recuar. É só que... ele é perfeito, mas você sabe disso. O Dominic também. Mas ele me assusta pra caralho.

A mim também. Mas de um jeito que não me canso dele.

— Sim, eles são... difíceis de descrever.

— Então, diga lá, garota. — Ela me cutuca com o cotovelo. — O que exatamente você fez para entrar naquele carro?

Dei para os dois em uma boia. Me encolho com meu pensamento vulgar e começo a rir apesar disso.

Quem sou eu, afinal? Alicia me dá um olhar estranho.

— Desculpa, foi uma semana interessante. Eu conheci o Sean no trabalho, e todos nós começamos a sair.

— Se meu irmão não fosse tão idiota, eu também poderia.

— Superprotetor?

— Sim, a ponto de eu poder matá-lo enquanto ele dorme.

— Você já esteve em muitos desses?

— Esta é a minha quarta vez. — Ela revira os olhos. — Vinte anos e ainda tenho que pedir ao meu irmão para brincar com ele e seus amigos.

— Então, sobre o que é a reunião?

Ela dá de ombros.

— É só uma festa.

Eu bufo. A terceira vez *não* dá sorte.

— Você não acha estranho que todos esses homens tenham a mesma tatuagem?

Ela dá de ombros, seu rosto impassível.

— De jeito nenhum.

— Por favor, por favor, me diga o que estou perdendo.

Ela franze a testa.

— Você não sabe de *nada*?

— Não. Isso é uma gangue?

Ela reprime o riso depois de avaliar minha expressão.

— Não, não desse jeito. Mas, se a polícia baixasse aqui agora, tenho certeza de que metade desses idiotas cumpriria pena.

— Por?

— Crimes.

Perguntas e respostas evasivas. Está se tornando um padrão irritante, e percebi que é simpática. Tento uma abordagem diferente.

— Então por que você vem aqui?

— Porque eu acredito nisso.

— Que é...?

— Uma festa.

Irritada, olho ao redor e procuro um sinal de Sean ou Dominic e não encontro nada. Quanto mais olho em volta, menos rostos reconheço. Os caras da minha oficina também não estão à vista.

Ela vê meu pânico e faz o possível para me estudar.

— Você não tem nada com o que se preocupar. É só uma reunião. Acontece uma ou duas vezes por mês.

— Igual à maçonaria?

Ela acena com a cabeça bruscamente.

— Isso. Como se fosse um clube.

— Mas você não pode me falar sobre o clube? Tipo a regra número um do *Clube da Luta*?

— O que é isso?

— Um filme. — Corro as mãos pelo meu cabelo em frustração. — Deixa pra lá. Então isso é um clube?

— Claro, e acho que você poderia dizer que esta é a sede.

— Então esse colar...

— Significa que eu pertenço a alguém ou estou com alguém do clube. — Ela faz uma careta. — Neste momento, é meu irmão.

— Então, quem é o líder?

— Não existe líder em uma festa.

— Eu pensei que fosse um clube — contesto.

— Uma *festa* do clube.

Mais evasão, mais mil perguntas surgindo que, com certeza, ficarão sem resposta.

— Isso é tão estranho — murmuro enquanto uma explosão de risadas soa atrás de nós.

— Eu também pensava assim no começo.

— E agora?

Ela dá de ombros, puxando um baseado do nada e acendendo.

— É um estilo de vida. — Ela exala uma nuvem de fumaça e o oferece para mim.

— Não, obrigada.

— Tem certeza? A noite vai ser longa.

— Sim.

Eu preciso manter meu juízo. O que estou fazendo aqui mesmo? A pergunta gira em minha cabeça constantemente enquanto examino a festa. Alicia caminha comigo, e conversamos em círculos, mas não chego a lugar nenhum com respostas até que uma comoção começa do outro lado da fogueira. Nós duas nos esforçamos para encontrar o motivo em torno das chamas eruptivas. Um segundo depois, ouvimos o barulho de motores.

— Merda, isso deve ser interessante. Vamos lá. — Ela agarra meu braço, e eu permito que ela me arraste até o outro lado do círculo para ver o Camaro de Dominic rugir junto com outros dois carros esperando. — Um deles pertence a um dos caras de Miami, o outro é de Tallahassee — ela continua.

Sean aparece ao lado de Dominic, e os dois trocam palavras. Dom recebe um tapinha nas costas de Sean antes de se afastar e dar a partida no próprio carro.

— Aonde eles vão?

— Brincar de pega-pega.

— Tipo uma corrida? Nessas estradas? — Eu me viro e vejo Sean ao volante, procurando por mim na festa antes de seus olhos pousarem em nós duas. Ouço o gaguejar da respiração de Alicia enquanto ele olha de mim para ela, e percebo que ela está caidinha. O sorriso que ele lança em nossa direção me ilumina, e percebo que eu também. E eu *não* vou dividi-lo.

Mesmo que esses homens esquisitos pertençam a um clube estranho com sede no interior de Meio do Nada, Lugar Nenhum.

— Então, o que acontece agora?

— Eles vão correr.

— E depois?

— Um deles volta como vencedor.

Assovios e apitos soam quando eles arrancam coletivamente, os motores acelerando enquanto se dirigem para a estrada. O estrondo agora familiar desperta algo dentro de mim. É como se um novo código estivesse sendo incorporado à minha composição genética. Uma imagem de Sean pairando sobre mim na primeira noite em que estivemos juntos passa pela minha mente, junto com os minutos roubados que Dominic e eu compartilhamos esta noite.

— Alguém já morreu? — pergunto, o sangue drenando do meu rosto.

— Duas vezes. Mas faz alguns anos, antes de as regras mudarem.

Anos. Me pergunto há quanto tempo isso acontece. O desconforto percorre meu corpo, e me concentro nas luzes traseiras desaparecendo.

Então ouço os sinais indicadores, motores rugindo a distância. Eles estão correndo. Uma parte de mim gostaria de estar dentro daquele carro com Dominic. Mas, sobretudo, estou apavorada. Sean é mais cuidadoso, mas Dominic é destemido ao dirigir, de um jeito muito perigoso.

— Não se preocupe. Eles voltam — Alicia fala ao meu lado.

— Me passa esse baseado — peço, esperando que acalme meus nervos. Ela ri e passa para mim, e eu trago profundamente.

Dez minutos depois, o som de um motor nos faz virar a cabeça. Dominic é o primeiro a chegar, e os corpos ao nosso redor rugem de alegria.

— Ele ganhou. — Alicia ergue sua cerveja para ele em saudação.

— Claro que ganhou.

233

Ele é um demônio sobre rodas, e esta noite ele representa bem seu nome, um rei entre as massas que se aglomeram em torno de seu carro. Me encho de orgulho enquanto o observo, sabendo que esta noite é o começo de alguma coisa entre nós. Eu me mexo para ir até ele, mas, no segundo em que estaciona, ele sai do carro, empurrando aqueles que o parabenizam, para inspecionar a lataria, uma série de palavrões saindo de sua boca. Miami vem logo atrás, e, no segundo em que o carro é parado, Dominic voa em sua direção, encontrando-o na porta. Saindo do carro, Miami sorri de um jeito que faz meu estômago revirar. Um momento depois, Dominic limpa o sorriso do rosto dele com o punho.

— Ah, merda — Alicia diz ao meu lado.

Sean chega acelerando pela lateral, mal estacionando antes de voar para fora do carro e ir até onde Dominic está abrindo as portas do inferno. Tallahassee chega por último, a lateral do carro destruída quando ele aparece sob a luz do fogo, as rodas balançando, fumaça saindo do capô. O motorista sai com um sorriso de falso no rosto enquanto observa Dominic dar uma surra em Miami. Todos na festa ficam parados, observando — Sean incluído — por vários socos, antes de avançar, gritando para Dominic parar. Não consigo evitar. Me aproximo para ouvir a conversa enquanto Miami finalmente avança em defesa.

— Calma, Dom — diz o cara que Sean apresentou informalmente como Andre, entrando no meio. Sua expressão me deixa tensa. Esses homens são perigosos, e, enquanto observo os rostos da maioria dos espectadores, vejo diversão. Eles estão claramente indiferentes ao que está acontecendo na frente deles, o que instila algum medo em mim. Nunca testemunhei esse tipo de violência bruta. Não só isso, mas vindo de um homem que menos de uma hora atrás estava incendiando meu corpo com toques delicados.

Embora eu esteja com um pouco de medo, um desejo estranho, mas carnal, começa a correr através de mim enquanto o vejo destruir seu oponente. Dominic dá um último soco, e o cara cai, desmoronando a seus pés.

Dom se afasta, seu poder exalando como um maremoto sobre a multidão enquanto se dirige a todos a poucos metros de onde ele está.

— Fico feliz em responder a qualquer objeção.

Andre levanta a cabeça, e dois homens atrás dele levantam o que sobrou do cara no chão.

O olhar lívido de Dominic o segue.

— Faça isso de novo e você está fora — ele ruge enquanto o cara cospe um bocado de sangue. A mão de Dom está pingando, e eu atravesso a multidão para alcançá-lo enquanto Sean fala.

— Calma, cara — murmura ele assim que os alcanço.

— Que se foda — dispara Dominic, sua postura cheia de raiva desafiando todos a poucos metros dele.

— Você deixou claro o seu ponto. — Sean toma o lugar ao seu lado.

Dominic olha para onde Tallahassee está, examinando os danos em seu carro.

— Você está bem, cara?

Ele acena com a cabeça quando alcanço Dominic, levantando a mão para inspecioná-lo. Ele se afasta do meu toque, se vira rapidamente e recua, com o punho cerrado. Ele o relaxa assim que vê meu rosto, que é drenado de todo o sangue quando testemunho a raiva em seus olhos de perto.

— Estou bem — ele dispara, se afastando de mim, e dou alguns passos para trás em direção ao peito de Sean no momento em que ele passa a mão em volta da minha cintura.

— Deixa ele se acalmar, bebê.

Concordo com a cabeça, ao passo que Sean me puxa para o seu lado, e olho para o seu corpo tenso, procurando Alicia no meio da multidão, mas ela desapareceu.

— Vamos embora — Sean sugere, me puxando na direção de seu Nova.

Meu olhar voa de volta para onde Dominic está, seu peito arfando, seus olhos assustadoramente selvagens, antes que ele saia da vista.

— Ele está bem — Sean garante e me leva para dentro do carro. Em segundos estamos de volta à estrada escura, o silêncio sinistro contrastando com a festa da qual acabamos de sair. Se eu não estivesse lá, pensaria que tinha imaginado.

— Você está irritada — diz ele, e a tensão aumenta dentro do carro. Estou com raiva, mas esses caras tornam impossível a tarefa de racionalizar uma linha funcional de limites e permanecer sã ao mesmo tempo. No entanto, ao escolher minhas batalhas, desta eu não pretendo desistir. Estou de saco cheio de todo o mistério.

235

— Em primeiro lugar, você me largou em uma festa onde eu não conhecia quase ninguém.

— Eu conhecia pessoas suficientes para saber que você estava segura, mais do que quando está trancada sozinha em casa.

— Que se dane. Em segundo lugar, você foi correr. Correr! No meio das montanhas, à noite.

Ele sorri.

— Desculpa, mãe.

— É perigoso e estúpido pra caralho. Olha o que acabou de acontecer.

— Eu amo que você se importe.

— Não sorria para mim todo charmoso.

Seu sorriso só aumenta quando ele checa o retrovisor.

— Terceiro, que porra é tudo isso?

Ele solta um suspiro.

— E não se atreva a me dizer que foi uma festa, senão você pode apagar meu número do seu celular.

Ele lança seu olhar para mim, e é implacável. Acabei de irritá-lo. Bom.

— O que é isso, Sean?

— É a sua explicação.

Me concentro nos feixes de luz dos faróis enquanto analiso meus pensamentos.

A regra do celular, seu fator determinante. O mistério. As omissões e as meias-verdades. As dicas sutis que ele tem me dado desde o dia em que nos conhecemos. Isso é o que ele está escondendo, e ainda tenho mais perguntas do que respostas. Não é o suficiente.

— Então explique.

— Acabei de fazer isso.

— Você deve saber como isso é irritante.

— Vai por mim, eu acredito.

— E mesmo assim você não vai me dar nada.

Ele olha para mim.

— Deixa eu adivinhar: você fez umas perguntas por aí esta noite e não obteve respostas.

— Como você sabe?

— Porque é assim que é.

— Então é isso... é como uma sociedade secreta? Como os maçons ou algo assim?

Ele não responde.

— Me leve pra casa.

Ele ri.

— Estou levando.

— E pode esquecer meu telefone.

Seu sorriso desaparece enquanto seus dedos apertam o volante.

— Se é o que você quer.

— Eu quero a porra da verdade!

— Você está recebendo a verdade — diz ele, calmamente. — Você simplesmente não gosta do que estou dizendo.

— Porque não faz sentido!

— Faz total sentido.

Um minuto ou dois de silêncio se seguem até que ele finalmente fale.

— Você pode guardar um segredo?

— Claro que sim.

— Respondeu muito rápido — ruge ele. — O que eu quero dizer é guardar um segredo pra valer. Você consegue pensar em segredos que vai levar para o túmulo, que nunca confiou a ninguém, nunca?

— Eu tenho alguns, sim.

— E como você faz?

— Nunca falando nele. Ou pensando nele. Agindo como se nunca tivesse acontecido.

— Exatamente. Não posso contar as particularidades de uma história que não existe. Não posso te dar regras e detalhes ou datas sobre coisas que nunca aconteceram.

— Então, todas aquelas pessoas lá atrás?

— Conseguem guardar o segredo. Ninguém presente naquela festa pode dizer nada sobre ela, ou quem estava lá, ou o que se passou, porque nunca aconteceu. — Ele fica quieto por alguns minutos, e eu sei que é porque está tentando encontrar suas palavras. Ele lança seu olhar em minha direção. — Os maçons têm paredes. Aqui fora, são as linhas das árvores. Então, quando você me perguntou o que era esta noite, eu te falei a verdade. Foi uma puta festa. Quando você perguntou o que a gente faz, a resposta é *nada*.

— A menos que eu *faça parte* do segredo. E mesmo assim nada aconteceu?

Sua resposta é o silêncio, mas estou começando a pensar que silêncio pode ser admissão.

— Então, por que mostrar isso para mim? Por que não me manter na ignorância como o resto do mundo?

— Porque você está comigo. — Simples. Objetivo. E, se eu *quiser* estar com ele, tenho que estar disposta a saber de seus futuros segredos. Ele arrisca outro olhar rápido para mim. — A decisão vai ser sua.

— E se eu não quiser participar?

— Esta noite você não tem escolha. — Ele acelera e verifica o retrovisor novamente, eu me viro e vejo luzes azuis piscando em uma estrada secundária atrás de nós, para então de virar em nossa direção. — Se segura — diz ele quando me viro para encará-lo no banco.

— Você está de brincadeira. Vai encostar, não vai?

— Não posso fazer isso, bebê. Eles não vão confiscar minhas coisas por trinta dias.

Ah, porra. Ah, porra. Ah, porra. Ah, porra.

Um telefone toca em seu bolso e, quando ele o puxa, não o reconheço. Ele responde sem olhar na minha direção.

— Sim, alguém deve ter chamado... Imaginei. Melhor acabar com isso. Vou despistar este aqui.

Sean pisa fundo, e meus olhos se arregalam. Eu me viro e vejo que as luzes estão mais distantes atrás de nós. Ele está dando um perdido neles, mas cada músculo do meu corpo grita em alerta.

— Estamos fugindo da *polícia*. Você tem noção disso?

Eu afundo no banco enquanto Sean me ignora completamente, sua concentração apenas na estrada.

— Sean, isso não é nem um pouco engraçado!

Com a voz calma, ele me diz.

— Mais uma vez, Cecelia. Você. Pode. Guardar. Um segredo?

Aterrorizada, procuro a resposta.

— Sim.

Ele diminui a velocidade, reduz a marcha e puxa o volante, e eu grito, fechando os olhos com força enquanto derrapamos de lado para uma estrada de cascalho. Quando os abro, espero vislumbrar minha morte iminente, mas não consigo ver nada, porque Sean desligou os faróis, e agora estamos fugindo à luz da lua.

Estou a segundos de me mijar quando Sean acelera, nos fazendo voar pela estrada de cascalho. Enquanto os pneus estalam embaixo de nós, e o vento silencioso sopra pela cabine, a compreensão chega para mim. Esses homens com quem tenho andado são exatamente do tipo que sua mãe avisa para você ficar longe, e seu pai deve cumprimentar na porta da frente com uma espingarda na mão.

Desde o primeiro dia, fui sutilmente e não tão sutilmente alertada para manter distância — tanto por eles quanto por aqueles que os conheciam —, e desde o primeiro dia não fiz nada além de caminhar diretamente para a linha de fogo. Sempre há algum fundamento ou verdade nos boatos. Mas isso? Isso está longe demais do que eu esperava. E é no escuro que vejo a luz. Tenho operado com esses demônios misteriosos nas últimas seis semanas e estou sendo batizada em algo semelhante ao fogo do inferno.

— O Jeremy estava falando sério quando disse que tinha acabado de roubar uma pessoa, não estava?

Silêncio.

Sean faz outra curva rápida, e não tenho ideia de como, porque não consigo ver um palmo à frente de seu capô, mas seu rápido olhar de canto confirma tudo.

— Você gasta *todo* o seu tempo livre cruzando linhas invisíveis — eu digo, sabendo que é a verdade absoluta. — Jesus, Sean. Quantos segredos você tem?

Sua resposta é outra curva antes de deslizarmos até parar. Ele desliga o motor enquanto nos sentamos em silêncio sob o dossel de algumas árvores. Eu me viro no banco, mas não vejo nenhum sinal da luz azul. Nunca tive ataques de pânico antes, mas tenho certeza de que estou tendo algo próximo a um agora.

— Está tudo bem, querida. Demos um perdido neles. Estávamos muito na frente. Ele nem viu a marca do carro. Estamos seguros.

— Seguros? — digo, ofegante, tentando acalmar minha respiração. — Acho que não.

Ele me observa cuidadosamente enquanto reúno e examino todas as bandeiras vermelhas que se acumularam na minha frente nas últimas semanas.

239

— Eu não esperava isso. Eu sabia que alguma coisa estava acontecendo, mas isso? O Tyler é um soldado da Marinha dos Estados Unidos e faz parte disso?!

Ele assente.

— Até onde isso vai, Sean?

Ele morde o lábio em contemplação, e eu olho para ele.

Aponto para o telefone descansando entre suas coxas.

— Esse não é o seu celular.

— Nunca foi. — Com o rápido trabalho de suas mãos, ele puxa o chip e o parte ao meio.

— Então, vocês todos são como bandidos ou algo assim?

— Ou algo assim.

— Todos vocês?

— Todos com o pássaro foram convidados para a festa. E todos eles podem guardar um segredo. Se não puderem... não podem participar da festa. E provavelmente nunca mais vão participar.

Balanço a cabeça em descrença.

— Eu não te conheço, né?

— Você me conhece — ele jura e se move em minha direção, mas eu me afasto de seu avanço. Na cabine escura, a leve pontada de rejeição brilha em seus olhos enquanto ele xinga e fecha os punhos antes de se virar para mim. — Você me conhece. — O timbre suave de sua voz faz meus olhos lacrimejarem. — Você conhece a minha mente e o meu coração. Você *me* conhece. Eu fiz questão disso. Mas *este* é o meu mundo, o *nosso* mundo, e, se você quiser fazer parte, precisa tomar outra decisão.

Sean fala, me arrancando do meu devaneio.

— Estou vendo que te surpreendi novamente. E não de um jeito bom.

Seu tom é triste, e sei que ele vê a batalha que estou travando. Ele me colocou em uma posição perigosa com sua explicação, mas também deixou a porta aberta do outro lado para uma fuga rápida. O problema é que não consigo nem olhar para a soleira, porque isso significaria perdê-lo. Não saber nada sobre a festa é minha graça salvadora. Posso ir embora agora sem amarras. Apenas ciente de sua existência, mas sem nada que me incrimine.

Ele passa o dedo pelo meu queixo trêmulo, e eu olho para cima e vejo que estamos estacionados em sua garagem. Estive tão perdida em meus pensamentos que não prestei atenção no caminho.

— Eu pensei que você estivesse me levando para casa.

— Eu não te disse qual casa.

— Você é um bom mentiroso.

— Você é uma mentirosa terrível. — Seu peito bonito se estufa. — Não quer ir para casa de verdade.

Ele estende a mão para mim novamente e eu evito seu toque, porque isso vai me envolver ainda mais. No momento, estou seguindo uma linha muito perigosa em algum tipo de realidade alternativa.

— Cecelia, tentei preparar você da melhor maneira que pude. Eu precisava conseguir confiar em você.

— Ainda não sei de *nada*.

— E isso manteve você a salvo de se envolver e de tudo o que isso implicava. Mas, deste ponto em diante, a sua decisão muda isso.

Com a cabeça erguida, ele me encara.

— Eu também tenho muito a perder. — Ele vira a cabeça, olhando pela janela, e juro que ouço um *mais ainda*, murmurado baixinho. Ele descansa a cabeça no encosto do banco e suspira antes de incliná-la na minha direção, sua expressão cansada. — Você vai enlouquecer tentando descobrir. Tudo o que a gente faz, faz por um bom motivo. Se você optar por ficar, muitas das suas perguntas vão ser respondidas com o tempo. Mas todos que estão na festa precisam merecer o seu lugar. Sem exceções.

— Posso te fazer uma pergunta?

— Esta noite não, e não até que você tome a sua decisão. E mesmo assim não posso garantir que vou responder. Vamos, vamos dormir um pouco.

Ele desliga o motor e sai do carro. Eu o sigo em silêncio até a casa e subo a escada até seu quarto. Tudo mudou — cada parte do meu envolvimento. Devo participar voluntariamente de tudo o que vier a seguir, ou tenho que me afastar dele. Já consigo sentir o peso da decisão afundando meu coração.

Quando fecha a porta do quarto, ele tira a camisa e as botas.

Estou exausta demais com a adrenalina para discutir, e ele claramente também está. Ele desabotoa o jeans e o tira, junto com a cueca.

241

A visão dele nu faz meus dedos coçarem para tocar seu corpo; meu sangue pulsa mais rápido, mas por dentro tudo o que sinto é pavor.

Já atravessei mais da metade do caminho de me apaixonar por esse homem, e ir embora agora vai doer. Ele me observa atentamente, sem dúvida lendo meus pensamentos, e então segue pelo corredor até o banheiro, deixando a porta aberta antes de ligar o chuveiro.

Um convite.

Outra decisão.

Eu o sigo, fecho a porta, tiro a roupa e me junto a ele. Ele me puxa para si, me beijando por longos minutos. De volta ao quarto dele, ficamos em silêncio quando nos enxugamos, e eu visto uma de suas camisetas antes de deslizar na cama, em seus braços à espera.

— Por favor, entenda, não tinha outro jeito — murmura ele em meu pescoço, me puxando confortavelmente contra seu corpo. Ele está de pau duro, mas não faz nada a respeito, só me mantém firmemente aninhada nele, me enfraquecendo com seu cheiro.

Eu deveria me sentir traída, mas entendo *sim* o *porquê* de como ele me apresentou a isso. E agora também entendo que, se estiver dentro, vou precisar me tornar muito melhor em mentir. Se não conseguir guardar um segredo, vai me custar muito mais do que um coração partido.

29

Sean dorme ao meu lado, apagando minutos depois de sua cabeça cair no travesseiro. Me deito em seu abraço, inquieta, os pensamentos correndo desenfreados.

Isso pode custar meu futuro.

Um passo em falso, e estar envolvida em qualquer um de seus negócios obscuros pode custar minha vida.

Vale a pena me envolver com eles?

Que tipo de futuro podemos ter?

Esta não é uma fase que eles vão superar, é um estilo de vida. Um propósito. Quero estar ancorada nisso por um relacionamento que pode ou não dar certo?

É loucura, essa decisão, essa escolha. Uma escolha que nunca pensei em um milhão de anos que enfrentaria.

Isso distorce a ordem natural das coisas. Esta é uma vida sem cercas.

Mas em algum lugar lá no fundo eu sabia. Eu sabia que algo estava errado — muito errado e claramente perigoso. Só não percebi quão errado, quão perigoso. De um jeito delirante, presumi que não me afetaria.

Quanto mais me apaixono, mais emaranhada fico, e se eu não tomar cuidado, se não escolher, vou ficar presa a novos segredos.

Mas eu vou embora. Daqui a um ano eu vou embora. Isso é definitivo. Não vou deixar de ir para a faculdade ou jogar fora minhas chances de uma educação superior por ninguém.

Quanto pode realmente acontecer em um ano?

As palavras de Tyler no dia em que nos conhecemos me vêm à mente. *É louco saber até onde um único dia pode te levar, né? Isso não é incomum por aqui.*

— Não é que ele tinha razão? — eu sussurro contra o cabelo de Sean. Preciso pensar nisso. Minha decisão não precisa ser tomada hoje. Posso me distanciar até conseguir decidir. Tenho força de vontade.

Mentirosa.

Corro os dedos pelo cabelo de Sean, e ele geme levemente no meio do sono em agradecimento, me fazendo sorrir.

Perco o sono e me desvencilho de Sean, tiro as cobertas de cima de mim quando ouço o som distinto de um motor parando na garagem. Descendo as escadas, encontro Dominic na mesa da cozinha, lutando contra um pacotinho embrulhado em plástico com uma cerveja recém-aberta ao lado.

— Está quebrada?

Ele olha para cima de onde está sentado, os olhos me varrendo antes de voltar para sua tarefa. Eu me aproximo dele e pego a gaze grossa de sua mão e examino delicadamente seu ferimento. Tanto o pulso quanto a mão estão com o dobro do tamanho normal.

— Ai. Pode estar quebrada.

— Eu consigo dobrar.

— Você está bem?

— Tive uma noite de merda. — Ele pega sua cerveja da mesa e toma um longo gole.

— Onde está o Tyler? — pergunto, começando a fazer seu curativo.

— Ele está indisposto.

— Aconteceu mais alguma coisa?

— Ele está bem. Negócios, como sempre.

— Só uma festa, né? — Sinto seus olhos em mim enquanto acomodo com cuidado o material contra sua pele. — Me fale se estiver muito apertado.

— Por que você está concordando com isso?

244

Faço uma pausa e encaro suas profundezas prateadas, que ameaçam me puxar para baixo, antes de desviar meus olhos. Quando tomar minha decisão, preciso estar longe das duas distrações que só tornarão mais difícil a tarefa de me afastar.

— Não tenho certeza se estou.

— Eu não pensei que você fosse desse tipo.

— Eu não sou... É surpreendente para mim, se quer saber a verdade.

— Sempre.

Um canto da minha boca se ergue enquanto envolvo cuidadosamente seu pulso e sua mão.

— Diz o mentiroso pervertido.

— Algumas pessoas não conseguem lidar com a verdade. — Ele esvazia o resto de sua cerveja. — É melhor deixá-las contar ovelhas.

— Sempre tão enigmático.

— Você é inteligente o suficiente para diferenciar a verdade da ficção.

Eu paro o movimento das minhas mãos.

— Não tenho tanta certeza depois desta noite, mas é um elogio raro vindo de você.

— Não deixo meu pau atrapalhar meu julgamento.

Nossos olhares se sustentam por longos segundos enquanto tiro mais conclusões. Ambos tomaram a decisão de me levar esta noite. Juntos. Não tem nada a ver com nosso relacionamento sexual. Os sentimentos que se agitam em mim por causa disso fazem meu coração cantar.

— Você *pode* confiar em mim — digo, prendendo os clipes de metal no curativo.

— É um pedido e tanto.

— Guardar seus segredos também é.

— Você não sabe os meus segredos.

— Eu sei o que acho que sei, e isso é o suficiente.

— E o que você acha que sabe?

Nas últimas horas, estive olhando para o teto de Sean, examinando seus ensinamentos sutis das seis semanas que se passaram. Ele incorporou as crenças do *clube* em nosso namoro e o fez da maneira mais eficaz, me alimentando aos poucos até que eu soubesse o que eles representam coletivamente, sem precisar me dizer diretamente.

245

— Que vocês estão no topo de uma organização criminosa que faz coisas ruins para realizar coisas boas.

Não fico nem um pouco surpresa quando a resposta dele é o silêncio.

— Então, o que acontece agora?

Ele lê minha pergunta, e não tem nada a ver com a descoberta desta noite.

— Eu não sou o Sean.

— O que isso significa?

— Eu não tenho esse tipo de conversa. — Ele esvazia sua cerveja enquanto prendo os clipes um pouco mais apertados em seu curativo. — Mas eu poderia tomar um banho.

Não tenho certeza do que ele está insinuando. Ele claramente precisa da minha ajuda para se despir por causa do machucado, mas não estou disposta a fazer nada até que eu descubra o que preciso.

Ele se levanta e pega desajeitadamente outra cerveja na geladeira. Usa a borda do balcão para abrir a tampa e esguicha como se fosse água antes de se mover em direção à escada, e eu o sigo timidamente. Quando estamos em seu quarto, olho ao redor, aproveitando para dar uma espiada em seu mundo. Centenas de livros se alinham nas prateleiras ao lado de sua estação espacial totalmente abarrotada com monitores gigantes. Ao lado dela, em uma pequena mesa, estão três laptops carregando. O grunhido de dor ecoando da sala ao lado me impede de dar uma olhada mais curiosa ao redor, e eu o encontro parado no banheiro, tirando as botas. Ele se abaixa para arrancar a meia e perde o equilíbrio, a garrafa de cerveja tilintando contra o balcão enquanto ele tenta se firmar. Eu rio, firmando seus quadris com minhas mãos, e, entre nossos esforços, ele permanece de pé. Ele me dá um meio sorriso preguiçoso, seus olhos cristalinos.

— Porra, minha mão esquerda precisa mesmo da direita.

— Tenho certeza que a bebida que você ingeriu não ajudou. Devíamos ter colocado gelo primeiro. — Eu o liberto de sua outra meia.

— Isso pode esperar até de manhã.

— Realmente não deveria.

— Cecelia. — Ele solta um suspiro que soa mais como uma súplica, e eu desisto. Estou igualmente exausta e gostaria que minha mente me deixasse dormir.

Me movendo atrás dele, desabotoo seu jeans e o puxo para baixo junto com sua cueca, antes de dar a volta nele para tirar a camiseta. Ele olha para mim sem dizer uma palavra, e eu ligo o chuveiro, estendendo minha mão sob a água. Ele serpenteia seu braço bom em volta de mim, levantando minha camiseta para acariciar a pele da minha barriga.

— Obrigado. Estou bem agora, se você quiser ir.

O toque é sensual, doce, e, em resposta, tiro minha camiseta. Seus olhos queimam enquanto ele absorve meu corpo nu. É a primeira vez que ficamos sozinhos e sem roupa desde que transamos, e não consigo desviar os olhos dele. Mas eu preciso, então me viro de costas e descanso a cabeça na curva de seu ombro enquanto a água esquenta. Quando está pronta, ele me solta, e nós entramos. Inclino a saída de água para que a maior parte caia sobre o corpo dele. Eu já tomei meu banho.

Com outro homem, Cecelia. O colega de quarto e melhor amigo dele.

Isso não pode e não vai acabar bem. A menos que eu acredite em Sean — a menos que eu acredite em ambos. Muitas engrenagens giram em minha cabeça, e decido deixá-las trabalhar junto com as perguntas persistentes sobre a reunião, enquanto ensaboo a esponja de Dominic e começo a lavá-lo da cabeça aos pés. Sem pressa, começo pelo peito e vou descendo, incapaz de evitar a visão de seu pau quando ele ganha vida. Meu interior começa a doer com a memória de nossa troca anterior em seu Camaro, meu mamilo em sua boca, sua cabeça trabalhando devagar enquanto eu o agarrava a mim.

— O Sean foi meu terceiro. — Olho para ele incisivamente. — Isso faz de você meu quarto. Antes de vocês dois, eu estive em dois relacionamentos separados e monogâmicos, o que pode parecer chato para você, mas... — Balanço a cabeça. — De qualquer forma, meu ponto é: eu não saio transando por aí. E naquele dia... Eu nunca fiz nada parecido. Eu nunca estive naquela situação. Sou o tipo de garota que faz uma coisa por vez.

Silêncio. O desgraçado não facilita as coisas para mim.

— Eu sei que parece hipócrita, mas, se você estiver dormindo por aí, eu não posso... — Eu gesticulo entre nós. — Eu... acho que não consigo fazer *isso*.

Ele me olha sem dizer uma palavra, não me dando um pedacinho de nada, enquanto evito cuidadosamente sua ereção e esfrego suas coxas musculosas. Ele mantém a mão ferida longe da água quando dou a volta em seu corpo, subindo da mesma maneira que desci, ousando olhar para ele através da água corrente. Nem um indício de seu sorriso anterior, apenas sua atenção extasiada quando me levanto e inclino sua cabeça para trás, encharcando seu cabelo ônix. A água escorre pelos cortes de seu corpo enquanto ele paira sobre mim, a tentação personificada.

O desejo de dar outra mordida é quase impossível de resistir.

Despejo xampu em uma mão trêmula antes de passar os dedos em seu couro cabeludo, sentindo sua respiração no meu peito. É uma agonia absoluta estar tão perto dele enquanto agarro o que sobrou dos meus padrões morais com força. Depois que ele está limpo, eu saio, me enxugo antes dele, e então seco seu corpo com calma, sem me preocupar em procurar uma cueca, porque eu sei como ele prefere dormir. Excessivamente atenciosa, cubro sua escova com pasta de dente, e ele revira os olhos, mas aceita enquanto eu gargarejo com um pouco de seu enxaguante bucal.

Fora do banheiro, sinto seus olhos me seguindo enquanto me endireito e puxo seus lençóis amarrotados. Depois que ele cai na cama, eu me inclino para a frente e pressiono meus lábios contra sua testa, sabendo que ele não vai gostar. E ele não gosta, afastando o ato maternal enquanto me lança um olhar de desaprovação.

Não consigo conter a risada e acaricio seu rosto com meu cabelo molhado para atiçar o ar que o cerca. Eu me afasto, pairando acima dele, e vejo seus lábios se curvarem antes de ele agarrar meu pescoço e puxar minha boca para a dele. Ele pressiona fundo, me deixando acesa. Um gemido irrompe de meus lábios enquanto ele me consome completamente com sua língua, antes de se afastar e ajustar seu travesseiro.

— Você precisa que eu fique?

— Eu não sou o Sean.

Assentindo, eu me afasto.

— Se precisar de mim, sabe onde me encontrar.

Sentindo a leve dor de sua rejeição, eu caminho de volta pelo corredor e vejo Sean se mexer na cama, puxando o lençol para abrir espaço para mim.

— Ele está bem?

— Ele está bem.

Ele estende a mão para mim e me puxa em seus braços. Em minutos, meus sonhos me encontram.

30

Sean foi fazer uma caminhada hoje cedo e decidi ficar para dar uma olhada em Dominic. Ele passou a manhã inteira no quarto. Sei que está com dor. Depois de horas esperando em vão que ele aparecesse, subo a escada com meu arsenal na mão e bato em sua porta.

— Pois não? — soa por trás da porta.

Abro apenas o suficiente para passar uma xícara de café.

— Café. *Preto* — eu falo, e ele pega.

Empurro o prato para dentro.

— Ovos. *Gema mole*. Ervilhas. *Congeladas*.

Por último, enfio a mão pela porta.

— Mulher?

Deixo a pergunta e a mão no ar.

— Mulher? — Balanço a mão para a frente e para trás, com um sorriso no rosto. Rindo, ele me puxa para dentro do quarto e para cima do seu colo, onde se senta na mesa do computador. Ele coloca o café da manhã ao lado do teclado.

Dominic passa a mão boa pelas minhas costas e pelas pontas do meu cabelo enquanto coloco apoio o pacote de ervilhas no seu punho. Ele estremece com o contato.

— Está ruim?

— Dói pra cacete.

Seu humor melhorou consideravelmente desde a noite passada, e fico feliz.

— Bem feito. Por que você enlouqueceu daquele jeito?

— Eu tenho um temperamento ruim.

— Nããão. Não diga.

— Sim, mas aquele filho da puta quase matou o Sean.

— Então estou feliz que você quebrou a cara dele.

Um silêncio tenso se segue, e de repente me sinto estranha.

— Só queria ver se você estava bem.

Eu me mexo para me levantar e abrir espaço para ele tomar seu café, mas ele me interrompe, manobrando meu corpo em seu colo antes de pegar o garfo e comer. Seu cheiro limpo me invade enquanto me sento trancada em seus braços.

Olho ao redor do quarto em plena luz do dia. Observo a biblioteca particular por cima do ombro, que ocupa uma parede inteira.

— Então, pelo jeito a leitura é o seu hobby.

— Dá para dizer isso.

— Um dos meus também. — Balanço a cabeça. — Tenho que dizer, vocês me surpreendem cada dia mais.

— Por quê? Porque não somos analfabetos com fichas criminais imensas?

— A apresentação de vocês é enganosa e... eficaz.

Suposições de outros inocentes como eu os mantêm escondidos à vista de todos. No máximo eles parecem delinquentes de vinte e poucos anos, mas isso não é a verdade completa. As pessoas acreditam no que querem. Os meninos não brigam ou negam suas reputações porque isso os mantém no escuro. E o escuro é o parque de diversão deles.

— Não consigo imaginar você em um campus universitário. Gostou de morar em Boston?

— Foi normal. — Ele mergulha a torrada na gema e a enfia na boca.

Olho por cima do ombro enquanto ele faz um trabalho rápido de engolir seus ovos.

— Está gostoso?

Ele assente.

— Obrigado.

— De nada.

Olho para a tela dele.

— O que você está fazendo?

— Tomando café.

— Meu Deus. — Reviro os olhos. — Nunca vou ter uma resposta objetiva.

— Se acostume com isso. — Ele empurra o prato vazio para o lado e move o mouse. O monitor ganha vida, e linhas de código aparecem.

— Jesus, parece a Matrix. O que é isso?

— Não sei, você ainda não escolheu a cor da sua pílula. — Ele continua a olhar para a tela. Tudo é basicamente escuro. Nenhum link de navegador, nada. Apenas números surgindo... algoritmos, e ele parece lê-los com facilidade.

— É uma porta dos fundos — diz ele, movendo o mouse.

— Uma porta dos fundos?

— Para onde eu quero chegar.

— Isso é o submundo da internet?

Um lado de sua boca se levanta, indicando quão sem noção eu sou.

— É a minha teia.

— Você é a aranha?

— Com dentes. — Ele morde meu ombro, e minhas partes baixas pulsam.

— Então, quer dizer que você é o cérebro, hein?

— Não me dê todo o crédito. — Seu comentário leva a um silêncio ainda mais enlouquecedor. Ele sabe que não faço ideia do que estamos vendo, e isso me mantém segura em seu segredo.

Ainda sentada de lado em seu colo, passo as mãos por seu pescoço e ombros musculosos. Ele está vestindo uma calça de moletom preta e nada mais, me dando liberdade para tocá-lo, e é exatamente isso que eu faço. Ele me permite, sua pele sedosa, nada além de linhas esculpidas e músculos. Ele fica ereto debaixo de mim e ignora, clicando repetidamente até que me reposicione para que eu fique de frente para o computador, me instruindo a digitar. Depois do banho, decidi não usar a calcinha da noite anterior, então a única coisa que nos separa é o tecido do moletom dele, que é praticamente nada. Incapaz de ignorar a eletricidade correndo em minhas veias, respiro fundo, meus mamilos enrijecendo com cada ordem sussurrada. Ele me orienta com facilidade, em uma sinfonia de movimentos planejada com cuidado, até parecer satisfeito. Fazemos isso por quase uma hora, seu corpo se preparando com meus toques roubados, mas ele mantém o foco em nossa tarefa, enquanto me contorço em antecipação. Nesses minutos, vou de molhada a encharcada, olhando furtivamente para ele para estudar seus cílios escuros e a perfeição que é o resto de seu rosto. É pedir demais não tocá-lo, mas ele me cutuca quando perco o foco, mantendo meus dedos trabalhando enquanto começo a tremer de desejo. Estou irremediavelmente seduzida no momento em que ele murmura.

— Ótimo, obrigado.

— De nada.

Eu me ajustei sobre ele várias vezes para mantê-lo confortável, mas sei que ele provavelmente está cansado de ser minha cadeira e, a esta altura, tenho medo de ter feito uma bagunça em seu colo. Lentamente, me mexo para levantar quando ele enterra o nariz no meu cabelo, me puxando de volta. Respiro alto quando ele finalmente dá atenção ao volume em seu moletom e à corrente ardente entre nós. Me agarrando desesperadamente à minha determinação, começo a falar, mas ele fala antes de mim.

— Não.

Viro a cabeça, me deliciando no desejo que me cumprimenta, e sei que esse *não* tem tudo a ver com minhas perguntas da noite passada. Nossos olhos permanecem fixos enquanto seu aperto fica mais forte na minha cintura.

— Eu sei o que eu tenho na mão, sei o valor dela — ele sussurra, suas palavras tão íntimas que por um segundo acho que as imaginei. — Não sou um adolescente que está tendo a primeira ereção. Mesmo quando era, nunca tentei me provar para ninguém usando meu pau como ponto de exclamação. Eu te falei tudo o que você precisava saber ontem à noite. A decisão é sua, Cecelia, não a vire contra mim.

Eu me sento, atordoada, piscando várias vezes antes de ele agarrar minha nuca, um suspiro áspero atingindo meus lábios antes de me beijar.

Profundamente.

Tão profundamente que eu luto por ar, por sanidade, enquanto ele toma e toma e eu me abro para ele, meus membros relaxando. Em seu beijo, perco uma parte de mim, suas palavras me fazem levitar enquanto sua língua me induz a este momento com ele. Moldando nossas bocas, ele levanta minha camiseta, quebrando nosso beijo apenas o suficiente para me despir completamente. E então seus lábios estão de volta, e eles capturam meu gemido enquanto nos fundimos. Embriagada pela intensidade de nossa troca, afundo nele; meu corpo se alinha com o dele enquanto ele controla nosso ritmo com sua língua. Embalado, cercado, meu peito sobe e desce em sincronia com ele conforme nos aproximamos do fundo do poço.

Lábios vagando, dentes beliscando, ele cola a boca em meu pescoço e me levanta, abaixando sua calça. Eu o seguro com força, e seu grunhido atinge o fundo da minha garganta quando o aperto da base à ponta inchada. Ele se enterra na minha mão antes de alcançar o espaço entre nós e encontrar a evidência do meu desejo. Ele geme em minha boca, apalpando minha boceta, a base de sua mão massageando meu clitóris enquanto ele insere seu dedo em mim. Quebrando o beijo, um gemido alto me escapa quando seus dedos me invadem, e minha cabeça cai para trás para descansar na curva de seu pescoço. Exploramos um ao outro em um frenesi antes de ele se afastar, seu pedido entrecortado.

— Gaveta da mesinha.

Me levanto em um segundo, pegando uma camisinha da caixa. Corro de volta para onde ele está sentado na cadeira. Ajoelhada, olho para onde ele me observa, segurando-o na minha mão um segundo antes de levá-lo à minha boca. Seus quadris se movem com o contato.

— Puta merda — resmunga Dom. Contraio as bochechas e aperto os lábios ao redor dele antes de levá-lo até o fundo da minha garganta.

Ele traça o dedo pela extensão dos meus lábios enquanto o chupo profundamente antes que minha ganância tome conta de mim, e o libero com um estalo. Rolando o látex em seu pau, me levanto para ficar de pé, e ele me vira, massageando minha bunda, me abrindo, seus dedos apalpando mais abaixo, mergulhando para me preparar. Entendendo a sugestão, eu agarro os braços de sua cadeira enquanto ele alinha seu pau grosso com minha entrada, e eu afundo sobre ele devagar, o ângulo e a intrusão me expandindo completamente.

Quando estou sentada, um suspiro me escapa no momento em que um gemido sai de seus lábios contra minha nuca. Ele nos empurra para longe da mesa, suas pernas nos ancorando no chão antes de nos reclinar na cadeira, então estou praticamente deitada em cima dele. Ele se impulsiona para cima assim que começo a me mover, e eu perco o fôlego, chamando seu nome.

— Você — diz ele ofegante, sua voz rouca. A apreciação em que uma palavra é suficiente. É tudo de que preciso.

Ele passa a mão boa pela extensão do meu peito, segurando meu seio, antes de deslizá-la para onde nos conectamos. Suas estocadas são metódicas, lentas, minuciosas. O toque dele é incrível e só aumenta meu ego após sua confissão. Esse não pode ser Dominic.

Mas é.

Esse é ele.

Com o corpo tenso, os dedos suspensos dos meus pés se curvam a cada estocada.

A sensação dele sob mim é avassaladora enquanto ele fode suavemente, meu corpo deslizando ao longo de seu peito. Girando os quadris, eu o encontro impulso após impulso, até que ambos explodimos, precisando de mais. Ele se enterra mais fundo quando seu dedo me toca, subindo e descendo em meu clitóris encharcado. Trabalhando juntos, nossas respirações o único som no quarto, ele desliza o dedo para baixo, mergulhando-o em minha abertura junto com seu pau, e eu estremeço.

— Dom... Meu D-D-Deus.

Estou tremendo da cabeça aos pés quando ele morde meu ombro. Meu orgasmo atinge o ápice durante uma de suas estocadas, me encorajando a surfar na onda enquanto ela rola através de mim. É preciso toda a minha força para não amolecer na descida, mas o toque dele e sua respiração ofegante no meu ouvido me alimentam, então giro meus quadris e mergulho minha mão para apertar a base dele.

— Droga — murmura ele enquanto me penetra, nos segurando fora da cadeira, uma vez, duas vezes, sua respiração uma rendição total no meu pescoço quando ele goza.

Atordoada, viro a cabeça para receber seu beijo esmagador, minha têmpora úmida, um fino véu de exaustão caindo sobre nós. Quando nos separamos, apenas olhamos um para o outro, sem dizer uma palavra, saciados. E então, devagar, muito devagar, seus lábios se curvam completamente para cima, me deixando inconsciente. É o primeiro sorriso genuíno que vejo vindo dele, e me afasto, sabendo que é uma imagem mental que nunca vou esquecer.

Eu me levanto e vou ao banheiro pegar uma toalha, encharcando-a com água morna antes de voltar e vê-lo descartar a camisinha. Ele pega a toalha que ofereci, limpando seu colo antes de puxar a calça. Completamente sem noção de como agir depois do sexo com Dominic, me preparo para palavras rudes, uma bronca cruel, mas ele me surpreende segurando meu pescoço, me puxando e me beijando. Espero algo breve, mas ele mantém nossas bocas unidas, e eu o beijo ansiosamente de volta. Ficamos parados no centro do quarto dele como se fosse nosso primeiro beijo novamente, explorando um ao outro. Com a vantagem de ambas as mãos, eu as passo pelo seu peito até o volume crescente em seu moletom. Todos os vestígios daquele sorriso desaparecem quando seus olhos cinza-prateados se apertam em fendas.

— Suba na cama.

31

Dominic vira outra página enquanto eu corro meu dedo pela extensão de seu caminho da felicidade e sua barriga tonificada. Observo o título, *1984*, de George Orwell, enquanto me esparramo em diagonal na cama, de frente para ele, que está sentado encostado na cabeceira. A mesma posição em que estive nos últimos dez minutos ou mais, já que ele me ignorou descaradamente desde que saí do banho. Está chovendo forte lá fora, o dia parece noite em seu quarto. A chuva bate no telhado quando ele vira outra página, a única luz no quarto vem do protetor de tela de seu computador e de uma pequena luminária de cabeceira.

— Você vai me ignorar e ler o dia todo?

— Sim — diz ele, com uma sugestão de sorriso nos lábios.

— Muito bem, então tenho coisa melhor para fazer.

Eu me mexo para levantar e ele desliza a mão pelas minhas costas antes de moldá-la sobre a curva da minha bunda. Meus olhos se fecham lembrando das últimas horas em que estive à sua mercê. Estou sensível, mais do que sensível; fui fodida até minha vida estar por um fio. Meu brilho diminui consideravelmente quando Sean passa pela minha cabeça, e, nesses segundos, fico paralisada de culpa. Não consigo descobrir como isso vai acabar bem para ele, para qualquer um deles, eu nunca conse-

257

guiria lidar com isso, estar no lugar deles enquanto compartilham seu corpo com outra pessoa. Mas Sean não está aqui, e não sei se é por isso que estou tomando essas liberdades com Dominic. Tento me lembrar das palavras que ele me disse naquele dia após nossa aventura na boia, mas elas não me trazem nenhum alívio. Dominic fala por trás de seu livro.

— Ele não está bravo com você. E ele não vai ficar. E você não tem nada melhor para fazer.

O vento chicoteia a casa.

— Ele não voltou da caminhada. Já faz horas que saiu, e está chovendo. Você acha que ele está bem?

Dominic vira outra página, lendo na velocidade da luz.

— É grosseria, sabe, ignorar uma pergunta direta.

— Foi uma pergunta estúpida. Eu não respondo a perguntas estúpidas.

— Você é um raríssimo desgraçado.

Um sorriso.

— Um raríssimo desgraçado que você não consegue parar de foder.

— Quando um não quer, dois não fazem. — Dedilho o cós de sua calça. Aparentemente, ele considera impróprio *ler* nu. — Por que você me odiava?

Seu olhar desvia da página para mim.

— Quem disse que não te odeio agora?

— Eu digo. — Monto nele, pego seu livro e o jogo atrás de mim. Seus olhos faíscam de aborrecimento enquanto me abaixo e pairo sobre ele, colocando as mãos em seus ombros para prendê-lo. — E, se isso é o mais próximo que vou chegar de um encontro, o mínimo que você pode fazer é me dar um pouco de atenção.

— Um encontro. — Ele ri, seco, e magoa. — Você está latindo para a árvore errada.

— Eu sei, eu sei, você não é o Sean.

Seus olhos se fixam nos meus.

— Não sou.

— Então me diga quem você é.

— Você sabe quem eu sou.

— Um nerd enrustido e introvertido com hábitos horríveis e um gosto musical excelente. Era você que estava de DJ naquela festa de que eu fui expulsa, não era?

258

Ele assente.

— Eu estava trabalhando.

— Até que você me viu?

Outro aceno de cabeça.

— Você já teve namorada?

— Quando eu era mais novo e pensava que molhar meu pau era o retorno de Cristo.

— Você já se apaixonou?

Silêncio.

— Essa não foi uma pergunta estúpida.

— Foi, se você acha o amor irrelevante.

— Por que o amor é irrelevante?

— Porque não me interessa.

— O que te interessa?

— O livro que eu estava lendo.

Eu bufo e saio de seu colo para pegar o livro e entregar a ele. Ele retoma sua leitura enquanto caminho em direção à porta.

— Escolha um — diz ele assim que alcanço a maçaneta.

— Um o quê?

Ele faz um gesto em direção às prateleiras.

Corro as mãos sobre meu rosto em frustração.

— Você vai me deixar louca.

Eu caminho até a prateleira e examino sua coleção. Pauso quando vejo alguns títulos familiares.

— Você tem uma seção inteira de romance. — Eu rio e puxo um livro da estante. Quando abro, um recibo cai no chão. Ao inspecioná-lo, vejo que ele acabou de comprar dez livros e gastou algumas centenas de dólares optando por capas duras caras em vez de brochuras. — Acabou de comprar?

Após uma inspeção mais detalhada, vejo que a maioria deles é formada por títulos de romance dos meus autores favoritos. Há também alguns romances de suspense e um romance histórico mais antigo, todos títulos de uma lista familiar que escrevi em um marcador de livros no meu quarto. Quando ele estava na minha casa, deve ter bisbilhotado no meu quarto enquanto Sean estava me distraindo.

— Você mexeu nas minhas coisas?

Ele mantém os olhos no livro.

É uma pergunta estúpida. E a resposta é tão óbvia, mas não consigo evitar.

— Você comprou isso para mim?

Silêncio.

E, novamente, estou flutuando enquanto ele continua a ler, fingindo indiferença. Mas eu *sei* que é o contrário agora, e isso muda tudo. Por baixo dessa máscara está um homem que esteve prestando atenção, *muita* atenção, em mim.

Ele vira outra página e puxa um travesseiro vazio para mais perto do ombro. Quer que eu leia, com ele, em sua cama. E não há maneira melhor de passar um dia chuvoso do que se aconchegar com um homem lindo e se perder em palavras.

Horas depois, ele está em seu segundo livro, e eu estou imersa em um romance de suspense erótico, minha respiração ficando cada vez mais rasa quando viro a página e começo a latejar. O cheiro de Dominic me envolve quando estendo o braço e passo a mão em seu peito. Temos ficado assim, acariciando a pele um do outro de vez em quando, desde que me sentei ao lado dele. O desejo corre através de mim quando chego à parte em que toda a deliciosa tensão explode, e é quando sinto seu beijo na minha barriga. Meus olhos se desviam da página no momento em que me puxa para a beirada da cama, abrindo minhas pernas.

Eu me movo para colocar o livro de lado, e ele empina o queixo.

— Continue lendo. — Ele abaixa a cabeça enquanto tento retomar minha leitura. Ele me abre, enfiando a língua em mim. Já estou perto de gozar quando ele começa a lamber meu clitóris. Largando o livro no meu peito, enfio as mãos em seu cabelo, e ele para, o comando claro em seus olhos quando pego o livro de volta, minhas coxas tremendo enquanto tento ler um parágrafo pela terceira vez. Seus dedos grossos mergulham em mim no mesmo momento em que o protagonista começa a foder a personagem, puxando o cabelo dela, provocando-a com palavras sujas. As palavras começam a se confundir de novo, e me perco na tortura de Dominic, minha mente muito mais interessada em minha própria história.

Ele envolve seus lábios em torno do meu clitóris, chupando com força, e perco o controle do meu livro. A simples visão dele torna impossível seguir sua ordem.

— Dom — eu imploro quando ele para com todos os movimentos, mas ele não se mexe. É só quando luto pelo livro que ele retoma o que estava fazendo, passando os dedos pelos meus lábios para me abrir antes de mergulhar de cabeça e martelar a língua ao longo do meu clitóris.

Superatenta a cada toque seu, me desfaço em sua língua e me perco completamente quando ouço o som da embalagem de uma camisinha antes de ele me penetrar sem pressa. Em segundos, ele deixa o protagonista do livro no chinelo enquanto me fode com abandono implacável.

Suas estocadas estão apenas começando quando jogo o livro do outro lado do quarto, sem dar a mínima para o fim da história.

32

O dia passado na cama de Dominic é completamente inesperado e totalmente feliz. Fazemos um pequeno piquenique em seu edredom depois de pedir comida tailandesa, e então ele enrola um baseado para nós. Satisfeitos e chapados, deitamos de costas, ouvindo e discutindo sobre Pink Floyd. O entusiasmo de Dominic nunca vacila enquanto ele explica suas ideias sobre algumas das letras das músicas mais enigmáticas.

Olhamos para o teto, nossas mãos se tocando, a janela escancarada e a música duelando com a chuva torrencial.

É um dos melhores dias que já tive; simplesmente estar ao seu lado, nossos toques compartilhados, o frenesi de beijos, a foda sem fim, nossas conversas cheias de riso e os raros sorrisos genuínos que arranco dele quando ele me permite. Este dia foi surpreendentemente íntimo. Ele me deixou dar uma olhada em seu mundo. Muito parecido com Sean, Dominic não é nada do que pensei que ele seria. Além de seu exterior notável, mas hostil, há muito, muito mais. Ele é idealista como Sean, e na conversa posso ver a impressão — o impacto — que um causa no outro. Essa confiança que eles têm um no outro, eu invejo isso. Quando Sean me disse que precisava da minha confiança ontem à noite sobre todo o resto, pensei ter entendido, mas não da maneira que Dominic me ajudou a entender as coisas hoje com apenas alguns comentários sobre Sean em uma conversa. E uma parte de mim se reconforta com isso, não apenas pelo modo como eles protegem um ao outro, mas também por minhas próprias razões egoístas.

Talvez eles possam me ceder livremente ao outro não apenas pelo que sentem por mim, mas pela forma como se amam e se respeitam.

Ou talvez eu esteja usando isso como desculpa para tentar justificar minha participação.

Mas não importa o que seja, está lá, evidente em seu elo, sua irmandade, suas vidas entrelaçadas.

"Wish You Were Here" flutua para fora do alto-falante Bluetooth na mesa; a melodia nos envolve, arrastando meu sentimento enquanto seguro a mão de Dominic e me viro para encará-lo. Sua atenção permanece no teto.

— Você não me odeia. — É uma afirmação, não uma pergunta, mas ele a ignora. — E isto *é* um encontro. Você também fica me olhando. O tempo todo. E você não é tão cruel ou assustador quanto parece.

Nada; é como se ele estivesse completamente surdo para as palavras que estou falando.

Para sempre um filho da puta.

— Tanto faz — concordo comigo mesma para o meu próprio bem. — Hoje foi incrível, e você é um ótimo parceiro de leitura.

Eu rio porque estou chapada, porque esse homem me deixa chapada, porque estou feliz. Viro sua mão e tateio meus dedos ao longo de sua palma. Quando olho para ele, vejo seu olhar seguir meus dedos antes de retornar aos meus. Ele não está acostumado com afeto, e isso me entristece. Mantemos nossos olhares fixos por alguns segundos antes de eu falar.

— Meus dias chuvosos são seus, Dominic. Se você quiser.

— Chove muito aqui — diz ele depois de alguns longos minutos.

— Tudo bem por mim. Mas meus dias de sol pertencem ao Sean.

— Criar regras acaba...

— Não, não estou criando regras. É um pedido — eu interrompo, meus olhos procurando os dele. — Só preciso de um pouco de clareza para mim, mas quero muito os dias chuvosos.

Ele morde o lábio inferior e eu tiro outra fotografia mental.

263

— Então você está dentro?

Meus olhos caem e a tensão enche o ar.

— Não sei.

— Isso é muito sério — alerta ele. — Não minimize.

— Não vou minimizar.

— Ótimo.

Abrindo a boca para falar, congelo quando o som do Nova de Sean entra no quarto pela janela aberta. Sua chegada me faz correr para recolher o lixo e outras evidências do nosso dia. Agarrando a sacola da lata ao lado da mesa de Dominic, corro para jogar nossa comida para viagem e garrafas de água vazias.

Sinto seus olhos de aço em mim, e meu coração culpado bate erraticamente conforme me arrasto pela sala.

Um olhar para seu maxilar travado e olhos frios me permite saber que ele está chateado por eu não confiar nele. Por não confiar em Sean. Por ainda não estar convencida de que isso não vai explodir na minha cara. Acovardada, amarro a sacola no momento em que Sean sobe as escadas acarpetadas. Estou com a porta entreaberta quando ele espia para dentro. Ele está encharcado da cabeça aos pés e me cumprimenta com um sorriso dourado.

— E aí, bebê.

— Oi — eu digo, meus olhos caindo quando ele se aproxima.

Eu não consigo. Não consigo.

Mas, se essa é a verdade, por que parece que meu coração consegue? Meu corpo cedeu facilmente à ideia, mas a condenação em minha cabeça nunca cessa.

São suas palavras — suas ações e reações — que acalmam minha mente, não minha própria forma de pensar, e em algum momento isso precisa mudar para que a coisa toda funcione. Sean espera com paciência, mas não consigo olhar para ele. Estou nua sob a camiseta limpa de Dom, uma indicação segura de que mudei temporariamente de lado e de cama.

Eu respondo com a única linha segura que meu cérebro fornece.

— Você ficou fora por muito tempo. Teve um dia divertido?

— Sim, eu tive. Caminhada perfeita, e fui resolver umas coisas do trabalho. Você?

Concordo com a cabeça, a emoção obstruindo minha garganta. Sem saber o que fazer, não olho para trás, para Dominic, para avaliar sua leitura da situação. Depois de outro silêncio doloroso, Sean ergue meu queixo e balança a cabeça com firmeza antes de se inclinar para me beijar. Seus lábios são macios, seu cheiro faz meus olhos lacrimejarem quando ele se afasta.

— Ainda tentando fazer as pazes com o diabo?

Meu aceno é solene.

— Eu quero tanto.

— Sou todo seu, Cecelia. — Palavras... as palavras perfeitas... de um homem perfeito que já não sinto que mereço. Ele assente por cima do meu ombro para Dom antes de sussurrar um suave — Boa noite, mano. — Abro a boca no momento em que ele segura a maçaneta do outro lado da porta e a fecha comigo lá dentro.

Chocada, fico imóvel por vários segundos e me viro para ver os olhos de Dominic em mim. Ele puxa o travesseiro vazio para mais perto de seu ombro. Voltando para a cama com ele, meu sorriso se alarga pouco antes de ele desligar a luz e estender a mão para mim.

33

— Aquele ali — diz Layla quando empurro a porta do provador e passo na frente do espelho de corpo inteiro. Tessa, a dona da loja, assente de seu lugar no caixa da pequena loja enquanto me avalio no vestido de verão amarelo pálido que abraça cada curva minha. Meu corpo está mais definido devido às caminhadas prolongadas com Sean. A cor do vestido faz minha pele bronzeada parecer mais escura e realça o azul dos meus olhos.

— Sim, esse mesmo.

Layla me dá um sorriso malicioso e se inclina, fora do alcance da voz de Tessa.

— Para quem é esse?

— Sean. Vou para casa depois que a gente sair daqui para cozinhar para os meninos antes dos fogos de artifício esta noite.

Ela examina uma prateleira de cabides e sorri.

— Se eu não amasse tanto o meu noivo idiota e não tivesse visto aqueles outros dois idiotas crescerem, eu ficaria com ciúme.

Layla é substancialmente mais velha do que eu, acabou de fazer trinta anos, mas eu não tinha percebido quão mais velha era em nossas trocas anteriores. Pelas nossas conversas, percebi que ela está no *clube* desde o início. Com ela é correr ou morrer quando se trata da sociedade, e temos passado mais tempo juntas nas últimas semanas. Ela é a única pessoa além de Tyler que sabe o segredo do meu sorriso do brunch de domingo.

O segredo de que estou em um relacionamento poliamoroso.

O que é estranho e maravilhoso, emocionante e aterrorizante, tudo ao mesmo tempo.

Meu telefone toca na bolsa, na cadeira ao lado do provador, e eu o pego para recusar o FaceTime com minha mãe. Eu a tenho evitado como a uma praga, devido ao meu atual status de relacionamento e ao fato de que não quero compartilhar nada disso com ela. Desde que cheguei à puberdade até agora, eu a condenei silenciosamente por compartilhar histórias que mostravam sua promiscuidade descarada, e agora não estou em posição de julgá-la. Nunca gostei do fato de ela ter bancado mais a amiga do que a mãe, compartilhando coisas excessivas no que diz respeito a isso. E está tudo errado. Eu não deveria puni-la por isso agora que entendo um pouco melhor. Mas uma parte de mim quer acreditar que minhas circunstâncias são diferentes. Que meus relacionamentos são diferentes.

Pegando meu cartão da carteira, afasto a culpa e vejo uma mensagem aparecer quando o entrego à dona da loja, que não fez nada além de nos atrapalhar desde que entramos pela porta.

Eu só queria ver o seu rosto. Pare de ignorar minhas ligações.

Que besteira, garota, me ligue de volta senão vou sair de Atlanta HOJE À NOITE.

Eu digito uma resposta rápida.

Desculpe. Eu te ligo mais tarde.

Isso foi o que você disse na semana passada.

Eu ligo, sim. Prometo.

Assim que Tessa entrega minhas coisas, Layla arranca a etiqueta. O vestido custa muito mais do que eu normalmente gastaria em qualquer peça de roupa, mas, sob a influência de Sean, agora só compro aqui na região. O que significa que pago trinta dólares a mais em uma butique do centro da cidade por um vestido e injeto dinheiro na economia local para sustentar pequenos negócios.

Mas o medo era real no comportamento e nos olhos esperançosos de Tessa quando Layla e eu entramos e começamos a olhar as etiquetas de preço. Era tão evidente que ela estava desesperada por uma liquidação, o que me fez sentir bem com o que estava comprando e com medo de não durar. Ao verificar, recebo algumas informações sobre o fato de ela ter herdado a loja de sua avó e a rebatizado, investindo cada centavo na reforma do pequeno estabelecimento. Tessa não é muito mais velha do que eu, e não posso deixar de sentir pena dela quando se pega dividindo coisas pessoais demais, uma emoção clara escorrendo de sua voz.

Faço questão de contar a Sean sobre isso, não pelo crédito de fazer compras aqui, mas porque sei que ele pode fazer algo a respeito. O Natal chega a cada trimestre para algumas empresas locais e selecionadas em Triple Falls — sobretudo empresas administradas por parentes de alguém da sociedade para mantê-los funcionando. Isso eu aprendi após um dia fazendo parte do segredo.

Como prometido, recebi uma resposta para outra pergunta persistente. *Tyler* é o Frei. E descobri isso no dia em que ele e eu fomos incumbidos de distribuir os cheques para essas empresas, algo que Sean não queria que eu perdesse. No fim do dia, entendi por que ele quis que eu participasse. Ele queria que eu testemunhasse em primeira mão a razão pela qual eles fazem o que fazem.

Eu chorei igualmente durante e no final, quando os donos das lojas irromperam pelas portas com lágrimas nos olhos. Cada um deles tinha palavras de gratidão saindo de seus lábios enquanto aceitavam seus cheques.

Mas o papel dele era sustentar a máscara do verdadeiro responsável: Dominic.

Dominic e sua feitiçaria atrás do teclado tinham tudo a ver com isso. A origem do dinheiro? Grandes corporações e bancos que desviam fundos de acionistas e funcionários desavisados. Corporações e bancos que nunca puderam denunciar o roubo por medo de serem examinados mais de perto pelos poderes constituídos, pelos poderes que governam e regulam.

Essa é a beleza em roubar de ladrões.

Mais de uma vez, perguntei a Sean sobre seus planos para a empresa de meu pai. Toda vez ele muda de assunto, se recusando a responder à pergunta, e eu não ficaria surpresa se, no futuro, meu pai recebesse uma dolorosa dose de justiça.

Isso pode me atingir diretamente, e meus meninos são muito cautelosos. Não apenas isso, mas um golpe substancial também colocaria em risco os empregos de seus amigos e parentes.

Por mais que me esforce, não consigo entender como eles se safam, mas eles conseguem e têm feito isso já há algum tempo. Sean argumenta que o outro lado da moeda tem acontecido há muito tempo. O governo ou aplica uma multa pesada nos ladrões de colarinho-branco ou algum funcionário público aceita propina para ajudar a cobrir os rastros. Ninguém é processado e ninguém de fato paga por isso.

Concordo plenamente com sua lógica, o que me deixou feliz em fazer parte do segredo.

Apesar desse pedacinho de informação significativa, Sean manteve a boca fechada sobre os assuntos da sociedade, ainda esperando minha decisão. Não tive pressa. Eles me mantiveram a distância, se recusando a responder a mais perguntas até que eu falasse e garantisse minha lealdade. Tyler raramente está em casa, se é que alguma vez esteve, e nem ele, nem Sean, nem Dom vão me dar detalhes sobre o motivo disso. Ele ainda será reservista por mais quatro anos, isso eu sei, então presumo que esteja em dia com sua a participação. Não tenho ideia do que ele faz no resto do tempo. Ele quase não aparece na oficina também. Então, quando estou por lá, somos apenas eu e os dois homens da minha vida.

E, quando estou com eles, estou sendo constantemente treinada. Embora ainda não tenha tomado minha decisão, isso não os impediu de expressar suas opiniões. Dominic está falando mais também. É muito divertido acordar, descer a escada e vê-los assistindo ao noticiário da manhã enquanto entrego o café para eles. Os dois ficam tensos nos mesmos momentos e falam *que merda* exatamente ao mesmo tempo. Em vez de futebol, eles falam de política, e nunca são a favor

269

de nenhum dos lados. Se eu não estivesse estudando as distinções entre eles todos os dias, às vezes pensaria que eram a mesma pessoa.

Mas em muitos aspectos eles são como noite e dia; nuvem sombria e sol dourado. E compará-los se tornou inevitável. Parei de me culpar por isso depois da primeira semana.

Nunca vivi um relacionamento com dois homens, e tenho mais problemas do que posso lidar. Se eu não estivesse tão feliz todos os dias, provavelmente cederia à pessimista gritando *vadia* na minha cabeça. Rebato aquela cadela como um mosquito, porque tenho certeza de que muitas mulheres, se tivessem a chance, iriam sapatear em direção a qualquer uma de suas camas, se esbaldar em sua afeição e depois disputar minha posição entre eles.

Embora eu esteja sapateando sobre essa linha moral, o dia no lago foi a única vez que me permiti ser compartilhada ao mesmo tempo.

E foi ali que acabou para mim.

Mas, cara, eles fizeram daquilo memorável.

Não porque eu não tenha gostado. Exatamente o oposto. Gostei até demais. No entanto, minha consciência não gostou, e isso desvaloriza o aspecto romântico da situação para mim.

Esses dois homens viraram meu mundo de cabeça para baixo; tornaram as cores mais vivas, os sons mais doces, o mundo como um todo mais suportável. Meus sonhos consistem em dias banhados por raios de sol, cheios de loção de coco, beijos longos, peles bronzeadas, flutuando entre cachoeiras e suspiros antes que corpos exaustos desabem sobre travesseiros de penas. Outros sonhos de dias e noites chuvosos cheios de páginas viradas e velhos filmes dos anos noventa, de pipoca sabor cheddar e cobertores com cheiro de lavanda, de relâmpagos e trovões e rápidas respirações e gemidos entre o relâmpago no céu e o estrondo que se segue.

Mas esses são meus sonhos vivos, e estou vivendo cada um deles.

Os temidos turnos na fábrica não me incomodam mais. Eu os cumpro com dedicação, com o sorriso de Selma em mente. A ausência do meu pai não me afeta mais como no passado, porque testemunhei dois exemplos principais que provam que ainda existem homens bons no mundo. Homens leais. Homens fiéis. Embora possam ser ladrões, porque roubaram meu coração.

Estou apaixonada pelos dois.

Dois homens que fazem eu me sentir adorada, querida e respeitada. Dois homens que não se importam com qual cama eu mantenho aquecida. Dois homens que olham para mim com nada além de tesão e carinho. Bom, Sean olha; Dominic me presenteia com olhares raros e bateu a porta na minha cara da última vez que o vi. Coloquei a cabeça para dentro seu quarto e mal consegui tirá-la da frente antes de a porta ser trancada. Tentei não levar para o lado pessoal, mas não consegui. Agora estamos passando por uma discussão da qual ele nem sabe, mas não deixo que isso me detenha.

Ele é mal-humorado, aquele filho da puta.

Layla sorri para Tessa enquanto ela embala seus vestidos e agradece profusamente a nós duas.

Olhamos uma para a outra quando saímos da loja.

— Vou dizer a ele — ofereço, enquanto cruzamos a calçada da praça em direção a sua picape.

— Eu imaginei que você fosse.

— É tão triste.

Ela assente.

— Eu amo o fato de a gente poder ajudar. Bom... — Eu mordo o lábio. — Você entendeu o que eu quis dizer. — Subimos na enorme picape de Layla, estacionada na avenida principal, e ela olha em volta. — Você gostou de crescer aqui?

— Sim. Ainda bem que fiquei depois de me formar. Eu vejo a cidade de um jeito diferente com o passar dos anos.

Analiso a praça movimentada, que parece algo saído de uma pintura de Norman Rockwell.

— Eu entendo.

— Impossível não adorar uma cidade pequena dos Estados Unidos — diz ela suavemente antes de se virar para mim. — Você acha que vai acabar se estabelecendo em Atlanta?

— Sinceramente, não sei. Não tenho planos depois de me inscrever na Universidade da Geórgia.

Layla é dona de um pequeno salão de beleza na periferia da cidade e reforma móveis em paralelo. Passamos a maior parte da manhã vasculhando vendas de garagem até que ela encontrou seu novo projeto.

Ela se afasta e segue em direção à casa do meu pai, onde me buscou esta manhã. Tenho o cuidado de dormir em casa pelo menos duas vezes por semana para me manter centrada, embora não ajude muito. Meus sonhos são duas vezes mais memoráveis do que eram antes.

— O que você está pensando aí?

Minhas bochechas queimam com culpa.

— Estou tão ferrada.

— Está tudo bem em ser feliz, Cecelia. Não precisa se desculpar por sorrir. Eu não sei quem te ensinou que isso era errado.

Olho para onde ela está sentada com a mão no volante, piscando para mim.

— Estou apaixonada por eles.

Ela sorri.

— Eu sei.

— Você acha que eles sabem?

— Você não contou para eles?

— Não. Você é a primeira pessoa para quem estou contando.

— Fico feliz.

— Não consigo falar sobre isso com minha mãe ou com minha melhor amiga, sabe? Elas não vão entender. Mas você entende, e eu sou grata por isso.

— Acredite em mim quando digo que é melhor manter as duas no escuro sobre tudo.

— Pode acreditar, eu pretendo. — Digito uma longa mensagem para minha mãe, prometendo a ela uma ligação, e jogo o celular na bolsa. — Você já se arrependeu alguma vez?

Layla e eu nunca conversamos diretamente sobre a sociedade — é meio que uma regra tácita entre nós.

— Com toda a certeza. Perdi a cabeça um milhão de vezes. E foi pior ainda quando pensei que o Denny e eu iríamos terminar. Mas eu tenho uma vantagem sobre ele. Estou nisso há mais tempo, garanti o meu lugar. Mas a preocupação... — Ela balança a cabeça. — Porra, ela pode te dominar de verdade.

— É perigoso chegar tão perto, né?

— Querida, respirar é perigoso hoje em dia.

— Tem razão.

— Lembre-se, você pode se envolver com eles o quanto *quiser*. Está tudo nas suas mãos. Mas eu te protejo, querida. Especialmente com aqueles dois babacas. — Ela sorri. — O Dominic parece mais relaxado ultimamente.

— Ele está de castigo no momento.

Ela se vira para mim, um toque de advertência em seus olhos azuis bebê.

— Mantenha o juízo *o tempo todo*, ok? Você está enfrentando muitas coisas, e já é difícil o bastante difícil lidar com um deles.

Eu sorrio.

— Obrigada, vou manter. E obrigada pelo cabelo. — Corro a mão pelas minhas madeixas recém-cortadas com as luzes retocadas.

— Não foi nada. Depois me conte como foi esta noite, e eu te busco para a gente ir ao Eddie's na próxima semana. Estou precisando de uma noite de meninas.

— Está marcado.

Ela se afasta e eu corro pela porta da frente e subo a escada, trocando de sandália e largando meu celular para passar gloss. Estou na metade do caminho de volta, construindo uma lista de tarefas mentais, quando vejo Roman parado no fim da escada esperando por mim, e congelo. Ele está em traje casual com um gim meio drenado na mão.

Desacelero minha descida enquanto ele me analisa com olhos vidrados. Não é sua primeira bebida do dia.

— Você ainda mora aqui?

— Ocasionalmente — eu respondo, e sou honesta.

— Eu sabia que você ia estar de folga no feriado, então voltei para casa ontem à noite.

Franzo a testa, segurando a bolsa na minha frente.

— Não recebi um e-mail.

Ele inclina o copo na mão, franzindo as sobrancelhas.

— Eu não pensei que seria necessário. Então eu vi que você não estava em casa e presumi que tinha planos.

— Eu tenho planos.

Ele acena com a cabeça quando me aproximo, a troca me deixando tensa. Mesmo em roupas casuais, ele é intimidador.

— Você precisa de alguma coisa?

Ele dá um gole em sua bebida e pigarreia quando chego ao pé da escada.

— Eu queria te dar a notícia de que a fábrica está recebendo um sistema atualizado de ar-condicionado hoje, e eu examinei suas outras preocupações, que foram resolvidas. A contabilidade vai distribuir holerites adicionais neste próximo período de pagamento.

— Obrigada — eu digo, com cautela. Há uma clara hesitação em sua postura quando ele olha para mim. Ele tem pouco mais de um metro e oitenta, mas poderia muito bem ser um arranha-céu.

— Está claro que você se adaptou aqui, e, a menos que tenha alguma objeção, vou ficar no condomínio em Charlotte. — Seus olhos imploram pelos meus, e juro que vejo um vislumbre de esperança por uma objeção, mas é tarde demais para nós.

— Sem objeções. Isso é tudo?

Com um aceno de cabeça, seus olhos baixam e ele se afasta, me dando muito mais espaço do que preciso para passar por ele. Sou grata por isso e atravesso metade do hall de entrada quando ele fala.

— Não cometa os mesmos erros dela.

Olho para trás e tenho um vislumbre dele por cima do meu ombro.

— Senhor?

— Quem melhor para alertar você do que o maior deles. — Ele inclina o copo para trás, esvaziando-o, seus olhos da cor do fundo do mar encontrando os meus mais uma vez antes de entrar em seu escritório e fechar a porta.

34

Usando meu novo vestido de verão favorito e sentada no balcão da cozinha, o churrasco que preparei no maior capricho agora gelado, viro a página do último livro que comecei a ler. Horas depois do horário planejado para nosso encontro, o rugido do Nova de Sean se cala, e logo em seguida ele entra na casa. Sem tirar os olhos do livro, levo um pedaço de melancia morna à boca enquanto ele fica parado na entrada da cozinha, avaliando meu humor e me observando mordiscar a fruta doce. Depois de um longo período de silêncio, eu finalmente falo.

— Explique-se, Roberts — murmuro entre mordidas, olhando por cima do livro, meus pés balançando embaixo de mim.

Ele olha a capa: *1984*.

— Adoro que você esteja lendo isso em vez do que costuma ler. — Viro uma página e tento uma jogada da cartilha de Dominic, minha voz consideravelmente mais gélida quando respondo.

— Não critique os romances. Com o último que li, aprendi a jogar um jogo de cartas, peguei a receita do churrasco que cozinhei hoje e descobri como chegar a um orgasmo sozinha, o que significa que posso fazer os três *sem* você. Isso me torna *completamente* capaz de entreter *a mim mesma*. Vir aqui, com este vestido, e cozinhar para você foi uma *decisão,* e, como todas as decisões, foi *opcional.*

Seu sorriso se alarga de um jeito irritante.

— Você está linda.

Mordo outro pedaço de melancia, largando o livro e erguendo meu olhar hostil até ele, que caminha em minha direção, delicioso em sua camiseta branca e jeans escuro. Cedro e luz do sol me envolvem onde estou sentada, e ele se inclina para uma mordida. Eu empurro a fruta para fora do alcance.

— Pegue a sua.

— Eu quero a sua.

— Que azar do caralho. A minha estava pronta há seis horas.

Ele suspira, cansaço evidente em sua postura.

— Tudo o que eu quero agora é dar uma mordida naquela melancia e foder minha mulher o mais rápido possível.

— Não vai acontecer.

Franzindo a testa, ele recua antes de se virar e pegar uma cerveja na geladeira.

— Fiquei preso lá. E você sabe que eu não estava com o meu celular.

— Que mentira.

Ele balança a cabeça.

— Não, mentira é você acreditar que *Big Brother* é só o nome de um programa de TV.

— Você vai mesmo fazer isso agora? Vai distorcer as coisas para me dar um sermão?

Seus olhos brilham com advertência enquanto eu arregalo os meus.

— O Grande Irmão está nos assistindo, eu sei, Sean. Eu sei. — Reviro os olhos. — Você é tão paranoico.

Ele toma um longo gole de cerveja e balança a cabeça com sarcasmo.

— Não, eu sou cauteloso — declara ele, suavemente. — E ser arrogante só nos faz sermos pegos.

— Você não acha que está sendo um pouco ridículo? — Olho para o livro e o levanto. — Não acha que isso é um pouco absurdo?

— É ficção, então com certeza é absurdo — ele retruca, cheio de sarcasmo, e sua mandíbula se fecha em uma linha dura. — Nenhum tipo de lavagem cerebral profunda ou massiva dessa magnitude poderia se concretizar na vida real, certo? Com exceção daquele incidentezinho que chamamos de Holocausto, sabe? Quando milhões foram executados nas mãos de um maldito louco.

— Você entendeu o que eu quis dizer. Aqui é Triple Falls, Sean, não a Alemanha ocupada pelos nazistas.

— Não, eu não entendi o que você quis dizer. E ridículo é o fato de você precisar ver para acreditar.

— Me desculpa se eu acho que o governo tem coisas mais importantes para fazer do que espionar você.

Ele me lança um olhar mortal.

— Todo mundo está sendo espionado. Todos nós. Cada conversa em cada maldito dispositivo está sendo gravada pelo governo, ponto-final. E talvez fosse ridículo se eu fosse Joe Schmo e meu único crime fosse gravar um pornô caseiro com a melhor amiga da minha esposa. Uma merda com a qual ninguém se importa, exceto minha esposa. Mas você sabe que não é assim que funciona. — Ele estreita os olhos. — Já teve uma discussão *cara a cara* com alguém pouco antes de ver um anúncio relacionado à conversa no feed da sua rede social?

Eu mordo o interior da minha bochecha.

— Exatamente. Essa deve ser toda a prova de que *qualquer pessoa* com algo a esconder precisa ver para pensar na tecnologia como uma ameaça. Ninguém está seguro. Nossas informações são vendidas regularmente por nenhum outro motivo além da nossa necessidade de consumo. Somos todos gafanhotos neste momento. Mas isso é só metade da história. Nossas impressões digitais incluem muito mais do que o histórico das coisas que nós compramos e pelo que estamos sendo vendidos... elas são malditos sinalizadores. Então, o que é *ridículo*, Cecelia, é você precisar *ver* para acreditar.

— Tanto faz. — Eu desço do balcão. — Mas você precisa admitir que é a desculpa perfeita, né? *Sou um agente secreto*, blá-blá-blá. O jantar está na geladeira. Vou dormir.

A frieza em sua voz me impede de sair.

— Você está sendo desrespeitosa pra caralho com uma coisa que significa muito para mim e para o Dom. Este ponto, em particular, foi explicado para você várias vezes nos mínimos detalhes. Se você acha que eu sou tão maluco, se você se recusa tanto a acreditar no que eu faço, por que ainda está aqui?

Engulo em seco com a lividez em seu tom.

— Não é que eu não acredite em você, é só...

— Você é tão rápida em apontar quão idiota pensa que eu sou. Sabe o que acontece se eu estiver certo? — Sua voz treme de raiva. — Sabe o que acontece com pássaros engaiolados?

Nunca o vi tão chateado, e não me parabenizo por ter recebido a briga que procurei.

Com os nervos disparando, giro as mãos na minha frente.

— Sean, eu acho você brilhante, mas...

— Eu não sou a porra de um esquizofrênico, Cecelia. Essas são as regras do Dominic também. Você acha que ele é ridículo? E o Tyler? Ele é ridículo? Você assistiu à porra das notícias ultimamente? Quanto você precisa ver para acreditar?!

— Não, eu só...

— Tudo o que faço tem uma razão por trás. Eu expliquei isso várias vezes, e esta noite o que eu estava fazendo era tão importante quanto o que eu fiz ontem e anteontem.

— Sean. — Dou um passo à frente, odiando o brilho colérico em seus olhos. É a primeira vez que ele é direcionado a mim. Ele cruza os braços, me impedindo de chegar mais perto. — É só que... passei metade do dia cozinhando para você. O mínimo que você poderia fazer era me pedir desculpas de verdade.

— Ah, então é por causa do *jantar* que eu perdi, é isso? — Ele se vira, abre a geladeira e pega seu prato. Arranca o papel-alumínio e pega um garfo da gaveta antes de enfiar o churrasco na boca. — Delicioso, está feliz?

Lágrimas se acumulam em meus olhos quando ele joga o prato pela cozinha e ele se quebra na pia.

É então que percebo quão fraco é meu argumento, e ele me olha, balançando a cabeça em decepção.

— Pensei que você acreditasse em mim. Está se tornando uma ótima mentirosa.

— Você sabe que eu acredito. — Dou um passo à frente e ele se afasta do meu toque, olhando para mim com olhos frios, seu rosto resoluto.

— Se vamos continuar a brigar por confiança, talvez seja melhor acabar com isso.

— O quê? — As palavras me atingem de tal maneira que as sinto fisicamente. Sinto cada golpe violento até a ponta das minhas unhas dos pés recém-pintadas.

— Nós dois. Vamos acabar com isso.

— Você quer dizer terminar? — Lágrimas inundam meus olhos instantaneamente. É nesse momento que percebo que o amo profundamente.

Ele está me dispensando porque dei um chilique.

Neste ponto, é merecido. Fui longe demais e o insultei de um jeito que não posso retirar. Eu tenho zero defesa.

— Sim, quero dizer terminar. — Ele me olha de onde está, seu tom implacável.

— N-n-não faça isso, não faça isso. Eu estava com raiva.

— Não importa. Raiva não é desculpa. Não posso ter alguém perto de mim que não acredita em mim e no que estou fazendo. Dei um tiro no escuro com você, e agora está claro para mim que você é muito nova.

— Não, Sean, não. Você sabe que eu acredito em você.

— Não, você não acredita — grita ele. — Não da maneira que precisa acreditar. Vá para casa, Cecelia. Terminamos por aqui.

— Não estou tentando manipular ou menosprezar você, Sean! Eu estava assustada! Eu não sabia se tinha acontecido alguma coisa com você! — Lágrimas quentes se acumulam e caem pelo meu rosto enquanto ele fica parado a poucos metros de distância, embora possa muito bem ser um oceano. — Você tem estado distraído ultimamente, e eu... eu sinto sua falta... Por favor, retire o que disse.

Ele pega a cerveja no balcão e vira a garrafa na boca, seu rosto vazio de emoção. Ele está me afastando.

Eu me recuso a acreditar que acabou. Há muita coisa entre nós. E eu perdi tanto tempo não admitindo isso. Com medo de que possa ser minha primeira e última vez, eu me abro completamente.

— Eu amo você — sussurro através de um borrão de lágrimas. — E eu não acho que você é maluco. Fiquei chateada sentada aqui por horas romantizando como eu diria isso a você e que seria significativo. Em vez de admitir isso, fiquei com raiva e disse coisas estúpidas que não quis dizer. Eu c-confio em você. Acredito muito no que você está fazendo. Acho você brilhante.

Ele desvia os olhos e bate a cerveja no balcão, a espuma derramando sobre a garrafa.

— Desculpe. Estou indo embora. — Deslizando em minhas sandálias, pego minha bolsa na mesa. Meus olhos ardem enquanto tento me controlar o suficiente para chegar ao meu carro. Atravesso a escada em direção à entrada antes de sentir seu peito nas minhas costas. Um soluço me escapa quando ele me vira e segura meu queixo, erguendo meus olhos para ele.

— Retiro o que eu disse.

Explodo em seus braços, meus soluços saindo rapidamente enquanto ele me puxa para si, sem deixar espaço entre nós.

— Sinto muito, bebê. Porra, me arrependi no minuto em coloquei as palavras para fora. — Ele envolve braços fortes em volta de mim. — Você é mais louca do que está parecendo se acha que eu quero passar um minuto longe de você. Também senti sua falta. Hoje foi um dia ruim, e puta merda, eu sinto muito. Você está tão bonita.

Soluços me consomem enquanto tento falar em lágrimas, e ele enxuga meu rosto.

— Merda, merda, me desculpe — diz ele suavemente. — Eu odeio a ideia de acordar e não ouvir sobre os seus sonhos de manhã. Ei, ei — sussurra ele baixinho. — Bebê, por favor, pare de chorar. Você está me matando. Você significa muito para mim, muito mais do que eu jamais pensei ser possível — murmura ele. — Muito mais.

Ele puxa a bolsa do meu ombro e me aperta com força, meu queixo tremendo enquanto o coração bate forte contra meu peito.

— E-eu só... eu amo você — murmuro contra seu pescoço e ele se afasta, olhando para mim, bebendo as emoções que deslizam pelo meu rosto.

— Eu sei, e isso está acabando comigo — sussurra ele, acariciando minhas bochechas. — Fique tranquila. Vou garantir que você saiba exatamente *o quanto* isso é importante para mim. — Ele me ergue com facilidade e me carrega de volta para a cozinha, me colocando no balcão. — Mas primeiro *eu vou* comer minha melancia.

Eu sorrio. Não é nada do que eu esperava ouvir, mas é o Sean, então é perfeito. Ele ajusta minhas pernas para envolvê-lo enquanto fungo em seu ombro, arruinando sua camiseta. É quando inalo seu cheiro que enterro o rosto em seu peito, incapaz de abafar completamente meu soluço.

— Não chore, bebê. Por favor, pare, porra. — Ele abaixa a cabeça. — Isso me machuca.

— Sinto muito — eu digo, com o nariz cheio de catarro, olhando para ele. — É só que... você tem cheiro de madeira.

Ele abre um sorriso de um quilômetro de largura e ri.

— O quê?

— Acho que eu nunca te disse isso. Você tem cheiro de madeira, cedro e luz do sol, e eu amo o seu cheiro, eu odiaria se não pudesse mais te sentir. E eu levo você a s-s-sério.

Ele olha para mim, seus olhos cheios de afeto enquanto minha respiração começa a engatar de um jeito que deixa evidente que eu acabei de chorar feio.

— Foi só uma discussão.

— Você me mandou embora — eu digo, minha respiração falhando, fazendo cabeça e peito tremerem involuntariamente. Estou com vergonha por reagir dessa maneira. — E doeu. Mas eu mereci.

— Talvez, mas ainda vou te recompensar — ele garante, pegando uma fatia de melancia. Ele dá uma mordida e me oferece enquanto fungo e viro a cabeça.

— Não, obrigada.

Ele dá outra mordida e repete sua oferta, e eu balanço a cabeça, negando. Em sua terceira fatia, estamos compartilhando a fruta, enquanto começo a descer do mais excruciante pico emocional.

— Eu banquei a garota mimada pra cima de você — admito, minhas bochechas queimando de vergonha.

— Sim, mas sabe, eu banquei o nervosinho pra cima você, então estamos quites.

Tateio seu maxilar.

— Sinto muito, Sean.

— Eu também, bebê.

Ele pressiona a melancia em meus lábios e eu mordo a fruta carregada de suco. Ele lambe os restos de lágrimas e de suco do meu rosto antes de me puxar para um beijo profundo.

— Sinto muito pela explosão.

— Eu não tô nem aí com a maldita explosão. Só... — minha respiração falha de novo e vejo que dói fisicamente nele. — Só não se esqueça de mim enquanto estiver salvando o mundo.

— Impossível.

Olho para ele implorando.

— Eu preciso que você acredite em mim. Porque eu acredito em você, Sean. Demais. Eu vi meu pai hoje e acho que ele estava tentando diminuir a distância entre nós, e tudo que eu conseguia pensar era que não o respeito o suficiente para tentar. Não importam as desculpas que ele dê. Eu não o respeito. E então pensei em você e percebi que tenho um respeito por você que nunca tive por *nenhum* homem na minha vida. Eu quero que você saiba... — expiro uma respiração trêmula enquanto meus olhos lacrimejam — disso. Eu preciso que você saiba disso.

Ele descarta a melancia e acaricia meu rosto, sustentando meu olhar por longos segundos antes de pressionar o mais gentil dos beijos em meus lábios. Se afasta um pouco para que nossas testas se toquem.

— O que você acha de a gente fazer as pazes agora?

— Achei que já tínhamos feito.

— Nós fizemos, mas isso aqui é a melhor parte. — Ele captura minha boca em um beijo. Afundo nele, e nossas línguas dançam quando começo a levantar sua camisa, minha respiração entrecortada contra sua boca, interrompendo nosso beijo.

— Bebê — murmura ele, mordendo o lábio e correndo os nós dos dedos gentilmente pelo meu queixo enquanto olha para mim. Então ele se abaixa, sua descida lenta e deliberada antes de pressionar novamente os lábios nos meus. Sem pressa, ele desliza as alças do meu vestido para baixo e desce o tecido para liberar meus seios. Ele passa a mão áspera e quente por todo o meu seio, meus mamilos enrijecidos. Seguindo seu ritmo, abro o botão de seu jeans e desço o zíper, puxando seu pau em ponto de bala para fora. Com os olhos vidrados, eu o aperto em minha mão. Ele pega uma camisinha de sua carteira e esmaga minha boca com outro beijo avassalador. Ele me puxa, me posicionando na borda do balcão antes de colocar a camisinha. Pressionando sua testa contra a minha, olhos baixos, nós assistimos juntos enquanto ele me penetra devagar.

— Sean — eu falo com dificuldade enquanto ele suspira de prazer.

Emoções se agitam entre nós, e suas mãos me esticam no balcão enquanto o resto da melancia esquecida cai no chão. Suas estocadas são profundas, seus olhos cheios de amor, enquanto suas mãos pegajosas apalpam meus seios e deslizam pelo meu vestido novo. Valeu cada centavo.

Ele não deixa nenhum espaço intocado.

35

Tyler sai de sua picape quando me vê estacionando, aquela arrogância natural dele me cumprimentando na porta do lado do motorista.

— Ei, linda. — Sua covinha aparece, e eu absorvo a visão. Ele deixou o cabelo crescer um pouco mais desde que o conheci, o que só aumentou seu charme. Os fios descansam em uma confusão de ondas curtas sobre sua cabeça. Seus intensos olhos castanhos me analisam enquanto ele me puxa para um abraço amigável.

— Ei, obrigada por me encontrar.

— Sem problemas. Que segredo é esse? — Ele acena com a cabeça, examinando o estacionamento do shopping.

— Achei que segredo fosse o nome desse jogo, e é por isso que eu preciso da sua ajuda.

— É mesmo? — Outra aparição da covinha. Ele é um cara lindo de verdade. No pouco tempo em que o conheço, ele se apresentou de tal forma que estou convencida de que sua beleza vai muito além de pele e músculos.

— Sim, mas pode te causar problemas se a gente for pego.

Ele segura meus ombros e se inclina.

— Você esqueceu que eu sou o solucionador de problemas?

— É por isso que eu preciso de você. Você é o único homem possível para realizar este trabalho.

Seu sorriso se alarga.

— Bom, antes de a gente entrar, você deveria saber que eu também adoro problemas.

— Você tem razão. — Tyler examina a casa com apreensão do lugar onde estamos estacionados na garagem, antes de se virar para mim. — Ele não vai gostar.

Ele espia a casa novamente e suspira antes de pular de sua picape, juntando sacolas com os suprimentos que pegamos na loja. Assim que contei a ele o que estávamos fazendo no meio do trajeto, ele ficou quieto.

— É por isso que é o nosso segredo. — Encho as mãos com mais meia dúzia de sacolas, avaliando sua expressão. Ele claramente não quer estar aqui. — Desculpe, acho que poderia ter só pedido o endereço dela.

— Tudo bem — diz ele, seus braços e ombros saltados com o peso que está carregando, antes de me cutucar para a frente. — Vamos acabar com isso.

Nós subimos a varanda passando por algumas plantas abandonadas, nervos antecipados parecendo disparar entre nós. Eu acalmo o soldado ao meu lado, cuja postura está firme de um jeito que me deixa enjoada. Será que foi uma ideia tão ruim?

Sua hesitação inesperada me faz questionar a mim mesma. Mas não vejo maldade. É só um gesto — um muito gentil, por sinal. Quanto Dominic poderia se ressentir por isso? Ela atende depois de algumas batidas, mas posso dizer que foi uma luta para ela chegar à porta. Seu cabelo está preso em uma trança bagunçada sobre o ombro, olheiras escuras da doença se destacando sob seus olhos. Ela está em um roupão azul-claro e pijama combinando, seu olhar cheio de acusação quando o lança para mim.

— Eu fiz meu tratamento *ontem à noite* — retruca ela, seu tom misturado com vergonha, enquanto puxa o roupão mais apertado em volta do corpo. — Não preciso de carona.

— Oi, Delphine — Tyler a cumprimenta. Ela o observa sem pressa e olha para a dúzia de sacolas de plástico em suas mãos.

— O que você está fazendo aqui?

Tyler permanece em silêncio, encarando-a cuidadosamente antes de abaixar o olhar. Ele parece estar sem palavras, então eu falo por nós dois.

— Vim te ver. A gente estava na loja e...

Ela faz um corte com a mão no ar, efetivamente me interrompendo, seu olhar implacável em Tyler antes de se voltar para mim.

— Não preciso de *nada*.

— Você precisa disso — eu digo suavemente. — E, se você não precisar, eu preciso. Então, por favor, nos deixe entrar.

Depois de um silêncio sofrido, ela dá um passo relutante para trás, abrindo espaço suficiente para nos deixar passar. Tyler carrega a maior parte da carga pela sala de estar, colocando as sacolas no balcão. Ele está familiarizado com esta casa. Quando penso a respeito, não é nem um pouco surpreendente — Dominic cresceu aqui. Tyler me disse durante nossas tarefas da sociedade que ele cresceu com Dominic e Sean no mesmo bairro, que eles brincaram juntos quando crianças. A casa de sua família fica a algumas ruas da dela, e é por isso que pedi a ele para me ajudar hoje. Tinha certeza que ele saberia o caminho.

Sean provavelmente teria tentado me convencer do contrário, então escolhi a opção mais segura. E fico feliz com minha escolha ao ver uma barata ousada rastejando pela borda da sacola que acabei de desempacotar. Eu me afasto antes de esmagá-la com uma lata de inseticida. Delphine se junta a nós na cozinha no momento em que estremeço e jogo o saco vazio no lixo. Tyler permanece em silêncio, desempacotando o resto das sacolas, a tensão emanando de seus ombros. Delphine lança um olhar especulativo enquanto empilho estrategicamente as marmitas em seu freezer.

— Isso não vai te render pontos com o meu sobrinho — diz ela atrás de mim, sua língua francesa envolta em desprezo.

— Então não vamos contar nada disso para ele — eu respondo. Não me sinto insultada por sua suposição. Só posso imaginar quantas mulheres ela expulsou ao longo dos anos. Mas não é com Dominic que estou mais preocupada no momento. Nem com Tyler, embora ele pareça muito pouco à vontade. Talvez eu tenha exigido muito dele.

286

Delphine paira na cozinha, seu foco flutuando entre nós dois, mas posso dizer que a postura desafiadora está exigindo algum esforço dela quando um fino véu de suor começa a cobrir sua pele translúcida.

— Ou talvez não seja para o meu sobrinho que você está dando?

Tyler vira a cabeça na direção dela, e eu levanto a mão.

— Não, definitivamente *é* para o seu sobrinho que estou dando. — Seus olhos vagam por cima do meu ombro para Tyler, que parece surpreso com a reação dela. Ela balança a cabeça e sai da cozinha; nós trocamos um olhar cansado antes de retomarmos nosso trabalho.

Depois de desempacotarmos tudo, nos dividimos para conquistar. Eu começo no quarto dela, enchendo um saco de lixo sob o escrutínio de seus olhos de águia antes de reunir meu arsenal de produtos de limpeza. Estou prestes a esfregar uma mancha no carpete que parece uma causa perdida quando ela fala atrás de mim.

— Por que você está aqui?

Decido dar a ela uma dose da honestidade de Alfred Sean Roberts. Algo me diz que ela vai gostar muito mais. Olho por cima do ombro e encontro seu olhar avaliativo.

— Porque não gosto do estado em que você vive. Você não está bem. Você está lutando contra uma doença enquanto se permite viver em uma casa infestada.

— Quem é você para me criticar?

— Ninguém com autoridade. — Eu me levanto e a encaro. Ela é tão magra que posso ver a veia roxa profunda em seu pescoço. A quimioterapia cobrou um preço assustador desde a última vez que a vi. — Você pode me mandar embora, Delphine. E eu vou.

Ela cruza os braços, o manto fino acentuando sua figura magra.

— Estou fazendo o que devo fazer. Já tomei meus remédios.

— Não estou aqui para policiar você. — Simples, honesta, direto ao ponto.

A mulher pode farejar uma mentira a um quilômetro de distância.

— Tudo bem. — Ela faz um movimento com a mão. — Faça o que quiser.

— Obrigada.

Ela franze a testa com a minha resposta, e suas pernas tremem quando volta para a sala de estar.

Retomo minha esfregação enquanto a casa permanece silenciosa e a tensão aumenta. Ela finalmente fala, chamando Tyler, que está trabalhando na cozinha. Ouço o tilintar distinto de uma garrafa contra um copo de onde ela fala em sua cadeira.

— Nunca pensei que veria você de novo. Você ainda é um traidor?

— Se você quer dizer um soldado naval, então sim — responde ele, com clara alegria na voz. — Ainda não me perdoou?

— Não.

— Talvez se eu deixar esses pratos brilhando você me perdoe.

— Esses pratos são mais velhos que você. Eles não brilham mais.

— Bom, com certeza você sabe como se manter agarrada a coisas que não valem merda nenhuma.

Meus ouvidos despertam com seu comentário.

— Você usa as duas tatuagens como distintivos de honra, mas a qual casa você realmente serve?

— Hoje, a *esta casa* — responde ele, sem pausa. — E eu expliquei para você há muito tempo que queria servir a ambas.

Ela bufa, indignada.

— Elas não são a mesma coisa. Elas são opostas.

— É isso que nós estamos tentando mudar.

— Você sabe que não é assim que funciona.

— Eu me recuso a desistir, e você não tem moral para dar sermão sobre isso.

Sinto a tensão que seu desprezo causa. A casa fica em silêncio novamente enquanto caminho em direção à porta do quarto e espio do lado de fora, vendo apenas o suficiente de Tyler quando ele se ajoelha na frente dela. Estou muito longe, mas juro que percebo suas feições se suavizando quando ele sussurra para ela a alguns metros de distância.

— Sinto muito por não ter voltado.

Ele puxa a bebida da mão dela e a coloca sobre a mesa. Hesitante, ela estende a mão e deposita a palma na bochecha dele, que a cobre com a sua própria.

— Eu tinha grandes esperanças para você. — Ela puxa a mão e ele suspira.

— Mantenha essas esperanças grandes, junto com as suas expectativas, mas você precisa viver para me ver alcançá-las. O que você fez com você, Delphine?

Ela se inclina em um sussurro, seus olhos encontrando os meus por cima do ombro dele, antes de eu pular de volta para o quarto e ir em direção ao banheiro para terminar minha tarefa.

Então, Delphine faz parte do segredo.

Interessante.

Mas nunca vou poder usar isso a meu favor. Ela é tão fechada quanto Dominic. Não sou um pé de cabra para tentar quebrar suas barreiras. Eu sei disso sem nem precisar tentar.

Depois de passar o que parecem minutos intermináveis esfregando seu banheiro e colocando iscas para baratas em todos os cantos, ao longo de todos os rodapés e nos armários, me junto a eles na sala de estar. Tyler está limpando uma espessa camada de poeira de uma de suas prateleiras flutuantes.

— Como você respira aqui, Delphine?

Ela ergue a garrafa de vodca e despeja um centímetro no copo.

— Respirar é superestimado.

Ele balança a cabeça e olha para ela, sua voz cheia de autoridade.

— Mulher teimosa.

— Cuidado, tenha algum respeito pela sua primeira paixão — diz ela suavemente.

Ele inclina a cabeça, os olhos cheios de afeto, até que ela desvia o olhar.

— Aposto que você nunca pensou que eu acabaria *assim*.

— Não tenho pena de você — corta ele. — A mulher que eu conheci lutaria contra essa merda de olhos fechados. Você está escolhendo isso.

— Escolhi o homem errado. — Seus lábios se curvam em um sorriso triste enquanto ela toma outro gole. — Lute contra isso por quatro anos e depois nós conversamos. O câncer é muito parecido com uma barata. Eles sempre voltam para quem os hospeda melhor.

— Primeiro de tudo, ele era um pedaço de merda — sugere Tyler, uma ponta afiada em sua voz. — Em segundo lugar... — Ele para de repreendê-la quando entro na sala.

— Por favor, continue. — Eu gesticulo. — Eu ouvi cada palavra. — Delphine ri, levanta o copo e bebe mais vodca. Ela nem parece afetada pelo álcool. Claramente, ela mereceu seu título de alcóolatra. Depois de um longo gole, ela acena para mim.

289

— Eu gosto dessa aí.

— Ela também gosta de você. Não sei por quê.

— Claro que não sabe. — Ela sorri, e eu vejo a sutil elevação de seus lábios. O ar se torna espesso mais uma vez, e eu tenho um pressentimento ao estudá-los em conjunto.

— Tudo pronto aí, Cee? — Seus olhos se desviam de mim para Delphine e vice-versa.

— Sim — assinto.

Tyler retoma sua limpeza enquanto atravesso a sala para inspecionar seu trabalho na cozinha. É brilhante e cheira a desinfetante de limão — limpeza naval. Limpo o suficiente para comer comida do chão.

Mesmo que ela não goste, vou dormir melhor, por mais egoísta que seja. Acho que Tyler também vai dormir melhor. Ele claramente tem afeição por ela. Eu simplesmente não consigo entender por que Dominic não tentaria fazer isso por ela.

Talvez ele tenha desistido, como ela.

A casa de Dom está sempre impecável, e seu quarto também. O fato de ela viver assim por escolha é difícil de aceitar. Satisfeita com nosso trabalho, faço um inventário das coisas que compramos para referência rápida e deixo a lista no balcão para ela. Delphine está bebendo outra dose quando a alcanço. A Bíblia está aberta em seu colo e ela ergue os olhos até os meus. Sua expressão cheia de esperança.

Luto contra a emoção que brota em meu peito e consigo adestrar minhas feições enquanto Tyler limpa os detritos do parapeito da janela ao lado dela. Ele lê a situação e olha para nós duas fixamente, antes de jogar o pano por cima do ombro.

— Vou cuidar dos outros dois quartos. — Ele pede licença, seu olhar se demorando em Delphine antes de desaparecer no corredor.

No entanto, é a tia de Dominic que me mantém cativa, porque o medo em seus olhos é real, e isso me deixa apavorada por ela.

Apesar de seus comentários irreverentes, ela tem medo de morrer.

Se ao menos aquele picareta fosse real. Aquele que tem a prova da existência *Dele*, então ela não teria tanto medo de fazer a passagem. Mas tudo o que ela tem é fé. Tudo de que ela *precisa* é manter a fé do livro em suas mãos. E isso tem que ser o suficiente. Este ponto aqui é quando a fé se torna seu fardo e possível ponto de ruptura. Talvez eu precisasse esterilizar a casa para me sentir melhor com sua situação, mas o que ela realmente precisa não vem em sacolas plásticas.

Ela não se preocupa em pedir, e não precisa. Me ajoelho ao lado dela enquanto ela folheia as páginas e começa a ler.

De volta à caminhonete de Tyler, olhamos juntos para a casa. Delphine agradeceu e abraçou Tyler por vários segundos antes de me dar um leve sorriso e fechar a porta. Eu olho para as plantas em sua varanda enquanto ele liga o motor.

— Merda, esqueci de regar as plantas da varanda dela.

— Você já fez bastante. — Seu sussurro é coberto por melancolia. Posso ter pedido ajuda porque não lembrava o caminho, mas também precisava de reforço. É uma situação difícil de lidar, especialmente abrir espaço para um estranho entrar, e eu precisava da familiaridade de Tyler para conseguir passar pela porta da casa dela. Mesmo com ele lá, ainda foi difícil, e está sendo igualmente difícil agora deixá-la sozinha para definhar naquela casa, especialmente sabendo quão assustada ela está. Ela pode ter escolhido parar de lutar e morrer sozinha, mas não quer estar sozinha quando chegar a hora.

— Ela precisa acreditar. — Eu olho para ele. — Ela está apavorada.

— Eu sei. — Ele se vira e encontra meu olhar. — Você acredita em toda aquela merda que vocês estavam falando?

— Eu quero acreditar. E, se me dissessem que eu poderia morrer, tenho certeza que estaria orando pela minha salvação todo dia. Acho que isso me torna um pouco hipócrita quando se trata de religião. Porque só sou fiel quando é conveniente.

Seu aceno é solene quando ele olha para trás, em direção à casa, enquanto continuamos parados.

— Ela mudou muito, mas ainda posso vê-la lá no fundo. — Um sorriso reminiscente faz cócegas em seus lábios. — E você nunca vai ser a herege que ela era.

— Você sabe que eu tenho meus segredos. — Eu engulo e arrisco um olhar em sua direção. Não vejo nenhum julgamento, o que apenas o torna querido para mim. Ele aperta meu joelho brevemente e pisca.

— Você foi corrompida.

— *Voluntariamente* corrompida.

— Você é uma boa pessoa, Cecelia. — Seus olhos voltam para a casa. — Dominic tentou por anos fazer com que ela começasse a viver direito. Eles... — ele pigarreia e desvia o olhar — tentaram. — Ele está sofrendo. Sofrimento de verdade. E é aí que eu sei que estava certa. Seus olhos brilham quando ele fala. — É impossível ver agora pelo jeito que ela está, mas oito anos atrás ela era uma das mulheres mais bonitas que já andaram nesta Terra. O ex dela a arruinou, e ela permitiu.

— Ela não foi apenas uma paixão, né?

Ele balança a cabeça devagar.

— Eu era um conforto para ela, mas foi ela que me *destruiu*. Apesar de ser um bundão de dezoito anos, eu sabia que a amava. Ele a deixou anos antes de ficarmos juntos. Ela já estava afundada no álcool e, quando ficou sóbria, deixou claro para mim que eu era um erro. Eu me alistei logo depois.

— Ah, meu Deus, Tyler, eu sinto muito.

Ele passa a mão no rosto.

— Nunca iria dar certo, de qualquer maneira. A vida militar sempre esteve nos meus planos, e ela já era um caso perdido quando a gente aconteceu. Eu... — Ele dá de ombros, embora eu saiba que o peso que sente é muito intenso para se livrar. — Você não escolhe por quem se apaixona, concorda?

— Eu que o diga. — Estudo seu perfil forte. — Dom sabia?

— Não. Ninguém. Você é a única para quem eu já contei. E ela... bom, ela vai levar isso para o túmulo. Ela é a melhor em guardar segredos. Melhor do que qualquer um de nós. — Ele dá mais uma olhada na casa antes de sair da garagem. — Ela só tinha vinte anos quando... foi mãe contra sua vontade.

Pouco mais velha do que eu sou agora. Não consigo nem imaginar.

— Mas ela fez o que pôde. A ironia é que são seus ovários que a estão matando, de qualquer maneira. É a vida mandando um grande foda-se. Eu não daria a mínima para a idade dela, naquela época ou *agora*, se ela tivesse deixado. Porra, eu odeio vê-la assim.

Cubro sua mão no assento com a minha.

— Sinto muito por ter arrastado você para isso. Se eu soubesse, nunca teria te pedido.

— Não, estou feliz que você tenha feito isso. Achei que era melhor ficar longe, mas agora que a vi... percebi que não. Vou melhorar e não vou mais deixá-la sofrer sozinha. Ela nos dispensou e quebrou a porra do meu coração, e então eu voltei e desisti dela em troca. O Tyler de dezoito anos não entendia. Mas eu entendo agora.

Eu estudo seu perfil enquanto ele nos leva para fora do bairro.

— Você ainda a ama.

Ele assente.

— Desde os dezesseis anos. Mas, Cee, este é o nosso segredo.

— Vou guardar. Eu juro para você, Tyler. Obrigada por confiar em mim.

Segue-se o silêncio, e eu sei que ele está sofrendo — posso sentir emanando dele. Mesmo depois de todos esses anos, mesmo em seu estado miserável, ele ainda a ama.

Pela primeira vez na vida, não vejo beleza na tragédia. Eu vejo a crueldade dela. Ele dirige, silencioso e pensativo, todo o caminho de volta ao shopping, só falando comigo quando entra no estacionamento. Ele sorri, balançando a cabeça ironicamente.

— A vida é uma loucura, né?

— Nunca se sabe aonde um dia pode te levar, especialmente por aqui — repito suas palavras do dia em que nos conhecemos.

— Você está bem?

— Estou bem. Juro. — A luz em seus olhos retorna por um momento, junto com um indício de sua covinha. — E eu estou aqui para qualquer favor que você precisar, Cee. Te dou cobertura.

— Eu também, Tyler, eu também.

36

— Você é uma vadia sortuda. — Apalpo minha barriga, admirando o ajuste perfeito do vestido que comprei especificamente para esta noite. Gastei metade de outro pagamento de merda só para ver a dona daquela loja, Tessa, se iluminar. Foi uma recompensa em si. É um conjunto de duas peças, um tomara que caia que mostra um pouco a lateral dos seios, junto com uma saia preta esvoaçante. É um pouco ousado, e decido que Dominic vai adorar. A ocasião é especial. É para o nosso primeiro encontro.

Um encontro de verdade.

Ideia dele.

Se isso não é evidência de progresso, não sei o que é. Tento não questionar mais o porquê de nós três.

Por mais que me esforce, não consigo entender por que esses dois caras lindos com tanto a oferecer ficaram fixados em mim. Não pode ser só pelo sexo, porque eu vi por mim mesma quão capazes eles são de conseguir qualquer mulher em um raio de oito quilômetros. Quero acreditar que o interesse deles é genuíno, que eles realmente me respeitam e concordam com esse acordo, porque não consigo imaginar ter que escolher entre eles. Não recebo nenhuma crítica em relação a esse combinado, absolutamente nenhuma.

Meus dias chuvosos com Dominic são escassos porque ele fica muito ocupado cuidando da oficina e dos negócios da sociedade — às vezes tenho que esperar dias só para colocar os olhos nele. É por isso que esta noite é tão especial, e estou absorvendo cada minuto, pois há um pressentimento dentro de mim que me lembra que um dia tudo isso vai acabar — seja no dia em que eu deixar Triple Falls para ir para a faculdade ou se eles me deixarem por outra pessoa.

Eu raramente deixo minha mente ir para esse lugar, porque o simples pensamento me faz mal.

Meus sonhos são preenchidos por eles todas as noites. Ultimamente tenho aprimorado meu francês com um novo aplicativo, e Dominic às vezes me entretém quando estamos juntos — embora ele próprio esteja enferrujado, o Francês mal-humorado.

Mas ele me incentiva — ambos me incentivam. Eles me mimam, me permitem esse tempo para ser egoísta, e tem sido o melhor verão da minha vida.

Então, esta noite vou tentar pra caralho viver o agora.

O som inconfundível do Camaro de Dominic rasgando na entrada me faz sorrir enquanto examino minha aparência uma última vez. Hoje estava especialmente quente, mas deixei o cabelo solto porque ele gosta assim — constantemente puxando os elásticos de cabelo quando os tenho presos e os jogando no lixo. Ele também não é fã de maquiagem, porque também joga fora quando deixo no banheiro dele.

O filho da puta.

Mas há tantas coisas que eu amo em Dominic. Na maneira como ele se comunica comigo sem dizer uma palavra.

Posso lê-lo com mais facilidade agora; avaliar seus humores, suas aversões, suas preferências. Fora do quarto, você não saberia que estamos juntos. Dentro do quarto, ele não fica mais do que minutos sem as mãos e os lábios em mim.

Eu amo isso.

Parte de mim acha que eu deveria ficar ofendida por sua recusa em nos assumir publicamente. Ainda assim, outra parte de mim sabe que é o jeito dele, e que ele provavelmente está me protegendo das fofocas da cidade pequena porque Sean e eu temos sido vistos com frequência nos beijando por aí.

E eu me sinto culpada. Mas com frequência faço coisas que espero que mostrem a Dominic que sou igualmente dedicada a ele.

Meu tempo, coração e atenção são distribuídos da maneira mais equilibrada possível, e, de certa forma, contrariando as leis da monogamia e da natureza humana, fazemos funcionar. Estamos funcionando, e estou começando a acreditar neles.

Não há ciúme, discussões ou brigas, a menos que a luta seja minha. Tenho tentado diariamente nas últimas semanas aceitar que meu coração está dividido e é totalmente capaz de amar os dois, mas não vejo esse acordo como justo para nenhum deles.

Então, por enquanto, vou aproveitar o que puder.

Agarrando minha bolsa, desço a escada e deixo meu celular para trás.

Saio de casa e sorrio quando Dominic estaciona o Camaro recém-encerado e reluzente.

Entro no carro e luto contra a vontade de beijá-lo.

— Oi — eu digo, e ele acelera. Dirigimos por alguns minutos em silêncio, meus dedos latejando para tocá-lo. Ele sorri, mantendo os olhos à frente, e sei que ele sabe o que estou pensando.

Reviro os olhos.

— Idiota.

— E pensar que coloquei uma camiseta limpa só para ser insultado.

— Estamos sozinhos, sabia? — eu indico, sabendo que, no minuto em que estivermos a portas fechadas, ele vai me tocar e eu vou implorar para ele não parar.

— Estou dirigindo. Tenha autocontrole, mulher. E nós nunca estamos sozinhos.

Olho em volta da cabine.

— Você tem algum amigo imaginário aqui?

— Cecelia. — Seu rosto fica inexpressivo, e espero pelo que parece uma eternidade até que ele fale. — Vamos estar sozinhos mais tarde. — É o mais próximo de uma promessa que vou conseguir, e decido que é o suficiente.

— Eu consigo manter minhas mãos sob controle, se quer saber.

— Tenho certeza que consegue.

Canalha arrogante.

Com os lábios contraídos, ele se mexe, seu antebraço musculoso se retesando devido ao aperto firme que ele mantém no volante.

— Quando você vai me deixar dirigir?

— Essa é fácil: *nunca*.

— De verdade?

— Só outra pessoa tem a chave deste carro, e ela nunca será usada.

— Você sabe que vou vasculhar o quarto de Sean de cima a baixo, não sabe?

Seu peito salta.

— Boa sorte.

— Eu vou dirigir este carro algum dia, Dominic. *Pode apostar.*

Ele me leva para Asheville, onde jantamos em um pátio ao ar livre. A cidade está situada no coração de Blue Ridge, mas é muito mais populosa do que Triple Falls e provavelmente a razão pela qual dirigimos por quarenta minutos. Mas o jantar é delicioso, e estar com ele nessa posição é igualmente inebriante. Adoro estar do outro lado da mesa, estudando seu rosto, seus cílios escuros, enquanto ele examina o cardápio antes de fazer o pedido para nós dois. Ele abre as portas para mim, dá gorjetas ridiculamente altas e sorri — sorri de verdade — mais de uma vez. O homem não é estranho à etiqueta adequada para encontros, nem é um estranho aos modos de um cavalheiro, o que só me faz questionar sua recepção inicial a mim. Quando nos conhecemos, ele agiu como um porco desagradável ao extremo.

No caminho para casa, ele levanta minha saia e expõe minha calcinha, afastando minha mão com um tapa quando tento empurrá-la de volta para baixo. Ele fica satisfeito em saber que pode olhar e me ver vulnerável, e, embora eu finja irritação, adoro cada minuto disso. Ele passa a viagem descrevendo como quer me tocar, onde quer lamber, e detalha exatamente o que vai fazer para me fazer gozar enquanto eu fico lá sentada, ouvindo, extasiada, enlouquecendo e ficando mais molhada a cada segundo. Quando ele estaciona, estou perto do orgasmo. No minuto em que ele desliga o motor, eu voo para ele, e ele me dá as boas-vindas, um gemido saindo de sua garganta, deixando evidente que ele também precisa de mim.

E ele precisa, porque me fode duas vezes antes de enrolar um baseado. Deito no banco, minha cabeça apoiada na porta, vestindo nada além da minha calcinha. Do meu ponto de vista, posso admirar seu perfil, seu corpo, ele. A música sai de seus alto-falantes enquanto levanto meu pé descalço e massageio alegremente sua lateral com meus dedos do pé enquanto ele prepara a seda.

— O que é isso?

— David Bowie. *Shhh.* — Ele deposita a maconha na seda e alcança o painel para aumentar o volume. — O primeiro minuto e meio dessa música é animal. Escute.

E eu escuto, decidindo que é definitivamente material para dissecarmos e repetirmos. É uma das coisas que fazemos agora. Ele brinca de DJ e nós conversamos sobre a música. Tenho certeza de que, se ele não fosse um vigilante/criminoso/mecânico, teria feito algo nessa área.

— Eu amei.

Ele me dá um sorriso completo, o que é raro.

— Eu sabia que você iria gostar.

Uma vibração ziguezagueia pelo meu peito. Ele está tentando, por mim.

— Você nunca vai me dizer por que não gostou de mim no começo?

— Quem disse que eu gosto de você agora?

Pressiono meus dedos dos pés na lateral do seu corpo e ganho um olhar mortal quando um pouco da erva cai de seu colo.

— Se eu disser que gosto de você, tenho que te levar ao baile?

— Não sou tão novinha assim.

— Você é um bebê.

— Você não é muito mais velho. — Ele acabou de completar vinte e seis, e eu o acordei de um jeito que espero que ele nunca esqueça.

— Tenho idade suficiente para ter mais juízo.

— Só que você ficou bem *burro* depois de mim.

— Sim — diz ele, pensativo. — Eu fiquei.

— O que isso deveria significar?

— Não se ofenda — ele interrompe, aparentemente repensando sua escolha de palavras.

— Me considere ofendida. — Cravo meus dedos do pé nele, esperando que seja doloroso.

298

— Quanto drama. — Ele ri, lambendo a seda e selando. — Não seja uma garotinha.

— Desculpe, eu estava sentindo sua falta.

Ele franze a testa e eu rio, porque sei que não é como se ele não quisesse que eu dissesse essas coisas; é que ele se sente um idiota quando não está com vontade de retribuir o sentimento, e esse humor aparece mais raramente do que o sorriso dele. Há tanta coisa sobre ele que consigo prever agora, e me orgulho de me aproximar o suficiente para entendê-lo. Sean tentou me dizer que havia muito mais nele, mas eu realmente não acreditei até chegar perto o suficiente para ver — para experimentar — por mim mesma.

— Você vai me contar o que aconteceu com seus pais?

Imediatamente me arrependo da pergunta, porque seus olhos escurecem, seu foco atravessando o para-brisa em direção à floresta. Estamos no local da reunião, aonde ele sempre me leva para trabalhar em seu laptop quando quer sair de casa antes que a tempestade chegue. Eu agora considero nosso lugar, embora tecnicamente Tyler seja o dono. Ele comprou o terreno antes de entrar para a Marinha.

— Eles morreram em um acidente.

— Quantos anos você tinha?

— Quase seis.

— Sinto muito.

Juntando os lábios, ele inclina a cabeça e acende o baseado, sua resposta saindo em uma expiração.

— É, eu também. — O cheiro agora familiar é um conforto enquanto forma uma novem ao meu redor. — Não lembro de muita coisa, imagens de um sorriso aqui e ali. Dela limpando meu joelho depois de um passeio de bicicleta que terminou mal, a cor do cabelo dela, igual ao meu. A maneira como ela ria histericamente. Pequenas coisas, pequenos fragmentos dela eu guardo trancados. Mas, principalmente, eu lembro da música que ela ouvia, porque ela tocava o tempo todo. — Ele engole, sua confissão me pegando de surpresa.

— A mesma coisa que nós ouvimos? Esses eram os estilos dela?

Ele concorda.

— A maioria deles, sim. — Ele se vira para mim, seus olhos brilhando com uma rara vulnerabilidade. — Quando ouço, sinto que a conheço. Quanto mais velho eu fico, melhor compreendo a letra e a minha mãe, entende o que eu quero dizer?

Meu coração derrete com sua confissão, e eu assinto, querendo muito puxá-lo para mim, mas agora não é a hora.

— E seu pai?

Ele faz uma careta.

— Mesma coisa. Um flash aqui e ali. — Ele ri. — Ele tinha cabelo ruivo.

— Não acredito.

— Sim, o pai *dele* era escocês, é de onde vem meu nome, e a mãe era francesa, então ele era meio escocês, meio vira-lata francês, criado na França.

— Você não deve se parecer nada com ele.

— Não pareço.

— Como eles se conheceram?

Ele dá outro trago no baseado e exala antes de passar para mim.

— Uma história diferente para um dia diferente.

Eu não pressiono e respiro fundo.

— Você tem fotos deles?

— Algumas, mas eles morreram antes da revolução digital. — Ele puxa um pedaço de maconha solta de sua língua. — Tatie tem algumas fotos trancadas no sótão em algum lugar, mas não éramos muito fãs de fotos de família de toda forma.

— Por que não? Por causa da Sociedade dos Corvos?

Ele sorri para mim, erguendo a sobrancelha, uma risada incrédula em sua pergunta.

— Sociedade dos Corvos?

Eu dou de ombros.

— Quer dizer, essencialmente é isso que vocês são. Não me diga que nunca pensou nisso dessa maneira. Tyler *tem* o apelido de Frei.

— Não é como um livro de histórias para mim.

— Porque você está vivendo a história.

— Vista a roupa. Vamos terminar de fumar isso lá em cima.

— Lá em cima? Alguma coisa errada com sua visão atual? — Olho para baixo e para cima novamente.

— Sim. — Seus olhos deslizam pelo meu corpo com uma intenção clara. — Estou sem preservativo.

— O topless não foi inventado pelos franceses?

O olhar que ele me devolve é envolto por um toque de posse e me faz sorrir enquanto coloco meu vestido.

Em êxtase, descanso na dobra do braço de Dominic em cima de seu capô enquanto olhamos para o céu noturno. Afundo em seu toque, seu cheiro de mar fresco enchendo meu nariz. Estou completamente acesa por dentro e por fora com o barato do baseado que fumamos e a sensação de seus lábios, sua pele.

Sorrindo, me viro para ele assim que ele olha para mim, seus olhos cheios de alegria.

— O que foi?

— Quem é você e o que você fez com o meu filho da puta?

Ele passa a mão sobre meu mamilo antes de beliscá-lo dolorosamente. Eu grito e depois caio na gargalhada.

— Aí está você. — Eu me acomodo e nos aquecemos na brisa. Eu juro que, se o céu existe, é aqui com ele. — Dom?

— Sim?

— O que você quer, tipo, para o futuro?

Ele fica em silêncio por alguns longos segundos, e presumo que não vá responder.

— Não é uma pergunta estúpida.

Outro minuto de silêncio.

— Nada.

Eu suspiro.

— Eu acho que é uma coisa boa, só assim você não se decepciona.

Seu peito salta.

— Devo perguntar o que você quer agora?

— Não, se você não se importar.

— Não sou centrado no futuro. Planos não dominam o homem.

— Eu sei. Eu sei. Viva o agora, viva cada dia como vier. Eu entendo, mas não tem alguma coisa que você queira?

— Não, mas é óbvio que tem algo que *você* quer.

Mais. Mais dele. Mais de Sean. Mais deste verão sem fim. No entanto, guardo minhas esperanças para mim. Porque tenho certeza de que isso não vai durar para sempre. Esse medo está começando a me consumir cada vez mais. E, além de suas ambições, tenho as minhas e sei que um dia vou ser mais exigente. Um dia talvez eu escolha uma vida ou um caminho que nenhum dos dois poderá seguir comigo. A ideia de perder qualquer um deles, esse tipo de evolução, é paralisante. Nunca estive tão feliz. Nunca. Minha única salvação é que não preciso deixar Triple Falls tão cedo.

— O que é? — Ele gentilmente me cutuca de onde ele descansa.

— Não gosto de dar voz aos meus medos. Porque aí eu só consigo esperar que eles se tornem realidade.

— Isso é sombrio.

— É melhor do que não querer nada no futuro.

— Eu já sei o que acontece — sussurra ele, com segurança.

— Como assim? Você pode prever o futuro?

— Eu posso prever o meu, porque eu faço as coisas acontecerem.

— Que coisas?

— O que eu decidir.

Eu me levanto dele, e ele me deixa.

— Só por uma vez, você pode me dar uma resposta direta?

— Qual é a pergunta?

Eu troco de rota.

— Você nunca fica com ciúme?

Ele sustenta meu olhar, sua voz uniforme.

— Não.

— Por quê?

— Porque ele pode te dar coisas que eu não posso.

— Não estou reclamando... Por favor, não pense que estou. Mas por que você não pode?

— Porque eu não sou como ele. Eu sou muito mais simples.

— Não acredito nisso.

— É verdade.

Eu tateio a linha de sua mandíbula.

— Você é tudo menos simples.

— Minhas necessidades são. Não quero as coisas do mesmo jeito que as outras pessoas.

— Por quê? Por que treinar a si mesmo para essa simplicidade quando você vale tanto... — Eu me abro e me permito revelar o que estou sentindo. — Você é muito mais do que deixa as pessoas verem, do que se dá crédito.

— Esse é o ponto.

— Por que você não deixa as pessoas te conhecerem?

— Você me conhece.

Eu me derreto nessa declaração, o tom me dando vida, suas palavras me dando vida.

— E eu tenho sorte.

— Você tem tudo menos isso — murmura ele, secamente.

— Por favor, pare com isso... você não tem baixa autoestima. Qual é a dessa merda simplória?

— Tem tanta coisa que você não sabe.

— Eu quero saber, Dom. Quero conhecer todos os seus lados.

— Você não quer, Cecelia... Você acha que sim, mas não quer.

— Você acha que eu não vou gostar de você como gosto agora?

— As coisas vão mudar.

— Eu não me importo. — Coloco as mãos em seu peito. — Eu quero participar. Por favor, se abra comigo.

Ele permanece quieto e eu solto um suspiro frustrado. Ultimamente estou ficando cada vez mais chateada com o controle combativo que eles mostram, mas nada muda. É o preço que tenho que pagar para estar com os dois, então recuo.

— Está bem, está bem. — Eu rolo para trás e deixo a cabeça descansar em seu para-brisa, silenciosamente me repreendendo por ser tão incisiva. — Desculpa. — Eu me levanto e pressiono um beijo em sua mandíbula. — É difícil estar com você. Às vezes é difícil.

Reivindico meu lugar de volta em seu abraço e passo a mão por baixo de sua camisa, apalpando seu peito. Ele agarra meu ombro nu, me puxando para mais perto.

— Você está participando.

Cada palavra atinge a parte mais íntima de mim. Emoções vêm à tona quando estico o pescoço para olhar para ele. Ele deposita um beijo suave em meus lábios, aprofundando-o a ponto de forçar as palavras para dentro de mim.

Quando se afasta, sinto tudo de uma vez. Eu sei que estou apaixonada por ele. Só não sei o quanto eu o conheço.

303

Meu geek de computador/guerreiro do teclado, meu nerd de livros que vive como um camponês, apesar de seu lugar na hierarquia. Um herói silencioso com um temperamento explosivo. Um amante apaixonado, que guarda sua bondade sutil; um calor quase imperceptível, a menos que você chegue perto o suficiente para vê-lo. No entanto, com ele posso ver, posso sentir; em seu toque, em seu olhar, dentro dele mora uma alma gentil capaz de muito mais do que deixa transparecer. Estou tão ávida por ele que quero que ele tenha tudo. Eu quero que ele abrace isso. Eu quero vê-lo banhado com o amor que ele merece. E, de forma egoísta, quero ser a única a dar isso a ele.

Abro a boca para fazer exatamente isso quando ele a cobre.

— Não desperdice boas palavras comigo.

Ele abafa minha objeção.

— Está tudo bem, Cecelia. Estou o mais próximo da felicidade que um homem como eu merece.

São seus segredos que o mantêm humilde, impedindo-o de querer algo além do que tem. Só um bom homem questionaria se merece ou não algo mais. Uma parte de mim se comove com a ideia de que ele acha que não merece mais nada de seu futuro.

— Você já machucou alguém?

Silêncio. Mas não é uma pergunta estúpida. É só uma pergunta a que ele não vai responder. É provável que tenha usado a arma em seu carro e que o faça novamente. Ele é um homem com muitos segredos e ninguém com quem compartilhá-los.

— Eu te faço feliz? Mesmo que pouco?

Não posso deixar de sorrir com seu silêncio antes de ele me beijar até perder o fôlego.

Dominic estaciona em frente à oficina e eu sorrio quando vejo o Nova de Sean. Corro pelo saguão, parando ao notar a expressão em seu rosto. Ele encontra os olhos de Dominic atrás de mim, sua expressão grave antes de me dar atenção, um rápido lampejo de dentes quando o alcanço.

— Você esteve aprontando?

— Sempre.

— Essa é a minha garota.

— Onde está todo mundo? — pergunto, olhando ao redor da garagem.

Sean ignora minha pergunta e passa os dedos pelo meu cabelo.

— Cecelia, vou levar você para casa, ok?

Eu me viro para ver que os olhos de Dominic ficaram frios; sua mandíbula travada em uma linha firme.

— Mas...

— Esta noite não, ok? — Sean diz suavemente. — O Dom e eu temos que conversar.

Eu sei que perguntar o que há de errado é inútil, mas a tensão emanando dele me deixa em alerta máximo.

— Vocês estão... seguros?

Ele passa o dedo pelo meu nariz e me olha com pura adoração.

— Segurança é uma ilusão, bebê.

— Meu Deus, Sean, você pode mentir para mim só desta vez?

— Eu amaldiçoo o chão que você pisa. — Ele fica inexpressivo e olha por cima do meu ombro para Dominic, que fala atrás de mim.

— Quando?

— Agora.

— Porra — diz ele, seus olhos passam por mim e depois de volta para Sean. — Leve-a para casa.

Sean assente e segura minha mão, e eu balanço a cabeça, andando em direção a Dominic. Apenas uma vez, espero que ele abra uma exceção e deixe seu temperamento ficar em segundo plano, e ele o faz. Eu me levanto na ponta dos pés enquanto ele me puxa para ele e me beija por alguns segundos, praticamente me levantando do chão com o passar de sua língua. Quando ele se afasta, fico atordoada.

— Você precisa ir, bebê. — O termo carinhoso saindo de seus lábios instila pavor em mim. Olho para trás, para Sean, enquanto as emoções assumem o controle, e eu finalmente vejo — a preocupação de que eu tive vislumbres desde o momento em que nos conhecemos.

Eles estão com medo.

Está escrito na rigidez de suas posturas e em suas expressões.

— Está tudo bem — diz Sean suavemente, me puxando para si, incerteza em seu tom. — Mas nós temos que ir, bebê. *Neste* instante.

— Tá bom. — Nós passamos por Dominic, e nossos dedos roçam um no outro. Ele não olha para trás. Só fica parado no meio da oficina, com os olhos baixos, e eu o observo segundos antes de ele entrar em erupção, o som estridente de metal atingindo as portas do galpão enquanto Sean me arranca do prédio e me puxa para dentro do carro.

Toda a cor desaparece do meu rosto quando Sean me conduz para dentro.

— Eu não me importo. Você está me ouvindo? Eu não me importo com o que é. Me diga alguma coisa.

Ele acelera para fora do estacionamento e eu espero, sabendo que ele sente a ansiedade exalando de mim.

— Sean, por favor...

— Alguém não conseguiu guardar um segredo.

37

Foram dias de silêncio, dias de mensagens sem resposta. Passei de preocupada a confusa, a revoltada, e tudo o que quero neste momento é um pequeno aviso. Parando na oficina, respiro fundo. Meu coração disparado levou uma queda inesperada em relação ao lugar em que estava há setenta e duas horas, e tudo isso se deve ao ensurdecedor silêncio coletivo.

Tenho sido paciente; dei a eles espaço suficiente para lidar com o que quer que os tenha tirado de mim sem uma explicação razoável.

Não preciso de respostas, mas preciso vê-los. Eu sei que o que eles fazem nos bastidores é perigoso, mas o silêncio deles a esta altura é simplesmente cruel. Não dormi nada e acabei de trabalhar outro turno no qual Sean não apareceu. Graças aos boatos da fábrica, ouvi dizer que ele ligou. Fiquei tentada mais de uma vez a ligar para Layla, mas não é assim que as coisas funcionam.

Pedir uma verificação de prova de vida para o bem da minha sanidade teria sido o próximo passo se eu não visse vários carros do lado de fora da oficina, incluindo os dois que pertencem aos homens dos quais vim buscar respostas.

Negócios da sociedade. Tudo nos últimos dias deve ter sido preenchido com isso, porque o estacionamento está mais lotado do que nunca. Virgínia está aqui, assim como Alabama. Mas não é uma reunião. Ela aconteceu na semana passada, o que significa que não haverá outra por pelo menos duas semanas. A menos que algo esteja realmente errado.

Saio do meu carro em pânico, sinto o estrondo do baixo e não posso evitar meu sorriso aliviado quando ouço o clima do outro lado da porta — vozes misturadas com risadas.

Eles estão bem. Você está bem.

Me forço a acreditar que os negócios da sociedade são o que os mantém afastados, porque a alternativa é muito dolorosa. Não me permiti pensar nisso. Nada sobre nossa última interação indicava que isso era uma possibilidade. Mas, se eles estão tentando terminar comigo silenciosamente, não vou dar a eles a satisfação de fazer isso sem uma explicação — especialmente depois de como Sean e eu nos tornamos próximos neste verão, tanto como amigos quanto como amantes. E Dominic — bom, não consigo nem identificar quais sentimentos existem devido ao desejo ou à curiosidade ou à junção das duas coisas, mas, naquela última noite que passamos juntos, foi amor o que senti — isso eu admito.

Porque eu realmente amo os dois.

E, se eles estão bem, eu estou bem.

O medo torturante me corrói enquanto me aproximo da porta com uma intenção trêmula. Quando chego lá e ouço a melodia incomum tocando na oficina, percebo que eles estavam me esperando.

"Afternoon Delight" paira no ar e através das portas conforme meu peito se agita e o pavor enche a boca do meu estômago.

É uma piada. Tem que ser. E não é engraçado. Vou encontrar uma maneira de punir Sean por isso.

Parado na porta do saguão e olhando para o galpão, vejo que está tudo normal com a adição de vários convidados. Meus caras se aglomeram em volta da mesa de sinuca, farreando, cervejas na mão enquanto passam um baseado. Sean observa Dominic dar uma tacada na mesa, se recusando a olhar para cima. Ele sabe que estou aqui. Troquei de roupa depois do trabalho e estou abafando com seu vestido de verão vermelho favorito. Meus lábios foram pintados para combinar. Fico parada como um farol esperando por algum tipo de reconhecimento enquanto eles conversam e algumas cabeças que não reconheço se voltam para mim. Quando a próxima música começa a tocar assim que passo pela porta, minha luta por atenção rapidamente se transforma em náusea ameaçadora.

É então que percebo por que Sean está mantendo os olhos baixos. Ele não quer ver a adaga que está enfiando em meu peito devagar.

"Cecilia", de Simon e Garfunkel, começa a tocar quando a porta bate atrás de mim, fixando meu lugar na armadilha.

Cada palavra da música é como um tapa na cara.

Isso não está acontecendo.

Isso não está acontecendo.

Mas está. A música, a letra, a melodia deslocada me perfuram enquanto meu coração dispara no peito, continuamente martelando a barreira em ruínas, implorando para ser libertado, para um destino em qualquer lugar, menos aqui. Lágrimas queimam meus olhos à medida que observo os dois homens pelos quais vim até aqui me ignorarem descaradamente, enquanto mais cabeças começam a se virar em minha direção.

Dominic está debruçado sobre a mesa, dando sua tacada, e Sean está parado no canto, com as mãos em volta do taco de sinuca, enquanto Tyler sussurra em seu ouvido, seus olhos nos meus, um sorriso em seu rosto com covinhas. Ele não sabe.

Mas Sean sabe, e Dominic também.

O restante do grupo se amontoa em torno dos barris, alheios à porra da faca me cortando. Dominic faz sua jogada, antes de finalmente me olhar no fundo dos olhos, um sorriso presunçoso brincando em seus lábios.

Blocos de traição obstruem minha garganta, me sufocando enquanto aquele sorriso me marca com a letra escarlate, virando todas as nossas ações pervertidas contra mim.

Me afogando em decepção, afundo cada vez mais onde estou, lutando contra a bile que sobe pela minha garganta e mergulhando em uma onda de desespero.

Meu pescoço está em chamas, meu coração grita por misericórdia em batidas doloridas contra meu peito, então Sean finalmente ergue os olhos para olhar para mim.

É aí que eu quebro, totalmente humilhada e completamente surpresa com as segundas faces dos homens por quem me apaixonei tanto. Cada letra transforma cada belo momento que compartilhamos em momentos de depravação.

Fui enganada.

Eu me abri com eles.

Deixei que eles me usassem.

Me convenci de que era real. Que eles se importavam.

Achei que era amor.

Mas eu era um jogo para eles.

Eles armaram para mim, me ergueram o mais alto que pude voar só para me ver cair.

Não percebo que estou chorando até não conseguir mais vê-los. Lágrimas pretas mancham minhas bochechas, e tudo o que vejo são versões borradas dos homens a quem dei meu coração — minha confiança. E talvez seja melhor que eu não os veja, assim posso apagar as velhas imagens por estas novas, substituir o tudo o que senti pelo nada que eles me deixaram.

Eles me fizeram sentir segura, aceita.

Eu os amava completamente.

Eu me entreguei a eles, e eles me deixaram...

Uma a uma, as cabeças se voltam devagar em minha direção. E, pouco a pouco, percebo que conquistei a atenção de toda a oficina. Meu rosto quente, soluços explodindo para fora de mim. Fecho os olhos com força, desejando que o momento passe; o fogo do inferno em meu coração, a condenação, a marca, o julgamento.

Não consigo abrir os olhos, olhar para cima, me mover. Não consigo respirar através dessa traição, com a dor em meu coração, com a dor que queima através de mim.

Eu sou *aquela* garota. A garota que jurei que nunca seria. A boba que prometi a mim mesma que nunca mais seria.

Mas cá estou eu, uma maldita idiota.

Nada além de uma prostituta barata.

Pior, entreguei meu coração por nada. Para me tornar nada. Brinquei com fogo e agora estou irreconhecivelmente queimada. Abrindo os olhos, eu sei que apenas alguns segundos se passaram enquanto examino os rostos daqueles que testemunham meu fim. Neles, não vejo nada além de confusão e pena, especialmente de Tyler, cujos olhos voam entre nós.

Sean dá um passo em minha direção, e Dominic bate a mão no peito dele, seus lábios se curvando para cima, seus olhos dançando com diversão. Fui o brinquedo deles e agora não sou mais digna de seu tempo e atenção.

O desgosto toma conta de mim à medida que me concentro em Dominic, me lembrando das palavras que ele me disse há alguns dias, do jeito que ele me tocou sob as estrelas. Pior do que isso, Sean tinha sido tão convincente quanto, talvez até mais. Imagens do começo do nosso relacionamento voam pela minha mente; nossos beijos, nossas risadas compartilhadas, acordar em seus braços, nossas conversas.

Aos olhos deles, eu não sou nada. *Nada.*

Aos olhos deles, sou apenas mais uma.

Destruída, estou a meio caminho da porta quando ouço uma briga irromper do outro lado do vidro. Antes de sair da oficina, eu me viro o suficiente para ver o punho de Sean se conectar com a mandíbula de Dominic. A humilhação pulsa em minhas têmporas, e sangue goteja livremente, preenchendo cada um dos meus passos.

Não me preocupo em fazer as malas e dirijo a noite toda.

38

Duas semanas.

Foi isso que pedi ao meu pai, e ele me concedeu sem problemas. Fui direto ver Christy, que acabara de alugar seu primeiro apartamento em Atlanta. Passei a primeira semana em seu sofá, chorando em seu colo enquanto ela tentava me acalmar com palavras de conforto.

Não acho que Sean queria me machucar, não desse jeito, e a briga que irrompeu parecia indicar isso. Mas, se ele é tão covarde e concordou com o plano de Dominic — até mesmo o incentivou —, não posso permitir que ele signifique mais nada para mim.

Eu culpo a mim mesma. Participei ativamente de tudo isso. Eu me permiti ser repassada como um lembrancinha de festa, o tempo todo implorando por mais.

E eles tomaram e tomaram, e eu adorei cada segundo.

Desde então, passei meu tempo fazendo longas caminhadas pelo condomínio de Christy, tentando identificar onde errei, e tudo me leva de volta ao início — aceitar o convite de Sean no dia em que o conheci.

Fui enganada até o último segundo. Até eles me mostrarem quanto.

Não sei como eu esperava que tudo terminasse, mas com certeza não era assim. Para ser sincera comigo mesma, não me via escolhendo um em detrimento do outro, mesmo que tivesse escolha. Mas até isso eles tiraram de mim.

Eles me jogaram de lado como lixo. E eu pedi por isso. Ansiando por ambos, permitindo que eles entrassem no meio das minhas pernas, na minha mente e no meu coração.

Christy ainda não faz ideia do que me dizer. Compartilhei grande parte dos detalhes do relacionamento com ela, deixando de lado o negócio da sociedade. Ela engoliu os detalhes como se fosse a história mais fascinante, mas, se eu olhar muito de perto, consigo ver um pouco de seu repúdio. E não posso culpá-la por isso. Eu entendo. Já repudiei a mim mesma o suficiente para durar uma vida inteira.

Eu só queria poder me arrepender.

Mas a verdade é que não consigo. E a parte mais doentia? Eu *ainda* os desejo. Eu ainda os amo.

Estou com nojo de mim mesma. Como me tornei tão depravada?

Todos os dias, ainda anseio por sua atenção, seu carinho, seus braços fortes, seus beijos, suas peculiaridades. Eu os memorizei. Mas é a lembrança recente daqueles segundos que passei naquela oficina que me deixa revoltada.

Entre a névoa nublada do meu desespero, há um fio de esperança. Algo está crescendo dentro de mim que anula qualquer uma dessas emoções tolas, e é a necessidade de retaliação, vingança. Se eu tiver a chance, estou determinada a aproveitá-la.

Quer eles admitam ou não, aqueles caras se importaram comigo. Por alguma razão eles decidiram cortar os laços, me afastar, mas sua afeição foi convincente demais para ser completamente inventada.

Mesmo que tivesse acontecido da maneira mais cruel, aquela afeição não era fruto da porra da minha imaginação. Eles confiaram em mim, me trataram com o maior cuidado. Não podia ser tudo mentira. Se for, estarei realmente perdida.

Algo aconteceu.

Algo deve ter acontecido para que eles executassem um plano tão brutal. Mesmo que Dominic seja capaz desse tipo de maldade, de mascarar seus sentimentos tão bem, o que eu sei que ele é, Sean não é.

Mas ele merece minha ira igualmente, porque deixou isso acontecer.

Pode não ter sido amor para nenhum deles, mas foi algo mais do que sexo. Mesmo assim, suas ações são imperdoáveis.

Pela primeira vez na vida, sinto conforto no fato de ser filha do meu pai. Uma parte de mim é capaz de ser tão insensível, tão reptiliana quanto ele. Se eu tiver que canalizar o sangue que eu continuamente nego — continuamente amaldiçoo — e que agora corre frio em minhas veias para me tornar algo além de um coração instável e ensanguentado, que assim seja.

— Que olhar é esse? — me pergunta Christy enquanto olho sem foco para uma garotinha brincando nos degraus da piscina do condomínio. Nós estivemos aqui nos últimos dias tomando o último sol de verão. A menina dá um gritinho de alegria quando a mãe se ajoelha ao lado dela, reaplicando protetor solar nos braços.

Me lembro de jogar um jogo comigo mesma quando tinha a idade dela — um jogo perigoso. Muitas vezes eu brincava sozinha, enquanto minha mãe estava ocupada entretendo amigos ou qualquer outro namorado que se juntasse a nós naquele dia. Eu me desafiava a nadar cada vez mais longe de onde dava pé, até que chegava à parte mais funda, a cabeça sob a superfície, e sozinha, salvando a mim mesma enquanto ninguém notava que eu estava me afogando. E eu tinha feito isso. Um segundo antes de saber que estaria mergulhando pela última vez; bati as pernas com tanta força que acabei chocando a cabeça contra a borda da piscina. Pouco antes de tudo ficar preto, encontrei apoio com as palmas das mãos no concreto e me puxei para um lugar seguro antes de soluçar de alívio. Foi quando minha mãe finalmente percebeu. Fui abraçada e em seguida apanhei com força.

Mesmo quando era criança, sempre tive um fascínio doentio pelas profundezas, por me colocar em risco. A doença que reside dentro de mim não é nova. Mas eu a deixei escapar e, nas palavras de Sean, fiz as pazes com meu demônio interior. Eu deixei aquele demônio me governar por um verão, e ele foi igualmente imprudente com meu bem-estar.

Este é o momento em que posso afundar ou chorar de alívio. É hora de nadar e me puxar para fora disso. Mas meu coração, minhas

lembranças, minha doença persistente me puxam para baixo; ameaçando qualquer sinal de progresso, me deixando desamparada no
fundo do poço.

Hora de nadar, Cecelia.

— Cee? — pergunta Christy. Mantenho os olhos na garotinha,
chapinhando antes de pular do degrau para a segurança dos braços
de sua mãe.

— Estou pensando que não está tudo bem. Estou pensando... —
Preciso encontrar aquela borda de concreto. Ao mesmo tempo, estou
pensando que preciso matar a parte curiosa daquela garotinha, para
que isso nunca mais aconteça. Não me dou muito crédito pela vida
que vivi, mas talvez devesse. Sobrevivi criando uma mãe adolescente
e um tanto negligente. Eu me levava até a escola, mantinha a cabeça
acima da água sem supervisão. Cheguei até aqui sozinha, sem a verdadeira orientação das pessoas em quem deveria me apoiar, e fiz um
ótimo trabalho, até alguns meses atrás. Sobrevivi a dezenove anos
nadando, e vou sobreviver a mais dezenove. Com determinação renovada, me viro para minha melhor amiga. — Estou pensando que
esqueci quem eu sou no fim das contas.

— Essa é minha garota — diz ela. — Me deixou preocupada por
um minuto. O que você pretende fazer?

— Por mim, seguir em frente. Para eles? Não sei. Talvez nada. Mas a
vingança é um prato que se come frio. Eu vou saber quando o vir. Por
enquanto, o importante é colocar minha cabeça no lugar. Não confio
completamente em carma, mas, se algum dia estiver na presença dele,
vou garantir que ele faça seu trabalho.

— Droga, eu daria tudo para ser uma mosquinha — diz ela. — Você
consegue, amiga.

Só consigo assentir.

Christy se vira em uma espreguiçadeira de plástico barata, plantando suas longas pernas no deque entre nós e pegando minha mão,
seus olhos castanho-claros cheios de empatia. Ela é uma garota linda,
minha melhor amiga. Cabelo castanho ondulado de comprimento
médio, corpo atlético, traços suaves e detalhados. Vê-la depois de levar
aquela marreta no peito tornou possível respirar quando ela me encontrou no meu carro nas primeiras horas da manhã, de braços abertos.

— Eu não culpo você, Cecelia. Eu posso não te entender completamente. E estou te dizendo agora, não posso dizer que não faria isso eu mesma, mas por Deus, garota, dois homens? Não consigo nem imaginar como seria.

— Não é mais tão incomum.

— Eu sei — diz ela. — Mas... — Ela balança a cabeça. — Você mergulhou de cabeça, hein?

— Eu acreditei neles, sabe? Eu pensei que eles fossem esclarecidos. Pensei que fossem alguma espécie rara. Que idiota de merda.

— Mas você está agora. *Você* está esclarecida. Eles podem estar pregando alguma merda, mas você acreditou e ainda acredita. Você se libertou. Você pode se orgulhar disso.

É a verdade, a verdade absoluta. Eles podem ser hipócritas, mas com eles eu descobri a verdade sobre mim mesma, sobre minha natureza. Eu mudei, e minha mente também mudou, apesar de sua hipocrisia e crueldade condenatória.

— É melhor você me ligar todo dia.

— Eu ligo. — Me viro para ela, minha única amiga verdadeira. Minha única família de verdade. — Vamos visitar minha mãe.

39

Christy funga enquanto Hubble se afasta de Katy antes que eles se olhem.

— E-e-espere aí, eles não acabam juntos?

Os créditos rolam quando Christy desloca os olhos assassinos da tela para mim.

— Eles não ficam juntos?!

— Não.

O queixo de Christy cai quando mamãe e eu rimos dela. Ela fica sentada no sofá arremessando caramelos em nós duas.

— Que merda é essa?

— Nem todas as histórias de amor têm finais felizes — diz minha mãe, baixinho. Eu olho para onde descansa em sua poltrona, a única peça de mobília que ela trouxe para a casa do namorado. Ele está fora hoje, com a desculpa de que foi *pescar* para nos dar um dia juntos. Ela ganhou peso e há um pouco de cor em suas bochechas, que não existiam antes de eu sair. Só consigo ficar feliz por ela. Ela era um invólucro quando me mudei para Triple Falls. Mas sua última declaração desperta minha curiosidade.

— Quem você amou assim, mãe?

317

— Alguns e *um* a mais.

Eu assinto, em perfeita compreensão.

— Eu. Não. Acredito. Que. Eles não terminam juntos! — exclama Christy, exasperada quando nos voltamos para ela.

— O nome do filme é *Nosso amor de ontem* por uma razão. Em primeiro lugar, ele a traiu — ressalta mamãe. — Mais importante, ele não conseguia lidar com a personalidade dela, suas crenças ou sua força; portanto, ele *não* a merecia. E, diante dessa escolha, ele não quis ter nenhuma relação com a filha deles por causa disso. Você ainda acha que eles deveriam ficar juntos?

— Mas... — protesta Christy.

— Essa é a verdade — acrescento. — As pessoas não querem mais a verdade cruel nas histórias de amor, mas isso aí... — aponto para a tela — é a mais cruel e *feia* verdade.

— Isso mesmo — diz minha mãe, com claro orgulho em seus olhos. — E *essa* é uma história que te marca.

Christy suspira.

— Porra. Isso foi horrível.

— Não, não foi. — Minha mãe ri, acendendo um cigarro. — Você devorou o filme. — Ela me dá um sorriso conspiratório. — Devemos deixá-la arrasada?

Eu concordo.

— Com certeza.

— Vocês são duas masoquistas. — Ela olha entre nós enquanto eu pego o controle remoto. — Me fazendo assistir a todos esses filmes velhos e tristes que *machucam*.

— São os melhores — responde mamãe, com uma pitada de tristeza em suas palavras.

— Isso pode ser verdade para *algumas pessoas*, mas eu ainda acredito em príncipe encantado — declara Christy. — Não importa quão brutas vocês sejam comigo.

— E você deveria — mamãe entra na conversa. — Mas saiba que a imagem na sua cabeça pode não corresponder à sua realidade. Existem pouquíssimos homens que valem o inferno que te fizeram passar. Portanto, tenha muito cuidado a quem você entrega seu corpo e coração. Eles podem acabar tirando tudo de você.

Touché, mãe. Touché.

— Aperte os cintos — digo a Christy, pegando o controle remoto. — Esse foi gravado em oitenta e um.

— Ah, Deus. — Ela afunda sob o cobertor no sofá. — Não sei se vou aguentar.

Mamãe pisca para mim, apagando o cigarro enquanto dou play em *Amor sem fim*.

É ali naquela sala que encontro alguma força. Não dos filmes que cresci assistindo com minha mãe, que foram compartilhados com ela por sua própria mãe, embora eu tenha certeza de que eles não ajudaram em nada minha percepção distorcida do amor. A força que extraio vem das mulheres que me cercam. Durante meses, vivi apenas para os homens que me consumiram antes de me jogar fora. Apesar do meu esforço, eu me perdi neles, permiti que minha afeição por eles ocupasse minha existência. Não fiz amigos fora do círculo deles e, quando voltar, não terei vida além deles. Posso ter descoberto algumas coisas, mas principalmente tudo o que me tornei é codependente. E vou fazer questão de corrigir isso.

A única coisa que me resta fazer é lamentar e sentir raiva.

E, embora doa como nenhuma outra dor que já senti, fiz o que me propus a fazer.

Posso dizer com segurança que Cecelia Horner não é mais uma menina tímida.

Eu saltei do precipício e agora preciso decidir se essa dor que estou sentindo valeu o acordo de um verão inesquecível.

Hora de nadar, Cecelia.

Brooke Shields aparece na tela; linda, ingênua, a inocência intacta enquanto desce a escada ao encontro de seu amante, intocada pela amargura que não posso deixar de sentir, e quero avisá-la, dizer a ela que aquele olhar que ela dá para aquele garoto enquanto eles fodem à luz da lareira vai custar caro. Em vez disso, sofro com ela e lamento a inocência da qual ela está abrindo mão, porque, no fundo, ainda estou viciada naquele sentimento tão familiar. Meu coração me amaldiçoa enquanto observo, extasiada, revivendo meus dias e noites sob as árvores e estrelas.

Enquanto assisto, tudo o que consigo fazer é sentir a dor da perda e lamentar a garota que ela tinha sido antes que o amor tomasse conta.

Meu celular vibra na mesa à minha frente, e os olhos de Christy encontram os meus quando o contato NUNCA ATENDER aparece na tela.

Eu ignoro sem hesitar, e ela me lança um sorriso orgulhoso antes de seu olhar se voltar para o filme, seus olhos bêbados de amor.

Mas os meus estão bem abertos.

A viciada dentro de mim luta para me manter no fundo do poço, portanto faço a única coisa que posso.

Eu nado.

40

No dia em que volto para casa em Triple Falls, mudo o código do portão e jogo fora o biquíni que usei no dia do lago. Meu celular vibra com uma mensagem de texto solitária e eu o ignoro. Ainda não me permiti ler as mensagens de Sean. Não há desculpa, nenhuma razão que eu possa imaginar, que seja boa o suficiente para justificar o que eles fizeram comigo.

Eu me tranquei em meu quarto e passei a maior parte do dia lendo sobre possibilidades de carreira e as especializações que coincidem com elas. Terei o primeiro ano de faculdade para refletir seriamente sobre isso, então fico tranquila, mas decido adiantar meus pré-requisitos e me inscrever nas aulas de outono. Entre meu tempo na faculdade comunitária e o trabalho na fábrica, ficarei ocupada o suficiente para não me meter em problemas.

De volta à estaca zero.

E vou usar meu tempo aqui de forma produtiva. Como uma folha em branco, me esforçando para apagar os últimos três meses e meio.

Depois de algumas horas trancada em minha cela, decido por um plano melhor. E não tem nada a ver com vingança e tudo a ver com erradicar qualquer curiosidade persistente ou apego ao meu verão.

Às vezes a melhor vingança é atiçar a curiosidade de quem te fodeu e seguir em frente. Aprendi muito bem nos últimos meses que o silêncio pode ser a melhor arma. Então, se Sean quer ser ouvido, minha retribuição por sua traição será excluí-lo. Embora ele tenha sido a pessoa a fazer todas as ligações e enviar mensagens de texto, jurei ouvir o som distinto de um Camaro na estrada solitária quando caminhei pelo jardim esta manhã. Mas esses caras são ousados — eles invadiram minha casa mais de uma vez sem avisar e, se quiserem chegar até mim, eles o farão.

Roman se mudou permanentemente para Charlotte. Ele não é uma ameaça. Se eles querem tanto minha atenção, sabem onde me encontrar. E eu tenho que estar pronta porque, se Sean está ligando e mandando mensagens, e se eu continuar a evitá-las, a probabilidade é que eles venham.

O que eles poderiam querer comigo ou me dizer?

Se se arrependem, por que se esforçaram tanto para fazer aquela demonstração? E não apenas na frente dos locais, mas de outras divisões da sociedade.

Não posso me dar ao luxo de me importar. Minha cabeça e meu coração não aguentam. Acabou. Fosse o que fosse, acabou.

Feitiço quebrado ou não, eu me prendo à combustão e deixo que faça o que quiser comigo.

Amanhã é meu primeiro dia de volta à fábrica e tenho zero dúvida de que terei que enfrentar Sean. Ele vai encontrar uma maneira de me encurralar, de me deixar sozinha. Depois de horas na casa silenciosa e organizando minha vida até quase ficar louca, decido dar uma volta para clarear a cabeça. Saindo pela longa entrada, ouço atentamente o som de um Camaro e decido que é resultado da minha imaginação hiperativa, odiando a ideia de que poderia ter sido mais como uma ilusão. Acalmando esses pensamentos com uma colherada daqueles segundos agonizantes na oficina, sigo para a estrada. Respiro um pouco mais tranquila quando chego ao final dela e entro na parada de três vias, olhando para a esquerda e depois para a direita, meus olhos pousando em Dominic quando ele aparece, esperando no acostamento.

Porra.

Ele me observa, atento, de onde está sentado, a alguns metros de distância. Quebrando nossa conexão, me ponho em movimento, acelerando e passando por onde ele está estacionado antes de correr pela estrada. Em segundos, ele está atrás de mim; meu sedã não é páreo para os raios sob o capô dele. Com os nervos à flor da pele, a raiva aumentando, dirijo por estradas sinuosas que descem a montanha em direção à cidade. Ele mantém distância, mas permanece perto o suficiente para que eu saiba que ele está ali e não vai desistir. Acelero bem acima do limite de velocidade, mas ele mantém a mesma distância.

— Vai se foder! — eu rosno e corro pelas estradas agora familiares, dirigindo como uma lunática para escapar do meu antigo captor fascinante. A raiva ferve através do meu corpo enquanto repasso aquela noite repetidamente na cabeça, fazendo um bom progresso em direção à cidade. Dom continua no meu encalço, até que sou forçada a diminuir a velocidade no primeiro semáforo. Verifico meu retrovisor e vejo que ele está descontraído, a postura relaxada, a mesma expressão presunçosa que estava em seu rosto no dia em que o conheci. Eu acelero em um semáforo e depois no próximo antes de cruzar para o lado oposto da cidade. Claro que ele vai acabar se cansando, eu o carrego por vinte minutos pelas estradas sinuosas, mas ele segue colado ao meu para-choque.

Cansada da palhaçada, derrapo até parar no estacionamento de uma área de acampamento abandonada, e ele erra por pouco uma árvore, impulsionando o Camaro atrás de mim, deslizando e derrapando até parar no asfalto. Já saí do carro e estou indo, furiosa, na direção de Dominic, que mal consegue sair do banco do motorista quando dou o primeiro tapa.

Ele recebe meu golpe, seu corpo sólido contra o carro, e olha para mim como se estivesse me respirando. Mão ardendo, eu avanço novamente e ele me bloqueia. Lívida, eu o encaro conforme ele abaixa a cabeça, o rosto empalidecido com o contorno vermelho dos meus dedos. Sua mão se fecha em volta do meu pulso, me segurando.

— Perdão.

— Vai se foder. Só isso?

— Tinha que acontecer.

— Não, não tinha. Me deixe em paz. Eu nunca mais quero ver você de novo.

— Cecelia...

— Vai se foder, Dominic. Você e seus malditos jogos doentios. Estou fora. Essa é a minha decisão. — Eu me viro e tento afastar meu braço, mas ele se recusa, me agarrando pela cintura e me puxando contra seu peito, sua respiração quente em meu ouvido.

— Você sabe que não quisemos fazer aquilo.

— Eu não sei de merda nenhuma. Mas estou de saco cheio de você, de vocês dois.

— Eu gostaria que isso fosse verdade. — Ainda segurando meu pulso, ele me vira para encará-lo. Eu me mexo para dar outro tapa e ele agarra minha outra mão antes de me prender contra seu carro. — Tivemos nossos motivos.

— Ah, vocês tiveram? Que bom para vocês. Adivinha só? Não tô nem aí.

— Você se importa, sim, porra. Você pertence a nós.

Eu bufo.

— Você está se ouvindo?

— Eu disse para você se afastar, e agora você faz parte disso. O que aconteceu naquela noite não importa.

— Talvez para você.

— O que aconteceu antes *importa*.

— Me solta. — Tento me arrancar, e seu aperto fica ainda mais forte. — Você está me machucando.

— Então pare com isso, porra — grita ele. — Pare.

Eu congelo em seu aperto, meus olhos se estreitando quando seus lábios se curvam em um sorriso, orgulho brilhando em seus olhos.

— Você percorreu um longo caminho.

— Isso deveria ser um elogio?

Ele se pressiona para baixo contra mim, para que seu corpo fique alinhado com o meu. Estou inclinada para trás em sua janela, minha cabeça apoiada no topo do carro. Seus lábios estão tão próximos, e me esforço para lutar contra a atração, mas minhas lembranças daquela noite tornam a tarefa mais fácil.

— O que tem de errado com você?

— Você. — Ele lança a língua para fora e lambe a extensão do meu lábio inferior. Prendo a respiração quando ele pressiona seu membro contra a minha barriga. — Você é o que tem de errado com *tudo*, e agora... — Ele balança a cabeça. — Você não pode ficar entre nós.

— Ah, mas eu *estive* entre vocês — rosno. — Duas vezes.

— Porra, pare com isso — grita ele. — Estou tentando explicar.

— Com mais merdas enigmáticas, e estou cansada disso. Você pode falar comigo quando tiver alguma coisa genuína para dizer. Mesmo assim, não vou ouvir. Para mim deu. Me. Solta.

Ele agarra minha cabeça e choca sua boca contra a minha. E eu luto... eu luto contra seu beijo, minha boca se abrindo para contestar quando ele desliza a língua para dentro a ponto de eu não conseguir pensar em nada além de nossa noite no capô de seu carro, ou do dia no lago, ou qualquer outro dia de vida antes dele. Destruo seu cabelo, seu peito e pescoço enquanto ele me marca com sua boca e o choque violento de sua língua. Minhas emoções vão da raiva à devastação total enquanto ele traz à tona cada sentimento com os quais estou lutando. Ele se afasta e pressiona um beijo suave na minha boca.

— Perdão. Essa é a única coisa genuína que eu posso te dar.

— Por quê? — eu grito, sem fôlego. — Por quê?

— Estávamos tentando provar uma coisa e falhamos *demais.*

— Vocês estragaram tudo. — Não consigo evitar que uma lágrima solitária escorra. — Eu nunca vou olhar para vocês do mesmo jeito.

Ele acompanha a lágrima escorrendo pela minha bochecha.

— Eu tenho que deixar você ir agora. — Ele faz uma careta e, pela primeira vez desde aquela noite que passamos sozinhos, sua emoção transparece. — Mas eu não quero, porra.

Ele se inclina para mim novamente e pressiona um beijo na minha testa antes de me soltar.

O rasgo no meu peito é o suficiente para me colocar em modo de preservação total.

— Fique bem longe de mim.

— Eu não tenho escolha. Mas tudo o que eu fizer a partir de agora é por você.

— Tem razão. Você não tem escolha. E não se engane: a decisão é *minha.*

Volto para o meu carro e saio do estacionamento, me recusando a olhar para trás.

Quando chego em casa, tomo um banho escaldante, mas nego a fúria em meu peito. Deixo minhas lágrimas se misturarem à água, mas contesto a existência delas — minha decisão.

41

Durante meu primeiro turno de volta à fábrica, sou convocada pelo sistema de som. Pausando nossa estação, sinto todo o peso da atenção de Melinda. Foram horas trabalhando em silêncio; parece que nem ela conseguiu ignorar minha necessidade de consolo e me deixou recuar para dentro de mim mesma durante o turno de hoje, o que apenas alude ainda mais ao fato de que pareço tão fragilizada quanto me sinto. Finjo ignorar o motivo de estar sendo tirada da produção, mas nós duas sabemos o que significa.

Estou cansada de joguinhos. Desço o corredor do primeiro andar até o escritório isolado no fim do corredor, afastando as lembranças que ele traz à tona — beijos roubados, olhares demorados durante almoços a dois, uma rapidinha no turno da noite com a mão apertada sobre minha boca enquanto me penetrava, sussurrando palavras sujas em meu ouvido. Fechando a porta, me inclino contra ela e mantenho meu olhar desviado. Com meus olhos voltados para baixo, suas botas marrons entram em cena, e eu suspiro no momento em que o perfume de cedro ameaça nublar meu julgamento.

— Bebê, por favor, olhe para mim. — Sua voz é rouca, arrastando as unhas pela ferida em meu peito. — Bebê, por favor, por favor, olhe para mim.

Eu não olho.

— Cecelia, *você* é o segredo. — Essa confissão demanda minha atenção, e eu finalmente olho para cima. Ele parece destruído; seu rosto magro, olheiras proeminentes sob seus olhos. Nunca o vi tão perturbado. A empatia vence a guerra contra minha língua silenciosa. Eu amo esse homem, mesmo que me apaixonar por ele tenha sido um erro.

— Que merda está acontecendo?

Ele dá um passo à frente e captura meu rosto em suas mãos.

— Nós não queríamos fazer aquilo. Você precisa saber disso.

Eu me encolho com seu toque, e ele xinga.

— Eu não sei de nada.

— Você sabe muito mais do que imagina. Mas a primeira coisa que você precisa saber é que foi uma decisão instintiva te levar comigo no dia em que a gente se conheceu, mas eu simplesmente não podia... Deus, no momento em que pus os olhos em você...

Ele se inclina e eu viro a cabeça.

— Por que *eu* sou o segredo?

Ele solta um suspiro. Sua óbvia hesitação faz eu me apoiar contra a porta.

— Nós não fizemos de propósito, Cecelia.

— Só me diga por que você me chamou aqui.

— Tudo bem. — Ele assente, solene. — Tudo bem. Há alguns anos, quando a Horner Technologies era principalmente uma fábrica de produtos químicos, dois imigrantes da França, marido e mulher, morreram em um incêndio em um dos laboratórios de testes. — Ele sustenta meu olhar enquanto a implicação do que ele está dizendo se assenta em mim. Fico perplexa, as lágrimas ameaçando cair quando percebo quem eram esses imigrantes.

— Os pais de Dominic?

Ele faz um sinal afirmativo com a cabeça.

— Eles fugiram da França na tentativa de escapar do ex-marido da mulher e, por estarem tão desesperados, aceitaram o convite de uma familiar distante para começar uma nova vida aqui.

— Delphine.

Ele assente e continua.

— Então eles vieram para cá, para esta cidade, para trabalhar nesta fábrica, pensando que estariam mais seguros... que aqui eles iriam prosperar, começar a viver o sonho americano e tudo o que isso implica. Em vez disso, eles foram explorados por esta empresa e seu proprietário por causa de sua desvantagem social e acabaram morrendo em um incêndio que *ninguém* tem certeza de que foi acidental. Ainda não descobrimos exatamente o que aconteceu, mas foi uma merda e fedia a jogo sujo pela maneira como foi tratado depois. Seu pai encobriu, varreu para debaixo do tapete. Ele fez o mínimo por Dominic e não ofereceu nada além de um papel timbrado formal com um pedido de desculpas incluído no resumo do acordo. Um tapa na cara depois do que aconteceu, especialmente com o CEO tendo nascido na cidade. O noticiário local nem cobriu isso, Cecelia. Também não saiu nada nos jornais.

— Mas por quê?

— É isso que nós estamos tentando descobrir. Delphine ficou indignada, mas ela era jovem e na época tinha muito medo de enfrentar Roman. *Alguma coisa* aconteceu naquela noite e ele enterrou. E estamos determinados a descobrir o quê.

Isso mexe comigo profundamente.

— Você está dizendo que o meu pai pode ter encoberto um assassinato... dois assassinatos... aqui, nesta fábrica?

— Não tenho certeza, mas os pais do Dom não foram os primeiros a questionar as práticas comerciais do seu pai. Seu pai tem feito muita merda por muito, muito tempo e saído impune.

— Então você está espionando ele? Trabalhando aqui para descobrir a verdade?

— Mais do que isso — diz Sean, com cautela. Ele me lança um olhar revelador, e eu tento ler nas entrelinhas.

— Você vai machucá-lo?

— Vamos fazer ele sofrer. Por tudo que fez e por tudo que tirou de Dom, e de todas as outras famílias que trabalharam para ele desde que abriu a porra desta fábrica. É por isso que você precisa ficar longe de nós. Você não pode estar envolvida em nada que aconteça. Não é seguro.

— O que você vai fazer? — Ele lê o medo crescente em meus olhos e balança a cabeça.

329

— Se o quiséssemos morto, ele já estaria. Nós não somos essas pessoas.

— Então, o que me impede de ir até ele agora e contar tudo?

Seus ombros se contraem com a tensão.

— Nada. Mas existem outras pessoas envolvidas nisso, com um alcance mais amplo, e eles sabem que nós temos você.

— Tinham.

— Isso é o que a gente estava tentando provar, mas, quando eles nos viram juntos, quando eles viram...

— Viram o quê?

Ele aperta a ponta do nariz.

— Que nós fodemos com tudo e começamos a gostar de você, tivemos que acabar com isso, do jeito que fizemos, para te manter fora disso.

— Você está me dizendo que aquilo foi uma performance?

— Para te manter segura. Mas agora você está no radar deles. E eu não sei, bebê. Não sei.

— Então espere aí. Tudo isso começou por causa do meu pai? Ele é dono de uma empresa de tecnologia. Ele faz calculadoras. Práticas comerciais obscuras não fazem dele um assassino.

— Ele é dono de mais do que isso. Ele manda em Triple Falls e em todos aqui, incluindo a polícia. Ele tem o monopólio desta cidade e ninguém está disposto a deixá-lo ficar com ela. Não mais.

— Isso não está acontecendo. Isso... não pode ser verdade.

— Sinto muito, tá, sinto muito, mas é verdade. O homem com quem você está morando esconde tantos segredos quanto nós. E ele é muito bom em protegê-los e se manter fora do radar.

Ele me pressiona contra a porta.

— Eu quero você longe daqui, longe pra caralho, porque o seu pai tem muitos inimigos além de nós pelas merdas que ele fez por baixo do pano ao longo dos anos. Você não está segura aqui.

— Sean...

— Eu sinto tanto a sua falta — murmura ele, segurando meu rosto em suas mãos, seus olhos vagando sobre mim. — Eu estraguei tudo, nós dois estragamos, mas não contávamos que você iria aparecer.

Com a mente acelerada, percebo que minha mãe, sua segurança, tudo pelo que trabalhei vai desaparecer se eles concretizarem seus planos. Mas são os olhos do meu pai que vejo antes de falar.

— E você tem certeza de que não vão machucá-lo?

— Vamos recuperar a cidade que ele roubou e dar para as pessoas que merecem. É dinheiro coberto de ganância que ele está acumulando. Dinheiro do povo.

As palavras de Roman no dia em que o confrontei passam pela minha mente.

— Ele corrigiu o pagamento deles. Não é mais um problema.

Sean balança a cabeça.

— Esse é o problema de *ver para crer*. Qualquer demônio convincente que valha a pena pode olhar nos seus olhos e te fazer acreditar que ele não existe.

Eu engulo.

— Isso ainda não explica por que sou o segredo.

— Você é por várias razões. A princípio você era a porta de entrada, a maneira de nos infiltrarmos na casa dele, ajudar nas buscas.

Preciso reunir tudo o que tenho para não socar a cara dele. Eu afasto meu rosto e ele o puxa de volta.

— Me escuta. No começo, quero dizer, no início, quando nos conhecemos, achei que seria boa ideia trazer você para o lado de cá. Você foi uma surpresa. Tudo começou comigo. Isso é culpa minha, e é também a razão pela qual o Dominic foi tão idiota com você no começo. Ele não concordava.

Sean me puxa pelo pulso para se afastar da porta antes de abri-la e enfiar a cabeça no corredor. Um segundo depois, ele a fecha e suspira.

— Não podemos ficar aqui por muito mais tempo.

— Quais são os outros motivos?

Silêncio. Aquele silêncio condenatório.

— Eu diria a você se pudesse.

— Seu canalha. — Eu engulo de novo, e de novo, suas confissões me fazem voltar ao começo. — Foi por isso que você não me beijou no começo. Foi por isso que você me deixou tomar a decisão de dormir com você. Tinha que ser minha decisão, porque você estava me usando. Que merda, Sean.

— Olha pra mim. — Eu obedeço. Seus olhos me cobrem com uma névoa de arrependimento. — Eu te amo. Estou apaixonado por você desde que isso começou, Cecelia. E você sabe disso, porra.

São as palavras mais dolorosas que já ouvi e parecem mais golpes contra o meu corpo neste momento, porque tenho certeza de que nunca vou saber se são verdadeiras.

— Então, o quê, agora você vai comprometer seus grandes planos porque se importa comigo?

— Os planos mudam. E nós temos o suficiente deles. Com o seu pai, temos sido pacientes.

— E você acha que não vou contar a ele?

Ele pressiona sua testa contra a minha.

— Eu sei que você não vai. O Dom também sabe. São os outros que não conseguimos convencer tão facilmente. Você é a filha do alvo.

— Ele ainda é meu pai! — Balanço a cabeça. — Isso não pode ser a vida real.

— Infelizmente, é. Você consegue voltar para a casa da sua mãe?

— Não. Sean, você sabe que estou aqui para cuidar dela. Ela ainda não está bem, e se eu for embora agora perco minha herança. Se fosse só por mim, seria diferente.

— Vou fazer tudo o que puder para garantir que as coisas aconteçam do jeito que devem. Proteja a casa, proteja a si mesma, mas não conte a ele. — O olhar assombrado em seus olhos é o suficiente para me dizer qual será seu destino se eu não conseguir manter esse segredo.

— Por que você me contou?

— Acabei de te falar. Você é minha prioridade. Não só pelo que sinto por você, mas porque eu te trouxe para dentro disso; é a porra da minha culpa. — Ele passa a mão pelo cabelo e bate na porta ao meu lado. — Eu juro por Deus. Achei que seria mais seguro trazer você para este lado. Tem muita coisa acontecendo para botar para fora hoje. Só sei que estraguei tudo, *Dom e eu* erramos, e todos nós precisamos... ficar longe um do outro. Quanto mais tempo não formos vistos juntos, mais vai parecer...

— Que vocês me usaram.

Ele concorda.

— Um dia vou implorar para você me perdoar, mas por enquanto preciso que você me escute e *absorva*. Isso é real.

— Eu não sei o que dizer. Não acredito que você espera que eu confie em você.

332

— Confie no seu instinto. — Ele se inclina, na tentativa de me beijar, e eu viro a cabeça. Sua respiração atinge meu pescoço. Ele rola a testa ao longo da porta ao meu lado antes de se afastar, seus olhos implorando aos meus. — Um dia vou tentar consertar isso. Mas agora estou implorando para que você acredite em mim.

— Eu não sei o que pensar... — Lágrimas caem quando penso em Dominic e na maneira como ele olhou para mim ontem. — O Dom não me odeia... — Sai tanto como uma pergunta quanto uma declaração.

— O problema dele é com o seu pai. — Ele me estuda cuidadosamente. — Ele falou com você primeiro?

Eu concordo.

— Ele está desaparecido desde que você voltou. Nunca o vi desse jeito.

Uma lágrima escorre dos meus olhos e Sean se encolhe ao vê-la.

— Você confia em mim, Cecelia, essa é a parte mais difícil de tudo isso. Eu trabalhei tanto para ganhar a sua confiança, embora em parte eu estivesse te enganando, e... Eu vou me odiar para sempre por isso. — Ele aperta meu rosto com as palmas das mãos. — Eu sabia desde o início que você era melhor do que isso — ele murmura. — Pense em tudo com calma, está bem? Pense sobre isso. Pense em tudo o que eu te disse. Deixe aquela noite de lado e acredite em mim quando digo que tudo era para proteger e afastar você, em vez de te machucar. Mas eu estraguei tudo. Eu estraguei tudo porque não aguentei ver você tão magoada.

Quando ele deu aquele soco em Dominic, foi seu ponto de ruptura.

— Confie em mim e confie no Dom, não importa o que aconteça daqui para a frente. Não nos procure. Não procure respostas. Vou encontrar um jeito de resolver isso. Eu vou encontrar um jeito.

— Você está me assustando.

— Eu sei. Me perdoa. Você queria saber, agora sabe. Você queria participar. Você está dentro agora. É hora de guardar seus segredos. — Ele agarra minha mandíbula, não deixando espaço para discussão antes de seus lábios possessivos reivindicarem os meus. Choramingamos um na boca do outro enquanto ele me invade... bebendo, tomando. Seu beijo se suaviza como uma pena antes de ele se afastar no que se parece muito com um adeus.

Por um instante, seus olhos se erguem, brilhando de emoção.

— Eu amo você — sussurra ele com a voz rouca antes de abrir a porta e sair. Ela permanece aberta por alguns instantes, suspensa atrás dele, antes de se fechar e detonar a bomba que ele acabou de lançar.

42

Pesquisei no Google fatos sobre corvos por curiosidade ontem à noite e desejei ter feito isso muito antes. Mesmo com sua camuflagem firmemente no lugar, teria me feito muito bem identificar seus traços, que são muito parecidos com os de seu mascote. Um grupo de corvos é chamado de conspiração; a ironia disso não me passou despercebida.

Os pássaros se unem na adolescência para formar um vínculo como jovens rebeldes — que tenho certeza de que foi quando a Sociedade dos Corvos foi formada — até que finalmente encontram um par. E a teoria sobre corvos é que eles escolhem um parceiro para a vida toda.

As asas que Layla tem nas costas são permanentes — uma marca, uma marca para a qual ela se voluntariou. A esta altura, estou com muita dificuldade para acreditar que qualquer homem em minha vida seja sincero o suficiente para esse tipo de compromisso, muito menos capaz disso.

Os corvos também são alguns dos pássaros mais inteligentes — o que não é surpreendente. Cada movimento que eles fizeram em relação a mim foi calculado, discutido. Tenho certeza de que mais de uma das primeiras brigas de Dominic e Sean na oficina foi sobre mim. Eu já suspeitava, mas Sean confirmou.

Dominic e Sean pregaram para mim, mais de uma vez, que conhecimento é poder. É evidente agora que a única maneira de se tornar um jogador neste jogo é ser mais esperto que eles ou provar que tenho um segredo valioso que eles não conhecem.

Foi esta manhã, durante meu café na varanda, que percebi que Sean e Dominic lenta, sutil e indiretamente deram um pouco desse poder para mim.

Foram as luzes piscando que invocaram na minha mente a imagem de Dominic, empoleirado em sua cadeira de camping, com o celular conectado ao laptop servindo como sua conexão de internet.

Uma conexão que, caso contrário, seria impossível se... não houvesse a porra de uma torre de telefonia móvel a poucos metros de distância. Assim que me ocorreu, deixei cair meu café na varanda e corri pela casa e porta afora, pelos cem metros de grama e pela clareira das árvores apenas para me sentir a maior idiota do planeta.

Todas as vezes que estive no ponto de encontro deles, eles me levaram pelos fundos, fazendo a viagem parecer interminável, uma longa distância para mascarar o fato de que o ponto de encontro deles era literalmente no meu quintal. Esse truque faz todo o sentido se você estiver constantemente atento ao seu inimigo e à filha burra dele.

Eu me pergunto por que Dominic finalmente tomou a decisão de me deixar fazer parte.

Com muitas perguntas e minha posição incerta, minha raiva só aumenta.

Mas eu permiti que eles me manipulassem para acreditar que tinham poder sobre mim. Em algum momento, tenho que ser capaz de exigir respostas se eles quiserem minha cooperação. E é exatamente isso que estou determinada a conseguir agora.

Com tudo o que foi revelado, eles esperam simplesmente que eu fique quieta e aceite? Nem pensar. Se faço parte desse segredo, quero os detalhes.

Vou ter que andar com cuidado. Com muito cuidado. Estou seguindo a linha agora — uma linha tão estreita que um passo em falso pode me fazer cair em algum esquecimento sombrio, de volta ao fundo do poço. E é contra isso que estou lutando. A escuridão em que estive, com muitas perguntas sem resposta. Posso me tornar parte do jogo ou permanecer um peão nele. Me recuso a ser este último por mais um dia.

Mas é enlouquecedor saber que tudo isso acabou e que estou cega — cega pra caralho — por causa dos meus sentimentos e experiências nos últimos meses. Bêbada de tesão e amor, eu sapateei na língua do diabo apenas para terminar em sua garganta.

Não gosto de impotência. Sou uma mulher que precisa de algum nível de controle.

Eu preciso de uma saída, um lugar para nadar.

Eles me paralisaram. E por causa disso estou em perigo, o que me deixa impiedosamente sóbria e me faz olhar por cima do ombro o tempo todo.

Mas esse é o problema dos corvos. Eles sempre parecem estar observando.

Neste momento, estou contando com isso.

Esfregando protetor solar no meu peito nu, afundo na espreguiçadeira de pelúcia... esperando. A empresa entregou meu pedido na velocidade da luz, cortesia da influência do meu querido papai, e não vou deixar de usá-la para meu propósito atual.

Não demorou muito para eles montarem o sistema de som, e valeu cada centavo dos três salários que economizei. Nas últimas duas horas, tenho tocado a mesma música em direção à floresta nos fundos da propriedade.

Eu quero uma explicação melhor do que a que Sean me deu.

Vou seguir as regras. Sem celulares. Sem mensagens. Sem e-mails.

Mas, se eles não me permitem ir até eles, eu absolutamente vou fazer com que eles venham até mim.

Vou ser uma sereia impossível de ignorar.

Talvez eu tenha lido muitos livros, mas tenho fé que essa tática vai funcionar, porque é impossível que isso não vire algumas cabeças, com a possibilidade adicional de levar os curiosos até esse segredo em particular. Ao chamar a atenção, posso estar convidando mais perigo para minha vida, mas é um risco que terei de correr.

"K", do Cigarettes After Sex, explode na floresta em looping enquanto me preparo para a espera.

E eu espero. E espero.

Na terceira hora, e ao ver o sol se pondo, sinto o peso do meu fracasso e, finalmente, fecho os olhos.

Esses caras são irritantes, não apenas porque estão dispostos a me abandonar tão facilmente sem uma explicação razoável, mas porque esperam que eu volte a dormir depois de me amarrarem a uma cadeira elétrica.

Não tenho certeza se algum dia vou perdoá-los pela dor que me causaram, mas ser arrancada deles é difícil de engolir, apesar da traição que ainda corre através de mim. Fodam-se eles por permitirem isso.

À medida que volto a pensar em nossas conversas, nas lições de vida de Sean, mais começo a juntar as peças.

E mais furiosa eu fico.

Também percebo que sei mais do deixo transparecer, e é no *mais* que vejo que as dores do crescimento são necessárias. Ambos investiram muito tempo em mim — especialmente Sean... E não consigo encontrar um motivo para isso além do que sinto em meu interior. O que continua me levando de volta à mesma conclusão: que eles também me amam.

Meu coração dói a cada batida por dois homens que fizeram questão de me reivindicar. Mas ainda sou uma mulher desprezada. Em questão de meses, fui da loucura à insanidade. E eles foram os responsáveis por isso.

Eu os amo e os odeio. Mas não posso me afastar deles, por mais tóxicos que sejam. Ainda não.

Neste momento, porém, só quero alguém para falar comigo. Suspirando, enxugo as lágrimas debaixo dos meus olhos e me repreendo por dentro. Talvez fosse um plano estúpido. Não há espaço para autopiedade, nem agora nem nunca. Não acredito que fui tão ingênua, caindo no jogo deles. A raiva vibra através de mim enquanto mudo minha posição de volta para adversária. Não tenho espaço para cometer mais erros. Encontro alguma satisfação em saber que, no mínimo, os irritei. Tornei minha presença conhecida, avisei que estou logo atrás deles.

É então que sinto que não estou sozinha e permito que um sorriso preguiçoso se erga em meus lábios. Deslizando uma mão sobre meus seios nus, coloco minha palma sobre a barriga antes de levantar uma mão para proteger meus olhos.

338

— Nada a dizer? — provoco, meus olhos ainda fechados enquanto uma sombra me cobre, bloqueando o sol. Minha pele formiga de ansiedade enquanto abro os olhos devagar.

E congelo.

Pelo que parecem segundos intermináveis, apenas nos olhamos fixamente e, nesses segundos, percebo perfeitamente minha posição, meu exterior ficando vermelho sob olhos tão penetrantes que me agarram como uma mão na garganta.

A gente não quer que o lobo sinta o seu cheiro.

Não há dúvidas. Estou olhando diretamente nos olhos do tal lobo.

Ele paira sobre mim, em completa contradição com meu traje, vestindo um terno preto feito sob medida. Cabelo da cor da asa de um corvo, pele oliva acentuada pelo sol, sobrancelhas grossas e escuras acima de olhos hostis. Abaixo, um nariz forte e proeminente repousando sobre um rosto esculpido, lábios grossos e beijados por Deus, ombros largos, peitorais definidos, uma cintura fina sob o paletó aberto e coxas musculosas que esticam a calça do terno.

É neste momento que percebo que conhecimento realmente é poder, e fui totalmente estúpida ao pensar que tinha descoberto *alguma coisa*.

Fui cega demais.

Estou me afogando em profundezas cor de âmbar ardente e longe de ser forte o suficiente para resistir. É o máximo que já senti sob o olhar de um homem na minha vida. Eu me arrasto para cobrir meus seios nus enquanto seus olhos percorrem meu corpo. Ele está pronto para atacar, sua postura lívida, seus punhos cerrados ao lado do corpo. Tenho certeza de que, se estivesse de pé, meus joelhos teriam cedido sob o peso de seu olhar ardente.

Entendi tudo errado — um passo para a frente, dez passos para trás.

— *Você* é o Francês.

AGRADECIMENTOS

Em primeiro lugar, gostaria de agradecer aos meus leitores por seu apoio contínuo, que significa muito para esta escritora. Minha vida é ricamente abençoada por vocês.

Um agradecimento especial à minha extraordinária e paciente editora de linhas, Donna Cooksley Sanderson, sem a qual eu estaria perdida como escritora e ser humano. Esta série não seria o que é sem você, e nem eu.

Agradeço ao meu editor de conteúdo, Grey, pelos toques gentis e criativos. Seu suplemento é exatamente o que eu precisava para completar esta série. Você é incrível.

Um enorme obrigada a Maïwenn Bizien, por traduzir todo o francês desta série. De forma alguma teríamos feito isso sem você.

Obrigada aos meus betas por seu feedback inestimável e à minha equipe de revisão, Bethany e Marissa. Sem vocês, publicar esses livros teria sido uma tarefa muito mais difícil.

Obrigada ao resto da minha equipe da KLS PRESS, especialmente Autumn Gantz, Bex Kettner e Christy Baldwin. Vocês três são salva-vidas.

Por fim, obrigada à minha família e aos meus amigos incríveis por seu apoio inesgotável. Não importa em que mundo eu me aventure, vocês estão comigo.

Fontes ALTERNATE GOTHIC, BELY
Papel PÓLEN BOLD 70 G/M^2
Impressão IMPRENSA DA FÉ